Dietrich Weichold
Fallwild

Dietrich Weichold

# Fallwild

Ein Baden-Württemberg-Krimi

**Silberburg-Verlag**

**Dietrich Weichold,** geboren 1944, studierte in Tübingen Germanistik und Anglistik. Bis zu seiner Pensionierung 2008 unterrichtete er Deutsch, Englisch und Spanisch an verschiedenen Gymnasien in Tübingen, Madrid und Rottenburg. Neben kleineren Veröffentlichungen für den Schulgebrauch sind bisher auch einige Kriminalromane von ihm erschienen. Er lebt mit seiner Frau in Ammerbuch-Entringen.

1. Auflage 2015

© 2015 by Silberburg-Verlag GmbH,
Schönbuchstraße 48, D-72074 Tübingen.
Alle Rechte vorbehalten.
Lektorat: Michael Raffel, Tübingen; Gertrud Menczel, Böblingen.
Umschlaggestaltung: Christoph Wöhler, Tübingen.
Coverfoto: © bonciutoma – Fotolia.
Druck: CPI books, Leck.
Printed in Germany.

ISBN 978-3-8425-1429-4

Besuchen Sie uns im Internet
und entdecken Sie die Vielfalt unseres Verlagsprogramms:
**www.silberburg.de**

## Ihre Meinung ist wichtig ...

… für unsere Verlagsarbeit. Wir freuen
uns auf Kritik und Anregungen unter:

**www.silberburg.de/Meinung**

# 1

Die Sau fiel um und war weg. Edgar Steiger ließ die Büchse aufgelegt und hob leicht den Kopf. Über sein Zielfernrohr mit Restlichtaufheller hinweg bohrte er seinen Blick durch das Morgengrauen und konzentrierte sich auf die Stelle, wo die Sau eben noch gestanden hatte, bis seine Augen tränten. Er sah sie nicht mehr. Dabei hatte er doch getroffen, dessen war er sich ganz sicher. Und weggelaufen war sie nicht. Die Sau hatte ihm zwar nicht die Flanke geboten, worauf er lange gewartet hatte. Aber sein Schuss hatte gesessen. Das war eindeutig. Er schoss nie daneben, er nicht. Und noch länger warten konnte er auch nicht. Die Sau war drauf und dran gewesen, aus dem Schussfeld zu laufen. Da musste er es krachen lassen, und er hatte sie im spitzen Winkel von hinten erwischt.

Aber wo war sie nun? Er spähte durch sein Jagdglas und sah nichts. Verärgert fluchte er leise vor sich hin. Er hörte noch, wie die übrige Rotte davonstob. Es mussten mehr gewesen sein, als er gesehen hatte, was bei dem Unterholz in diesem Windbruch nicht verwunderlich war. Da, wo er heute ansaß, hörte er immer mehr von den Sauen, als er sehen konnte, und so hatte sein Herz höher geschlagen, als sich der Umriss dieser Bache plötzlich deutlich vom dem dürren Buchenlaub abhob, das überall die Erde bedeckte. Er hatte gezielt und gewartet. Er wollte nichts riskieren und erst abdrücken, wenn er einen Blattschuss setzen konnte – direkt hinterm Ansatz des Vorderlaufs, durch die Rippen in die Herzgegend.

Dafür sollte sie ihm die Seite bieten. Aber den Gefallen hatte sie ihm nicht getan. Sie streckte ihm nur ihr Hinterteil entgegen, und wie sie so mit ihrem Brecher das Buchenlaub durchwühlte, spannte sie ihn auf die Folter, indem sie sich leicht hin und her drehte, aber nie so weit, dass sie ihm ihre Seite richtig dargeboten hätte. Als sie schließlich etwas schräger stand und sich auf das Unterholz zubewegte, da konnte es keinen Aufschub mehr geben. Eddi Steiger machte den Finger krumm.

Er war sich unschlüssig. Sollte er nun warten, bis die Sau verendet war? Das wäre aber nur sinnvoll, wenn er sie sehen würde. Oder sollte er lieber gleich abbaumen und schussbereit an die Stelle vorpirschen, wo sie vom Erdboden verschwunden war? Er zögerte. Nach einer Weile hielt es ihn nicht länger auf seinem Hochsitz. Vorsichtig jedes Geräusch vermeidend, stieg er ab und wollte, die entsicherte Büchse unterm Arm, auf die fragliche Stelle zuschleichen. Nur gab es hier dummerweise keinen präparierten Pirschweg.

Dürre Äste lagen kreuz und quer, die er nicht knacken lassen durfte, und er musste aufpassen, dass er nicht über vermodernde Stämme stolperte. Er fluchte innerlich über die Förster und Waldarbeiter, die keine Fläche mehr richtig abräumten und den Jägern damit Hindernisse in den Weg legten. Pest und Cholera wünschte er ihnen auf den Leib, diesen Idioten, für die der Wald nur eine Baumplantage oder Holzfabrik war. Wie anstrengend es war, hier leise voranzukommen! Er traute sich kaum zu atmen. Als er sich unter einem Zweig durchducken musste, trat er auf einen dürren Ast. Es knackte. Er erstarrte vor Schreck und hatte sich noch nicht wieder ganz aufgerichtet, da tauchte die Sau wie aus dem Nichts auf, grunzte und lief auf das Unterholz zu. Er riss die Büchse hoch und schoss und fehlte. Er stand da und hörte nur noch, in welche Richtung die Sau floh. Ausgerechnet auf die Reviergrenze zu!

Noch zehn Schritte, und dann lüftete sich das Geheimnis. Keine zwei Meter neben der Stelle, wo er die Sau angeschossen hatte, senkte sich der Boden zu einer flachen Kuhle. Da hinein musste die waidwund geschossene Sau gestürzt sein. Sie hatte stark geschweißt. Er trat näher heran und erkannte an den hellen, blasigen Blutspuren in ihrem Bett, dass er der

Sau einen Lungenschuss verpasst hatte, wahrscheinlich sogar einen Lungendurchschuss. Weit würde sie damit nicht kommen, dachte er erleichtert. Schon wieder hatte er eine zur Strecke gebracht, bereits die fünfte in diesem Winter. Das schaffte sonst kaum einer, eigentlich gar keiner. Er war schon der Beste.

Viel Zeit wollte er sich nicht mehr lassen. Schnell ging er zu seinem Wagen und holte Aaron, seinen Drahthaarvorstehhund, um die Wildfolge hinter sich zu bringen, möglichst, ehe er damit rechnen musste, jemandem zu begegnen.

Zwanzig Minuten später war er zurück und setzte Aaron auf die Fährte. Dessen feine Nase nahm sofort Witterung auf, und zitternd vor Erregung zerrte ihn sein Hund geradewegs durchs Dickicht, durchs Stangenholz und, wie er befürchtet hatte, durch den Rotbuchenbestand an der Reviergrenze. Hier verharrte Steiger einen Moment, sagte dann laut: »Scheiß drauf«, und ließ sich in das Nachbarrevier hineinziehen, wo das Gelände steil anstieg. Er hatte Glück. Es war nicht mehr weit, bis er die Sau liegen sah. Er band den Hund an einen Baum, hielt die Waffe schussbereit im Anschlag und näherte sich dem Tier. Es lag in seinem Schweiß und rührte sich nicht mehr.

Eddi Steiger machte kehrt. Er brachte seine Büchse in sein eigenes Revier zurück, wie auch seinen Hund, den er an einem Baum anleinte. Dann ging er zu der verendeten Sau zurück und band mit einem dicken Seil ihre Hinterläufe zusammen. Zunächst zog er sie etwas von der Stelle und deckte die Blutlache mit einer dicken Laubschicht zu. Dann schleifte er unter großen Anstrengungen die tote Sau über die Grenze zurück in sein Revier. Mit einem abgebrochenen Ast verwischte er die Schleifspur von der Fundstelle bis an die Grenze und noch ein gutes Stück in sein Revier hinein, wo er das Seil von den Hinterläufen der Sau losgebunden und sie liegengelassen hatte.

Aaron war aufgeregt. Er winselte. Noch war er mit seinen drei Jahren nicht so gut abgerichtet, dass er stillgehalten hätte. Er musste zunächst ins Auto zurückgebracht werden. Aber vorher musste die Sau verblasen werden. Steiger nahm sein Jagdhorn aus dem Rucksack, nahm Haltung an, als würde ihm die halbe Welt zuschauen, und stieß ins Horn. Er ließ das Signal »Sau tot« erklingen. Ob es jemand hören würde, war fraglich. Aber das gehörte für ihn einfach dazu. Und wenn jemand zu dieser frühen Stunde doch hören sollte, dass er, Edgar Steiger, wieder ein Wildschwein erlegt hatte, dann hatte es auch noch einen Zweck erfüllt.

Steiger brachte seinen Hund zum Auto zurück, griff zu seinem Handy, das er immer im Handschuhfach zurückließ, und rief einen Jagdkameraden zu Hilfe.

»Clemens, du musst kommen. Alleine kriege ich sie nicht fort. Ich warte am Parkplatz auf dich.«

Sein Mitpächter und Jagdfreund Clemens Gutbrod versprach, alles stehen und liegen zu lassen, und war schon eine knappe Stunde später zur Stelle, um ihm bei der anstrengenden Bergung zur Hand zu gehen. Er gratulierte Steiger zum Abschuss dieser kapitalen Sau. Dass die Bache, die mit einem Lungendurchschuss erlegt worden war, nicht in ihrem Blut lag, fiel Gutbrod allerdings sofort auf. Mit hochgezogenen Brauen warf er Steiger einen fragenden Blick zu: »Hier?«

Steiger lachte verächtlich und winkte ab.

»Vergiss es! Ich habe ja keinen Markstein versetzt.«

Steiger drehte das tote Tier auf den Rücken, um es aufzubrechen. Gutbrod packte mit an und bemerkte, als er die großen Zitzen sah, in unüberhörbar kritischem Ton:

»Eine trächtige Bache.«

»Ich habe absolut keine Lust, dieses Jahr wieder so viel Wildschaden zu bezahlen«, wies Steiger den Tadel schroff zurück.

Die Skrupellosigkeit seines Mitpächters war Gutbrod unangenehm. Auf die ständigen Anfeindungen der Tierschützer, die man immer häufiger lesen musste, reagierte er empfindlich und wollte alles vermeiden, was Jäger und Jagd noch weiter in Verruf brachte. Steiger hatte in dieser Hinsicht ein wesentlich dickeres Fell.

»Und wer soll die jetzt verwerten?«, fragte Gutbrod vorsichtig.

»Das lass mal meine Sorge sein«, entgegnete Steiger mit einem überlegenen Grinsen, als handelte es sich dabei um eine ganz besondere Aufgabe, mit der man nur hochgradige Spezialisten betrauen konnte.

## 2

Dass der Winter so mild gewesen war, war gar nicht gut, weder für den Wald noch für die Jagd. Besonders schlecht war es für die Jagd auf Wildschweine gewesen, die sich nun ungebremst weiter vermehren konnten. Man war ihnen einfach nicht beigekommen. Der Schnee hatte gefehlt, von dem sich die Schwarzkittel in den Vollmondnächten gut abgehoben hätten, so dass sich die Chance geboten hätte, sie bei Nacht vom Hochsitz aus zu erlegen. Auch das Kirren mit Mais hatte wenig geholfen. Es hatte zu viel geregnet. Und so konnten die Schweine überall den weichen Boden aufbrechen und fanden Käfer, Larven, Engerlinge, Schnecken und was sich ihnen sonst noch im Erdreich bot. Wenn es ihnen nicht an Nahrung fehlte, konnte man trotz ausgelegtem Mais nächtelang auf derselben Kanzel sitzen, ohne auch nur ein Wildschwein zu hören. Und wegen der ständigen Bewölkung fehlten einfach die klaren Mondnächte. Es war frustrierend.

Die frühen Morgenstunden eines Sonntags Ende Februar versprachen endlich gutes Jagdwetter. Die Nacht war wolkenlos und kalt gewesen, der abnehmende Mond stand knapp überm Horizont, der Sternhimmel war noch zu sehen. Das war kein schlechtes Büchsenlicht. Ein Jäger, der es auf Wildschweine abgesehen hatte, durfte diesen klaren, frischen Morgen nicht verschlafen.

Clemens Gutbrod hatte sich am Vorabend den Wetterbericht angeschaut. Bei der guten Prognose war für ihn alles klar.

»Morgen früh lohnt es sich vielleicht, wieder einmal früh aufzustehen«, sagte er zu seiner Frau.

»Dann muss ich mit Ohrstöpseln schlafen, oder du schläfst im Gästezimmer«, antwortete sie, wobei sie leicht gereizt die Augenbrauen hochzog. Denn grundsätzlich war es ihr lieber, wenn ihr Mann am Sonntag ausschlief und mit ihr gemütlich frühstückte, anstatt am späten Vormittag müde und dazu noch unrasiert heimzukommen und den halben Nachmittag zu verschlafen.

»Was hab ich denn von deinem so genannten Jägervergnügen? Einen Mann, der sonntags oft müde und schlecht gelaunt ist.«

Und manchmal, wenn er besonders schlecht gelaunt war, weil er trotz guten Anlaufs wieder einmal nicht zum Schuss gekommen war, griff sie nach der CD mit den Opernchören und ließ den Jägerchor aus dem »Freischütz« durchs Haus schallen. »Was gleicht wohl auf Erden dem Jägervergnü-hü-gen«, sang sie dann lauthals mit, was ihn vollends auf die Palme brachte. Er verschwand dann immer im oberen Stockwerk und knallte die Tür des Gästezimmers hinter sich zu. Der Haussegen hing bei den Gutbrods nicht prinzipiell schief – bis Sonntagabend besserte sich die Stimmung meistens wieder –, aber daran, dass Ingrid die ganze Jägerei gestohlen bleiben konnte, gab es keinen Zweifel.

Die Nacht im Gästezimmer war Gutbrod gar nicht so unrecht. Es hatte ein Fenster nach Südwesten hin, von dem aus er ein bisschen Waldrand sehen konnte, der von ihrem Haus in Holzgerlingen ungefähr drei Kilometer entfernt lag. Vor allem aber hatte er eine gute Sicht auf den westlichen Himmel. Damit konnte er am frühen Morgen mit einem Blick entscheiden, ob es sich lohnte, das warme Bett nun wirklich mit der harten Sitzbank eines Hochsitzes zu vertauschen.

Ehe er nach oben verschwand, braute er sich eine Thermoskanne starken Kaffee und richtete sich das kleine Frühstück, das er auf dem Hochsitz einzunehmen pflegte, nachdem er direkt aus dem Bett, ohne einen Bissen zu essen, aufgebrochen war. Manchmal verzichtete er sogar auf die Katzenwäsche. Vom Bett möglichst schnell auf den Hochsitz, lautete seine Devise.

Er war schon um halb fünf Uhr aufgestanden, hatte den üblichen prüfenden Blick aus dem Fenster geworfen, hatte sich schnell angezogen, Waffe und Rucksack gepackt und das Haus verlassen.

Er stand vor der Tür, sog die frische Morgenluft durch die Nase ein und holte, so leise es ging, seinen Wagen aus der Doppelgarage. Dann fuhr er vorsichtig aus der Siedlung – er musste mit Reifglätte rechnen – und bog nach links in die B 464 ein. Frohgemut atmete er durch und steuerte auf den Waldrand zu. Im Licht der Scheinwerfer glänzte die hauchdünne Reifschicht auf den Wiesen und Feldern. Gutbrod freute sich. Nach diesem Wetter hatte er sich lange gesehnt.

Langsam fuhr er ein geschottertes Waldsträßchen entlang. Und dann, gerade ein halbe Stunde nachdem er aus dem Bett gestiegen war, stellte er sein Auto an der Kreuzung zweier Waldwege ab. Das war die Stelle, wo Steiger und er immer parkten, wenn sie auf den Ansitz gingen. Es stimmte ihn fröhlich, dass er heute früher dran war als sein Jagdkamerad. Denn so konnte er frei wählen, auf welche Kanzel er sich setzen würde. Er schrieb die entsprechende Information auf einen kleinen Zettel und klemmte ihn hinter den Scheibenwischer. Steiger würde ihn finden und einen anderen Hochsitz wählen müssen.

Auf seinem Gang zum Hochsitz stellte er befriedigt fest, dass der Boden heute wenigstens ein klein wenig gefroren war. Das war ihm recht, denn der Weg zum Hochsitz war von den Rückefahrzeugen der Waldarbeiter stark verunstaltet worden: am linken und rechten Rand Radspuren von einem halben Meter Breite und Tiefe, dazwischen matschige Schleifspuren, die wenigstens heute, leicht angefroren, seine Stiefel nicht so stark beschmutzen würden. Er hasste es, wenn richtige Dreckklumpen von seinen Sohlen an den Sprossen der Hochsitzleiter kleben blieben, in die er dann beim Abstieg manchmal hineinfasste, weil er sich gerade auf etwas anderes konzentrierte. Und das geschah immer wieder, weil ihn die Gedanken an seine Geschäfte oft auf dem Ansitz einholten.

Von seinem Weg aus hatte er linker Hand gute Sicht in einen Bestand alter Rotbuchen. Kleinere Bäume und Unterholz hatte man entfernt, und das schwache Mondlicht hellte den bereiften Waldboden etwas auf, so dass sich die Baumstämme gut davon abhoben. Wenn hier jetzt ein Wildschwein käme! Es würde ein deutliches Ziel bieten. Doch es kam keines.

Nur auf der anderen Seite seines Weges hörte er ein deutliches Rascheln in dem ungepflegten Mischwaldgestrüpp, das kein Blick durchdringen konnte, weil das rotbraune Buchenlaub erst im Frühjahr abfiel. Dort bewegte sich etwas. Gutbrod verharrte, nahm die Büchse von der Schulter und entsicherte sie. Er hielt den Atem an und lauschte. Zweige knackten, Laub raschelte. Ein Wildschwein? Ein Reh? Das war nicht auszumachen. Er hörte nur, wie sich die Geräusche langsam entfernten.

Enttäuscht sicherte er seine Büchse, hängte sie sich wieder um und ging weiter. Es wäre auch zu schön gewesen! Na ja, der Morgen war noch nicht vorüber.

Ein Rückefahrzeug, vielleicht war es auch ein Vollernter gewesen, war direkt an seinem Hochsitz vorbeigefahren und hatte einen richtigen Dreckwall hinterlassen, über den Gutbrod bedächtig hinwegstieg, um an die Hochsitzleiter zu gelangen. Er wollte heute so lange sitzen bleiben, bis die ersten Jogger, Mountainbikefahrer oder Wanderer Unruhe ins Revier brachten und längeres Ausharren sinnlos machten.

Er ergriff die Leiterholme auf Augenhöhe und wollte zügig aufsteigen. Als er aber mit seinem ganzen Gewicht die vierte Sprosse belastete, gab sie nach, als würde er ein Aststück vor sich herkicken. Er bekam Rücklage, konnte sich nicht halten und stürzte rücklings ab. Sein linkes Bein schlug zwischen Ferse und Wade hart auf der untersten Sprosse auf, und er landete mit dem Rücken auf dem Dreckwall, was nicht so einen schlimmen Schmerz ausgelöst hätte, wäre da nicht zwischen Lehm und Lodenmantel noch etwas sehr Hartes gewesen: die Büchse mit dem aufgesetzten Zielfernrohr.

Gutbrod stieß einen Schmerzensschrei aus und schnappte nach Luft. Aber Einatmen ging gar nicht gut. Der Schmerz im Rücken nahm ihm die Besinnung.

Ganz allmählich kam er wieder zu sich und vermisste zunächst seinen Hut. Sein Kopf war kalt und tat höllisch weh, vor allem der Hinterkopf. Als er die schmerzende Stelle abtasten wollte, durchzuckte ein so starker Schmerz seine Rippen, dass ihm wieder schwarz vor den Augen wurde.

Die Kälte weckte ihn. Er musste aufstehen, aber sein linkes Bein schmerzte bei der geringsten Bewegung. Er musste es ruhig halten. Ihm wurde klar, dass er nicht allein aufstehen konnte. Mühsam und qualvoll, Zentimeter um Zentimeter, drehte er sich auf die linke Seite und streifte dabei seinen Rucksack ab. Er fror. Die Kälte schüttelte ihn durch. Seine Zähne klapperten. Er musste dagegen ankämpfen.

Er angelte, immer noch auf der Seite liegend, seine Thermosflasche aus dem Rucksack, schraubte sie mühsam auf und flößte sich langsam, Schluck für Schluck, die heiße Flüssigkeit ein, bis nichts mehr da war. Das tat gut. Der Tremor in seinen Händen ließ etwas nach. Aber er spürte, dass er am ganzen Körper nass war. Die Schmerzen, der Schock und die Anstrengung brachten ihn ins Schwitzen. Dafür war seine Hand nun ruhiger, sein Kopf wurde klarer.

Jetzt erst konnte er einen vernünftigen Gedanken fassen. Er sah auf seine Uhr. Inzwischen war es sechs. Demnach musste er einige Zeit ohne Besinnung gewesen sein. Mit verbissener Anstrengung und bei jeder Bewegung schmerzgepeinigt, öffnete er seinen Rucksack und nahm die Signalpistole heraus, die er immer geladen mit sich führte. Sechs Patronen steckten im Magazin. Zwei hintereinander abschießen, auf dreißig zählen, dann wieder zwei, auf dreißig zählen, dann wieder zwei. Das hatten sie als Signal für ernste Notsituationen ausgemacht. Er hoffte nur, dass sein Jagdkamerad Steiger inzwischen auch im Revier war. Seinen Wagen hatte er noch nicht stehen sehen, als er dort ausgestiegen war, wo sie immer parkten. Aber es war ja schon eine Weile her.

Gutbrod ließ die Platzpatronen krachen und lauschte. Die Zeit dehnte sich. Wie lange brauchte man, um eine Signalpistole aus dem Rucksack zu nehmen und sie eventuell zu laden? Das durfte doch nicht so lange dauern. Wieder spürte er die Kälte, vor allem an seinem Rücken, und geriet in Panik. Er fing wieder an zu zittern. Da endlich schallten zwei Platzpatronendetonationen an sein Ohr. Steiger war im Revier. Gutbrod wurde ruhiger und schloss erleichtert die Augen. Er wollte tief durchatmen, aber der Schmerz unterhalb seines rechten Schulterblatts erlaubte ihm nur flache Atemzüge. Es wurde ihm bewusst, dass er nur noch hechelte, statt durchzuatmen.

Endlich hörte er Steigers Schritte.

»Was ist mit dir passiert?«

»Die Leiter. Irgend so ein Schwein hat die Leiter angesägt.«

»Geht's dir gut?«

»Super geht's mir, siehst du doch. Hilf mir endlich hoch. Aber vorsichtig. Ich hab tierische Schmerzen. Ich glaub, ich hab ein paar Rippen gebrochen, und das linke Bein.«

»Na dann prost Mahlzeit«, sagte Steiger sarkastisch, stellte sein Gewehr an einen Baum und beugte sich über Gutbrod, der ihm den linken Arm entgegenstreckte. Steiger zog und Gutbrod schrie auf. Vor Schmerzen wusste Gutbrod nicht, wie ihm geschah, und war froh, als er sich schließlich mit angezogenem rechten Bein in Sitzposition wiederfand.

»Clemens, jetzt gilt's«, sagte Steiger aufmunternd und trat hinter ihn. Er griff ihm unter die Achseln.

»Auf geht's«, kommandierte er und zog Gutbrod, der wieder laut aufschrie, hoch. Unsicher auf einem Bein stand der Verletzte vor ihm und zitterte am ganzen Leib. Und Steiger keuchte von der Anstrengung.

»Allein kriege ich dich nicht fort. Ausgeschlossen. Ich muss dich hinsetzen und Hilfe holen. Bleib stehen und halt dich an mir fest«, japste er.

Durch Gutbrod, der sich an seinem Hosenbund festhielt, leicht behindert, machte Steiger aus seinem Mantel und Gutbrods Rucksack ein Sitzkissen, das er auf den Dreckwall legte. Darauf setzte er seinen Kameraden. Dann schnitt er mit seinem Jagdmesser zwei Stöcke zurecht, mit denen er das lädierte Bein schienen wollte. Aber bei jedem Versuch schrie Gutbrod laut auf, so dass er es aufgab.

»Hier, nimm einen Schluck Oban. Der nimmt die Schmerzen und tut dir gut«, sagte Steiger und reichte ihm seinen Flachmann mit dem Whisky. »Jetzt wär's gut, wenn man das Handy in der Tasche hätte. Dann müsstest du nicht so lange hier herumhocken. Aber jetzt muss ich dich allein gelassen, da hilft alles Beten nichts. Ich beeil mich. Trink noch einen Schluck. Das hilft dir so lange.«

Gutbrod sah Steiger nach, wie er mit schnellen Schritten zwischen den Stämmen verschwand. Es dauerte. Noch nie war ihm der Wald so tot und still erschienen wie jetzt.

Er hörte keinen Laut und hatte den Eindruck, dass es gar nicht heller wurde. Als er auf die Uhr sah, stellte er fest, dass seit seinen Signalschüssen nur zehn Minuten vergangen waren, die längsten zehn Minuten, die er je erlebt hatte. Bis Hilfe kam, würde es mindestens noch einmal so lange dauern, oder noch viel länger. Er griff nach dem Flachmann und nahm einen weiteren Schluck. Vielleicht würde der Whisky ihn etwas wärmen. Doch davon spürte er nichts.

Als er viel später, die Zeit kam ihm endlos vor, noch einmal nachheizen wollte, wurde ihm so übel, dass er fast die Motorengeräusche überhört hätte. Mit trübem Blick starrte er in die Richtung, aus der die Hilfe kommen musste. Wo blieb das Licht der Scheinwerfer? Plötzlich hörte das Motorengeräusch auf, und ihm wurde klar, dass der Sanka nicht zu ihm herfahren konnte. Die Holzernter hatten den Weg für jedes andere Fahrzeug unpassierbar gemacht. Er musste sich weiter gedulden. Es kostete ihn große Mühe, nicht umzusinken. Nur der höllische Schmerz im Brustkorb, der sich sofort einstellte, wenn er sich nur ein klein wenig nach der Seite neigte, hielt ihn senkrecht, wobei er sich mit dem linken Arm abstützte und den rechten kraftlos hängen ließ.

Es kam ihm unendlich lang vor, bis er im Grau des Morgens drei Gestalten auf sich zukommen sah, die eine Trage mitbrachten. Je näher sie kamen, umso mehr verschwammen ihre Konturen.

»Ihnen geht es aber gar nicht gut. Kein Wunder, wenn …«, hörte er einen Rettungssanitäter noch sagen. Dann wurde ihm schwarz vor Augen.

Als der Rettungswagen durch eine scharfe Kurve jagte, weckte ihn der Schmerz in den Rippen. Es erstaunte ihn, dass man ihm eine Sauerstoffmaske aufgesetzt hatte. Stand es denn so schlecht um ihn? Mit aufgerissenen Augen schaute er den Sanitäter an, der gerade dabei war, seinen Blutdruck zu messen. Der las ihm die Frage von den Augen ab und erklärte: »Tja, Herr Gutbrod, der Whisky hat Ihnen leider nicht sehr gut getan. Gegen Kälte mag der mal einen Moment ganz gut sein, aber nie und nimmer bei einem traumatischen Schock. Sie sind uns ohnmächtig geworden.«

Dann las er den Blutdruck und bemerkte: »110 zu 70, gut, noch immer sehr niedrig, aber wir haben Sie wieder. Sie bekommen gerade auch etwas zur Stabilisierung des Kreislaufs.«

Jetzt erst bemerkte Gutbrod den Infusionsständer und die Kanüle, die in seiner Armbeuge steckte. Sein Bein schmerzte nicht mehr. Es steckte in einer Vakuumschiene und war fürs Erste versorgt. Trotzdem war ihm im Moment alles zu viel. Er schloss die Augen und ließ sich fallen.

# 3

Ingrid Gutbrod hatte ausgeschlafen. Sie hatte ein Kännchen Tee und etwas Toast zubereitet und sich damit ins Schlafzimmer zurückgezogen. Langsam, Schlückchen für Schlückchen, das warme Getränk zu sich zu nehmen, zwischendurch ein Häppchen vom gebutterten Toast abzubeißen und dabei in einer Frauenzeitschrift herumzublättern, war der Luxus, den sie sich immer gönnte, wenn Clemens sonntagmorgens das Bett mit der Kanzel vertauscht hatte. Wäre er zu Hause gewesen, dann hätte sie ein opulentes Frühstück vorbereiten müssen, vor allem für ihn, denn sie hielt sich morgens beim Essen zurück. Sie leistete ihm gerne am Frühstückstisch Gesellschaft, denn dabei konnte sie alles mit ihm bereden, was die Woche über unausgesprochen geblieben war. Trotzdem genoss sie jetzt den ruhigen Morgen. Zu irgendetwas musste es ja gut sein, dass Clemens in aller Herrgottsfrühe in den Wald rannte, sagte sie sich.

Als aber ihr Teekännchen längst leer getrunken war und vom Toast nur noch ein paar Krümel auf dem Teller lagen, schaute sie auf die Uhr. Es war schon gegen elf. In der nächsten halben Stunde müsste Clemens nach Hause kommen. Sie stand auf und ging ins Badezimmer, um sich zurechtzumachen. Wie immer, wenn er müde aus dem Wald kam, wollte sie ihm gut angezogen und gestylt den Eindruck vermitteln, dass der Sonntag schon längst begonnen hatte, und ihn fühlen lassen, dass er etwas verpasst hatte – natürlich ohne sagen zu können, was es eigentlich wäre.

Kochen würde sie heute nicht. Sie hatten sich für ein Uhr mit einem befreundeten Ehepaar zum Mittagessen verabredet, im Waldhorn in Bebenhausen. Solche Verabredungen waren ebenso angenehm wie nützlich. Man gönnte sich etwas Gutes und pflegte gleichzeitig Beziehungen, die einem einmal von Vorteil sein konnten, falls man nicht sogar bereits von ihnen abhängig war. Heute, das hatte Clemens deutlich gesagt, handelte es sich, genau betrachtet, um ein Geschäftsessen. Wenn die Plauderei gut lief, konnte dabei ein Auftrag herausspringen. Deswegen konnte sie es sich auch nicht erklären, dass Clemens um halb zwölf immer noch nicht zurückgekommen war. Und so war sie schon recht angespannt, als das Telefon klingelte. Es war Edgar Steiger.

»Ingrid, erschrick nicht, Clemens ist im Krankenhaus, aber es geht ihm gut«, fiel er mit der Tür ins Haus, so dass ihr vor Schreck fast das Telefon aus der Hand fiel.

»Was ist? Was hat er?«

»Er hat ein Bein gebrochen, wahrscheinlich auch ein paar Rippen, und eine Gehirnerschütterung hat er auch.«

Ingrid dachte an einen Verkehrsunfall. »Was ist denn passiert? Ist er gerutscht? Ist er zu schnell gefahren?«

»Nein. Es ist nicht mit dem Auto passiert. Er ist im Wald gestürzt. Irgendein Dreckschwein hat die Hochsitzleiter angesägt. Ich weiß nicht genau, wie es passiert ist, ich war ja nicht dabei.«

»Was? Die Hochsitzleiter? Wieso denn das?«

»Das weiß ich auch nicht. Das muss untersucht werden. Ich hab es schon der Kripo gemeldet.«

»Wo ist Clemens?«

»Im Böblinger Krankenhaus.«

»Warst du bei ihm?«

»Nein. Noch nicht. Seit sie ihn im Rettungswagen abtransportiert haben, habe ich ihn noch nicht wieder gesehen. Da ging es ihm schon wieder besser. Ich denke, jetzt musst du hin. Er wird dir genau sagen können, was los war. Ich war, wie gesagt, nicht dabei.«

»Klar, sofort.«

Damit drückte sie den Anruf weg.

Obwohl Ingrid Gutbrod sich auf dem Weg ins Krankenhaus bereits alles Mögliche vorgestellt hatte, erschrak sie doch, als sie das Krankenzimmer betrat. Auf den Verband an Clemens'

Kopf war sie nicht gefasst gewesen. Er sah ihr ihren Schrecken an und versuchte zu lächeln.

»Es sieht schlimmer aus, als es ist«, sagte er zur Begrüßung.

»Clemens, was ist mit deinem Kopf?«

»Eine Platzwunde am Hinterkopf, nichts weiter. Sie mussten halt nähen.«

Sie wollte ihn küssen und beugte sich über das Bett.

»Vorsicht, stütz dich bitte nicht auf«, sagte er und streckte ihr seine Wange so weit entgegen, wie es ohne Schmerzen möglich war.

Da erst entdeckte sie die Vakuumschiene an seinem linken Bein, das unter der Bettdecke hervorschaute.

»Und das hier?«

»Stark geprellt und angebrochen. Das muss erst abschwellen. Dann gipsen sie vielleicht. Das ist alles nicht so schlimm. Übel sind nur die angeknacksten Rippen. Wenn ich ruhig liege und nicht huste oder lache, ist es gut auszuhalten. Bring mich also bloß nicht zum Lachen«, sagte er mit einem sauren Lächeln.

»Keine Angst, zum Lachen gibt es nichts«, sagte sie sarkastisch.

Dann schilderte er seinen Unfall in aller Ausführlichkeit, nur die Sache mit dem Whisky ließ er lieber aus. Das war keine Geschichte für Frauen, das musste unter Männern bleiben.

»Das war also ein Anschlag auf dich?«, folgerte Ingrid aus seiner Darstellung.

»Oder auf Edgar. Es kann doch niemand voraussagen, wer zuerst da hochsteigen will.«

»Clemens, überleg doch mal, wer dir in letzter Zeit in die Quere gekommen ist.«

»Niemand, ich sag dir, niemand. Die Reibereien wegen des letzten Auftrags kennst du ja selber. Aber das sind doch alles keine Kriminellen, die Hochsitzleitern ansägen.«

»Und die Leute, die wir entlassen haben?«

»Die meisten sind bei Edgar untergekommen, auf die übliche Art und Weise.«

19

»Weißt du das genau?«

»Natürlich nicht. Was weiß ich, wo die bleiben? Aber du glaubst doch nicht, dass diese Leute wissen, wo wir jagen. Die wissen nicht einmal, dass wir jagen. Wie sollen sie dann einen solchen Anschlag auf uns machen?«

»Bei den vielen Arbeitskräften, die bei uns durchgehen, wäre ich mir nicht so sicher.«

»Jetzt hör doch auf und setz mir keinen Floh ins Ohr. Seit ich wieder ganz wach bin, habe ich über nichts anderes nachgedacht. Ich hab das schon abgehakt – abgehakt, hörst du? Also lass mich bitte mit solchen abwegigen Gedanken in Ruhe.«

»Wie du meinst. Du wirst ja sehen, was dich die Kripo alles fragt.«

Eine Weile schwiegen sie, jeder weit weg vom andern in seine Gedanken versunken.

»Hast du dran gedacht, das Mittagessen abzusagen?«

»Natürlich. Ich hab sie sofort angerufen. Soll dich grüßen und gute Besserung wünschen. Sie fanden es ungeheuerlich, was dir passiert ist. Wir gehen dann miteinander essen, wenn du hier wieder raus bist, hat er gemeint.«

»Aber kümmer dich drum, dass wir den Auftrag auch ohne diese Einladung kriegen. Wir brauchen den, und zwar dringend.«

»Weiß ich. Ich kenne die Bücher genauso gut wie du.«

»Der Laden muss weiterlaufen, auch wenn ich ein paar Tage ausfalle.«

Ingrid versicherte, nach Kräften dafür zu sorgen.

Die Schmerzmittel verstärkten Gutbrods Bedürfnis nach seinem Sonntagmittagsschläfchen. Seine Frau beobachtete, wie er immer weniger und langsamer sprach und seine Augenlider in immer kürzeren Abständen zuklappten.

»Ich lass dich jetzt schlafen und komme morgen wieder«, sagte sie und verabschiedete sich mit einem Kuss, der trotz aller vorsichtigen Zartheit einen leichten roten Abdruck auf seiner Wange hinterließ. Sie übersah ihn. Und als sie die Tür hinter sich zuzog, hörte er sie auch schon gar nicht mehr.

Man weckte ihn um fünf, als das Abendbrot gebracht wurde. Es schmeckte ihm nicht, er war Besseres gewohnt. Aber da er den ganzen Tag nichts gegessen hatte, schlang er es hinunter und bat den Krankenpfleger sogar um eine zweite Portion.

Dann war er wach und wollte reden. Er griff nach dem Telefon, rief die Reviernachbarn an und schilderte den Anschlag mit pedantischer Genauigkeit.

»Absolut heimtückisch das. Einfach die vierte Sprosse auf beiden Seiten angesägt. Das siehst du doch nicht. Es war ja noch gar nicht hell, und dann noch der Reif. Ich steig also auf die Leiter und denk nichts Böses. Und wie ich mit dem einen Fuß auf dieser Sprosse stehe und den anderen Fuß nachziehe, geht die nach vorne weg. Ich habe keinen Halt mehr und falle auf einmal rückwärts, das ist ein saublödes Gefühl, sag ich dir. Es ging so schnell, dass ich mich gar nicht festhalten konnte. Und dann war ich erst mal weg …«

Irgendwie tat es ihm gut, immer wieder diese Geschichte zu erzählen, wobei er selbst merkte, dass er dabei immer dieselben Worte benutzte. Am Ende hätte er sie aufschreiben können, ohne auch nur einen Moment nachzudenken. Aber auf die immer wiederkehrenden Fragen – »Jetzt sag mal, kannst du dir erklären, warum das gerade dir passiert ist? Wer hat es denn auf dich abgesehen?« – wusste er keine Antwort.

»Keine Ahnung. Was denkst du, woran ich die ganze Zeit herumgrüble? Ich sag es dir ja auch, damit du aufpasst.«

Alle bedankten sich für die Warnung, aber eigentlich glaubte keiner, dass der Attentäter auch in seinem Revier gewesen war. Denn die Kanzel, auf der Steiger am Morgen kurz gesessen hatte, war auch nicht angesägt gewesen.

Zufälligerweise war in den angrenzenden Revieren an diesem Morgen niemand auf dem Ansitz gewesen, ausnahmsweise, worauf jeder Gesprächspartner besonders hinwies. Denn eigentlich hätte man bei diesem Wetter ja unbedingt hinausgemusst. Aber am Vorabend war es halt spät geworden, aber man hatte ausgerechnet an diesem Wochenende

Besuch von der Verwandtschaft, man war zur Zeit stark erkältet – aber, aber, aber …

# 4

Die Anzeige Steigers, die Kupfer vorfand, als er kurz vor Mittag von einem Außentermin ins Büro kam, war knapp und trocken gewesen: Sein Mitpächter Gutbrod sei verunglückt, weil jemand eine jagdliche Einrichtung, sprich: einen Hochsitz, beschädigt habe. Gutbrod sei im Böblinger Krankenhaus jederzeit erreichbar. Er, Steiger, erstatte hiermit Anzeige gegen unbekannt. Der Anruf kam am Montag kurz vor Mittag.

»Auch das noch«, sagte Kupfer genervt und hätte gern einen Kollegen zu Gutbrod ins Krankenhaus geschickt. Um Krankenhäuser, Kliniken und Altersheime machte er, wenn es nur ging, einen großen Bogen. Glücklicherweise erfreute er sich einer stabilen Gesundheit, wofür er dankbar war. Aber schon sein TÜV, wie er die ärztliche Untersuchung nannte, der er sich alle zwei Jahre unterzog, beunruhigte ihn jedes Mal, brauchte er doch nur eine Arztpraxis zu betreten, um sich nicht mehr ganz so gesund zu fühlen. Die Welt der Mediziner und Apotheker versuchte er samt ihrer Kundschaft einfach auszuklammern. Umso unangenehmer war es für ihn, wenn er um einen Besuch im Krankenhaus nicht herumkam.

Einen noch größeren Bogen machte er um die Rechtsmedizin. Seit er damals als Anfänger ohnmächtig geworden war, als der Pathologe ein Brustbein durchsägte, hatte er ein besonderes Geschick darin entwickelt, seine Anwesenheit bei Obduktionen entbehrlich zu machen, indem er immer einen Kollegen fand, der im Moment weniger unabkömmlich war als er. Und glücklicherweise waren, wie Paula Kußmaul immer sagte, wenn ein neuer Fall hereinkam, alle Menschen verschieden. Dank der Vielfalt menschlicher Charaktere gab es in der Dienststelle auch den Kollegen Leichen-Schulz, der sein Etikett der Tatsache verdankte, dass er so etwas wie der Spezialist für Leichenschauen geworden war. Mit der lebendigen Kundschaft befasste er sich nicht so gern. Die tote sei ihm lieber, sagte er, die gebe einem keine dummen Antworten und widerstandslos alle Informationen, die sie zu bieten habe. Und da er ohnehin ein etwas emotionsarmer Mensch war, rührte ihn der Anblick von Leichen nur wenig, mochte er auch noch so grausig sein.

Um einen Besuch im Krankenhaus kam Kupfer aber heute nicht herum. Wenn er schon dort hinmusste, sagte er sich, dann konnte er vorher zu Hause Mittag machen. Marie hatte zwar nicht mit ihm gerechnet, aber vom Sonntag waren noch ein paar Reste übrig, die sie ihm schnell aufwärmte. Das war allemal besser als Kantinenessen. Und damit konnte er dem Ganzen wenigstens ein bisschen etwas abgewinnen.

Trotzdem fuhr er dann recht missmutig die Bunsenstraße hinauf. Denn lieber hätte er nach dem guten Essen die Beine ausgestreckt und die Augen ein halbes Stündchen zugemacht als sofort in die neue Ermittlung einzusteigen.

Als er durch den Korridor der chirurgischen Abteilung auf Gutbrods Krankenzimmer zuging, hatte er einen Moment das Gefühl, das Mittagessen sei ihm nicht bekommen. Aber er kannte sich gut genug, um zu wissen, dass er sich das nur einbildete. Er riss sich zusammen und ging resolut auf das Zimmer zu, wobei sich seine Laune allerdings nicht verbesserte.

Clemens Gutbrod saß halb aufrecht im Bett und starrte an die Decke, als Kupfer anklopfte. Er wirkte fast überrascht, als der Kripobeamte sich vorstellte.

»Natürlich, die Kriminalpolizei. Ich nehme an, Herr Steiger, mein Mitpächter, hat Anzeige erstattet. Das hätte ich auch noch getan. Aber bis jetzt war mir noch nicht danach. Sie sehen ja …« Damit deutete er auf sein gebrochenes Bein. »Und die Rippen und das hier. Das ist sehr schmerzhaft«, fügte er hinzu und machte eine vage Handbewegung Richtung Thorax und Kopfverband.

»Das ist doch klar«, beruhigte ihn Kupfer. »Das sind wir gewohnt. Sie haben Recht, Herr Steiger hat uns informiert – und Ihre Anzeige können Sie noch erstatten, wenn Sie sich besser fühlen. Die meisten Hinweise auf Verbrechen bekommen wir nicht von den Opfern, sondern von ihren Angehörigen oder Freunden.« Manchmal können die Opfer ohnehin nichts mehr sagen, dachte er, was er aber lieber für sich behielt. Er wollte seinen verletzten Gesprächspartner ja nicht aufregen.

Dann erzählte Gutbrod das, was sich zur Standardversion seiner Geschichte verfestigt hatte.

»Und ich habe natürlich keine Ahnung, wer hinter diesem heimtückischen Attentat steckt. Wirklich keine Ahnung«, schloss er.

»Wenn das so ist, dann müssen wir ganz systematisch Ihr Umfeld anschauen, alles: Beruf, Familie, Jagd.«

»Also die Familie können Sie herauslassen«, wandte Gutbrod sofort ein. »Sie glauben doch nicht im Ernst, dass meine Frau oder mein Sohn mit einer Säge in den Wald gehen und … ausgeschlossen! So einfach ist es nicht. Was denken Sie!«

Gutbrods Ton gefiel Kupfer gar nicht, aber er schluckte sein Missfallen hinunter.

»Gut. Lassen wir das einmal aus«, gab er gelassen zurück. »Aber Sie verstehen doch, dass wir nach den Familienverhältnissen, den Ehepartnern und eventuellen Expartnern schon fragen müssen. Manchmal gibt es die bizarrsten Eifersuchtsgeschichten. Das können Sie mir glauben.«

»Bei uns aber nicht. Wir sind seit vielen Jahren glücklich verheiratet, wenn ich so sagen darf. Da hat es keine Seitensprünge gegeben, nie«, beteuerte Gutbrod wie ein Angeklagter, der sich verteidigen muss.

»Und Ihre Frau geht sicher auch mit auf die Jagd?«

»Das allerdings nicht, das muss ich zugeben. Ehrlich gesagt, wäre es ihr lieber, wenn ich kein Jäger wäre. Aber sie weiß, dass ich die Jagd zum Ausspannen brauche, und hat nichts dagegen, auch wenn sie manchmal auf meine Gesellschaft verzichten muss.«

»Was machen Sie beruflich?«

»Wir, also meine Frau und ich, wir betreiben eine kleine Baufirma.«

»Klein? Wie klein? Wie groß darf ich mir diese kleine Firma vorstellen? Ich habe von dieser Branche wenig Ahnung.«

»Was wollen Sie wissen? Auftragsvolumen? Belegschaft?«

Gespannt darauf, was nun kommen würde, zuckte Kupfer einfach mit den Achseln. Es schien, als hätte er Gutbrod ein wenig in Verlegenheit gebracht.

»Es ist so: Wir nehmen keine großen Aufträge an, wir bauen also keine ganzen Häuser, nicht einmal ganze Rohbauten. Wir arbeiten mit Kolonnen von Betonbauern oder Leuten, die die Eisengitter binden. Wir übernehmen Teilaufgaben. Wir sind Subunternehmer.«

»Und da brauchen Sie eine große Belegschaft?«

»Manchmal ja, manchmal nein. So, wie es gerade läuft. Wir brauchen natürlich eine stabile Kerntruppe, die als Vorarbeiter funktioniert, die Poliere. Wir haben vier Poliere, die machen unser Stammpersonal aus. Die andern sind Leiharbeiter, die immer wieder mal wechseln.«

»Wie groß ist so eine Kolonne?«

»Das wechselt natürlich je nach Größe des Auftrags. Wir versuchen natürlich, ständig mit verschiedenen Aufträgen im Geschäft zu bleiben, so dass wir alle Leute halten können. Nur klappt das nicht immer.«

»Und wie viele Eisenbinder oder Betonbauer beschäftigen Sie zur Zeit?«

»Das kann ich Ihnen nicht einmal genau sagen. Vier Kolonnen von ungefähr zehn Arbeitern plus jeweils ein Polier. Rund fünfundvierzig also.«

»Und was passiert, wenn ein Auftrag abgearbeitet ist und noch kein neuer da ist?«

»Na ja, das sollte eigentlich nicht passieren. Da muss man Fuchs und Has sein, damit das reibungslos weiterläuft.«

»Und das läuft immer weiter?«

»Schon. Aber nicht immer ganz rund.«

»Und was passiert dann?«

»Dann vermittelt die Firma, die die Arbeitskräfte verleiht, den Leuten eine andere Arbeitsstelle. Damit haben wir aber kaum etwas zu tun. Wir melden nur, dass wir ein paar Kräfte freisetzen wollen.«

»Freisetzen, hmm, die Freiheit nehmen Sie sich dann«, sagte Kupfer spitz und fügte nach einer kleinen Pause hinzu: »Das heißt, Sie geben überschüssige Arbeitskräfte einfach an die Leihfirma zurück?«

Gutbrod nickte.

»So, wie ich einen Leihwagen zurückgebe, wenn ich ihn nicht mehr brauche?«

Gutbrod schüttelte gereizt den Kopf und zuckte sofort zusammen, weil er seinen Brustkorb zu sehr bewegt hatte.

»Nein, ganz so einfach natürlich nicht«, sagte er stöhnend. »Da sind ja finanzielle Dinge zu klären, Krankenversicherung, Sozialversicherung, Verdienstausfall, Urlaubsgeld.«

»Das ist ja interessant«, sagte Kupfer, als hätte Gutbrod ihm eine spannende Geschichte erzählt. »Aber sagen Sie, würden Sie völlig ausschließen, dass ein entlassener Arbeiter sich an Ihnen rächt, weil er nicht versteht, warum er nicht mehr für Sie arbeiten kann – oder darf?«

»Das ist absolut ausgeschlossen. Die Leute kennen mich ja kaum. Sie verbringen die ganze Zeit auf der Baustelle oder in den Containern, wo sie untergebracht sind. Von der Gegend sehen sie wenig. Das interessiert die auch gar nicht. Die bekommen ihr Geld und sind damit zufrieden. Und wenn sie genug haben, dann fahren sie wieder nach Hause. Da weiß doch keiner, dass ich auf die Jagd gehe, geschweige denn wo.«

»Wo kommen denn die Leute her?«

»Zur Zeit aus Rumänien und Bulgarien. Früher hatten wir Leute aus Polen und der Ukraine.«

»Und Sie sind also sicher, dass wir in dieser Richtung nicht zu ermitteln brauchen?«

»Absolut.«

»Und Ihre Poliere sind zuverlässige Leute, zu denen Sie ein gutes Verhältnis haben?«

»Alle. Für die würde ich meine Hand ins Feuer legen.«

»Und wie sieht es mit geschäftlichen Konflikten aus, ich meine mit konkurrierenden Unternehmen? Gibt es da nicht manchmal Reibereien?«

»Na ja, manchmal muss man schon einen Konkurrenten unterbieten, damit man einen Auftrag bekommt. Sonst kann man seine Leute nicht beschäftigen. Da wird scharf kalkuliert. Das ist gang und gäbe in unserem Geschäft. Aber das nimmt niemand persönlich. Der Konkurrent versucht dann eben bei der nächsten Ausschreibung, einen zu unterbieten. Ein Attentat hat es deshalb noch nie gegeben.«

»Um ganz systematisch vorzugehen«, kam Kupfer auf einen anderen Punkt zu sprechen, »muss ich Ihnen noch ein paar Fragen zur Jagd stellen. Vielleicht bringt uns das weiter. Irgendwo müssen wir ja miteinander einen Anhaltspunkt finden. Fangen wir mal mit Herrn Steiger an, den ich kurz am Telefon kennengelernt habe.«

»An den brauchen Sie nicht zu denken. Wir haben das Revier seit fünf Jahren zusammen gepachtet. Jeder zahlt seinen Teil und schießt, was er erlegen kann, das heißt im Rahmen dessen, was zulässig ist. Da gibt es keine Probleme.«

»Sie sind also richtige Jagdfreunde?«

»Natürlich.«

»Und wie kam diese Partnerschaft zustande?«

»Über geschäftliche Beziehungen. Wir hatten früher häufig miteinander zu tun.«

»Und in Ihrem Revier jagen nur Sie beide?«

»Nein, natürlich nicht. Wir haben immer mal wieder Jagdgäste da, gute Bekannte, die auch jagen. Da lädt man sich gegenseitig immer wieder mal ein. Man verkehrt freundschaftlich miteinander.«

»Wie sieht es mit Ihren Reviernachbarn aus? Gibt es da vielleicht Reibereien?«

»Nein. Absolut nicht. Gut, da kommt vielleicht mal ein bisschen Schussneid auf, wenn man erfährt, dass ein kapitaler Bock im Nachbarrevier gefallen ist, einer, hinter dem man selbst her war. Aber deswegen wird man nicht böse, weil es das nächste Mal wieder andersherum sein kann. Wenn ich hier irgendeinen Anhaltspunkt finden würde, würde ich es Ihnen sagen. Aber es fällt mir absolut nichts ein.«

Das Wort »Schussneid« überraschte Kupfer. Das hatte er noch nie gehört. Ob vielleicht auch Fußballspieler das sagten? Er konnte dem Gedanken im Moment nicht nachgehen, obwohl er den Eindruck hatte, dass dieses Gespräch keine weiteren Ergebnisse bringen würde, und verabschiedete sich. Allerdings wandte er sich unter der Tür noch einmal um.

»Noch eine Frage hätte ich: Wo befindet sich Ihr Betrieb?«

»In Weil im Schönbuch, im Gewerbegebiet Lachental. Gleich links am Ortseingang, wenn Sie von der B 464 her kommen.«

# 5

Kupfer sah auf die Uhr und ärgerte sich über die vergeudete Zeit. Aber da es erst früh am Nachmittag war, fand er, dass er für eine kurze Besichtigung dieses Betriebs genug Zeit hatte, wo er schon einmal unterwegs war.

Er fuhr hin. Als er Holzgerlingen passierte, schaute er argwöhnisch auf die Autoschlangen, die sich auf der Gegenfahrbahn an den Ampeln gebildet hatten. Er konnte nur hoffen, dass der Verkehr bis zu seiner Rückfahrt sich etwas auflösen würde. Die Schlange reichte fast bis zum Schaichhof, wo er dann links abbog.

Das Gewerbegebiet war kleiner, als er es sich vorgestellt hatte. Daher erwartete er, im Vorüberfahren irgendwo den Namenszug Gutbrod zu finden. Doch dem war nicht so. Als er alle Straßen abgefahren hatte, konzentrierte er sich daher auf eine relativ kleine Gewerbefläche, einen an drei Seiten eingezäunten, betonierten Hof, an dessen Ende zwei abgestellte Wohncontainer aufeinandersaßen.

Neben der Einfahrt stand ein flaches Bürogebäude, dahinter eine etwas größere Lagerhalle. Das war alles. Nur ein weißer Mercedes-Sportwagen, ein Zweisitzer mit roten Lederbezügen, wies darauf hin, dass das Betriebsgelände nicht ganz verlassen war. Kupfer parkte neben dem Sportwagen, stieg aus und schlenderte langsam wie ein betagter Tourist, der auf einem Marktplatz ein Straßencafé auswählt, auf den Eingang des Büros zu. Er konnte durchs Fenster sehen, wie eine sehr blonde Frau von ihrem Monitor aufsah, sofort aufstand und zur Tür ging. Und schon stand sie vor ihm, auf hochhackigen Schuhen in kobaltblauem Hosenanzug und rosa Bluse. An ihrem Handgelenk glänzte eine etwas zu schwere Goldkette, wie man sie auf Märkten im Orient angeboten bekommt. Und von dort hätten auch die großen Ohrringe stammen können, die durch den kurzen Haarschnitt leicht überdimensioniert wirkten.

Die passt so wenig zu dieser Umgebung wie ihr Auto, dachte Kupfer.

»Ich habe eben Ihren Mann besucht und würde mich auch gerne mit Ihnen etwas unterhalten«, sagte Kupfer nach der kurzen Begrüßung.

»Dann kommen Sie doch bitte herein in unser Besprechungszimmer.«

Sie führte ihn in einen kleinen, kahlen Raum. Weiß gekalkte Wände, grauer Linoleumboden, ein Resopaltisch, um den vier Plastikstühle standen. Es roch nach kaltem Zigarettenrauch. Geschäfte wurden hier wohl kaum angebahnt. Hier wurden höchstens die Poliere eingewiesen. Der Unterschied zwischen dem Raum und der Aufmachung der Hausherrin hätte größer nicht sein können.

»Wie war er denn heut Nachmittag drauf?«, fragte Ingrid Gutbrod, als erkundigte sie sich nach einem launischen Altersheiminsassen.

»Den Umständen entsprechend gut, würde ich sagen. Geklagt hat er eigentlich nicht. Er ist aber schon bedauernswert, wie er so im Bett liegt und sich kaum rühren kann.«

»Tja, das hätte alles nicht sein müssen, wenn er an dem Morgen im Bett geblieben wäre. Aber er musste ja auf seinen Hochsitz, solang es noch stockfinster war. Bei Tag wär ihm das nicht passiert.«

Kupfer lauschte auf einen Anflug von Mitleid und hörte ihn nicht. Ihre Stimme klang eher sarkastisch.

»Und Sie sind jetzt allein hier?«, fragte er, als würde er sie auch bedauern.

»Ja, ich habe jetzt den ganzen Laden am Hals. Und das ist nicht einfach, kann ich Ihnen sagen.«

»Aber Sie haben doch sicher eine Sekretärin.«

»Ja, wir haben eine, aber die genießt gerade Mutterschutz, und mir steht die Arbeit bis zum Hals.«

Sie steckte sich eine Zigarette zwischen die geschminkten Lippen.

»Sie haben doch nichts dagegen«, sagte sie und knipste ihr goldenes Feuerzeug an, ohne Kupfer auch nur anzusehen, geschweige denn seine Antwort abzuwarten.

»Was wollen Sie denn von mir wissen?«, fragte sie nach dem ersten Zug, indem sie den Kopf in den Nacken legte und eine Wolke gegen die Decke blies.

»Das ist schnell gesagt. Ich möchte Sie fragen, wie Sie den Fall sehen und ob Sie sich diesen Unfug mit der Hochsitzleiter irgendwie erklären können.«

»Ehrlich gesagt, habe ich keine Ahnung. Diese ganze Jägerei interessiert mich überhaupt nicht. Wenn es da Ärger gibt, dann soll er mit seinen Jagdfreunden darüber reden. Mir reicht schon, was hier immer anfällt.«

»Von was für Ärger reden Sie denn?«

»Ach, was weiß ich. Grenzstreitigkeiten, weil mal einer ein angeschossenes Wild bis ins Nachbarrevier hinein verfolgt. Da reden die gleich von Wilddiebstahl oder Wilderei, als wären wir noch im neunzehnten Jahrhundert. Oder einer beschuldigt den andern, dass er zu viel abgeschossen hat oder mal ein Muttertier erwischt hat. Ich kriege das, wie gesagt, nur am Rande mit. In letzter Zeit regen sich alle über das neue Jagdgesetz auf, das kommen soll. Da sind sich alle auf einmal einig. Ich sag immer zu meinem Mann, er soll mich mit Einzelheiten verschonen. Mir ist das alles wurst.«

»Wer sind die alle?«

»Mein Mann, Steiger, die Reviernachbarn, die Jagdgäste – halt alle, die mit einem Gewehr im Wald herumrennen. Die sind zur Zeit in keiner guten Stimmung.«

Angesichts ihres auffallenden Stils glaubte ihr Kupfer sofort, dass sie mit der Jagd nichts zu tun haben wollte. Er konnte sich einfach nicht vorstellen, dass sie ihre übertriebene Aufmachung mit schlichterer Jagdkluft vertauschte oder gar die Farbenpracht ihrer aufgeklebten Fingernägel mit Wildblut verschmierte.

»Und welcher Ärger fällt hier an, wie Sie sagen?«, lenkte Kupfer deshalb das Gespräch aufs Geschäftliche.

»Nichts Besonderes, halt das Übliche«, winkte sie gelangweilt ab. »Wo kriegt man die Aufträge her? Was muss man anbieten, damit man nicht unterboten wird? Wo kriegt man die Leute her? Wissen Sie, in unserer Branche gibt es ja nichts Beständiges. Wenn die Arbeiter genug verdient haben, dann fahren sie wieder in ihre Heimat zurück. Unser Geschäft sieht alle paar Monate anders aus. Und wenn die Sozis jetzt noch mit ihrem flächendeckenden Mindestlohn daherkommen, dann weiß ich nicht mehr, wie es weitergehen soll.«

Den letzten Satz sprach sie etwas schneller und lauter, was Kupfer aufhorchen ließ. Sie lehnte sich seufzend in ihrem Stuhl zurück und zog an ihrer Zigarette.

Damit hatte sie mit wenigen Worten genau das Geschäftsmodell beschrieben, mit dem sie und ihr Mann ihren Lebensstandard finanzierten. So sah also ein Subunternehmen in der Baubranche aus. Kupfer hätte der Lohn, den die Firma Gutbrod ihren Arbeitern zahlte, schon interessiert. Aber er sah von einer Nachfrage ab. Im Moment hatte er keinen Anlass dazu, und es war ja nicht unbekannt, wie ausländische Arbeitskräfte auf deutschen Baustellen ausgebeutet wurden. Er gab sich mit diesem ersten Eindruck zufrieden und erwartete nicht, dass ein weiteres Gespräch sehr ergiebig wäre. Er bat Ingrid Gutbrod ihn anzurufen, falls ihr doch noch etwas einfallen sollte, was er kaum erwartete, und verabschiedete sich freundlich, obwohl ihm überhaupt nicht danach war.

Als er beim Schaichhof wieder auf die B 464 einbog, wurde seine Laune noch schlechter. Keine zehn Autolängen vor ihm war das Ende des Staus, und so quälte er sich – Stop-and-go – langsam voran und fragte sich, ob seine dürftigen Ermittlungsergebnisse diesen Zeitverlust lohnten. Das war sehr zweifelhaft.

Als er endlich wieder in seinem Büro saß, versuchte er zunächst, seine Eindrücke in ein paar Notizen festzuhalten. Paula Kußmaul warf ihm immer wieder über ihren Monitor hinweg einen erwartungsvollen Blick zu. Kupfer schien sie aber völlig ignorieren zu wollen. Da räusperte sie sich, stand auf und sagte mit schmelzender Fürsorglichkeit in der Stimme:

»Ich soll Ihnen sicher doch jetzt auch einen Kaffee mitbringen.«

»Hmmm, ja bitte, wär nicht schlecht«, antwortete er, ohne von seinen Notizen aufzuschauen. Er hatte keine Lust auf eine Unterhaltung.

Als Paula Kußmaul den Kaffee brachte, überraschte sie ihn, wie er sich zurücklehnte, völlig abgespannt seine Brille auf die Stirn schob und sich mit der Hand über die Augen fuhr.

»Müde?«, fragte sie, und nun konnte er doch nicht anders, als mit ihr zu reden.

»Der Tageszeit entsprechend. Und ein Besuch im Krankenhaus schafft mich ohnehin immer. Und dann dieser verdammte Verkehr.«

»Hat es sich wenigstens gelohnt?«

»Ich weiß es nicht. Dieser Gutbrod, der verunglückt ist, sagt, dass er sich überhaupt nicht vorstellen kann, warum ihm da jemand ans Leder wollte. Er schließt alles aus: Familie, Jagd und seinen Betrieb. Ich bin sicher, dass er uns etwas verheimlicht. Vielleicht gibt es heftige Streitereien in seinem beruflichen Umfeld. Denn ich kann mir nicht vorstellen, dass ein Jäger dem andern den Hochsitz ansägt. Da ist eher in seinem Betrieb etwas faul.«

»Was hat er denn für einen Laden?«

»Das ist so eine Sache. Er nennt seinen Laden eine kleine Baufirma, wobei er meiner Ansicht nach kaum mal eine Baustelle auch nur sieht. Und seine Frau auch nicht. Die ist auch mit im Geschäft.«

»Ein Baugeschäft ohne Baustelle? Davon kann man leben?«

»Ziemlich gut sogar. Die Bezeichnung Baugeschäft oder Subunternehmer in der Baubranche, wie er sich bezeichnet, ist nichts anderes als ein Etikettenschwindel.«

Und nun formulierte Kupfer, mehr für sich als für seine Zuhörerin, was sich bei ihm aufgestaut hatte.

»Unternehmer vom Typ Gutbrod sind nichts anderes als üble Makler, die Arbeitskräfte vermitteln, man könnte auch sagen, die ausländische Arbeiter versklaven und ausbeuten. Das müssen Sie sich vorstellen: ein leerer betonierter Hof mit zwei abgestellten Wohncontainern, ein Lagerschuppen, ein primitives Bürogebäude mit einem Besprechungsraum, gegen den unsere Vernehmungsräume etwas Luxuriöses an sich haben. Wenn eine anständige Baufirma fünfundvierzig Mitarbeiter hat, wie Gutbrod von sich sagt, dann sieht es auf dem Betriebsgelände aber anders aus. Das Einzige, was diesen Hof belebt, ist der schicke Mercedes-Sportwagen der Chefin, die so aufgetakelt daherkommt wie ein Weihnachtsbaum im Vatikan. Wissen Sie, was deren größte Sorge ist? Dass es in absehbarer Zeit in unserem Land einen Mindestlohn gibt. Wenn die Lohnzahlungen dann nämlich konsequent kontrolliert werden, dann hat diese Blutsaugerei hoffentlich ein Ende. Das notiere ich mir, dass ich diesen Laden einmal überprüfen lassen muss.«

»Sie regen sich ja richtig auf, Herr Kupfer.«

»Da kann man aber auch zornig werden. Herr Gutbrod liegt im Krankenhaus und weiß nicht einmal, wie viele Arbeiter er gerade beschäftigt. Und seine Frau stöhnt über ihre Arbeitsbelastung und sieht dabei aus, als renne sie von einer Cocktail-Party zur anderen. Und dann stelle ich mir die Arbeiter vor, die über zwölf Stunden am Tag schuften und nachts in so einem Container hausen. ›Wenn die Arbeiter genug verdient haben, dann fahren sie wieder in ihre Heimat zurück‹, behauptet er einfach, als wäre ihr Laden von der Treue ihrer Arbeiter abhängig. Dabei ist es doch so, dass diese armen Schweine sofort entlassen werden, wenn der eine Job erledigt ist und der nächste auch nur drei Tage auf sich warten lässt. ›Arbeitskräfte freisetzen‹ heißt das übrigens im Sklaventreiberjargon. Gutbrod hält es für ausgeschlossen, dass der sogenannte Anschlag von der Seite her kommt. Und wissen Sie, warum? Weil diese armen Schweine von der Baustelle und ihrem Container überhaupt nicht wegkommen, wie er sagt. Und das ist für ihn eine Selbstverständlichkeit. Ich könnte kotzen.«

Paula Kußmaul schaute sehr betroffen drein und wusste zunächst nichts zu sagen. Sie setzte sich an ihren Schreibtisch und wandte schließlich ein: »Aber da müsste doch eigentlich der Staat ...«

»Der Staat, der Staat, der Staat. Gehen Sie mir weg mit dem Staat und den Festreden der Politiker. Paragraph 1 des Grundgesetzes: ›Die Würde des Menschen ist unantastbar.‹ Und trotzdem hat dieser Staat zugelassen, dass das ganze Berliner Regierungsviertel von solchen Subunternehmern gebaut wurde. Ich sag Ihnen, wenn beim Baumaterial dort genauso beschissen worden ist wie bei den Löhnen, dann zerbröselt die ganze Pracht in nicht mal dreißig Jahren und die Regierung sitzt dann in Containern. Dann werden sie sehen, wie das ist.«

»So weit wird's hoffentlich nicht kommen. Das wär ja furchtbar.«

»Ja, aber gerecht.«

Kupfer stand auf und verließ das Büro.

Paula Kußmaul sah ihm kopfschüttelnd nach und sagte leise: »Den hat es heute aber erwischt.«

Im Lauf der nächsten beiden Tage gingen weitere Anzeigen wegen angesägter Hochsitzleitern ein. Bei Altdorf am Waldrand, in dem Waldstück zwischen der Kälberstelle, dem Schaichhof und der Weiler Hütte und auch östlich von Dettenhausen am Betzenberg waren insgesamt achtundzwanzig Hochsitzleitern angesägt worden. Die meisten davon lagen südlich von Dettenhausen zwischen dem Fuchswasen und dem Günzberg. Alle auf dieselbe Weise: jeweils die vierte Sprosse und eine weitere in ungefähr zwei Metern Höhe. Das hatte Kupfer gerade noch gefehlt.

»Wir haben nun wirklich nicht das Personal, um jeden einzelnen Hochsitz zu sichten oder gar die Spurensicherung hinzuschicken. Es wird reichen, dass die Förster oder die lokale Polizei sich das anschauen, ein paar Aufnahmen machen und schauen, ob man irgendwelche Fuß- oder Reifenspuren finden kann. Nach Fahrradspuren sollen sie auch suchen. Ich halte es für unwahrscheinlich, dass der oder die Täter in der kurzen Zeit das alles zu Fuß gemacht haben, und mit dem Auto sind sie garantiert nicht in die Nähe der Hochsitze gefahren«, meinte Kupfer und gab entsprechende Anweisungen.

Zwei Tage später schon hatte er einen kleinen Stapel von Berichten auf dem Schreibtisch liegen.

»Wie würdest du das anstellen?«, fragte er Feinäugle.

»Mit was für einem Werkzeug? Na ja, eine große Säge kann man da nicht mitnehmen, weil sie ja schnell verschwinden muss, wenn einer kommt. Am besten wäre vielleicht ein kurzer Fuchsschwanz, der in die Fahrradsatteltasche passt.«

»Genau. Schau dir die Fotos von den Schnitten an.«

Feinäugle brauchte bloß drei Fotos nebeneinanderzulegen. Da wusste er Bescheid.

»Dieser Täter hat noch nicht oft eine Säge in der Hand gehabt. An diesen Spuren sieht man deutlich, dass die Säge mehrmals angesetzt werden musste, ehe sie fasste. Und krumm sind die Schnitte auch noch.«

»Genau. Und so sind alle Schnitte. Das sieht fast aus, als ob wir es mit einem einzigen Täter zu tun haben.«

»Oder einer Täterin.«

»Oder das«, räumte Kupfer ein. »Da fragen wir unsere Psychologen, was sie für wahrscheinlicher halten.«

»Die Schnitte sind alle nicht gerade, und das heißt für mich, dass die Säge für den Job etwas zu klein und biegsam war. Wer von Werkzeugen auch nur einen blassen Dunst hat, müsste wissen, dass es für den Zweck überall bessere Sägen gibt, in jedem beliebigen Baumarkt. Dass der Täter aus der Baubranche kommt, kann man damit praktisch ausschließen.«

»Damit sind wir schon bei einem Täterprofil angelangt. Unpraktisch bis ungeschickt, vermutlich fanatischer Jagdgegner und Tierfreund ...«

»... möglicherweise Vegetarier oder gar Veganer, überzeugter Fahrradfahrer ...«

»... alternativ, langhaarig – aber jetzt hören wir auf, sonst muss ich noch über unsere eigenen Klischeevorstellungen lachen.«

»Schon recht, aber die Richtung stimmt wahrscheinlich schon. Gibt es sonst noch Spuren oder Hinweise?«

»Ja. In drei Fällen hat man im Umkreis von zwanzig Metern dieselben Fahrradspuren gefunden, von eindeutig demselben Profil. Gut, ich weiß, von diesen Reifen gibt es wahnsinnig viele, aber trotzdem würde ich annehmen, dass diese Spuren sehr wahrscheinlich vom Rad des Täters stammen. Dem Profil nach handelt es sich um so was wie ein Trekkingrad, sagen die Spezialisten vom Fahrradhandel.«

»Trekkingrad? Das klingt nach einem neuen Rad mit allem Schnickschnack. Kann das nicht auch ein ganz gewöhnliches altes Fahrrad sein?«

»Ja, vielleicht auch das. Ein alter Bock mit neuer Berei-
fung.«

Sie beschlossen, eine entsprechende Zeitungsmeldung zu
schalten und abzuwarten. Vielleicht hatte jemand etwas gesehen und konnte einen Hinweis geben. Manchmal lief es ja so.

# 6

Adam Kaczmarek war schon den dritten Tag auf der neuen
Baustelle und wusste nicht, warum. Die Arbeit war dieselbe,
aber es waren andere Leute, mit denen er sich nicht verständi-
gen konnte. Es waren Rumänen und Bulgaren. Die sprachen
untereinander, nicht viel zwar, aber immerhin wechselten sie
bei der Fahrt im Kleinbus ein paar Worte miteinander und
ebenso während der Mittagspause. Er verstand nicht, was sie
sagten, kein Wort. Er tat einfach, was die andern taten. Er
machte Pause, wenn sie Pause machten, und arbeitete weiter,
wenn sie weiterarbeiteten.

Der Vorarbeiter war der einzige Deutsche in der Kolonne.
Er zeigte ihm durch Gesten, wo er mit anpacken sollte, und
wenn er »Adam, mitkommen« sagte, war durch die Situation
klar, was er meinte.

Adam Kaczmarek war vor vier Wochen nach Deutschland
gekommen, weil er zu Hause keine Perspektive hatte. Auf den
Feldern konnte man nur in der Ernte helfen, die Bauern be-
schäftigten ihn höchstens wochenweise, und das auch nur,
wenn er Glück hatte. Damit konnte er sich und seine Mutter
nicht ernähren.

Da kam ein Verwandter, der in der Stadt auf dem Bau arbeitete, und machte ihm Hoffnung. Wenn er bei seinem Chef
arbeitete, würde er regelmäßig bezahlt. Nur müsste er dann
die Woche über mit den Kollegen zusammen auf der Baustelle
wohnen. Nach Hause konnte er nur am Wochenende. Seine

Mutter war traurig, aber da es keine andere Möglichkeit gab, nahm Adam Kaczmarek die Stelle an. Ein paar Monate arbeitete er auf verschiedenen Baustellen, immer dort, wo Bodenplatten und Fundamente gelegt wurden, bog Eisengitter und verdrahtete sie, und war eigentlich zufrieden. Mit dem, was er nun verdiente, kamen er und seine Mutter gerade so über die Runden.

Das war leider nicht von Dauer. Sie arbeiteten gerade auf einer riesigen Baustelle, und es war abzusehen, dass ihre Arbeit höchstens noch eine Woche dauern würde, ehe die Kolonne anderswo eingesetzt würde. Da kam der Polier auf ihn zu und erklärte ihm, dass die Firma Kasparovicz in Schwierigkeiten geraten sei und Leute entlassen müsse. Dass das ihn treffe, sei sehr bedauerlich, aber das müsse er verstehen, er sei ja auch als Letzter eingestellt worden. Und die Leute, die schon länger hier arbeiteten, hätten mehr Recht, hierzubleiben. Wenn er allerdings bereit sei, nach Deutschland zu gehen, dann könne man etwas für ihn tun. Die Arbeit dort sei die gleiche, und sie werde sogar viel besser bezahlt. Er könne dann Geld nach Hause schicken, sogar noch etwas sparen, und vielleicht könne er nach gewisser Zeit mit seinem Geld zu Hause in Polen etwas Eigenes aufbauen. Das klang verlockend, auch wenn es sehr traurig war, dass er nun allein im Ausland leben musste, wo er noch nie gewesen war. Er hatte seine Heimat an der Südgrenze Polens noch nie verlassen.

Auf den Baustellen in Deutschland gebe es viele Polen, sagte man ihm, Leute, die etwas Deutsch könnten. Die würden schon für die Verständigung sorgen. Das nahm ihm die Angst, gab ihm Zuversicht, und ein paar Tage später saß er in einem alten Bus, den sein ehemaliger Chef Kasparovicz gemietet hatte, und wurde mit vielen anderen zusammen nach Süddeutschland gebracht.

Er kam in eine hässliche Gegend. Überall Städte, große Dörfer mit Industriegebieten. Kaum hatte der Bus die Industrieanlagen an einem Dorfrand hinter sich gelassen, fuhr er eine nur kurze Strecke durch Felder oder einen kleinen Wald, ehe er wieder das nächste Dorf erreichte, das wieder von Industriegebäuden und Lagerhallen umgeben war. Schon im Bus fehlte ihm der weite Blick über die Felder seiner Heimat. Seit die Umgebung so hässlich geworden war, hielt der Bus wiederholt an und ließ jedes Mal ein paar Leute aussteigen. Schließlich saß er mit nur noch zwei anderen in den Sitzreihen. Sie fuhren über eine dichtbefahrene Autobahn an einem riesigen Industriegebiet vorbei. Hohe weiße Schornsteine ragten in den Himmel, und so weit er sehen konnte, gab es nur Häuser, Straßen, Fabrikgebäude, Lagerhallen. Mitten in dieser Betonlandschaft verließ der Bus die Autobahn und hielt nach kurzer Zeit vor den Wohncontainern einer Großbaustelle. Ende der Fahrt.

Am Spätnachmittag war er todmüde angekommen, hatte eine Schlafstelle und einen Spind zugewiesen bekommen und sich dann schlafen gelegt, zu müde, um sich weiter umzuschauen. Und in aller Herrgottsfrühe des nächsten Tages hieß es dann schon: Adam, mitkommen, szybko, szybko, schnell, schnell, pracować, pracować, arbeiten, arbeiten.«

Und er arbeitete wie ein Tier. Morgens bis abends. Dann saß er mit seinen Kollegen im Container, sie kochten etwas, aßen, tranken noch etwas, ehe sie todmüde ins Bett fielen, und das Tag für Tag. Auch samstags wurde gearbeitet. Nur der Sonntag war frei. Da wuschen sie ihre Wäsche und ruhten aus.

Ein Kollege hatte ein kleines Radio, mit dem man polnische Sender empfangen konnte. Um dieses Radio herum versammelten sie sich manchmal, die fünf polnischen Arbeiter, und freuten sich, ihre Muttersprache zu hören. Dieses Leben war nicht schön, aber es war auszuhalten, vor allem durch die Hoffnung, dass er eines Tages genug verdient haben und nach Hause zurückkehren würde. Er sorgte sich nur um seine Mutter, von der er noch nichts gehört hatte.

Langsam freundete er sich mit zweien seiner Landsleute an, mit Jakub und Mikolaj, die ungefähr sein Alter hatten.

Aber dann musste er plötzlich den Wohncontainer und die Baustelle wechseln. Es ging ganz schnell. Mikolaj konnte ihm gerade noch sagen, dass es ihm ähnlich ergangen war. Sie arbeiteten wohl für eine große Firma, die in verschiedenen Projekten engagiert war. Das war alles, was er verstanden hatte.

Und nun stand er am frühen Morgen auf der Baustelle und half beim Abladen von Baustahl. Der Kran schwenkte die Ladungen an die Stelle, wo er stand. Seine Aufgabe bestand darin, dafür zu sorgen, dass der Baustahl so gelagert wurde, dass man ihn problemlos dorthin weitertransportieren konnte, wo er verwendet werden sollte. Es waren dicke Bündel langer Stahlstangen, die er festhalten musste, damit sie genau auf den andern abgelegt werden konnten.

Es regnete. Der Boden war schwer und glitschig. Es war besondere Vorsicht geboten. Als er ein Bündel eben gefasst hatte, rutschte er aus, fiel hin und blieb dabei mit der Stulpe seines Arbeitshandschuhs an einem Draht hängen. Sein Handschuh riss auf, und der Draht kratzte ihm eine Wunde in den Handrücken.

Adam schrie auf. Er blutete.

Sein neuer Vorarbeiter – er hieß Kolää oder so ähnlich – hatte den Unfall beobachtet, deutete aber nur auf den Lastwagen, auf dem nur noch ein Bündel Stahl lag, womit er ausdrücken wollte, dass man ja gleich fertig sei und sich dann um Adams Verletzung kümmern könne.

Das vorletzte Bündel hatte Adam nicht richtig abgelegt. So konnte es nicht liegen bleiben. Er bückte sich, zog daran, zerrte und hebelte, um es in die gewünschte Lage zu bringen. Er sah nicht, dass das nächste Bündel heranschwebte.

»Adam!«, hörte er Kolää rufen und richtete sich auf.

Das Ende des Stangenbündels traf ihn genau im Genick. Kolääs Warnung hatte ihn nicht mehr erreicht. Er war ohnmächtig.

# 7

Nach zwei Tagen im Krankenhaus fühlte sich Clemens Gutbrod schon wesentlich besser. Er hatte sich mit seinem Missgeschick einigermaßen abgefunden, und es gab Momente, in denen er mit seiner augenblicklichen Situation fast zufrieden war. Er war ans Bett gebunden und doch nicht krank im eigentlichen Sinn, und wenn er nicht tief durchatmete, lachte oder hustete, war er schmerzfrei. Er hatte sich entschlossen, innerlich Urlaub zu nehmen. Sollte seine Frau einmal den Laden allein schmeißen, dann würde sie schon sehen, was er jahraus, jahrein leistete, und ihn mit ihren ständigen kritischen Bemerkungen verschonen.

Er dachte immer wieder einmal darüber nach, ob es nicht besser wäre, die Firma an Steiger zu verkaufen und dafür in den Baustoffhandel einzusteigen. Lieferanten gegeneinander auszuspielen, um seinen Profit zu maximieren, traute er sich zu. Und die Kundschaft würde sich finden. Eine gewisse Zeit müsste man eben das alte und das neue Geschäft parallel betreiben. Aber genau hier wollte seine Frau nicht mitmachen. Mit Warenhandel wollte sie einfach nichts zu tun haben. Da müsse man ein Lager haben und laufend in Vorleistung gehen, am Anfang besonders, und hätte immer wieder Ärger mit der Hausbank. Wenn Clemens ihr vorhielt, dass sie die Waren ebenso wenig anfassen müssten wie die Arbeiter, die sie jetzt vermittelten, schlug sie das Argument in den Wind. In dem Geschäft, das sie jetzt betrieben, sei noch viel mehr Profit möglich. Das sähe man schon an Steiger. Und der sei so erfolgreich, weil er nicht an seinem Geschäftsmodell zweifelte, sondern es voll durchzog. Damit verschlüsselte sie die Aussage, dass sie das Geschäft gerne rücksichtsloser und aggressiver geführt hätte.

Von alledem hatte er jetzt Abstand. Er war in einer anderen Welt. Er las Zeitung, sah fern und freundete sich mit dem Pflegepersonal an, indem er bescheiden und höflich war und jeder Pflegekraft zeigte, dass er sie als Mensch und nicht nur als Pflegerin wahrnahm. Er erkundigte sich, wie lange sie schon im Dienst waren, wann sie Feierabend hatten, ob sie mit ihrer geringen Freizeit nach dem anstrengenden Dienst noch etwas anfangen konnten, woher sie stammten und ob sie Familie hatten. Besonders intensiv hatte er sich gleich am ersten Abend mit der Nachtschwester unterhalten, einer hübschen, molligen Frau, die er auf den ersten Blick attraktiv fand. Sie hatte dunkles Haar, braune Augen unter schön geschwungenen Brauen, sie lächelte freundlich, und die sanfte Art, mit der sie ihm eine Schlaftablette anbot, nahm ihn sofort für sie ein. Er fand es bewundernswert, dass jemand, der mit seiner harten Arbeit wenig verdiente, wie er wohl wusste, bei seinem Dienst einen so zufriedenen und fröhlichen Eindruck machte. Er freute sich, als sie am zweiten Abend wiederkam.

Ihr Deutsch war schlecht, aber doch gut genug, um sich verständlich zu machen. Sie hieß Eva Maria, war fünfundvierzig Jahre alt, kam aus der Slowakei und hatte vor, drei Jahre hier zu arbeiten und Geld zu sparen, damit sie später ihrer Tochter eine gute Ausbildung bezahlen könnte. Ihr Mann arbeitete zu Hause als Schlosser. Sie sahen sich nur, wenn sie in ihrem Urlaub nach Hause fuhr oder er sie in seinem Urlaub hier besuchte. Nach drei Jahren wollten sie wieder zusammenleben. Als sie das sagte, ging ein Strahlen über ihr Gesicht. Gutbrod wünschte ihr das Beste für ihre Zukunft.

Am dritten Abend war sie ganz anders. Er merkte sofort, dass sie etwas bedrückte. Sie war sehr ernst und redete nur das Allernötigste.

So wollte er sie nicht wieder gehen lassen und fragte: »Darf ich fragen, was Sie bedrückt? Sie sind heute so traurig.«

Sie stand am Fußende seines Bettes, schaute ihn an, ohne gleich sprechen zu können, und er sah, wie ihre Augen feucht wurden.

»Was ist passiert? Bitte sagen Sie es mir.«

Sie schluckte.

»Arbeiter ist tot, einer von Baustelle. Ganz jung. Hat Unfall gehabt. Armer Mann, nicht deutsch, polnisch oder aus Ukraine. Weiß nicht. War ganz allein. Gestern noch mit mir sprechen, nicht viel. Sagen, ist hier ganz allein, keine Familie, nur kranke Mutter in Heimat. War schwach. Will gesund werden, weil muss. Heute gestorben.«

»Das tut mir leid«, sagte Gutbrod.

Was Eva Maria darauf sagte, nahm er nicht mehr wahr. Ein Pole oder Ukrainer war auf einer Baustelle verunglückt, war allein, niemand kannte ihn. In seinem Kopf schrillten sämtliche Alarmglocken. In welche Schwierigkeiten würde es ihn stürzen, wenn der Mann zu einer seiner Arbeiterkolonnen gehörte? Mit einem Schlag waren alle seine geschäftlichen Probleme wieder da. Zur Zeit waren in seinen Kolonnen vor allem Rumänen. Aber da war auch ein Pole, den er letzte Woche erst von Steiger übernommen hatte. Ein Unfall mit anschließendem Krankenhausaufenthalt, so etwas kriegte man immer geregelt. Aber ein Todesfall würde ihn vor Probleme stellen, mit denen er es noch nie zu tun gehabt hatte. Und das ausgerechnet jetzt, wo er nicht einsatzfähig war.

Er rief sofort seine Frau an. Sie ließ ihm nicht einmal Zeit, ihr zu sagen, warum er sie anrief.

»Gut, dass du anrufst. Ich wollte eben nach dem Telefon greifen, nun bist du mir zuvorgekommen. Es ist etwas Schlimmes passiert. Wir haben einen Toten am Hals. Er hat auf der Baustelle auf dem Flugfeld gearbeitet und ist vorgestern Abend verunglückt. Frag mich nicht, wie. Mir wurde das gestern gemeldet wegen der Unfallversicherung und der Krankenversicherung, und ich blicke da noch gar nicht durch, weil wir von dem Mann noch gar keine Akte haben. Den hat uns Steiger erst letzte Woche geschickt. Und nun das. Ich war von fünf bis sieben beim Tennis, denke nichts Böses, komme heim und finde auf dem AB einen Anruf von Kohler. Er bittet mich, sofort zurückzurufen. Es sei etwas passiert. Und dann sagte er mir, dass es der Mann nicht geschafft hat. Ich hab gedacht, ich krieg einen Infarkt. Kohler sagt noch, dass ihm das leidtut. Seine Schuld sei es nicht. Er könne schließlich nicht auf alle Arbeiter aufpassen. Die müssten schon selbst auf sich aufpassen. Dieses Geschwätz hat mir gerade noch gefehlt. Ich weiß nicht, wo mir der Kopf steht. Ausgerechnet jetzt musst du dich ins Krankenhaus legen! Ich hoffe, sie lassen dich diese Woche wieder heim. Was machen wir denn jetzt?«

Jetzt galt es, Gelassenheit vorzuspielen, auch wenn er seinen Herzschlag in den Ohren spürte und fast vergessen hätte, dass er stark lädiert war und nicht aus dem Bett springen konnte.

»Erst mal langsam«, sagte er so ruhig, wie er konnte. »Da war doch wahrscheinlich die Polizei auf der Baustelle und hat den Unfall aufgenommen, und damit hat alles seine Ordnung. Kohler wird denen schon das Richtige gesagt haben. Dazu brauchen sie dich gar nicht. Und dann müssen wir uns halt mit Steiger in Verbindung setzen, damit er uns endlich die Papiere schickt. Und dann sehen wir schon weiter.«

»Und die Leiche? Wer kümmert sich darum? Müssen wir nun eine Überführung bezahlen? Das kostet einen Haufen Geld.«

»Das weiß ich jetzt auch nicht. Wir reden mit Steiger. Da findet sich eine Lösung. Erst mal sind die Angehörigen in der Heimat dran«, sagte er, obwohl er sich an das erinnerte, was ihm die Krankenschwester gesagt hatte.

»Das sagst du so. Kohler sagt, dass diesen Mann noch keiner kennt. Er weiß nicht, wen wir benachrichtigen müssen, und ich ja auch nicht. Ich weiß ja nicht einmal, wie der Mann heißt.«

»Frag Steiger. Der wird es uns sagen.«

»Du bist wirklich keine große Hilfe«, sagte Ingrid Gutbrod giftig. »Darauf wäre ich auch allein gekommen.«

»Jetzt beruhige dich doch. Wir müssen einen klaren Kopf bewahren. Das ist das Wichtigste jetzt. Ich ruf gleich Steiger an und melde mich dann. Spätestens morgen Vormittag.«

»Na hoffentlich.«

Damit brach sie das Gespräch ab.

Gutbrod zögerte keine Sekunde. Er rief Steiger sofort an.

»Hallo Clemens«, sagte dieser mit freudiger Heiterkeit in der Stimme, als wollte er seinem Jagdkameraden zum Abschuss einer kapitalen Sau gratulieren.

»Dich wollte ich eben auch anrufen. Ich weiß, ich weiß, es ist höchste Zeit, dass ich mich endlich einmal um dich kümmere. Das ist ja schon fast eine Woche her, dass du unfreiwillig die Hochsitzleiter runter bist.«

Gutbrod ärgerte sich sofort über seinen Ton und versuchte dagegenzuhalten.

»Ich muss dringend mit dir …«, setzte er an.

»Ich hätte dich schon lange angerufen, man macht sich ja Sorgen um dich. Aber du weißt ja selbst, wie es ist. Alle Hände voll zu tun, und wenn du meinst, jetzt könntest du Feierabend machen, dann kommt garantiert noch ein Anruf dazwischen. Ich bin nicht ein einziges Mal im Revier gewesen. Laufend war etwas zu regeln.«

»Ja, und genau deswegen ruf ich dich an. Du musst etwas regeln. Wegen diesem Unfalltoten.«

»Ich hab davon gehört. Deine Frau hat bei uns angerufen. Ich war nicht am Apparat. Aber die muss ja völlig aus dem Häuschen gewesen sein. Sag ihr, sie soll sich ja nicht ins Hemd machen. Das bringt nichts.«

»Du hast gut reden!«, explodierte Gutbrod. »Ihr habt uns diesen Mann geschickt, und ihr habt es noch nicht fertiggebracht, uns seine Papiere zu schicken. Wir wissen nicht einmal, wie er heißt! Und auf der Baustelle kannten sie gerade mal seinen Vornamen. Rein zufällig hab ich erfahren, dass er ganz allein hier war und nur noch eine kranke Mutter zu Hause hat. Sonst niemanden.«

»Na, umso besser. Dann reitet uns schon keiner rein.«

»Eddi, was redest du da für einen Stuss. Ich kann nichts machen von hier aus, und Ingrid steht das Wasser bis zum

Hals. Was, verdammt noch mal, machen wir denn jetzt? Ich hätte nie gedacht, dass du mir einmal mit deiner gottverdammten Schlamperei solche Schwierigkeiten machst. Sieh zu, dass die Papiere morgen bei uns sind. Heute ist der gestorben und morgen ist die Polizei bei Ingrid im Büro, und vielleicht auch noch der Zoll. Tu was, verdammt noch mal!«

»Clemens, jetzt mach mal halblang. Ich seh schon, dass ich da was tun muss. Wo die Papiere noch bei uns liegen, machen wir das ganz einfach: Wir sagen, dass wir euch den Mann für ein paar Tage ausgeliehen haben und er eigentlich noch zu uns gehört. Die Papiere sind sauber.«

»Das möchte ich mal sehen«, warf Gutbrod sarkastisch ein.

»Na gut, wir machen sie sauber. Und da der Unfall kein Mordanschlag ist, kräht bald kein Hahn mehr danach.«

»Da bist du dir absolut sicher?«

»Absolut. Das ist ja nicht der erste Unfall, den wir bearbeiten müssen, allerdings der erste Tote. Aber so viel Unterschied macht das nicht. Trink ein Glas Roten, wenn du darfst, und vergiss diese Geschichte. Ich mach das schon. Ich ruf nachher auch gleich Ingrid an, damit sie besser schlafen kann.«

Gutbrod war damit nicht zufrieden, wusste aber im Moment auch nicht, was er sonst noch von Steiger fordern sollte, und wusste nichts mehr zu sagen. Er wollte das Gespräch beenden, aber Steiger redete weiter.

»Ich wollte dir eigentlich etwas erzählen, damit du nicht meinst, man hätte wegen dir persönlich die Leiter angesägt. Und wegen mir auch nicht. Ingrid hat mir gesagt, du würdest die ganze Zeit darüber nachgrübeln, wer es auf dich abgesehen haben könnte. Das brauchst du nicht. Wir sind diesen hinterlistigen Schweinehunden nur als Jäger wichtig, nicht als Person. Und sie zielen auch nicht nur auf Jäger, sondern auf alle, die ihrer Meinung nach dem Wald schaden – oder der Natur überhaupt.«

»Jetzt mach's nicht so spannend.«

»Im Altdorfer Wald sind zwei Mountainbiker gestürzt, weil irgendein Spinner ein Drahtseil über den Weg gespannt hat, in einem halben Meter Höhe.«

»Und das haben die nicht gesehen?«

»Die hatten keine Chance. Der Weg ist dort steil und schmal, keine zwei Meter breit, er ist ausgewaschen und holprig. Da müssen die Burschen sich auf den Boden konzentrieren und können nicht weit vorausschauen. Zudem war das hinter einer engen Kurve und wegen ein paar kleinen Buchen so schwer einsehbar, dass man hätte direkt davorstehen müssen, um diese Falle zu sehen.«

»Und was ist passiert?«

»Gott sei Dank nicht viel. Den Ersten hat es geschmissen und der Zweite hat nicht mehr bremsen können und ist in seinen Kumpel reingefahren. Verstauchungen, Prellungen, zwei leicht demolierte Räder, sonst nichts. Die beiden hatten Glück, sagen sie. Sie seien nicht so schnell gefahren wie sonst, weil man dort keine zehn Meter vorausschauen kann. Der Erste konnte bremsen und sein Rad querstellen, sonst wäre er über seinen Lenker geflogen. Umgelegt hat es ihn trotzdem. Der Zweite ist ihm dann in die Seite reingefahren und natürlich bös gestürzt. Von alleine sind die nicht mehr vom Fleck gekommen, obwohl sie nicht ganz so schlecht dran waren wie du. Sie durften mit demselben Taxi wie du in die Ambulanz fahren.«

»Und das bloß ein paar Tage nach meinem Unfall«, sagte Gutbrod nachdenklich.

»Ja, und das ist für mich kein Zufall. Da sind irgendwelche Spinner am Werk. Die Zeitungen hetzen ja auch gegen jeden, der im Wald mehr als einen Spaziergang macht. Egal, ob du Pilze suchst oder Schlüsselblumen pflückst, die Naturschützer haben immer etwas zu meckern. Neulich schrieb doch ein grün angeimpfter Journalist, dass die Mountainbiker die Bestände von Blindschleichen und Ringelnattern so stark schädigen, dass die vom Aussterben bedroht sind. Und noch ein paar Reptilien mehr. Das ist doch gesponnen! Oder hast du schon viele Blindschleichen und Ringelnattern im Wald gesehen? Ich nicht. Aber das sag denen mal, diesen völlig durchgeknallten Weltverbesserern!«

»Und du meinst, das sind dieselben gewesen, die die Leitern angesägt haben?«

»Zumindest würde es passen. Oder es war irgendein blöder Saukopf, der ähnlich denkt. Ich hab mir sagen lassen, dass es auch in anderen Revieren angesägte Leitern gibt.«

»Gibt es Spuren? Hat die Polizei irgendwelche Anhaltspunkte?«

»Keine Ahnung. Nur über das Drahtseil weiß man anscheinend, dass es keinen Tag vorher gespannt worden ist. Diese Radfahrer sind am Spätvormittag verunglückt und sagen, dass am Tag davor Freunde von ihnen dort noch unterwegs waren.«

»Verdammt. Da ist man doch seines Lebens nicht mehr sicher«, sagte Gutbrod entsetzt.

»Ach, so schlimm ist es auch wieder nicht. Man muss halt jetzt sehr vorsichtig sein. Für mich ist nur wichtig, dass ich mich nicht persönlich bedroht fühlen muss. Und du auch nicht. Alles andere zählt nicht.«

»Ob du so denken würdest, wenn du hier im Bett liegen würdest?«

»Aber klar! Also hör auf mit deiner Grübelei.«

Ganz überzeugen konnte Steiger seinen Jagdfreund nicht, verhalf ihm aber doch dazu, seine Gedanken zwischendurch in andere Bahnen zu lenken. Clemens Gutbrod fühlte sich erleichtert und wartete darauf, dass Eva Maria vielleicht noch einmal bei ihm hereinschauen würde

# 8

»Fahr lieber du«, sagte Feinäugle und drückte Kupfer den Schlüssel des Dienstwagens in die Hand.

Nach dem 1. Mai hatte es dieses Jahr einen Brückentag gegeben, den viele Leute zu einem Kurzurlaub ausgenutzt hatten. Und damit hatten die Einbrecher vom 30. April bis zum 4. Mai Hochkonjunktur gehabt. Kleinere Einbrüche wurden von den lokalen Dienststellen aufgenommen, aber es gab auch ein paar große Einbrüche in Büros und Geschäfte. Um die mussten sich Kupfer und Feinäugle kümmern.

Kupfer musterte seinen jungen Kollegen kritisch und sagte dann mit einem breiten Grinsen: »Die verlängerten Wochenenden können manchmal ganz schön anstrengend sein.«

»Nicht das ganze Wochenende. Der Sonntag hat schon gereicht.«

»Restalkohol?«

»Hmm.«

Feinäugle zog eine Wasserflasche aus seiner Tasche und nahm einen langen Schluck.

»Ich war gestern auf einer verspäteten Maiwanderung mit ein paar, die ich noch aus meiner Schulzeit kenne. Wir wandern jedes Jahr einmal, entweder am 1. Mai oder am Vatertag, einfach damit wir uns nicht aus den Augen verlieren. Inzwischen ist nicht mehr die ganze Clique dabei, nur noch der harte Kern. Gestern war der einzige Termin, an dem alle Zeit hatten.«

»Mit einem Bierfässchen auf dem Leiterwagen?«

»Blödsinn, wir sind doch keine Prolos.«

»Und wie viele harte Kerle waren beieinander?«

»Vier, die letzten, die noch hier in der Gegend wohnen.«

Wieder setzte er seine Wasserflasche an den Hals und ließ einen guten Viertelliter in sich hineinlaufen.

»Du hast es heute aber nötig! Das muss ja trotzdem eine tolle Wanderung gewesen sein.«

»Vor allem lang. Wir sind den ganzen Tag stramm im Schönbuch unterwegs gewesen. Von der Weiler Hütte zum Ochsenbachweiher, und dann den Ochsenbach entlang bis zur Teufelsbrücke. Kennst du dich da überhaupt aus?«

»Klar. Wir sind von dort aus manchmal ein paar hundert Meter das Goldersbachtal hinauf und dann rechts das Steigle hoch zur Haugeiche und dann geradeaus weiter an der Hubertuseiche vorbei zur Schnapseiche.«

»Genauso sind wir gelaufen. An der Schnapseiche gab's einen kleinen Obstler, da kommt man nicht anders vorbei. Aber sonst gab es auf der ganzen Tour bloß Wasser. Wir sind über den Ochsenbachweiher zurück zur Weiler Hütte. Ich sag dir, das war ein ganz schöner Streifen. Wir haben aber immer wieder mal kurz Rast gemacht.«

»Und einen geschluckt.«

»Nein, nur einmal. Das habe ich doch gerade gesagt. Mir ginge es heute viel besser, wenn unser Freund Stefan nicht die ganze Zeit etwas von seinem Spezialgericht Hasenpfeffer gefaselt hätte. Er ist der Einzige von uns, der ledig ist. Der kocht gerne und redet die ganze Zeit davon. Und bei dem sind wir anschließend gelandet, in Breitenstein. Wir waren natürlich alle geschafft. Da gab es erst mal einen Kaffee und einen Kirsch, und dann ließ er es sich nicht nehmen, uns zu bekochen. Das musste er ja fast, nachdem er die ganze Zeit davon gefaselt hatte.«

»Und war's gut?«

»Schon. Aber teuflisch scharf. Der hat einfach zu große Hände, und da rutscht ihm schon mal der Pfeffer aus. Wir durften Zwiebeln und Knoblauch schneiden, und er schnitt die Bauchlappen klein und die Innereien und hat das Ganze dann geschmort und vor allem gewürzt. Wenn wir gewusst hätten, wie lang er damit rummacht, wären wir essen gegangen. Aber so haben wir halt auf dem Balkon gesessen und Bier getrunken.«

»Und ihr wart wahnsinnig traurig, dass ihr nicht in einem Restaurant essen durftet«, forderte Kupfer ihn heraus.

»Ha, wir waren so gut drauf wie schon lang nicht mehr. Und dann hat er uns den Hasenpfeffer serviert.«

»Von einem Hasen für vier Personen? Jeder einen Löffelchen voll?«

»Das haben wir auch gefragt, wie viele Hasen er denn überfahren habe. Gar keinen, meinte er. Das sei erstens kein Fallwild und zweitens heiße das Rezept zwar Hasenpfeffer, aber dieses Fleisch sei vom Reh. Wenn es vom Hasen gewesen wäre, hätte es für uns natürlich nicht gereicht. Das war schon gut, aber teuflisch scharf. Hunger auf etwas Warmes hatten wir ja. Und dann musste man das eben hinunterspülen. Ich musste wenigstens nicht fahren.«

»Und deswegen fahre ich heute. Aber du bist voll dienstfähig?«

Feinäugle warf Kupfer einen gereizten Blick zu und sagte nichts.

»Schwarzer Kaffee mit einem Schuss Zitronensaft sei gut, habe ich mal gehört«, sagte Kupfer mit einem spöttischen Lächeln.

»Nein danke. Nach dem scharfen Zeug von gestern bleibe ich bei Wasser und Zwieback. Alles andere würde mir den Magen umdrehen.« Damit griff er wieder nach seiner Wasserflasche.

Eine Weile fuhren sie schweigend weiter. Dann dachte Kupfer laut vor sich hin.

»Hasen- beziehungsweise Rehpfeffer im Mai. Eigentlich ein Wintergericht. Ich stelle mir vor, dass das am besten schmeckt, wenn man an einem kalten Wintertag einen langen Waldspaziergang gemacht hat. In einem guten Lokal, gut abgeschmeckt, also nicht zu scharf, und dazu einen trockenen Lemberger. Aber im Mai, und Bier dazu? Ich weiß nicht.«

Und dann änderte sich sein Ton plötzlich.

»War das Fleisch denn frisch? Waren die Innereien frisch?«

»Ich denke schon. Das sah alles einwandfrei aus.«

»Und woher bekommt dein Kumpel im Mai frische Innereien vom Wild? Jetzt ist doch Schonzeit, oder?«

»Daran hat keiner gedacht. Aber du hast recht. Eigentlich müsste jetzt Schonzeit sein.«

»Dann frag ihn mal bei Gelegenheit, wo er im Mai frische Innereien vom Reh herkriegt. Und erzähl keinen Tierschützern von eurem Festmahl. Sonst sägen die noch mehr Hochsitzleitern an.«

»Ich hab ihn schon gefragt. Er arbeitet beim Daimler. Da kennt er einen, der in der Kantine arbeitet und manchmal Wildbret verkauft.«

»Das ganze Jahr über?«

»Das habe ich nicht gefragt. Vielleicht sind es ja Neuseelandhirsche. Die schmecken ähnlich.«

»Unsinn! Von denen kannst du keine Bauchlappen und Innereien kaufen. Die essen die Neuseeländer selber.«

## 9

Es war ein tolles Fest gewesen. Zum runden Geburtstag eines Freundes und ehemaligen Kollegen waren nicht nur OW und Emma eingeladen, sondern auch eine ganze Reihe von Freunden aus ihrer Tübinger Studienzeit. Lange hatte man sich nicht gesehen, vieles hatte man inzwischen erlebt, Lebenswege, die auseinandergegangen waren, kreuzten sich nun wieder, wie es eben bei Jubiläen und Beerdigungen oft geschieht. Das alles zu klären, zu bereden und zu kommentieren hätte schon eine ganze pralle Nacht füllen können. Doch vor allem wurden lustige Erinnerungen ausgetauscht. Immer wieder tauchte jemand mit einem »Wisst ihr noch, wie …« in die Vergangenheit ein und zog die anderen mit.

Sie waren heiter gewesen und hatten so viel gelacht wie schon lange nicht mehr. Und das nach Lammlachsen auf mallorquinischem Mangold bei erlesenen Getränken. Sie waren sehr beschwingt. Als gegen Mitternacht dann doch eine leichte Müdigkeit spürbar wurde und alle an den Heimweg dachten, wurde Kaffee und Espresso angeboten, natürlich in Kombination mit verschiedenen Kuchen. Und so blieben sie noch. Das schien überdies empfehlenswert, weil starker Regen eingesetzt hatte. Bis sich die ersten verabschiedeten, war es fast zwei Uhr geworden.

Auch OW und Emma wären nun gegangen, hätte der Hausherr nicht seine Gäste gefragt, was sie vom Acolon hielten, wozu niemand etwas sagen konnte.

»Eine geniale Kreuzung aus Dornfelder und Lemberger«, kündigte er an, indem er die erste Flasche öffnete. Der Hausherr gab ihm das Prädikat »sehr kräftig, aber gut«, OW entgegnete, er sei gut, aber zu kräftig, wenigstens momentan. Denn er spürte stärker, als er erwartet hatte, die 14 Prozent Alkohol, die dieser vollmundige Dunkelrote aus Unterjesingen mit sich bringt, und es ging übrigens nicht nur ihm so.

So war man sich nach diesem letzten Glas Rotwein auch schnell einig, dass es nun genug und morgen auch noch ein Tag sei. Etwas beduselt, aber nichtsdestotrotz gut gelaunt brach man schließlich auf.

Der starke Regen hatte erneut eingesetzt. Es goss in Strömen. OW übergab wortlos den Autoschlüssel an Emma.

»Bei diesem Wetter fahr ich ungern, das sag ich dir«, sagte sie, setzte sich aber ohne weiteren Kommentar ans Steuer.

Sie hatte seit dem Begrüßungssekt keinen Alkohol mehr zu sich genommen, wie sie verabredet hatten.

Inzwischen war vier Uhr vorüber, und die B 28 lag noch in absoluter Dunkelheit. Obwohl Emma die Strecke gut kannte, musste sie sich stark konzentrieren. Sie sagte kein Wort.

»Ist was? Bist du sauer wegen was?«, fragte OW, den ihre Schweigsamkeit befremdete.

»Nein, ich seh bloß nichts.«

Sie zog die Brauen zusammen und biss sich immer wieder angestrengt auf die Lippen.

»Wenigstens haben wir keinen Gegenverkehr«, meinte OW und sie nickte wortlos.

Dabei blieb es, bis ihnen kurz vor dem Ende der 70er-Zone zwischen Entringen und Kayh, als sie gerade die Abzweigung nach Breitenholz rechts hinter sich liegen ließen, ein großes Fahrzeug entgegenkam. Es blendete total und spritzte einen ganzen Schwall Dreckwasser auf die Windschutzscheibe, so dass die Schlieren für den Bruchteil einer Sekunde jede Sicht verschleierten.

»Dreckschwein«, schimpfte Emma und trat leicht auf die Bremse. Der Scheibenwischer war im schnellsten Gang noch keine zwei Mal über die Windschutzscheibe gefahren, da sah OW einen schwarzen Schatten von links her auf die Straße huschen.

»Vorsicht! Pass ...«, schrie er.

Der Schrei blieb ihm im Halse stecken. Schnell wurde der Schatten zum Schwein, und ein dumpfer Aufprall warf ihn in den Sicherheitsgurt, Emma kreischte laut und ausdauernd. Ein weiterer dumpfer Schlag, und noch einer, es war wie auf dem Rummelplatz im Boxauto, und wieder einer, ohne dass mehr als Wasser und Nacht zu sehen war. Das ABS quittierte Emmas Vollbremsung mit einem lauten Rattern, sie rutschten nach links, schlingerten über die Gegenfahrbahn und noch darüber hinaus, rutschten in schon bedenklicher Schräglage über den drei Schritte breiten Rain hinunter, wo sie aber nicht stehen blieben. Als der linke Kotflügel sich in die aufgeweichte Erde bohren wollte und die Pistolenschüsse der aufgehenden Airbags OW taub machten, fühlte er sich hochgehoben, nach links gekippt, auf den Kopf gestellt, Blech kratzte über Stein, und ein Aufprall stauchte ihm Gesäß und Rücken, als wäre er auf einer Treppe ausgerutscht und hätte sehr hart aufgesetzt. Sie standen, sie standen auf allen vier Rädern. Erstaunt stellte er fest, dass ihm seine Mütze über die Augen gerutscht war und der Fahrzeughimmel gegen seine Schädelbasis drückte. Das Auto war etwas niederer geworden.

»... auf!«, schrie OW, aber nicht mehr so laut. Es war eher ein Ausatmen. Emma hörte ihn ohnehin nicht, obwohl ihr Kreischen bereits im Abklingen war.

Es war passiert. Wovor OW immer Angst gehabt hatte, war passiert. Ein Zusammenstoß mit einem Wildschwein. Das Auto hatte sich überschlagen und stand im aufgeweichten Kartoffelacker, und der Kühler dampfte, als würde man Salzkartoffeln abgießen. Nur ein Scheinwerfer warf noch einen dünnen Strahl durch einen kleinen freien Fleck in der dicken Dreckschicht, die die Scheinwerfer überzog. Der Motor ging aus oder wurde von Emma abgestellt. Das konnte er nicht sagen. Es war zappenduster. Für einen Moment – oder waren es Minuten? – rührten sie sich nicht. Dann hörte er Emma atmen, unregelmäßig, als würde sie schluchzen. Er rüttelte sie an der Schulter.

»Emma, geht's dir gut?«

»Ja. Mir ist … mir … mir ist … nichts passiert«, stotterte sie, und er hörte, wie sie sich aufrichtete. Sie klang, als sei sie eben aus einem Alptraum aufgewacht. »Mir tut bloß meine Schulter weh.«

OW nahm eine kleine Stablampe aus dem Handschuhfach und knipste sie an. Im ersten Moment, ehe der Nebel der geplatzten Airbags durch die zerbrochene Windschutzscheibe ganz abgezogen war, konnte er kaum etwas erkennen.

Dann sah er, dass Emma mit verlorenem Blick über das Lenkrad weg ins Leere starrte.

»Und jetzt raus«, sagte er resolut und drückte gegen die Beifahrertür. Sie war zerbeult und knirschte und ächzte. Er musste die ganze Kraft aufwenden, die ihm nach der durchfeierten Nacht geblieben war, um nasse aufgehäufte Erde und Kartoffelkraut auf die Seite zu schieben, bis die Tür sich so weit öffnen ließ, dass er sich durchzwängen konnte. Emma hätte es einfacher gehabt. Ihre Tür war aufgesprungen. Aber sie stieg nicht aus. OW ging auf ihre Seite. Er spürte bei jedem Schritt, wie die Erdklumpen an seinen guten Schuhen größer wurden und die kniehohen, nassen Kartoffelpflanzen ihm seine Hose an die Beine klebten. Die Fahrertür hing schräg in ihren Angeln und ließ ihm Platz. Er beugte sich über Emma und öffnete ihren Sicherheitsgurt.

»Komm raus.«

Sie rührte sich nicht. Ohne einen Gedanken daran, wozu das gut sein sollte – das Auto dampfte zwar, aber brannte nicht – zerrte er seine Frau aus dem Auto und ließ sie im Regen stehen. Vielleicht wollte er, dass sie mitbekäme, wie er versuchte, sich über die Schweinerei klar zu werden. Während sie regungslos im strömenden Regen stand, galt sein erster Blick dem Auto. Zerbeult, zerknautscht und stellenweise von dunklem Dreck gepanzert, stieß es leise zischend Dampf aus und machte ihm wenig Hoffnung.

»Futsch«, sagte er laut, wandte sich mutlos ab und machte sich daran, mit dem Lichtkegel seiner Stablampe das Feld abzuleuchten. Er hörte ein leises Quieken. Schlagartig fühlte er sich in seine Jugend versetzt, in die Nachbarschaft der Metzgerei, wo jeden Montagmorgen pünktlich um sechs Schlachtvieh abgeladen wurde, meistens Schweine. Von ihrem panischen Gequieke war er immer aufgewacht und hatte den Metzger mit der blutigen Gummischürze und dem Messer in der Hand vor seinen immer noch geschlossenen Augen gesehen.

Er leuchtete dorthin, woher der Klagelaut kam. Und da, keine zehn Meter vor ihrem Auto, lag im plattgedrückten Kartoffelkraut ein zitternder schwarzer Körper, der dieses schwache Quieken von sich gab, das zu einem Röcheln abflaute: ein halbwüchsiges Wildschwein, ein Überläufer.

»Aber das war nicht nur eines«, sagte OW laut und bestimmt, als würde Emma hinter ihm zuhören. Er ließ den Lichtkegel weiter über den Acker streifen und entdeckte zehn Schritte weiter Richtung Waldrand zwei weitere Überläufer, die dicht beieinander alle viere von sich streckten, still und regungslos.

»Da sind noch zwei. Das waren diese Schläge. Ich habe sie gezählt, vier Schläge waren es, ich habe alles ganz genau mitbekommen. Ich hab das wie in Zeitlupe erlebt, genau wie in Zeitlupe, jedes Detail. Du auch?« Er merkte gar nicht, dass er keine Antwort bekam.

»Die große Sau, die kam von links. Die muss auf der anderen Seite sein. Die hat es voll erwischt, die ist bestimmt nicht weit gekommen.«

Er stolperte knapp an Emma vorbei, ohne sie anzusehen, und überquerte die Straße. Ihrem Auto direkt gegenüber fand er nichts. Er stapfte ein Stück zurück bis fast zur Abzweigung nach Breitenholz.

»Hier ungefähr muss das gewesen sein«, erklärte er dem Regen, stand still und lauschte.

Aber nichts als Rauschen war zu hören. Er verließ die Straße und ging langsam, Schritt für Schritt, in die Wiese hinein, wobei er systematisch mit dem Lichtkegel das Gelände abstrich. Die große schwarze Sau hatte es noch weit in die Wiese hinein geschafft. Sie reagierte sofort auf den Lichtschein, indem sie mit den Läufen schlug und einen Grunzlaut ausstieß. Aber sie kam nicht mehr hoch. Trotzdem drehte OW schnell um. Er wusste, wie gefährlich es war, sich einem verletzten Wildschwein zu nähern.

»Das waren vier, wie ich gesagt habe!«, rief er über die Straße, bekam von Emma aber wieder keine Antwort.

Keinen Schritt hatte sie sich inzwischen bewegt, stand steif am selben Fleck und blickte verloren ins Dunkel. Triefnass klebten ihr die Kleider am Leib. Die Kälte schüttelte sie.

OW ging zu ihr und fasste sie an der Schulter.

»Komm, setzen wir uns wieder rein, bis jemand kommt.«

Sie schaute ihn an, als sähe sie ihn zum ersten Mal. Jetzt erst begriff er, wie es ihr ging. Er setzte sie behutsam ins Auto. Ihn hatten der Schreck und der Regenguss hellwach gemacht. Er funktionierte fast, als wäre er nüchtern. Er rief die Polizei an und beschrieb genau ihre Position.

»Und wenn ich nichts übersehen habe, handelt es sich um ein großes Wildschwein, wahrscheinlich eine Bache, und drei Überläufer. Die Bache und ein Überläufer leben noch.«

Dann legte er seinen Arm um Emma und drückte ihren Kopf sanft an seine Schulter. Sie weinte leise.

»Hier kommen wir nicht mehr alleine raus. Jetzt müssen wir halt warten«, sagte er gelassen, als redete er vom nächsten Bus, der in zehn Minuten ankäme.

Mit abgeblendeten Scheinwerfern fuhren ein paar Autos vorbei, aber niemand nahm von ihnen Notiz. Sie standen zu weit im Acker und wurden von den Lichtkegeln nur schwach erfasst. OW konnte hinterher nicht sagen, wie viele es gewesen waren und woher sie gekommen waren.

Nach ein paar Minuten leuchtete das Blaulicht des Polizeiautos durch die Regenschleier. Während OW und Emma noch im Polizeiwagen saßen und der Unfall aufgenommen wurde, rückte aus Richtung Herrenberg der Abschleppdienst an.

Ein junger Mann stellte sein Fahrzeug auf den Begleitweg und zog das Drahtseil der Winde zu dem Wrack hin, wobei er über das Wetter und den Dreck schimpfte, der sich in immer größeren Klumpen an seinen Gummistiefeln bildete.

»Jetzt hilft alles nix. Jetzt müssen wir die Kiste halt schräg durch den Acker ziehen.« »Schade um die Kartoffeln«, sagte er zu seinem Begleiter.

»Da können wir doch nichts dafür. Die Säu sind dran schuld. Ist halt Wildschaden«, meinte der andere und machte das Seil fest.

OW war überrascht, wie schnell sein Auto aufgeladen war.

»Wir warten noch, bis der Jäger aus Breitenholz kommt, den wir alarmiert haben. Und dann fahre ich Sie heim«, sagte der freundliche Polizeibeamte.

Ein paar Minuten später war der Jagdausübungsberechtigte zur Stelle und gab der Bache den Fangschuss. Der Überläufer war inzwischen verendet.

Emma wird sich von ihrem Schock schnell wieder erholen, dachte OW, als sie zu Hause ankamen.

Er goss zwei Gläschen Kirsch ein und sagte: »Komm, trinken wir einen Schluck auf den Schreck. Wir haben alles in allem Glück gehabt, richtig saumäßiges Schweineglück. Das hätte viel schlimmer ausgehen können.«

Damit kippte er seinen Schnaps, während Emma erst einmal an ihrem Gläschen nippte und es dann in drei weiteren Anläufen brav austrank. Langsam erholte sie sich von ihrem Schock, sagte aber nichts. Sie machte sich bettfertig, legte sich hin und schlief sofort ein.

Währenddessen hatte OW schweigend im Wohn gesessen und den leeren Bildschirm des Fernsehers ange Es wurde ihm seltsam zumute. Sein Kopf sagte ihm, dass mit wahnsinnigem Glück glimpflich davongekommen ware Doch dieser Gedanke vermochte nichts gegen den Kloß in seinem Hals, der ihn immer stärker drückte, bis ihm auf einmal die Tränen kamen. Ein unwiderstehlicher Weinkrampf überfiel ihn. Mit den Händen vor dem Gesicht saß er nach vorne gebeugt da und heulte wie ein Kind. Es dauerte lange, bis er sich beruhigt hatte und schlafen ging.

# 10

Um halb zwölf, OW hatte eben geduscht und pinselte sich Rasierschaum ins Gesicht, rief die Polizei an. Ob vor der Mittagspause noch jemand vorbeikommen könne, da gebe es ein paar Fragen wegen des Wildunfalls heute früh.

»Klar, kommen Sie nur«, sagte OW, wobei er sich allerdings fragte, was die Polizei noch von ihnen wollte, wo der Unfall doch längst aufgenommen worden war.

Als er mit seiner verspäteten Morgentoilette gerade fertig war, stand ein Polizeiobermeister vor der Tür, und OW bat ihn herein. Emma war noch gar nicht aufgestanden.

»Krämer, angenehm«, stellte sich der Polizist vor. »Entschuldigen Sie bitte die Störung. Wir haben leider zu Ihrem Unfall noch ein paar Fragen.«

»So?« OW gab sich erstaunt.

»Nicht zum Unfall selbst. Das ist schon alles klar. Nein, zur der Zeit unmittelbar danach.«

OW verstand nicht, was er wollte, und sah ihn fragend an.

»Na ja, Ihnen darf ich das wohl sagen«, setzte Krämer umständlich an. »Es ist so: Drei Wildschweine wurden gestohlen.«

»Was? Das gibt's doch nicht! Wie denn das?«

»Genau das ist die Frage. Deshalb muss ich Sie fragen, ob Sie irgendjemanden angerufen haben.«

OW musste fast lachen und schüttelte den Kopf.

»Ihre Kollegen habe ich angerufen, sonst niemanden. Da, wollen Sie mein Handy überprüfen?«

»Natürlich nicht. Das glaube ich Ihnen. Haben Sie irgendwelche Fahrzeuge vorbeifahren sehen?«

»Ja, da sind schon ein paar Autos vorbeigefahren. Aber ich kann Ihnen beim besten Willen nicht sagen, wie viele es waren, woher sie kamen und ob es Pkws, Kleinlaster oder Busse waren. Das hat uns in dem Moment nicht interessiert, und es geschah auch sozusagen hinter unserem Rücken. Aber wieso ist das denn passiert? Ich dachte, der sogenannte Jagdausübungsberechtigte sei schnell zur Stelle gewesen.«

»Ja, schon, nur hat er die Kadaver nicht mitgenommen. Sein Fahrzeug war dazu nicht geeignet. Denken Sie doch mal: eine Bache und drei Überläufer. Da ist schnell eine halbe Tonne beieinander, vom Platz in einem normalen Kofferraum einmal ganz abgesehen. Und er hatte auch keine Zeit dazu. Er hat den Jagdpächter angerufen. Der wollte sich darum kümmern und kam zwischen acht und halb neun mit einem Anhänger daher. Und da waren die drei kleineren Schweine schon verschwunden.«

»Das ist ja ein Ding! Da hat jemand aber schnell zugelangt.«

»Eben. Deshalb ist unsere Frage, wer von dem Unfall wusste.«

OW konnte das Lachen nicht mehr ganz unterdrücken.

»Na, Sie, also Ihre Kollegen, die den Fall aufgenommen haben, und der Abschleppdienst. Und dann halt die paar Autofahrer, die vorbeigefahren sind. Da würde ich allerdings sagen, dass nur die zählen, die das Abschleppfahrzeug stehen sehen konnten, weil die übrigen gar nicht mitgekriegt haben können, dass etwas passiert war.«

»Und Sie haben auch danach, etwa, als Sie zu Hause waren, niemandem über den Unfall berichtet?«

»Nein, meine Frau ist direkt zu Bett gegangen, und ich war viel zu schockiert, um noch jemanden anzurufen, dazu noch mitten in der Nacht.«

»Sind Sie eigentlich gefahren?«, fragte Krämer, wobei er seinen Notizblock schon wegsteckte.

»Nein, meine Frau.«

»Und wie schnell waren Sie unterwegs?«

OW beschrieb die Umstände. »Also höchstens 60 Stundenkilometer, würde ich sagen«, schloss er seine Beschreibung.

»Da haben Sie wirklich Schwein ... ich meine: Glück gehabt. Wissen Sie, der Aufprall auf ein Wildschwein bei dieser Geschwindigkeit setzt eine Kraft von dreieinhalb Tonnen frei. Das ist so, wie wenn sich ein Nashorn mit einem Schlag auf Ihre Kühlerhaube setzt.«

»Und dann durch die Windschutzscheibe rutscht, also das Schwein, nicht das Nashorn. Ich weiß, ich weiß. Und es waren ja vier Schweine. Das Auto habe ich übrigens schon abgeschrieben.«

»Na dann.« Krämer wandte sich zum Gehen.

»Tja, leider kann ich Ihnen nicht weiterhelfen. Aber das würde mich auch interessieren, welches Schlitzohr da zugelangt hat.«

Der Polizeiobermeister verabschiedete sich höflich.

»Was wollte der denn?«, fragte Emma, die inzwischen aufgestanden war und das Gespräch teilweise mitgehört hatte.

»Du glaubst es nicht, die drei Überläufer, die wir erlegt haben, sind geklaut worden. Wilderei am hellen Morgen direkt neben der Straße.«

»So hell war der Morgen doch gar nicht.«

»Aber Nacht war es auch nicht mehr. Denk doch mal nach: Als die Polizei uns hier absetzte, war es gegen halb sechs. Da war es schon ziemlich hell, trotz des Wetters. Um diese Zeit hatte der Abschleppdienst unsere Karre schon aus dem Matsch gezogen und aufgeladen. Und dann war die

Luft rein. Zwei Stunden Zeit, schätze ich. Es wurde zwar hell, aber es gab wenig Verkehr.«

»Trotzdem müsste es doch irgendeiner gesehen haben.«

»Das glaube ich nicht einmal. Weißt du, wie ich das gemacht hätte? Ich hätte mein Fahrzeug auf den asphaltierten Begleitweg gestellt, über den wir gerollt sind. Da hinterlässt es bei dem Regen keine Reifenspuren. Und dann hätte ich in aller Ruhe ein Schweinchen nach dem anderen durchs Kartoffelkraut geschleift und eingeladen.«

»Und wenn einer gekommen wäre?«

»Dann hätte ich es eben einen Moment in der Furche abgelegt, und keiner hätte was gemerkt. Denk doch mal, wie weit man dort sehen kann: ein paar hundert Meter Richtung Kayh und ebenso weit Richtung Entringen. Wenn du noch einen dabei hast, der Schmiere steht und dir rechtzeitig sagt, dass ein Auto kommt, kannst du in aller Ruhe einladen, und wenn es zehn Schweine wären. Du müsstest bloß immer wieder mal ein Päuschen machen.«

»Was du dir so alles ausdenkst«, sagte Emma in tadelndem Ton, wobei sie aber lächelte.

»Ich tu's ja nicht, ich stelle es mir nur vor.«

»Aber du freust dich dran.«

»Na ja, dass ich über diesen Fall grinsen muss, will ich nicht einmal abstreiten. Trotzdem würde ich gerne herauskriegen, wer sich diesen Coup geleistet hat, als sportliche Herausforderung oder so.«

Jetzt schlug Emma die Hände über dem Kopf zusammen. »Nein, Otto, nein, nein, nein. Nicht schon wieder! Die blutige Nase von der Autobahnraststätte reicht dir wohl nicht? Du wirst wohl nie gescheit!«

»Pfff«, machte OW etwas verächtlich, »das ist doch diesmal ein ganz harmloser Fall. Da ist keine Waffenmafia dahinter.«

»Das ist mir egal. Ich hoffe nur, dass dich dein Freund Siggi diesmal wirklich von deinen hirnrissigen Vorstößen abhält.«

Damit drehte sie sich um, verschwand in der Küche und machte die Tür etwas unsanft hinter sich zu.

Die blutige Nase, von der Emma redete, war keine so schlimme Sache gewesen. Die war schnell abgeschwollen. Sie hätte besser OWs obere Schneidezähne erwähnt, die der Zahnarzt damals verblocken musste, damit sie nicht ausfielen, weil sie wackelig bis lose im Kiefer saßen. Und alles bloß, weil OW sich als selbsternannter Privatermittler in einem Fall engagiert hatte, der seinem Freund Siggi Kupfer ein paar Rätsel aufgegeben hatte. OW spürte damals der Herkunft einer Handgranate nach, mit der ein Anschlag auf eine junge Frau verübt worden war – glücklicherweise ohne Erfolg. Er hatte sich in der Szene des illegalen Waffenhandels als potentieller Käufer ausgegeben und war aufgeflogen. Dabei war das Knie eines kroatischen Truckers unsanft in seinem Gesicht gelandet.

Emma hatte gedacht, dieser Schaden habe ihm ein für alle Mal die Lust an solchen Aktionen ausgetrieben, und musste nun zu ihrem großen Schrecken feststellen, dass diese Lust neu aufzuflackern schien. Aber diesmal würde sie nicht schweigend zusehen, wie er sich in fremde Reviere begab. Diesmal würde sie seine Fährtensuche einfach verhindern.

Zunächst aber fiel ihr etwas ganz anderes ein. So unsanft sie die Tür hinter sich geschlossen hatte, so schnell machte sie sie wieder auf und fragte: »Was ist eigentlich mit unseren Sachen?«

Ihre Frage holte OW, der sich trotz ihrer heftigen Reaktion bereits als Ermittler sah und entsprechende Überlegungen anstellte, in die Wirklichkeit des verregneten Sonntags zurück. Er schaute sie verdutzt an.

»Die Sachen in unserem Auto: Verbandskasten, Sicherheitswesten und der ganze Krimskrams im Handschuhfach.«

»Ach so. Die müssen wir holen, und zwar schnell.«

OW erfuhr von einem der Polizisten, die den Fall aufgenommen hatten, wo sein Auto hingebracht worden war. Es handelte sich dabei um einen kleinen privaten Abschleppdienst, den ein gewisser Rudi Hablitzel mit seinem Kollegen als Nebenerwerb betrieb. Beide arbeiteten beim Daimler am Band, wahrscheinlich in Schicht und Gegenschicht. Hatte Hablitzel Frühschicht, hatte sein Kollege Spätschicht, und so konnten sie den ganzen Tag abdecken, das Wochenende ohnehin. Der Polizeibeamte vom Dienst hatte ihn herbeigerufen, weil er ihn persönlich vom Fußball her kannte und weil er, von Gültstein kommend, der Nächste war.

OW bekam die Telefonnummer und rief ihn sofort an, traf aber nur Hablitzels fünfzehnjährigen Sohn an. Seine Eltern seien weggefahren, wohin, wisse er nicht, sagte er, gab aber Auskunft, wo das Fahrzeug abgestellt sein musste.

»Das steht beim Karlheinz, also beim Widmaier, im Hof. Da stellen sie es immer hin, wenn sie es nicht gleich abliefern können. Der Widmaier hat morgen Spätschicht und bringt es vorher zum Schrottplatz. Dort ist ja heute keiner.«

Widmaiers Hof liege am Ortsrand von Gültstein, erklärte der Junge. Wahrscheinlich sei er aber auch nicht zu Hause: »Der isch sonntags immer beim Fußball.«

Aber OW solle nur seine Sachen holen. Das sei sogar gut, denn dann müsse sich am Montag keiner um den Gruscht kümmern.

»Dann fahr ich heut Nachmittag mit Siggi kurz hin«, sagte OW.

Zufälligerweise hatten sie sich mit Kupfers zu einem Nachmittagsspaziergang verabredet, aus dem bei diesem Wetter kaum etwas würde. Aber trotzdem könne man zusammen Kaffee trinken, hatte Emma gesagt und das Ehepaar Kupfer eingeladen. Als Siggi Kupfer und seine Frau Marie ankamen, erklärte OW schnell, was anstand, und während die beiden Frauen sich um den Kaffeetisch kümmerten, wobei Emma ihre Version der Geschichte loswurde, fuhren die beiden Männer nach Gültstein.

»Und drei Schweine waren weg? Unglaublich!«, quittierte Kupfer die Geschichte. »An dem Fall werden die Tübinger Kollegen ihre helle Freude haben. Solche Fälle nerven bloß. Ein Jagdpächter reicht eine Anklage ein, weil Fallwild gestohlen worden ist. Objektiv betrachtet, ist das keine große Sache, aber wir müssen ihr trotzdem nachgehen. So etwas ist übrigens vor zwei, drei Jahren schon einmal passiert. Damals war es ein Rehbock. Nach der Beschreibung des Autofahrers war das wohl ausgerechnet der kapitale Bock gewesen, dem der Jagdpächter schon die ganze Zeit hinterhergerannt war. Für den war das ein richtiges Kapitalverbrechen. Der hat sich aufgespielt, als ginge es um Mord und Totschlag.«

»Wie ist das damals abgelaufen?«

»Das war im Spitalwald, also Richtung Oberjettingen, Nagold. Der war mitten in der Nacht auf der langen Geraden unterwegs, Gott sei Dank allein. Bloß mit 100 Kilometern pro Stunde, hat er beteuert. Und da springt dieser Bock auf die Fahrbahn. Er bremst ab, bleibt mit viel Glück erst mal in der Spur und rammt den Bock. Der kommt durch die Windschutzscheibe und bohrt sein Gehörn in den Beifahrersitz. Da kommt er dann doch von der Straße ab und baut einen Totalschaden. Der weitere Ablauf war dann wahrscheinlich wie bei dir: Polizei, Abschleppdienst, Benachrichtigung des Jagdpächters. Die haben den Bock damals direkt neben der Straße abgelegt. Und das hat zu einem hässlichen Streit geführt. Der Jagdpächter war nämlich der Ansicht, dass der Bock nicht gestohlen worden wäre, wenn man ihn ein paar Meter weiter in den Wald gelegt hätte. Er ging davon aus, dass jemand im Vorbeifahren den Bock gesehen und angehalten hat. Die Kollegen waren anderer Meinung. Richtig geklärt wurde das nie. Man hat ja was anderes zu tun, und so dick ist unsere Personaldecke ja wirklich nicht.«

»Wenn es jetzt aber um drei Wildschweine geht, dann sieht das doch anders aus, oder? Dahinter steckt doch wesentlich mehr kriminelle Energie.«

»Kann schon sein. Aber das geht mich dieses Mal nichts an, wenn das auf Breitenholzer Markung passiert ist.«

»Weißt du, wie die Kreisgrenze dort verläuft?«

»Nein, aber das können wir ja nachher nachschauen.«

Sie fanden das Wrack an der Stelle, die ihnen der Junge genannt hatte. Es stand noch auf dem Hänger. OW stieg hoch und nahm seine Habseligkeiten an sich, während Kupfer unten blieb und sich umschaute.

Der asphaltierte Hof wurde von einem kleinen Gemüsegarten und zwei Gebäuden begrenzt. Linker Hand stand eine kleine Scheune, in der schon lange kein Heu oder Getreide mehr gelagert worden war. Eine moderne Garage – wahrscheinlich für einen Mercedes-Jahreswagen – war eingebaut worden, wie man an dem breiten Tor mit der eingelassenen kleinen Tür erkennen konnte. Auf den nächsten drei, vier Metern war gehacktes Brennholz gestapelt. Das eigentliche Scheunentor aber stand offen und gab den Blick auf Fahrräder, ein Motorrad und einen alten, blaugrauen Ford Transit frei, dessen dreckige Hinterräder darauf schließen ließen, dass er in den letzten Tagen benutzt worden war. Dem sauber verputzten Wohnhaus sah man an, dass im Erdgeschoss früher einmal das Vieh untergebracht war, was für die Bauernhäuser im Gäu früher typisch war. Neben der Haustür wuchs ein Weinstock, der seine Reben über die ganze Breite der Hausfront erstreckte.

OW erinnerte sich daran, dass er in seiner Jugend manchmal Schulkameraden in solchen Häusern besucht hatte, die aus den Dörfern nach Herrenberg ins Progymnasium kamen. Die meisten von ihnen mussten zu Hause helfen, und so erlebte er bei seinen Schulfreunden, wie man Kühe fütterte oder Hopfen »zopfte«. Sofort hatte er den würzigen Hopfengeruch in der Nase.

»Hopfa zopfa, Schdiel dra lau, wer's et ka, soll's bleiba lau«, sagte OW laut vor sich hin.

»Was schwätzt du da?«, fragte Kupfer.

»Hopfen zopfen, Stiele dran lassen, wer's nicht kann, soll
es bleiben lassen.«

»Ach so, das kenne ich natürlich auch. Das war schön, als
es im Gäu noch Hopfenfelder gab.«

»Ja, und wenn du dir dieses Anwesen anguckst und fünfzig
Jahre zurückdenkst, dann siehst du den Unterschied. Wie heruntergekommen das früher manchmal aussah! Und jetzt: alles sauber und adrett. Die Leute haben Geld. Aber es ist auch
vieles verlorengegangen, was eigentlich ganz schön war. Denk
bloß mal an die Wiesen und Felder bis zum Schönbuchrand,
als die Autobahn noch nicht gebaut war.«

»Und wenn ich sehe, wie das Gewerbegebiet an der B 28
immer weiterwächst, dann kommen mir Erinnerungen an
Feldjagden im Herbst, wo ich als Treiber mit dem Hund an
der Leine dort neben meinem Onkel herlief. Dass da mal Fabrikhallen stehen würden, hat man sich damals nicht vorstellen
können. Und wenn's einer gesagt hätte, hätte man es nicht geglaubt.«

»So isch's. Jetzt aber auf zum Kaffee.«

Schnell fuhren sie zurück.

Nach dem Kaffee klappte OW seinen Laptop auf und sagte:
»Jetzt will ich doch genau wissen, wo die Schweine lagen.«

»Was? Im Laptop? Soll ich dir's sagen? Ich weiß es noch«,
spottete Emma.

»In welchem Kreis die Schweine lagen«, konkretisierte
OW seine Suche und klickte auf den Button von Google
Earth. »Hoffentlich erlebst du jetzt keine böse Überraschung«, sagte er zu Kupfer. »Wenn ich das richtig im Kopf
habe, zickzackt an der Stelle die Kreisgrenze ziemlich durch
die Gegend. Und wenn du Glück hast … Du hast aber kein
Glück, tut mir leid, da schau her.«

Die hellgrüne Linie der Kreisgrenze klärte die Lage. Sie lief
am nördlichen Rand des Hardtwalds entlang bis zur Abzweigung nach Breitenholz, machte dort einen rechtwinkligen
Knick, um dann der B 28 Richtung Herrenberg zu folgen.

»Da hast du den Salat. Bedaure«, sagte OW. »Der Unfall passierte kurz hinter der Kreisgrenze, im Kreis Böblingen. Nur die Bache hat es noch in den Kreis Tübingen geschafft, und die blieb ja liegen. Die Überläufer aber lagen in diesem kleinen Zipfel des Kreises Böblingen und wurden also in deinem Bereich geklaut, und damit hast du den Fall an der Backe. Tut mir leid.«

»Vielleicht auch nicht. Wenn der Jagdpächter keine Anzeige erstattet …«

»Du Optimist! Ich kann mir einen solchen Jagdpächter nicht vorstellen. Wo ihn doch jede tote Sau für den Wildschaden entschädigt, den er laufend zahlen muss.«

Kupfer seufzte nur.


# 11


Als Kupfer am Montag nach einem Außentermin gegen Mittag ins Büro kam, legte ihm Paula Kußmaul fröhlich lächelnd eine dünne Akte auf den Schreibtisch.

»Das ist vielleicht ein komischer Fall. Da ist am Sonntagmorgen um vier rum einer in eine Wildschweinrotte hineingefahren …«

»Ja, und drei Stund' später war von vier toten Wildsäu noch eine einzige da«, unterbrach sie Kupfer in ziemlich mürrischem Ton.

»Entschuldigung«, sagte Paula Kußmaul verwundert und zog sich hinter ihren Monitor zurück, um aber nach nicht einmal einer Minute mit der Frage herauszurücken: »Und wieso wissen Sie das schon?«

»Weil ich den Wildschweinkiller gut kenne.«

»So?«

»Sie erfahren es ja doch. Es handelt sich um meinen Freund Otto Wolf.«

»Ach du meine Güte! Schon wieder der!«

Darauf erwiderte Kupfer nichts, sondern las den Tatortbericht, der leider nicht sehr ergiebig war. Es gab da eine Menge umgeknickter Kartoffelpflanzen, und zwar nicht nur da, wo OWs Auto sich überschlagen hatte. Dabei war nicht zu unterscheiden, ob sie von den Schweinen vor dem Unfall oder nach dem Unfall, von dem Abschleppdienst oder den Dieben umgeknickt worden waren. Daneben fanden sich Schleifspuren, aber keine Trittspuren. Das war ganz logisch, wie schon der Verfasser des Berichts bemerkte, da der oder die Täter die Schweinekadaver hinter sich hergeschleift und damit ihre eigenen Trittspuren automatisch verwischt hatten. Die Fahrzeugspuren auf dem asphaltierten Weg waren vom Regen so verwischt worden, dass der Reifentyp nicht mehr festzustellen war. Wohl aber die Spurweite, die diejenige eines Pkws deutlich überschritt. Man konnte davon ausgehen, dass der Wilddiebstahl mithilfe eines größeren Fahrzeugs begangen worden war. Aber das war ja keine neue Erkenntnis.

»Und warum haben sie die große Sau liegen lassen?«, fragte Paula Kupfer aus der Stille heraus.

»Gute Frage! Ich nehme an, weil man sie über eine abgemähte Wiese hätte schleifen müssen. Da kann man sie nicht so schnell verschwinden lassen wie im Kartoffelacker, wenn jemand vorbeifährt.«

»Oder der Dieb war allein und die Sau war ihm zu schwer«, mutmaßte Paula Kußmaul.

»Auch das ist möglich.«

Kupfer schaute auf die Uhr.

»Ich sollte jetzt eine Zeitungsmeldung verfassen, muss aber dummerweise gleich zu einer Dienstbesprechung. Könnten Sie mir das bitte abnehmen?«

»Ja, gern, gehen Sie nur. Ich mach das.«

»Danke, es soll auch nicht Ihr Schaden sein. Aber denken Sie dran: nicht zu lang, kurz und knackig, aber mit einer zündenden Überschrift. Sonst liest das niemand. Lassen Sie sich also was einfallen.«

»Klar, mach ich.«

Kaum war Kupfer aus der Tür, begann Paula Kußmaul mit ihren Überlegungen. Natürlich reizte sie die Teilaufgabe, eine zündende Überschrift zu finden, besonders. Trotzdem schrieb sie zuerst den Text.

*In den frühen Morgenstunden des letzten Sonntags ereignete sich auf der B 28 zwischen Entringen und Kayh ein Wildunfall. Bei schlechter Sicht wegen strömenden Regens fuhr ein von Tübingen kommender Pkw in eine Wildschweinrotte, die, von links kommend, die Fahrbahn überquerte. Dabei wurden vier Wildschweine getötet. Als der Jagdpächter gegen acht Uhr die Tierkörper bergen wollte, war nur noch ein Schwein da. Die anderen drei waren gestohlen worden. Die Polizei bittet eventuelle Zeugen um sachdienliche Hinweise ...«*

Alles Wichtige drin, besser geht's nicht, dachte Paula Kußmaul und machte sich an die Überschrift. Ein Weile kaute sie auf ihrem Bleistift herum und schrieb dann kichernd immer wieder etwas nieder. Schließlich hatte sie eine Liste vor sich, und die Wahl fiel ihr schwer.

*»Tote Schweine weggelaufen«, »Wiederaufstehung von Fallwild«, »Sonntägliche Schwarzwildauferstehung«, »Schweinerei am Sonntagmorgen«, »Dreifacher Schweinediebstahl am Tag des Herrn«.*

Als Kupfer etwas später das Konzept vorgelegt bekam, lobte er den Textentwurf, konnte sich aber mit keiner der Überschriften anfreunden.

»Was hatten Sie denn in Ihrem Kaffee?«, fragte er mit gerunzelter Stirn.

»Nichts.«

»Haben Sie was geraucht?«

»Also Herr Kupfer! Warum?«

»Das fragen Sie am besten den Pfarrer.«

Dann kombinierte er eine, wie er meinte, allgemeinverträgliche Überschrift: *»Dreifacher Schweinediebstahl am frühen Sonntagmorgen.«*

»Und jetzt bitte in der Form an den Gäuboten und das Schwäbische Tagblatt.«

Die Reaktion kam schnell. Noch am Tag der Veröffentlichung kam ein Anruf.

»Ich weiß jetzt natürlich nicht, ob das für Sie interessant ist. Aber es ist so: Ich habe die Meldung von den geklauten Wildschweinen gelesen, und da wollte ich Ihnen doch sagen, dass ich vielleicht etwas gesehen hab. Also, ich war morgens mit dem Motorroller unterwegs. Ich hab so ein Fuffzgerle, mit dem fahr ich bloß auf Radwegen, wenn da einer ist, und ...«

»Einen Moment bitte. Wer sind Sie denn?«

»Ach so! Entschuldigung. Stefan Schaller ist der Name, Stefan Schaller aus Kayh. Und wissen Sie, ich wollte am Sonntagmorgen nach Unterjesingen, und da bin ich auf dem Begleitweg rechts von der B 28 gefahren, es hat geregnet, so arg viel hab ich ja nicht gesehen, aber ein paar Meter bevor der Begleitweg dort aufhört und man auf der Bundesstraße weiterfahren muss, da stand ein großer Lieferwagen oder so was auf dem Begleitweg. Ich weiß das noch ganz genau, weil ich ja an dem vorbeimusste, und das war gar nicht so einfach, ins nasse Gras wollte ich ja nicht fahren, da weiß man nie, ob es einen hinlegt.«

»Wissen Sie das Kennzeichen noch?«

»Nein.«

»Können Sie das Fahrzeug beschreiben?«

»Nein, eigentlich nicht. Es war halt breit und stand hinten offen. Das sah aus, als täten die da irgendwas einladen, und ich denk noch, dass das ja noch keine Kartoffeln sein können, weil da lag so etwas wie ein Kartoffelsack hinten drin. Das weiß ich noch.«

»Wie viele Leute waren dort?«

»Das weiß ich nicht genau.«

»Aber es war nicht nur eine Person?«

»Nein, ich glaube nicht. Ich glaube, die waren zu zweit. Einer stand im Kartoffelacker drin, bei der Nässe! Und der andere, also doch, da war noch einer, der andere stand weiter vorn, wo der Begleitweg aufhört und man dann auf der Straße weiterfahren muss.«

»Können Sie den Mann beschreiben?«

»Nein, der hatte so etwas wie einen Anorak an und die Kapuze auf. Und ich habe ihn nur von hinten sehen können.«

»Farbe?«

»Ich weiß nicht, braun oder grün oder grau. Keine Ahnung.«

»Was hatten Sie für einen Eindruck? War er besonders groß oder dick?«

»Der war … was soll ich sagen? Der war ganz normal und so angezogen, als tät er bei dem Wetter auf dem Feld arbeiten. Das fand ich komisch. Aber ich bin an ihm vorbei und habe dann natürlich nicht zurückgeschaut. Bei der Nässe auf der Straße musste ich ja gut aufpassen.«

»Um welche Zeit war das?«

»Das kann ich Ihnen ganz genau sagen. Es war kurz nach sieben. Ich bin nämlich Punkt sieben daheim weggefahren.«

Kupfer notierte die Adresse und Telefonnummer des Zeugen und bedankte sich.

»Sehen Sie«, sagte Paula Kußmaul, »so ein Titel bringt es doch.«

»Ja, schon, aber ich kann mir auch vorstellen, was uns so ein Titel von Ihnen gebracht hätte.«


# 12

Es war nicht mehr so heiß und ziemlich windig. Einzelne weiße Wolken, die wie Zuckerwatte aussahen, fegten über den Augusthimmel. OW sah am Spätvormittag aus dem Fenster und beschloss, statt zum Schwimmen zu gehen, sich lieber aufs Rad zu setzen und eine Runde zu drehen.

»Ich fahr heut ne Runde«, rief er Emma zu, die sich eben im Garten zu schaffen machte.

»Fahr nur, vor eins essen wir heute sowieso nicht.«

Eigentlich hatte er gar kein Ziel und kurvte gemächlich durch Herrenberg, fand sich dann aber schließlich auf dem Gültsteiner Weg. Es ging sanft bergab, er trat leicht in die Pedale und genoss den Fahrtwind, bis es auf einmal wieder steil bergauf ging. Zwar nicht weit, wie er wusste, aber eben steil. Er stieg ab.

Wie er so sein Rad voranschob, sah er rechts des Weges im Schatten der Birken einen Mann auf einer Bank sitzen. Er trug einen Strohhut und las Zeitung. Da der Mann ihn ansah, grüßte OW kurz, so im Vorbeigehen.

»He, du bist doch der Otto«, wurde er freundlich angeredet.

»Und wer bist du?«, fragte er überrascht.

»Kennst mich nicht mehr?«

Einen Moment musste er nachdenken. Aber dann erkannte er einen ehemaligen Nachbarn, der jetzt in Gültstein wohnte. Es war Jahre her, dass er ihm das letzte Mal begegnet war.

»Ach, doch, natürlich, Hans Steck. Was machst du hier?«

»Siehst du doch. Zeitung lesen.«

»Schöner Platz hier. Absolut ruhig.«

»Ja, man würde nicht meinen, dass man hier gar nicht weit von der Stadt weg ist. Ich komme oft hierher, eigentlich regelmäßig. Immer wenn daheim geputzt wird.«

OW lachte verständnisvoll. Sie kamen ins Gespräch, und da konnte es nicht ausbleiben, dass OW von seinem Wildunfall erzählte. Steck gratulierte ihm zu dem Schweineglück, das er gehabt hatte – das hätte auch ganz anders ausgehen können – und sagte dann vieldeutig: »Da kann man wahrscheinlich bald wieder billig Wildschweinbraten kaufen.«

»Wo? Bei euch in Gültstein?«

»Hmm.«

Mehr wollte er nicht sagen. Er hatte sich offensichtlich verplappert.

»Du willst also sagen, dass es manchmal in Gültstein relativ billigen Wildschweinbraten gibt. Im Lokal?«

Steck schüttelte den Kopf.

»Also beim Metzger?«

Achselzucken.

»Gut. Keine Auskunft ist auch eine Auskunft. Dann also tschüss. Mach's gut«, sagte OW und nahm den Lenker wieder in die Hand.

»Aber i woiß von nix. I will nix gsagt han«, rief ihm sein ehemaliger Nachbar nach, als er schon zehn Meter weiter war.

Da kam OW der Gedanke, an dem Hof vorbeizufahren, wo er seine Siebensachen aus seinem demolierten Auto geholt hatte. Es erstaunte ihn, dass in dem großen Dorf um diese Tageszeit so wenige Leute unterwegs waren. Das war ihm recht, besonders als er seinem Ziel nahe kam. Niemand war unterwegs, nur eine Frau mit einem kleinen Jungen. Und die beiden hatten allem Anschein nach dasselbe Ziel. Als sie in den Hof einbogen, setzte OW zu einem kleinen Spurt an, der seinen Atem ins Flattern brachte, und erhaschte noch mit einem kurzen Blick, wie die Frau mit dem Kind genau in der kleinen, ins Garagentor eingelassenen Tür verschwand, die ihm am Sonntag schon aufgefallen war. Und – allerdings hätte er dafür nicht garantiert – er meinte gesehen zu haben, dass sie in einen hell erleuchteten Raum eingetreten waren. Dieser Umstand erweckte seine Neugier. Auf einmal wurde seine Runde mit dem Rad spannend.

Er schaute sich um. Er war immer noch allein auf der Straße. Was sollte er tun? »Ich fahr hier ein wenig auf und ab. Mal sehen, ob die beiden bald wieder herauskommen«, sagte er sich und fuhr dreißig Meter hin und wieder zurück, stieg zwischendurch ab, tat so, als müsste er an seiner Vorderbremse etwas zurechtrücken, und wartete. Schon dachte er, dass es nicht sinnvoll wäre, hier noch mehr Zeit totzuschlagen, da kamen sie ihm entgegen. Er stieg ab, schaute zunächst auf sein Kettenblatt und rüttelte an einem Pedal. Als sie auf knappe fünf Meter herangekommen waren, hob er den Kopf. Die

Frau trug jetzt eine weiße Plastiktüte, die sie vorher nicht gehabt hatte, und der Junge kaute etwas mit vollen Backen.

»Grüß Gott«, grüßte OW freundlich und hängte gleich die Frage an: »So, hot's ebbes Guats gäbba?«

»Hmm, Worscht«, sagte der Kleine mit vollem Mund.

»Sei still, das interessiert den Mann nicht«, würgte die Frau ihn ab und zog ihn schnell hinter sich her, als wollte sie ein weiteres Gespräch vermeiden.

OW blieb einfach stehen und wartete, bis die beiden verschwunden waren. Wurst kaufen, das könnte er auch, vielleicht war es ja sogar Wildschweinwurst. Er zögert einen Moment und schaute in seinen Geldbeutel. Gut, die dreißig Euro, die er dabeihatte, würde er bei weitem nicht brauchen. Zielstrebig fuhr er in den Hof hinein, lehnte sein Rad an die Wand und klopfte an die kleine Tür, die in das Garagentor eingelassen war. Erst mal tat sich nichts. Er wartete, klopfte dann etwas heftiger, und die Tür ging auf. Vor ihm stand ein junger Mann in weiß-blau gestreiftem Hemd und heller Plastikschürze, der sich die Hände an einem grauen Tuch abwischte. Als er sich einem Fremden gegenübersah, weiteten sich seine Augen für den Bruchteil einer Sekunde. Dann musterte er OW unter seinen buschigen Brauen hervor von oben bis unten und zog ein finsteres Gesicht.

»Was wollen Sie?«

»Ein bisschen hausgemachte Wurst.«

Der junge Mann zögerte einen Moment. Über seine Schulter hinweg konnte OW in einen weiß gekachelten Raum sehen, an dessen Ende er einen großen Kühlschrank erblickte. Alles Weitere war verdeckt.

»Da gibt's nicht mehr viel«, sagte der junge Mann abweisend.

»Na, ein bisschen was werden Sie doch für mich haben. Ich will ja nicht viel«, parierte OW.

Wieder zögerte er einen Moment. Dann trat er etwas auf die Seite und sagte: »Dann kommen Sie halt rein.«

Jetzt erst sah OW die Fleischstücke und Bratwürste, die entlang der Längswand an den Fleischerhaken hingen. Was für eine Fleischsorte es war, konnte er natürlich nicht erkennen. Dunkel sah es aus, fast wie abgehangenes Rindfleisch. Nur waren die Stücke nicht so groß.

Davor stand ein langer Tisch, der mit Edelstahl überzogen war. Auf einem Holzblock am Ende des Tisches lagen ein Fleischerbeil und zwei Messer, mit denen offensichtlich eben gearbeitet worden war.

»Also? Was?«

»Was haben Sie denn noch?«

»Gerauchte Bratwürste.«

»Gut. Ungefähr ein halbes Kilo bitte.«

Der junge Mann packte die Wurst ein.

»Das Fleisch da sieht aber auch gut aus«, bemerkte OW. »Ist das Rindfleisch?«

»Nein, das ist Schweinefleisch, von freilaufenden Hällischen Landschweinen.«

»Könnte ich davon ein Kilo zum Braten bekommen?«

Der Metzger nahm ein Stück vom Haken und schnitt die verlangte Menge ab. An der Art, wie er sich räusperte, schloss OW, dass er zu einer nicht ganz einfachen Äußerung Anlauf nahm. Und die kam.

»Ich verkauf Ihnen das jetzt, obwohl ich Sie nicht kenne. Normalerweise gibt es nur für Bekannte was.«

»Ach so«, mimte OW Erstaunen. »Ich wollte Sie schon fragen, warum Sie kein Metzgereischild draußen hängen haben. Das würde doch das Geschäft beleben. Und hier gibt es doch bestimmt genug Leute, die an Bio-Fleisch interessiert sind!«

»Schon. Aber das geht nicht. Wegen EU-Bestimmungen. Was die in Brüssel für Bestimmungen rauslassen, das müssen Sie sich mal geben. Da muss jede kleine Metzgerei eigentlich zumachen. Wer in der Politik nichts wird, geht nach Brüssel. Das weiß ja jeder. Und solche Scheißbestimmungen kommen dann raus. Kleinen Metzgereien das Metzgen verbieten, das kann es doch nicht sein. Ich habe das Handwerk gelernt, es macht mir Spaß, und ich lass es mir nicht verbieten. So ist das.«

Er wickelte das Fleisch ein und schaute OW plötzlich an.

»Woher wussten Sie überhaupt, dass ich hier Fleisch verkaufe? Sie sind doch gar nicht von hier. Ich hab Sie noch nie gesehen.«

»Von Herrenberg. Ich habe zufällig jemand weggehen sehen. Die Frau mit dem kleinen Jungen. Der Kleine hat mir gesagt, dass es hier Wurst zu kaufen gibt.«

»Aha!« Das klang ein klein wenig verärgert. Aber gleich fügte der Metzger freundlich hinzu: »Also gut, wenn Sie wieder mal ein gutes Stück Bio-Fleisch möchten, können Sie gern wiederkommen. Aber mir wär's schon arg recht, wenn Sie nicht rumschwätzen würden, woher Sie es haben. Sonst machen die mir eines Tages den Laden zu. Und das wär schad, oder?«

»Klar wäre das schade. Und vielen Dank auch.«

»Du kommst gerade recht zum Essen!«, rief Emma aus der Küche, als OW das Haus betrat.

»Wunderbar«, sagte er und legte die Tüte mit dem Fleisch auf den Küchentisch.

»Was bringst du daher? Wir waren doch gestern erst einkaufen.«

»Wurst und Fleisch vom so genannten Hällischen Landschwein, dem glücklichen freilaufenden. Gesundes Bio-Fleisch.«

»Woher?«

»Von dem Hof, wo am Sonntag unser kaputtes Auto stand.«

Emma sagte nichts, sondern griff in die Tüte und wickelte das Fleisch aus.

»Schöner Schweinebraten! Schau mal, wie dunkel der ist. Nicht ausgeblutet. Dieses Schwein, wenn es Schwein ist, hat nicht der Metzger gekillt. Vielleicht war das sogar ich. Und deshalb habe ich es gekauft. Waidmannsheil, mein Schatz.«

OW machte ein zufriedenes Gesicht.

»Habt ihr heute Abend Zeit?«

»Ein bisschen knapp wäre es schon. Warum?«

»Ich würde euch gerne zu einem Vesper einladen.«

»Ich kann aber vor sieben nicht.«

»Macht nichts. Später schmeckt es auch noch.«

»Und was ist der Anlass?«

»Sag ich euch dann. Ich temperiere schon mal einen schönen Lemberger.«

»Also gut, danke. Ich hoffe, wir schaffen es bis um sieben.«

Kupfers waren pünktlich. Siggi war es gelungen, einen nicht wirklich dringenden Termin auf den nächsten Tag zu verschieben, und so standen sie zur verabredeten Zeit vor OWs Haustür.

»Kommt auf die Terrasse. Da scheint noch eine Stunde die Sonne her.«

Der Terrassentisch wurde von einem maisgelben Sonnenschirm beschattet, den Emma besonders liebte, weil man darunter eine so gesunde Gesichtsfarbe hatte.

Der Tisch war gedeckt. In der Mitte stand eine Platte, auf der die Wurst aufgeschnitten war, die OW in Gültstein gekauft hatte. Gurkenscheiben, Tomaten und Paprika lieferten dem Bild die nötige Farbe, so dass man nicht unbedingt Hunger haben musste, um zugreifen zu wollen.

»Sieht sehr lecker aus«, sagte Marie anerkennend.

»Und schmeckt auch so – ein interessanter Leckerbissen.«

Das Letzte verstand Marie nicht, Siggi Kupfer hatte es überhört, und so setzten sie sich an den Tisch, und die Mahlzeit begann. Sie stießen an und griffen zu.

Außer ein paar lobenden Bemerkungen zu der schmackhaften Wurst war eine Weile nichts zu hören.

»Auf euer Wohl«, sagte Kupfer dann und hob sein Glas. »Wirklich eine gute Idee, an so einem schönen Sommerabend zusammen auf der Terrasse zu essen. Trotzdem die Frage: Was ist eigentlich der Anlass?«

»Du kaust gerade darauf herum«, sagte OW lachend und erzählte, wie er zu der Wildschweinwurst gekommen war.

»Zufälle gibt's, unglaublich!«, sagte Kupfer kopfschüttelnd.

»Nein, das war kein Zufall. Das war eher Intuition. Ich musste da einfach noch einmal hinfahren. Dass dann die Frau mit der Fleischtüte herauskam, das war allerdings schon Zufall. Aber ohne meine Intuition wäre ich nicht dort gewesen«, erklärte OW nicht ohne Stolz.

»Und wenigstens hat er diesmal keine auf die Nase gekriegt«, spöttelte Emma.

»Was ist das für ein Typ? Erzähl mal.«

»Vielleicht fünfunddreißig, etwas größer als ich, schlank, fast würde ich sagen: sportliche Figur, und dann – jetzt wird mir schlagartig klar, an wen er mich erinnert – eine Frisur, als würde er heute noch von Rudi Völler schwärmen.«

»Also blond, vorne kurz, hinten lang ...«

»... und Oberlippenbart. Vokuhila-Oliba. So einer fällt heute fast auf.«

»Den müsst ihr unbedingt schnappen. Fahrt doch einfach hin und hebt den Laden aus. Vielleicht könnt ihr noch ein halbes Wildschwein beschlagnahmen«, witzelte Marie.

»Da gibt es nichts mehr in Beschlag zu nehmen. Morgen gehe ich aber der Frage nach, welcher Abschleppdienst das Auto geholt hat, das damals den verschwundenen Rehbock überfahren hat. Wenn das der gleiche war, dann schnappen wir uns den sofort. Aber jetzt will ich von meiner Arbeit nicht mehr reden.«

## 13

Am nächsten Morgen erkundigte sich Paula Kußmaul in Kupfers Auftrag nach dem für Wirtschaftskontrolle zuständigen Mann im Landratsamt Böblingen.

Der zuständige Beamte namens Robert Bärmann war aber leider nicht im Haus. Man gab zwar seine Handynummer durch, aber er hatte das Ding nicht an. Der Mann ging wohl in aller Gemütsruhe seiner Arbeit nach. Erst am späten Nachmittag, kurz vor Dienstschluss, erreichte ihn Kupfer. Er berichtete ihm von der unscheinbaren Metzgerei und forderte ihn auf, dort nach dem Rechten zu sehen.

»Erstens glaub ich nicht, dass dort sauber gearbeitet werden kann, zweitens ist der Laden garantiert nicht gemeldet, also besteht der Verdacht auf Schwarzarbeit und Steuerhinterziehung. Da sollten Sie schnell mal vorbeischauen. Wir dürfen das ja nicht mehr ohne einen langen bürokratischen Anlauf.«

»Wird erledigt«, war die Antwort. »Aber da müssen Sie mir schon ein paar Tage Zeit lassen. Meine Liste ist ziemlich lang, und da kann ich Sie jetzt nicht so einfach oben hinschreiben.«

»Aber ich bitte Sie, Sie kriegen diesen Auftrag doch von der Kriminalpolizei.«

»Da muss ich erst noch mit meinem Chef reden.«

»Dann tun Sie das bitte. Und ich wäre Ihnen dankbar, wenn ich dann umgehend einen Bericht bekommen könnte.«

Viel Harmonie war zwischen ihnen nicht aufgekommen. Trotzdem erhoffte Kupfer ein baldiges Ergebnis.

Wenn dieser Bärmann nicht gleich aktiv wurde, dann musste Kupfer einen anderen Weg beschreiten. Er blieb nach Dienstschluss im Büro und suchte unter den Akten ungelöster Fälle nach dem Wilddiebstahl zwischen Herrenberg und Oberjettingen. Und er hatte Glück. Er fand den Namen des Autofahrers und ein einziger Anruf genügte.

»Können Sie sich noch erinnern, wer Ihr Auto damals abgeschleppt hat?«

»An den Namen kann ich mich nicht mehr erinnern. Da müsste ich erst noch die Rechnung heraussuchen. Aber das war ein junger Mann, der diesen Abschleppdienst selbständig betreibt. Ich habe ihn sogar noch gefragt, ob er davon existieren könne, denn so viel passiert ja Gott sei Dank auch wieder nicht. Da meinte er, ich solle mir um ihn keine Sorgen machen.

›Das passt schon‹, sagte er. Ich hatte den Eindruck, dass er das nebenher machte.«

»Wissen Sie noch, woher er kam?«

»Das weiß ich noch. Er kam von Gültstein. Ich habe ihn danach gefragt, weil er so schnell da war. Warum fragen Sie?«

»Das darf ich Ihnen leider nicht sagen. Da bitte ich um Verständnis. Es gibt halt ein paar Unregelmäßigkeiten.«

Kupfer bedankte sich bei seinem Gesprächspartner und nickte zufrieden vor sich hin.

Drei Tage später meldete sich Bärmann in etwas gereiztem Ton. »Und wissen Sie, was ich in dieser Garage vorgefunden habe? Wissen Sie das?«

»Natürlich nicht. Ich nehme an, Sie sagen es mir freundlicherweise gleich.«

»Ja, und das haut Sie um: kein Schwein, sondern einen Mustang. Was sagen Sie jetzt?«

»Einen Ford Mustang meinen Sie?«

»Genau. Eine blitzsaubere Garage, hell gekachelt, und darin steht ein Ford Mustang, ein Oldtimer von 1964. Und als ich dort war, hat der Besitzer ihn gerade poliert, und ich musste mir von dem noch Frechheiten gefallen lassen. Ich solle doch lieber mal nach den großen Gaunern gucken, die Gelder verschieben und Steuern hinterziehen. Den Gang hätten Sie mir ersparen können, glauben Sie mir.«

»Hätte ich nicht. Ich sehe das ganz anders. Da müssen Sie sogar noch einmal hin, und zwar in Begleitung eines Kollegen von der Spurensicherung.«

»Das glauben Sie doch selber nicht.«

»Das glaube ich nicht. Das weiß ich. Und jetzt mache ich sofort einen Termin mit dem Kollegen von der Spusi, und den bekommen Sie dann mitgeteilt. Und mit Ihrem Chef spreche ich auch, damit …«

»Nein, brauchen Sie nicht. Das wird schon gehen.«

»Na also, geht doch. Wann waren Sie denn dort, vormittags oder nachmittags?«

»Letzten Freitagvormittag, zwischen zehn und elf.«

»Dann hat unser Metzger diese Woche wahrscheinlich Frühschicht. Schaun wir mal, dass wir ihn zu Hause erwischen. Wissen Sie was? Ich gehe selber mit Ihnen dorthin, gleich morgen Nachmittag halb vier.«

Als sie bei hellem Sonnenschein in Widmaiers Hof einbogen, hatte dieser seinen Oldtimer eben aus der Garage geholt und wollte mit ihm wegfahren. Das Garagentor stand offen, das Licht fiel in den hellen Raum, der wie eine frisch geputzte Küche glänzte. Widmaier blieb neben seinem Auto stehen und richtete einen unfreundlichen Blick auf Bärmann. Misstrauisch oder spöttisch? Kupfer konnte diesen Gesichtsausdruck nicht eindeutig interpretieren.

»Was wollen Sie schon wieder?« Die Frage klang aggressiv.

»Wir würden uns gerne Ihre Garage noch einmal ansehen«, schaltete sich Kupfer ein. »Darf ich mich vorstellen, Kupfer ist mein Name, ich komme von der Polizeidirektion Böblingen.«

Widmaiers Blick pendelte zwischen Bärmann, Kupfer und Kienzle, dem Kollegen von der Spusi, einen Moment lang hin und her, ehe er eine Antwort herausbrachte.

»Wenn Sie eine leere Garage so interessant finden, bitte, die Tür ist offen.«

Kupfer ging voran, Bärmann und der Kollege von der Spurensicherung folgten ihm. Kupfer sah sich um und dachte an OWs Beschreibung. In der linken Längswand entdeckte er etwas über Kopfhöhe zwei Löcher in den Kacheln. Da musste die Stange angebracht gewesen sein, an der die Fleischerhaken hingen, und darunter, in der hinteren Ecke, hatte nach OWs Beschreibung der Hackklotz gesessen.

»Hier sollten wir es versuchen«, sagte er und deutete an diese Stelle.

»Können wir das Tor mal so weit schließen, dass wir gerade noch etwas sehen können?«, wandte er sich an Widmaier, der draußen geblieben war.

Der zuckte mit den Achseln und gab sich kooperativ, indem er das Tor von innen so weit zuzog, dass nur noch ein ganz schwacher Lichtstrahl hereinfiel.

»So?«, fragte er.

»Perfekt, ja, danke. Und jetzt kommen Sie doch mal her. Dann zeigt Ihnen mein Kollege was, das Sie sich wahrscheinlich nicht vorstellen können. Sie haben gründlich geputzt, das muss man Ihnen lassen. Aber es bleibt immer was zurück.«

Kienzle zog eine Spraydose aus der Tasche.

»Jetzt zeige ich Ihnen, was man unter Chemoluminiszenz versteht«, kündigte er an, ohne Widmaier eines Blickes zu würdigen.

Er besprühte die Fugen zwischen den Kacheln und bat Bärmann, das Tor für einen Moment ganz zu schließen. Sofort war es zapppenduster. Man sah nicht die Hand vorm Gesicht, wohl aber kleine hellblau leuchtende Punkte, in deren Anordnung man die Form einer Kachel erkennen konnte.

»Dieses Mittelchen heißt Luminol und bringt Blutspuren zum Leuchten. Sehen Sie? Ist das nicht interessant?«, erklärte Kupfer wie ein Chemielehrer, der seinen Schülern ein spektakuläres Experiment vorführt.

Kienzle zückte seine kleine Kamera und machte von einer der Fugen eine Makroaufnahme. Dann wurde die Tür wieder geöffnet.

»Wissen Sie, Herr Widmaier, man kann eine Metzgerei gar nicht so sauber putzen, dass man keine Blutspuren mehr nachweisen kann. Das ist einfach nicht zu schaffen. Da müssen Sie sich gar keine Vorwürfe machen«, sagte Kupfer in harmlosem Plauderton, als handelte es sich um Mehlspuren in einer Backstube.

»Und jetzt nehmen wir noch ein bisschen was mit. Wir wollen ja sichergehen, um was für Blut es sich hier handelt«, fügte Kienzle hinzu.

Er kratzte mit dem Taschenmesser in den Fugen herum und fing das minimale Quantum an abgeschabtem Material in einem kleinen Beweismittelbeutelchen auf.

»Das bisschen reicht schon«, sagte er vor sich hin und steckte das Plastiktütchen in seine Tasche.

»Ist das nicht erstaunlich? Was die Kriminaltechnik heute kann, ist einfach toll«, sagte Kupfer zu Bärmann.

»Ja, das kann einen schon umhauen«, sagte Bärmann.

Widmaier stand der Mund offen.

»Das war es schon. Dann möchten wir Sie nicht länger aufhalten. Sie wollen ja offensichtlich ein bisschen spazieren fahren. Also viel Spaß. Und bis bald!«

Widmaier hatte etwas zu schlucken.

## 14

Clemens Gutbrod wurden die Lider schwer. Das Kinn sank ihm auf die Brust. Die breite Krempe des grünen Filzhuts mit dem Saubart legte einen tiefen Schatten über seine Augen. Den Gesang der Mönchsgrasmücke, die genau über seinem Hochsitz saß, nahm er entspannt lächelnd mit in seinen Morgenschlaf.

Es war ungefähr sechs Uhr. Die Sonnenstrahlen, die immer mächtiger durch das Laubwerk der Buchen brachen, würden ihn so schnell nicht wecken. Seine funkelnagelneue Repetierbüchse, eine Forest Favorit Spezial für gut und gerne viertausend Euro, lehnte harmlos an der Brüstung. Sein Jagdglas lag neben ihm auf dem Sitz, direkt neben der Thermosflasche, die er schon bei der ersten Dämmerung ausgetrunken hatte. Aber der starke Kaffee hatte seine Müdigkeit nicht wegspülen können. Die Nacht war zu kurz gewesen, um sich von den Anstrengungen einer hektischen Woche und dem Samstagabend zu erholen.

Sie hatten in Stuttgart den fünfzigsten Geburtstag eines Geschäftsfreunds mit einem ebenso üppigen wie köstlichen Abendessen gefeiert, nach dem man natürlich nicht gleich nach Hause ging. Man war füreinander privat und vor allem auch geschäftlich interessant gewesen, hatte geplaudert, neue Fäden gesponnen und immer wieder dem guten Wein zugesprochen, den der Hausherr vom eigens für den Abend engagierten Personal anbieten ließ. Um Mitternacht wäre es eigentlich genug gewesen, die Herren wurden nicht nüchterner und die Damen nicht schöner, und Gutbrod hätte gut daran getan, mit seiner Frau nach Hause zu gehen, zumal er sich mit Edgar Steiger wie jeden Sonntagmorgen zum Ansitz verabredet hatte. Die Steigers waren aber auch bei dieser Fete dabei, und da Steiger nie genug bekommen konnte, hatte er, als sie in Stuttgart aufbrachen, Gutbrod noch zu einem schnellen Absacker bei sich zu Hause überredet. Während ihre Frauen das nachholten, was den ganzen Abend nicht so möglich gewesen war, wie sie es gerne gehabt hätten, nämlich bei einem Glas leichten Weißweins das Neueste aus dem Bekanntenkreis zu kommentieren, verstiegen sich die Herren bei einem dreifachen Laphroaig – pur natürlich, jeder Wassertropfen wäre eine Sünde gewesen – in der vagen Planung einer Jagdreise. Gutbrod liebäugelte seit langem mit Ostkarelien und schwärmte von den riesigen Hirschen und Elchbullen, die man dort mit ein wenig Jagdglück vor die Flinte bekommen könne.

»Man nimmt dabei ja keinem etwas weg, und die dort können nur froh sein, wenn man da mal einen Tausender oder zwei für einen Elch hinblättert.«

»Schon recht. Nur würde ich lieber wieder nach Namibia fliegen«, entgegnete Steiger und zeigte ihm das Video einer Safari, auf der er – unter anderem – eine Oryxantilope erlegt hatte.

Aber nach Afrika wollte Gutbrod nicht. Unter der Hitze dort unten würde er nur leiden, hielt er doch die 30 Grad, auf die das Thermometer zur Zeit immer wieder anstieg, kaum aus. Schon die Nachmittage im Büro waren ihm dann eine Qual. Ins heiße Namibia? Nein.

»Sei kein Frosch. Ein paar Tage Hitze wirst du schon aushalten«, sagte Steiger aufmunternd und fügte nach einem

85

Schluck Whisky hinzu: »Wenn es nicht gerade bei der Arbeit ist.«

Aber vergeblich. Gutbrod war nicht so leicht zu überreden. Und diese Auseinandersetzung über karelische Hirsche, Elche oder gar Bären – oder eben namibische Antilopen und vielleicht einen Löwen, falls man die richtigen Beziehungen spielen lassen konnte, hatte die Nacht in den Morgen hinein ausgedehnt. Erst nach zwei Uhr hatte er sich von Ingrid heimfahren lassen. Auf ihre Frage: »Aber du schläfst dich aus, oder?«, hatte er nur gelacht.

»Was denkst du? Bei diesem Kaiserwetter?«

Es war aber nicht nur das Wetter, es war auch die verdammte Wildschweinrotte, die vergangene Woche zum wiederholten Mal einen Kartoffelacker umgepflügt hatte. In ihrem Revier! Auf diese Rotten musste man sofort Jagd machen, wenigstens ein Schwein oder zwei zur Strecke bringen, so dass die restlichen das Revier wechseln und anderswo Wildschaden anrichten würden.

»Schlafen kann ich am Nachmittag«, hatte er gesagt.

Aber er schlief jetzt. Und träumte sogar. Ein riesiges Tier schob sich durch das Unterholz, leises Knacken stieg zum Brechen dicker Zweige an, und die Schaufeln eines riesigen Elchbullen überragten die jungen Fichten am Rand der Lichtung. Er griff nach der Büchse und legte an. Er hatte den Elch klar im Zielfernrohr, drückte ab, aber nichts geschah, die Büchse war gesichert. Der Lauf blieb stumm. Die Sicherung klemmte, und als er nach ihr fasste, war sie weich wie Gummi, und er musste verwundert zusehen, wie sich der Lauf seiner Büchse krümmte.

»Du bist nicht ausgeschlafen«, hörte er seine Frau sagen, »Du bist nicht ausgeschlafen.«

Der Elch hatte etwas gehört, blieb stehen und äugte zu ihm herauf, spielte mit den Lauschern und schüttelte spöttisch sein Haupt. Dann trat er in den hellen Sonnenschein hinaus und äste mitten auf der Lichtung, wobei er ihm frech seine Seite bot. Plötzlich, in lockerem Trott, verschwand der Elch dorthin, wo er hergekommen war. Und die Wildschweine, eine ganze Rotte, so groß, dass er sie gar nicht zählen konnte, galoppierten über die Lichtung, als verfolgten sie den Elch. Laut raschelnd stürmten sie ins Unterholz und verschwanden. Dann war es wieder still.

Blutgierig setzte sich eine Schnake auf Gutbrods Oberlippe und stach zu. Ohne wach zu werden, vertrieb er sie mit einer Handbewegung. Aber sie flog nicht weg. Hartnäckig blieb sie in seinem Dunstkreis, setzte sich an seinen Hals und war sofort dabei, mit ihrem Saugrüssel seine Halsschlagader anzuzapfen. Er schlug zu und wachte auf.

Und sogleich hörte er etwas. Was war das gewesen? Für einen Moment meinte er, er hätte seinen Hund bellen hören, was aber nicht sein konnte. Den hatte er im Auto gelassen. Dann hörte er es wieder. Es war kein Hund. Ein Reh oder ein Bock schreckte, schreckte mehrmals wie in Panik. Sauen, es mussten Sauen in der Nähe sein, eine ganze Rotte, die die Rehe vertrieb, vielleicht sogar die Rotte, die den Kartoffelacker verwüstet hatte. Er lauschte, setzte sein Jagdglas an und schaute dorthin, wo er das Schrecken gehört hatte.

Wenn dort Sauen unterwegs waren, dann waren sie in unmittelbarer Nähe von Steiger, der dort auf dem Ansitz war. Als Gutbrod auf dem Parkplatz angekommen war, hatte Steigers schwarzer A 8 bereits dort gestanden. Dem Zettel, der hinter dem Scheibenwischer klemmte, hatte er entnommen:

*4:30 h*

*Habe am Rapunzelturm aufgebaumt.*

*Waidmannsheil*

*Edgar*

Zur einfachen Verständigung hatten sie all ihren Hochsitzen Namen gegeben wie eben Rapunzelturm oder Himmelsleiter und Rabenhorst. Auf den würde er sich jetzt setzen, obwohl er am weitesten vom Parkplatz entfernt war. Das Sichtfeld war dort recht gut.

»Es wäre auch ein Wunder …«, hatte er mit einem leichten Anflug von Bitterkeit vor sich hin geflüstert.

Nun war er trotz bleierner Müdigkeit so früh aus den Federn gekommen, und trotzdem war Steiger wieder einmal vor ihm da gewesen, hatte sich bei freier Wahl auf den besten Hochsitz gesetzt, wo die Chancen, zum Schuss zu kommen, einfach besser waren. Damit saß Steiger fast am anderen Ende des Reviers auf der höchsten Kanzel mit der besten Sicht – und damit auch dem besten Schussfeld. In der Whiskyseligkeit der Absackersitzung hatte Gutbrod versäumt, sich wenigstens für dieses eine Mal diesen Platz zu sichern. Und nun war dort drüben tatsächlich wieder einmal mehr los.

Dabei brauchte Clemens Gutbrod dringend einen Abschuss, und zwar nicht den eines Rehbocks, so kapital er auch immer sein mochte, sondern den einer Sau.

»Lies mal, was da steht«, hatte Ingrid neulich bei der morgendlichen Zeitungslektüre gesagt. »Letztes Jahr wurden in der Bundesrepublik mehr als 400 000 Wildschweine erlegt, und du hast kein einziges geschossen. Und da steht auch etwas von 270 000 organisierten Jägern. Wenn man mal davon ausgeht, dass es bei 70 000 davon gar nicht so viele Sauen gibt, so dass man sie statistisch vernachlässigen kann, dann kommen auf jeden der restlichen Jäger im Schnitt zwei Sauabschüsse pro Jahr. Zwei. Und was läuft bei dir? Nichts und wieder nichts, und das seit drei oder vier Jahren. Ich weiß nicht, was du für ein Jäger bist und was du im Wald so treibst.«

Das hatte er als Schwachsinn abtun wollen, wogegen Ingrid sich aber heftig gewehrt hatte.

»Wie viele hat dein Freund Steiger letztes Jahr geschossen? Vier oder fünf, wenn ich das richtig im Kopf habe. Im Schnitt stimmt es ja dann wieder«, hatte sie sarkastisch noch eins draufgesetzt.

Ungerecht war das, saumäßig ungerecht. Obwohl Steigers Firma größer war als seine, hatte er den Eindruck, dass Steiger weniger arbeitete als er und daher mehr Zeit hatte. Zudem hatte Steiger auch noch andere Dinge am Laufen und machte mehr Geld. Kein Wunder, dass er wesentlich besser ausgerüstet war. Nicht nur dass Steigers Büchse doppelt so teuer gewesen war wie seine, nein, es war vor allem auch der teure Restlichtverstärker mit dem Adapter fürs Zielfernrohr, den er sich vor kurzem geleistet hatte. Ein elektronisches Hightech-Gerät, das nicht nur nicht waidgerecht, sondern nach dem Jagdgesetz sogar verboten war. Auf dem deutschen Markt bekam man es deshalb auch gar nicht. Man musste es schon in Holland bestellen. Steiger hatte es natürlich nicht einfach bestellt – »Ich kauf doch nicht die Katze im Sack!« –, sondern hatte sich einen Flug nach Amsterdam geleistet und das Gerät vor dem Kauf ausprobiert. Und was er sonst noch in Amsterdam getrieben hatte, danach hatte Gutbrod ihn lieber nicht gefragt.

»Klar ist es sündhaft teuer, aber man gönnt sich ja sonst nichts«, hatte Steiger gewitzelt, als er ihm die Neuanschaffung präsentierte. Wie effektvoll der Einsatz dieses Nachtsichtgeräts wäre, würde sich bald zeigen. »Tausendmal heller« war auf der Homepage der Firma zu lesen. Das konnte man natürlich nicht überprüfen. Steiger sagte aber, dass der Blick durchs Zielfernrohr ohne dieses Ding tagsüber manchmal nicht so hell wäre wie nachts mit ihm. Folglich würde es gerade so weitergehen wie in den letzten Jahren. Steiger schien das Jagdglück gepachtet zu haben.

Es raschelte im Buchenlaub. Gutbrod sah durchs Glas und erkannte den Bock, dem er schon seit Ende Mai auflauerte. Er konnte ihn genau ansprechen, diesen kapitalen Sechser mit dem gut vereckten Gehörn. Er war im besten Alter. Die Brunft war schon vorbei, sicher hatte er mehrere Ricken besprungen, so dass seine Anlagen im Nachwuchs erhalten blieben. Jetzt war der ideale Zeitpunkt für den Abschuss gekommen, würde er doch nächstes Jahr wahrscheinlich schon zurücksetzen, so dass sein Gehörn nicht mehr die schönen, langen Enden haben würde. Die Trophäe wäre dann nicht mehr so präsentabel wie jetzt. Aber Gutbrod schoss nicht. Heute nicht. Wenn er jetzt schießen würde, brauchte er auf die Sauen nicht mehr zu warten. Abdrehen würden sie und in anderer Richtung weiterziehen, vielleicht

89

sogar direkt durch Steigers Schussfeld. Dem musste er die Sauen nun wirklich nicht auch noch zutreiben. Der Verzicht fiel ihm schwer, aber er ließ seinen Bock laufen.

»Bis zum nächsten Mal, mein Hübscher«, flüsterte er.

Der Bock zog vorbei, bald gefolgt von einer Geiß mit Kitz und einem Schmalreh. Dann war es ruhig, bis auf das Getrommel eines Spechts.

Gutbrod schaute auf die Uhr. Halb sieben. Es wurde wärmer. Die Mücken wurden mehr, und er ärgerte sich, weil er seinen Mückenschleier nicht mitgenommen hatte. Noch viel länger hier zu sitzen, war kaum sinnvoll. Aber er blieb aufgebaumt, denn es hätte ja sein können, dass die Saurotte tatsächlich auf ihn zukam. Jetzt abzubaumen und vielleicht gerade auf der Leiter zu stehen, wenn die Sauen sich zeigten, das wäre zu ärgerlich. Das könnte er nicht einmal jemandem erzählen. In dem Fall würde er lieber sagen, er habe gar keinen Anlauf gehabt.


# 15


Wieder spürte er einen Mückenstich, diesmal im Genick, und schlug danach. Es klatschte. Schon ärgerte er sich über seine unbeherrschte Reaktion, da knallte es. Das war Steigers Büchse. Er kannte diesen scharfen Knall nur allzu gut. Hatte er schon wieder Glück gehabt? Verdammt noch mal, das durfte einfach nicht sein! Wieder einmal wollte der Schussneid an ihm nagen. Aber die Spannung unterdrückte seine Bitterkeit. Sitzen bleiben, jetzt sitzen bleiben, warten, vielleicht laufen sie vorbei, vielleicht kommt auch er noch zum Schuss, hell genug ist es, das Sichtfeld ist gut, wenigstens auf den ersten hundert Metern.

Gutbrod spürte, wie sein Blutdruck stieg. Er griff nach seiner Büchse und legte sie auf der Brüstung auf, während er wie

gebannt in die Richtung starrte, aus der der Knall herüberge-
schallt war. Und tatsächlich sah er nach einer ganzen Weile die
Rotte kommen, aber weiter weg, als er erwartet hatte. Nicht
über die Lichtung kamen sie, sondern hielten sich in dem Buchenbestand dahinter. Gutbrod legte an, zielte auf einen Keiler und fuhr mit: Stamm – Schwein – Stamm – Schwein – Gebüsch – Stamm – Schwein – Stamm – Gebüsch – und weg war
er. Gutbrod fluchte wie ein Kesselflicker. Wenn er jetzt das
Spezialzielfernrohr für Drückjagden draufgehabt hätte, aber
nicht dieses gottverdammte Scheißzielfernrohr für den Ansitz, hätte er ein größeres Sichtfeld gehabt, er hätte das Gebüsch früher gesehen, er hätte früher geschossen und hätte
vielleicht sogar zwei Sauen zur Strecke bringen können. Aber
wem sollte er das erzählen? Es war besser, nicht von diesen
Sauen zu reden.

Völlig frustriert zog er seinen Flachmann aus der Brusttasche und nahm einen großen Schluck. Der Birnenschnaps
brannte wohltuend in seiner Kehle, und er atmete laut mit offenem Mund. Er lauschte auf Steigers Signal, das aber ausblieb. Das wunderte ihn. Als Brauchtumsfanatiker und Jagd-
hornbläser hatte Steiger immer sein kleines Horn dabei. Und
wenn er auf dem Ansitz etwas erlegt hatte, verblies er immer
die Strecke. Dann erschallte aus seiner Richtung das entsprechende Signal, »Sau tot«, »Reh tot«, was auch immer. Und das
Signal »Jagd vorbei«. Und heute? Nichts. Kein Ton. Das war
sehr merkwürdig, fast schon besorgniserregend. Trotzdem
wollte Gutbrod nichts übereilen. Vielleicht hatte Steiger sein
Horn im Auto gelassen und würde erst die Strecke verblasen,
wenn er seinen Hund geholt hatte.

Er wartete noch eine Viertelstunde. Aber es ertönte kein
Signal. Zögernd griff er nach seiner Signalpistole. Vielleicht
sollte er einfach einen Schuss abfeuern, und wenn alles in
Ordnung war, dann würde Steiger mit einem Schuss antworten. Unter den besonderen Umständen, die er gegeben sah,
könnte er die Knallerei verantworten. Er drückte ab und
lauschte. Keine zwei Minuten danach kam der Antwort-

schuss. Gutbrod nahm an, dass Steiger ein Stück Wild angeschossen hatte und es verfolgen musste. Das würde alles erklären. Er baumte ab und machte sich auf den Weg zum Parkplatz. Immer wieder blieb er stehen und lauschte. Aber er
hörte nichts. Steiger war ja auch zu weit weg, an der anderen
Seite des Reviers. Sollte er doch die Wildfolge allein hinter
sich bringen. Das war Gutbrod lieber. Er ging langsam. Denn
er spürte nicht nur seine 53 Jahre, sondern auch sein Überge-
wicht. Seit seinem Beinbruch vor einem halben Jahr hatte er
sich nicht sehr viel bewegt und war daher etwas kurzatmig geworden. Zudem tat der Restalkohol zusammen mit dem
Schluck, den er sich eben auf dem Hochsitz genehmigt hatte,
seine Wirkung.

Er wollte seinen Hund Archie holen, der noch etwas Aus-
lauf brauchte. Archie war ein dreijähriger Deutscher Draht-
haariger Vorstehhund, für sein Alter schon gut abgerichtet,
aber noch etwas verspielt und vor allem groß. Auf den Ansitz
konnte Gutbrod ihn nicht mitnehmen, denn er hätte ihn gar
nicht auf die Kanzel hochbringen können. Und unten lassen
konnte er ihn auch nicht – Wildschweine haben zu gute Nasen.

Gutbrod war noch gute fünfzig Schritte von seinem Auto
entfernt, da hörte er schon Archies freudiges Winseln, und als
er ihn herausließ, tanzte der Hund um ihn herum und sprang
an ihm hoch. Erst ließ er ihn eine Weile herumrennen, dann
leinte er ihn an und wollte mit ihm in die Richtung gehen, wo
Steiger irgendwo sein musste.

Es war schwierig, Archie bei Fuß zu halten. Nachdem er
lange im Auto eingesperrt gewesen war, wollte er sich austo-
ben und zog immer wieder mit aller Kraft an der Leine. Wahrscheinlich wusste er, dass er sich bald mit seinem Bruder Aaron balgen durfte. Steiger und Gutbrod hatten sich vor drei
Jahren von einer bekannten Zucht zwei Welpen aus demselben Wurf gekauft, dem ersten Wurf ihrer Mutter. Die Hunde
hatten einen astreinen Stammbaum und versprachen, hervor-
ragende Jagdhunde zu werden. Sie wurden gut gehalten, waren aber noch nicht zu perfekten Jagdhunden abgerichtet.

Wenn ihre Herrchen nach dem sonntäglichen Ansitz zusammentrafen, wurden sie von der Leine gelassen. Dann liefen sie aufeinander zu, beschnupperten sich, sprangen aneinander hoch, balgten und jagten mal nebeneinander, mal hintereinander freudig kläffend in großen Kreisen herum. So würde es gleich wieder sein.

Gutbrod hatte Archie gerade wieder in den Griff bekommen, so dass er bei Fuß lief, als es wieder schoss. Wieder aus derselben Richtung. Aber das war nicht Steigers Büchse. Der Schuss rollte nicht nach. Der flache Knall klang nach einem Schrotschuss. Dessen war er absolut sicher, auch bei der Entfernung. Aber verstehen konnte er es nicht. In anderer Reihenfolge würde es vielleicht Sinn machen: einem mit Schrot waidwund geschossenen Tier mit der Büchse den Fangschuss versetzen. Aber so, erst die Kugel und dann der Schrot? Das war sehr seltsam. Und dass dann kurz danach ein zweiter Schrotschuss aus derselben Richtung herüberschallte, brachte Gutbrod aus der Fassung.

Er sah auf die Uhr. Es war gegen halb acht. Nun wollte er doch so schnell wie möglich vorankommen. Er kam gewaltig ins Keuchen. Sein Hund spürte seine Unruhe und zog. Soweit es sinnvoll war, blieb Gutbrod auf dem Weg. Dann aber, als er nach zwanzig Minuten in Steigers Nähe kam, durchquerte er auf den letzten paar hundert Metern ein Stück Mischwald und steuerte geradewegs auf die Lichtung zu. Der Schweiß lief ihm über die Stirn und er rang geradezu nach Luft.

Archie musste etwas in der Nase haben und zog heftig. Fast strangulierte er sich. Er winselte, brachte immer wieder einen hohen Kläffer heraus und zitterte vor Aufregung. Gutbrod sah die leere Kanzel am Rand der Lichtung. Von Steiger und seinem Hund war nichts zu sehen. Archie kläffte und zog Gutbrod quer über die Lichtung zu einer Gruppe kleiner Fichten hin, die wie eine Landzunge in die Lichtung hereinragte. Er hörte ein Schwirren und Summen, das mit jedem seiner Schritte lauter wurde. Als er die äußerste Fichte umrundet hatte, wurde es richtig laut. Archie bellte heftiger, zog nach links, zog nach rechts, zog voran, ging rückwärts, stieß ihm gegen die Beine, um ihn dann weiter voran zu zerren.

Warum war der Hund so verrückt? Noch zwei Schritte, und Gutbrod riss entsetzt die Augen auf und begriff auf den ersten Blick doch nicht, was er sah. Der Anblick war zu grässlich. Unerträglich. Horror. Er kniff die Augen zusammen und hielt die Hand vors Gesicht. Es würgte ihn. Vor ihm lag Steigers massiger Körper, tot, blutverschmiert. Seinen Kopf sah er nicht. Was er sah, waren Steigers Brust und Schultern und sein Hals bis zum Kinn. Der Kopf selbst steckte im Brustkorb eines aufgebrochenen Wildschweins, das unter ihm ebenfalls auf dem Rücken lag. Rechts und links ragten unter seinen Hüften die Hinterläufe des Schweins hervor. Sein ganzer Oberkörper lag in dem, was der Bauch des Tiers gewesen war. Links daneben wurde das Gekröse von einer Fliegenwolke umschwärmt. Der Aufbruch – Lunge, Leber, Herz und Nieren –, der auf der anderen Seite lag, glänzte ebenfalls schwarz von Fliegen, die sich darüber hermachten.

Zu Füßen des Toten war der Kadaver seines Hundes hindrapiert worden, erschossen, das Maul und die Augen von Fliegen befallen. Man hatte ihm den letzten Bruch, einen mit Blut verschmierten Fichtenzweig, zwischen die Zähne gesteckt. Direkt vor seiner Schnauze lag der Hut des Toten.

So schnell konnte Gutbrod die makabre Anordnung gar nicht überblicken. Fassungslos stand er mit offenem Mund da und hielt seinen Hund an kurzer Leine. Wo ist das Gewehr, schoss es ihm durch den Kopf. Und dann sah er es. Man hatte es der toten Sau zwischen die Zähne geklemmt. Da steckte es wie ein Stöckchen, das von einem Hund apportiert wird.

Gutbrod packte die nackte Angst. Erst dieser Sturz von der angesägten Hochsitzleiter, den er für einen Anschlag von Naturfreaks gehalten hatte, und nun lag Steiger tot vor ihm. Das hatten keine Naturfreaks getan, das kam von einer viel gefährlicheren Seite, das galt auch ihm, das hatte auch mit ihm zu tun. Er fühlte sich aus allen Richtungen bedroht. Sein erster Impuls war wegzulaufen. Aber er stand ja auf einer Lichtung, war von allen

Seiten zu sehen, jedem möglichen Schützen bot er ein gutes Ziel. So ging er nur in die Hocke und zog Archie zu sich. Er nahm ihn am Halsband und versuchte, ihn zu beruhigen. Was ihm aber nicht gelang. So hatte er seinen Hund noch nie erlebt. Es war ja nicht nur seine Erregung, die Archie spürte, es war auch sein toter Bruder, der da lag. Er brach in ein lautes, fast blechern klingendes Gebell aus, versuchte, an Gutbrod hochzuspringen und sich loszureißen. Gutbrod musste ihn am Halsband wegziehen, schleifte ihn ein paar Schritte zurück und band ihn an einen Baum. Dann stand er mit entsichertem Gewehr da, schaute unsicher in die Runde, bereit, sofort zu schießen, wenn sich irgendjemand geregt hätte. Er hörte seinen Hund nicht mehr kläffen, merkte nicht, dass er selbst vor Aufregung keuchte, und bohrte seinen Blick in jedes Dickicht am Rande der Lichtung, bis ihm vor Anstrengung die Augen tränten.

Plötzlich erbrach er sich, noch ehe er bemerkt hatte, dass ihm schlecht geworden war. Er spuckte aus, wischte sich den Mund sauber und nahm den letzten Schluck aus seinem Flachmann. Dann wollte er so schnell wie möglich weg von dieser Lichtung. Er löste die Hundeleine von dem Baumstamm und schleifte Archie mit großer Anstrengung quer über die Grasfläche. Als der Hund endlich etwas ruhiger wurde, rief Gutbrod die Polizei an, gab seine Position an und wartete auf dem Parkplatz.

# 16

Kupfer war wie immer gegen sieben aufgewacht und freute sich über diesen herrlichen Sonntag. Er hatte Lust, diesen Morgen zu genießen. Noch im Schlafanzug, ungewaschen und unrasiert, saß er mit einer ersten Tasse Kaffee auf der Terrasse, streckte seine Beine aus, schaute die Blumen an und hörte den Vögeln zu. Besonders freute er sich über die Hausrotschwänzchen, die das kleine Vogelbad am Rand seiner Terrasse aufsuchten, zwei-, dreimal ihren Schnabel ins Wasser steckten und schnell wieder abschwirrten.

Er wollte die Ruhe genießen, entspannen, nichts denken und einfach die Zeit verstreichen lassen. Aber mit der Wirkung des Kaffees stiegen die Erinnerungen an die Arbeit der vergangenen Woche auf, anfangs verschwommen und unscharf, aber sie waren da, er wurde sie nicht los, und sie wurden immer detaillierter. Wildschweinwurst, Abschleppdienst, Hällisches Landschwein, Wildunfall, Lebensmittelüberwachung und Chemolumineszenz fuhren in seinem Kopf Karussell. Dieser Fall von Wilddiebstahl ging ihm gewaltig auf die Nerven, weil er ihn nicht alleine zu bearbeiten hatte, sondern mit der unteren Jagdbehörde und der Steuerfahndung zusammenarbeiten musste, was lästige Terminabsprachen zur Folge hatte, und das gleich in drei Landkreisen – Böblingen, Calw und Tübingen.

Dabei war für ihn die Sache weitgehend klar. Seine Nachforschungen hatten ergeben, dass es im 30-km-Umkreis von Gültstein in den letzten vier Jahren mehrere Wildunfälle gegeben hatte, bei denen das Fallwild von der Bildfläche verschwunden war, ehe es vom Jagdpächter abgeholt werden konnte. Jedes Mal hatten dieser Widmaier oder sein Kollege das havarierte Fahrzeug abgeschleppt und die Dunkelheit zum Zugriff ausgenutzt.

Zudem waren die Blutspuren aus Widmaiers Garage eindeutig als Wildschwein- und Rehblut identifiziert worden. Dass man diesen Burschen den Laden zumachen und sie vor Gericht stellen würde, war keine Frage. Dazu hätte schon gereicht, dass sie Wildschweinfleisch ohne vorherige ordnungsgemäße Fleischbeschau verkauft hatten.

Kupfer beschäftigte ständig ein weiterführender Gedanke: Eine solche Metzgerei konnte, auch wenn sie nicht sehr groß war, kaum mit gelegentlich gestohlenem Fallwild auskommen. Das würde sich kaum lohnen. Irgendwoher, dachte Kupfer, müssen noch weitere Fleischlieferungen gekommen sein. Dass Widmaier das abstreiten würde, war nicht anders zu erwarten gewesen. Was Kupfer aber hätte zur Weißglut bringen können, war die Unverschämtheit, mit der Widmaier behauptete, dass er von keinem Jäger jemals Wildbret oder anderes Fleisch bezogen hätte. Sein freches Gesicht verfolgte Kupfer geradezu. Die Frage, ob und woher er sonst noch beliefert wurde, war offen. Und Kupfer sah keinen Ansatz zu einer Lösung, dieses Gebiet war Neuland für ihn. Sollte er denn einen Beamten in Gültstein von Tür zu Tür schicken, um nachfragen zu lassen, ob man bei Widmaier schon einmal Fleisch gekauft habe, um abschätzen zu können, um welche Mengen es sich handelte? Das war ein lächerlicher Ansatz.

So war Kupfers Ruhe schon vor dem Frühstück dahin, und er dachte darüber nach, wie sie den Tag so gestalten sollten, dass er die gewünschte Ablenkung finden könnte. Um spazieren zu gehen, würde es sicher zu heiß werden. Vielleicht sollte er sich nach dem Frühstück in ein Buch oder die Zeitungslektüre vertiefen. Dazu war er in der vergangenen Woche kaum gekommen. Auch wenn manches Unerfreuliche zu lesen war, lenkte die Zeitung doch seine Gedanken in eine andere Richtung, wenigstens zwischendurch.

Er machte sich zurecht und ging dann in die Küche, um das Frühstück vorzubereiten. Er hatte Lust auf Spiegeleier.

»Marie«, rief er, »soll ich dir auch ein Spiegelei machen?«

»Ach nein, mach doch lieber Rührei.«

Das war nicht ganz nach seinem Geschmack, aber er kam ohnehin nicht mehr dazu, weil das Telefon klingelte.

Es war Feinäugle.

»Ich bin schon fast vor deiner Haustür.«

»Schönen Sonntag auch«, sagte er zur Begrüßung.

»Es lebe die Sonntagsjägerei«, stimmte sich Kupfer auf den sarkastischen Ton ein.

Feinäugle informierte ihn in groben Umrissen über den Fall. Aber ganz verstanden hatte er die Geschichte nicht gleich.

»Wo fahren wir denn hin?«

»In ein uns bekanntes Revier.«

»Bitte?«

»Erinnerst du dich an einen gewissen Clemens Gutbrod?«

»Gutbrod, Gutbrod? Das ist doch der, der so unsanft die Hochsitzleiter heruntergekommen ist. Der tückische Anschlag ethisch denkender Naturfreaks.«

»Genau. Aber diesmal ist der Täter von anderem Kaliber. Der agierte nicht bloß mit einem krummen Fuchsschwanz.«

»Wenn ich dich vorher richtig verstanden habe, gibt es da also einen toten Jäger, einen toten Hund und ein totes Wildschwein.«

»Ja, und das ist auch alles, was ich richtig verstanden habe. Gutbrod hat sich vor lauter Aufregung nicht sehr deutlich ausdrücken können, und der Kollege, der mich alarmiert hat, konnte sich die Sache nicht recht zusammenreimen. Wenn ich es recht verstanden habe, meinte er, dass da ein Toter in einer Wildsau steckt, und das ist ja wohl Unsinn.«

»Klar. Ein Jäger im erlegten Wild, das könnte man sich bloß bei einer Elefantenjagd vorstellen.«

»Hmm«, machte Feinäugle und fragte dann unvermittelt: »Warst du schon einmal im Uracher Schloss?«

»Nein, wie kommst du denn jetzt darauf?«

»Dort steht ein großes Wildschwein aus Holz, das Graf Eberhard seinerzeit anfertigen ließ. In dieses Schwein würde ein halber Jäger passen, aber auch bloß ein halber. Graf Eberhard hat übrigens seine Gäste mit dieser Holzsau erschreckt. Die steht auf Rollen, und wenn man im Schloss eine bestimmte Tür öffnete, wo man durchgehen musste, wenn man eingeladen war, dann rollte die Sau auf einen zu. Vor allem zum Schreck der Damen.«

»Die guck ich mir bei Gelegenheit an.«

Ein paar hundert Meter nach dem Waldrand bog Feinäugle so sicher von der B 464 ab, als wäre er auf dem Weg ins Büro.

»Weißt du denn so genau, wo wir Gutbrod finden?«

»Natürlich. Ich habe mir doch damals den angesägten Hochsitz einmal angeschaut.«

»Aha! Gleiches Revier, gleiches Personal. Das wird ja spannend!«

»Gott sei Dank läuft's heute wenigstens«, sagte Kupfer auf der Höhe von Holzgerlingen. »Neulich stand ich in der Gegenrichtung im Stau. Ich sag dir, das ist nachmittags der reine Wahnsinn.«

»Du kannst dich aber schon fragen, wo die vielen Leute hinwollen. Eine ruhige Straße ist das auch jetzt nicht.«

Die Wanderparkplätze, an denen sie vorüberkamen, waren schon fast überfüllt.

Es hatte den Anschein, dass viele Stadtbewohner in den Schönbuch flüchteten, um im Schatten der Bäume den heißen Sonntag zu genießen.

Als sie bei Gutbrod ankamen, saß der quer auf dem Fahrersitz seines Wagens und hatte, seine Füße im Schotter des Parkplatzes aufgesetzt, seinen Hund zwischen den Beinen. Immer noch versuchte er, das Tier zu beruhigen, indem er seinen Kopf streichelte und ihn an der Brust kraulte. Aber es gelang ihm nicht. Ohne die beruhigende Stimme seines Herrn zu vernehmen, hörte der Hund nicht auf zu winseln. Aber ruhig zu reden fiel Gutbrod schwer, weil er das Chaos seiner eigenen Gedanken und Gefühle einfach nicht entwirren konnte. Unsicherheit und Angst nahmen ihm fast die Stimme. Er hörte Schritte, wo es nichts zu hören gab, und jede leise Brise, die im Laub spielte, ließ ihn erschrocken aufhorchen und immer wieder nach seinem geladenen Gewehr greifen.

Edgar Steiger war für ihn immer der starke Mann gewesen, den nichts erschüttern konnte und der keine Befürchtungen kannte. Und nun lag er tot auf einer Lichtung. Erschossen. Die Gesichter vieler Geschäftspartner und Konkurrenten huschten vor Gutbrods innerem Auge vorbei. Aber es gab keinen, dem er diesen Mord zugetraut hätte, was seine Unsicherheit ins Unerträgliche steigerte. Vieles hatte er mit Steiger gemeinsam geplant, vieles hatten sie zusammen organisiert und auf den Weg gebracht. Aber welcher geschäftliche Schachzug hätte es gewesen sein können, der einen Geschädigten so aufgebracht hatte, dass er sich mit einem Mord rächen würde?

Es gingen ihm so viele Assoziationen durch den Kopf, dass er keinen Gedanken zu Ende denken konnte. Steigers Familienleben, das wusste er wohl, war schon seit Jahren nicht mehr harmonisch gewesen. Aber Steiger und seine Frau waren immer noch miteinander aufgetreten, wie er es gestern Abend noch selbst erlebt hatte. Anke Steiger wirkte manchmal etwas resigniert, aber nie aggressiv. Sie war eine sanfte Frau und würde nie jemanden zu einer Gewalttat anstiften.

Er fühlte sich in seinem eigenen Revier nicht mehr sicher und starb fast vor Angst.

Und so atmete er erleichtert auf, als er die beiden Kriminalisten aus ihrem Wagen steigen sah. Als sie auf ihn zukamen, ging der Hund mit gestellten Ohren ihnen entgegen, beschnupperte sie aber nur kurz und setzte sich wieder neben seinen Herrn.

Mit vor Aufregung belegter Stimme berichtete Gutbrod von den beiden Schüssen, die er gehört hatte, und erklärte, warum ihm die Situation so merkwürdig vorgekommen war.

»Und dann finde ich ihn, tot, erschossen. Er steckt in einer Sau.«

»Wie meinen Sie?«

»Sein Kopf steckt in einem aufgebrochenen Wildschwein. Die Sau, das war der Kugelschuss, den ich gehört habe. Dann zwei Schrotschüsse und dann nichts mehr, kein Signal, nichts. Und sein Hund liegt daneben mit einer Schrotladung im Kopf.«

»Haben Sie den Hund bellen hören?«

»Nein, das ist zu weit weg. Ich hätte ihn kaum gehört, wenn er gebellt hätte.«

»Vielleicht hat er gar nicht gebellt. Wie verhält sich ein Hund, wenn sein Herr erschossen wird?«, überlegte Kupfer laut.

Gutbrod zuckte nur mit den Achseln.

»Nehmen Sie den Hund mit?«, fragte Kupfer, als sie zum Tatort aufbrachen.

»Ich muss. Es wird heiß. Da kann ich ihn nicht im Wagen lassen. Kann es länger dauern?«

»Ja, Warum fragen Sie?«

»Weil ich dann für den Hund etwas Wasser mitnehme.«

Als Archie sah, dass Gutbrod einen kleinen Wasserkanister und einen Plastiknapf aus dem Kofferraum nahm, wedelte er mit dem Schwanz und wollte an seinem Herrn hochspringen.

»Ruhig, Archie, du bekommst bald was.«

Mit Archie an der Leine ging Gutbrod schnell voran. Feinäugle folgte ihm auf den Fersen, während Kupfer ein paar Schritte zurückhing. Er kam etwas außer Atem und hatte den Eindruck, dass es mit jeder Minute wärmer wurde. Stellenweise war der Wald recht licht, so dass die Bäume wenig Schatten spendeten. Er war froh über jeden Abschnitt des Weges, der ganz im Schatten lag.

Am Rand der Lichtung band Gutbrod den Hund an eine junge Buche, füllte den Napf mit Wasser und ließ ihn dort zurück.

Die beiden Kriminalisten ließen den Jäger vorausgehen.

»Hörst du die Fliegen?«, fragte Feinäugle, als sie noch gar nichts sahen.

»Hmm, das wird nicht angenehm«, antwortete Kupfer und musste jetzt schon gegen einen leichten Ekel ankämpfen.

Angenehm ist es sonst auch nicht, dachte Feinäugle, aber das hier wird ziemlich hart. Er machte sich auf etwas gefasst.

Zehn Schritte vor der Leiche blieb Gutbrod stehen und forderte die Kriminalisten mit einer Handbewegung auf, sich den Tatort anzusehen. Sie traten heran. Als Kupfer den Haufen von Fliegen befallenem Gekröse sah, zog er ein Taschentuch heraus und hob es sich vor Mund und Nase. Er ging ein paar Schritte zurück, atmete durch und betrachtete die Leiche aus einer gewissen Entfernung. Außer dem Gesumm der Fliegen und ein paar Vogelstimmen war nichts zu hören. Wortlos griff Feinäugle nach seinem Smartphone und nahm die makabre Anordnung von menschlicher Leiche und Wildschweinkadaver von allen Seiten auf. Dann schüttelte er fassungslos den Kopf und fragte, als führte er ein Selbstgespräch: »Welche perverse Bestie ist zu so einer Sauerei fähig?«

Kupfer antwortete nicht. Er wandte sich von dem Anblick ab und rief die Polizeidirektion an. In knappen Worten schilderte er den Fall und forderte die Hundeführerin an.

Dann schwieg er, bis Feinäugle ihn fragend ansah.

»Das war nicht nur einer. Und das kann auch so nicht geplant gewesen sein. Das muss sich so entwickelt haben. Da haben sich welche gegenseitig hochgeschaukelt, eines ergab das andere«, dachte Kupfer laut nach.

»Meinst du?«

»Denk doch mal nach. Da sind zwei Killer hinter diesem Jäger her. Was sie nicht wissen können, ist, dass er gerade, als sie hier sind, eine Sau erlegt. Und dann hören sie den Schuss und kommen dazu, wie er dabei ist, die Sau auszuweiden. Da, schau, der war damit schon fertig: Auf der einen Seite liegt das, was er mitnehmen will, Herz, Leber, Nieren, Lunge, und auf der anderen Seite das Gedärm. Richtig symmetrisch. Der ist ganz routiniert vorgegangen und war so konzentriert, dass er sie nicht kommen hörte, und sein Hund war auch abgelenkt, vielleicht weil er was zu fressen kriegte.«

»Kriegt der Hund etwas, wenn ein Stück Wild aufgebrochen wird?«, wandte sich Feinäugle an Gutbrod.

»Ja, wir geben ihnen immer die Milz.«

»Danke«, sagte Kupfer. »Eigentlich brauchen wir Sie jetzt nicht mehr. Wenn Sie wollen …«

»Ja, danke vielmals.«

»Haben Sie inzwischen mit Steigers Familie telefoniert?«

»Nein, dazu habe ich nicht die Nerven gehabt.«

»Das ist auch gut so. Wir werden Frau Steiger noch im Lauf des Vormittags selbst benachrichtigen und möchten Sie bitten, die nächsten paar Stunden mit niemandem über den Fall zu reden.«

»Aber mit meiner Frau …«

»Natürlich, aber sonst mit niemandem.«

Gutbrods Gesichtsausdruck zeigte so viel Hilflosigkeit und Panik, dass Kupfer Mitleid mit ihm bekam.

»Sind Sie in der Lage, selbst nach Hause zu fahren?«

Gutbrod nickte.

»Dann tun Sie das jetzt. Im Moment brauchen wir Sie nicht mehr. Wir melden uns dann später bei Ihnen.«

»Danke«, kam es leise von Gutbrod. Er drehte sich um und ging über die Lichtung, ohne noch einmal zurückzusehen.


# 17


»Am liebsten würde ich jetzt auch zum Parkplatz zurückgehen und dort auf die Spusi warten«, meinte Feinäugle nach einer Weile.

»Wir können hier warten. Ich hab denen genau gesagt, wo sie uns finden, mit Gewandnamen und GPS-Daten. Die finden uns schon.«

»Aber hier in der Sonne müssen wir nicht stehen bleiben.«

Sie gingen an den Rand der Lichtung und setzten sich im Schatten einer Rotbuche auf einen halb vermoderten Baumstamm. Inzwischen war einer jener drückend schwülen Hochsommertage heraufgezogen, an denen man sich nicht rühren mochte.

»Normalerweise würde ich meine Aktivitäten bei dem Wetter auf Stand-by-Modus herunterfahren«, sagte Feinäugle in die Stille hinein.

»Haben wir doch im Moment. Wenn wir aber richtig abschalten könnten, würden wir nicht hier sitzen.«

»Sondern auf der Terrasse beim Frühstück. Und dann in den Liegestuhl. Ich sag dir, wer heute joggt, Rad fährt oder mit Stöcken Waldwege entlangstochert, der ist nicht sauber im Kopf. Bewegung höchstens im Wasser. Aber im Freibad wirst du heute vor lauter Leuten auch nicht glücklich, nur unterm Sonnenschirm.«

»Hinter einem Weizenbier.«

»Hör auf damit. Mich plagen sonst Halluzinationen. Ich weiß auch so, was uns heute rausgeht.«

Dann waren sie wieder still.

»Bilde ich mir das ein oder hört man die Fliegen tatsächlich bis hierher?«, fragte Kupfer nach einer Weile.

»Ich weiß nicht.«

Im selben Moment klatschte er sich an den Hals.

»Scheißschnaken! Hoffentlich kommen die bald und bringen ein Spray oder einen Mückenschleier mit. Ich ärgere mich, dass ich daran nicht gedacht hab. Im Freien ist man ja öfter, aber nicht an so einem Tag im Wald«, sagte Kupfer.

Feinäugle brummte zustimmend und zog seinen Schnupftabak aus der Hosentasche. Er hatte es vor ein paar Monaten geschafft, das Rauchen aufzugeben, worauf er immer wieder einmal voller Stolz hinwies, war aber vom Nikotin noch nicht ganz losgekommen und hatte daher den Schnupftabak für sich entdeckt. Kupfer schaute ihm mit einem ironischen Lächeln zu, wie er eine Dosis auf dem Knöchel seines rechten Zeigefingers platzierte, mit dem Daumen das linke Nasenloch verschloss und durch das rechte die Prise hochzog.

»Und jetzt noch eine Ladung für das linke Rohr.«

Nun war die Dröhnung perfekt. Feinäugle zog pfeifend den Atem durch die Nase ein und schaute Kupfer aus glasigen, tränenden Augen an. Kupfer lachte laut auf und fuhr sich mit dem Zeigefinger unter der Nase hin und her, um seinem Kollegen anzudeuten, dass er sich die braunen Spuren abwischen musste.

»Und das bringt's?«, fragte er spöttisch.

»Aber voll. Vor allem bei der Hitze. Richtig erfrischend. Nur ganz wenig. Englischer Schnupftabak mit viel Menthol. Damit ziehst du dir eine kühle Kathedrale unter die Schädeldecke. Da, probier mal.«

»Nein, danke. Mir wäre es, ehrlich gesagt, eher nach einem Schnaps – bei dem Anblick dort.«

Er konnte hören, wie Feinäugle genussvoll durch die Nase einatmete.

»Und was für Mentholgedanken hallen durch deine Kathedrale?«

»Zunächst mal, dass das nicht einer war, sondern mindestens zwei. Das hast du ja schon gesagt. Sonst müsste der Täter übermenschliche Kraft haben. Und das können wir ausschließen.«

»Ja, das sehe ich auch so. Sogar ohne Kathedrale im Hirn.«

Feinäugle überhörte das.

»Den Toten schätze ich auf 90 Kilo plus, und dann noch die schweren Jagdklamotten, da kommen wir gut und gern auf 100 Kilo. Dieses Gewicht müsste einer einhändig heranziehen, weil er mit der anderen Hand die Sau festhalten muss.«

»Ja, oder andersherum: Er stülpt die tote Sau über den Kopf des Toten, was vielleicht noch schwieriger ist. Auch ausgenommen ist die Sau kaum leichter als der Mann, schätze ich. Nach so einer gewaltigen Aktion müsste es jede Menge Spuren geben. Ich frage mich nur, was diese groteske Leichenschändung soll. Selbst wenn einer zu so etwas fähig ist, muss er doch einen Anlass haben. Was also war der Auslöser?«

Feinäugle zog sein Smartphone aus der Tasche und betrachtete seine Fotos vom Tatort. Dass der Fotograf der Spurensicherung hochwertige und viel genauere Aufnahmen machte, hielt ihn nie davon ab, sich seine eigenen Bilder zu machen, die er so lange auf seinem Smartphone ließ, bis der Fall aufgeklärt war. Er lud sie auch auf seinen PC im Büro und betrachtete sie immer wieder, wenn er über einen Fall nachdachte. Er nannte sie seine Meditationsbilder, weil ihm bei ihrer Betrachtung manchmal gute Ideen kamen. Jetzt aber schüttelte er nur den Kopf.

»Was ist?«, fragte Kupfer.

»Hierzu fällt mir überhaupt nichts ein. Mich wundern nur die Klamotten, die das Opfer bei diesem Wetter anhat. Mir wäre das alles zu warm. So kalt kann es doch heute Nacht gar nicht gewesen sein. Und grün von Kopf bis Fuß, und dann noch Schuhe, als wollte er eine Bergtour machen.«

Sie beide trugen leichte Halbschuhe.

»Dabei könnte man bei dem Wetter in Sandalen oder Turnschuhen herumlaufen.«

»Wir schon. Aber ein Jäger vom alten Schlag nicht«, erklärte Feinäugle. »Der würde sich wahrscheinlich vor seinen Jagdfreunden schämen, wenn er nicht zünftig angezogen wäre, grün vom Scheitel bis zur Sohle und natürlich mit stabilem Schuhwerk. Man könnte ja an einem Steilhang ein totes Wildschwein aus dem Sumpf bergen müssen oder so. Nach den Zeitungsfotos von großen Drückjagden ist das heute anders. Da sieht man Tarnanzüge, die fast etwas Militärisches an sich haben, und sogar Signalwesten. So was hat es früher nicht gegeben. Das wäre nicht zünftig gewesen. Mit der grünen Kleidung hatte es schon etwas Verrücktes an sich. Ich hab das noch bei meinem Opa kennengelernt, der gejagt hat, nein, der Jäger war, muss man sagen. Der lief immer grün angezogen herum, auch wenn er nicht auf der Jagd war. Ich sage dir, mein Opa trug nur grüne Unterhosen, andere zog er nicht über seinen Hintern, und meine Oma hat sich immer geniert, wenn sie seine ›Reizwäsche‹, wie sie es nannte, zum Trocknen auf die Leine hängen musste und die Hausleute gesehen haben, was ihr Mann für elegante Wäsche trägt. Das Wort ›Reizwäsche‹ hatte für sie eine ganz besondere Bedeutung. Alles musste bei ihm unbedingt grün sein, auch seine Taschentücher. Das wäre doch unmöglich gewesen, dass er mit einem weißen Taschentuch einen kapitalen Rehbock verscheucht hätte, weil er sich gerade den Rotz wegputzen musste. Der hätte auch noch grünes Klopapier benutzt, wenn es das gegeben hätte, und sich am liebsten auch noch den Hintern grün angemalt. Wahrscheinlich hätte er, wenn's gegangen wäre … ach, lassen wir das.«

»Spaß muss sein, und wenn es bei der Leiche von der Großmutter ist!«, sagte Kupfer und lachte säuerlich.

»Eigentlich ist mir überhaupt nicht zum Lachen«, sagte er.

»Ich finde diese Geschichte hier so widerlich«, sagte Feinäugle.

»Nach allem, was du sagst, muss dieser Tote hier ein ganz besonderer Jäger gewesen sein.«

»Zweifellos. Frag mal herum, wie viele Jäger ständig ein Jagdhorn mitschleifen, wenn sie auf den Ansitz gehen. So leicht findest du keinen.«

»Dann hatte der hier aber ein Rad ab«, sagte Kupfer mit Kopfschütteln.

»Eins von vieren oder von zweien?«, kicherte Feinäugle. Im selben Moment schlug er sich auf den Handrücken.

»Getroffen«, sagte er. »Scheißschnaken. Wozu gibt es die überhaupt? Möchte wissen, wann die endlich kommen und uns Mückenschleier oder so was mitbringen.«

»Du sagst es. Aber auch ohne Spurensicherung kann man hier schon ein paar sinnvolle Fragen stellen.«

»Zum Beispiel?«

»Wie kommen mindestens zwei Leute genau zu dem Zeitpunkt hierher, wenn Steiger auf dem Ansitz ist? Das kann kaum Zufall sein. Wer außer Gutbrod wusste, dass Steiger hier auf dem Ansitz war? Und ist Gutbrod zu trauen?«

»Das denke ich eigentlich schon, so fertig, wie der vorher war. Das war nicht gespielt. Also, der nicht. Aber es müssen Jäger gewesen sein oder wenigstens Leute, die sich mit Jagdbrauchtum auskennen.«

»Wieso?«

»Weil sie dem Hund den letzten Bruch ins Maul gesteckt haben. Zum Spott, würde ich sagen.«

»Letzter Bruch?«

»Ja. Wenn ein Stück Wild erlegt worden ist, bekommt es den letzten Bruch in den Äser, also ins Maul gesteckt, meist einen Fichten- oder Tannenzweig, den man vorher durch sein Blut zieht. Weil man das tote Tier ehrt. Und genau so einen blutigen Bruch steckt sich der Schütze an den Hut.«

»Aha. Ohne Blut fände ich's gut, aber mit Blut finde ich's makaber.«

»Dass sie so einen Bruch dem Hund reingesteckt haben, ist der blanke Hohn.«

»Oder auch nicht. Wenn du sagst, dass es darum geht, dem Tier eine Ehre zu erweisen, dann könnte das doch hier ebenso gemeint sein. Vielleicht hat der Täter den Hund gekannt und entschuldigt sich bei ihm sozusagen dafür, dass er ihn töten musste.«

»Ich würde eher davon ausgehen, dass der Hund so etwas wie ein Familienmitglied war, bei allen beliebt, was ja oft der Fall ist, und dann ist es eine Beleidigung für die Familie.«

»Gut, das leuchtet ein«, sagte Kupfer nachdenklich. »Wenn es aber eine Beleidigung ist, dann müssen wir denjenigen suchen, der beleidigt werden sollte. Das können gar nicht so viele sein. Die Frage ist also: Wer steht in enger Beziehung zu dem Ermordeten und hat mit der Jagd etwas zu tun? Und wie stehen seine Angehörigen dazu?«

»Das sehen wir ja bald. Aber ganz was anderes: Was passiert eigentlich mit der Sau?«

Kupfer schaute ihn verdutzt an und sagte nach kurzer Überlegung: »Da Steiger tot ist, gehört sie Gutbrod. Aber unter den gegebenen Umständen muss sich die Tierkörperbeseitigung um den Kadaver kümmern. Wir haben schließlich keinen so großen Kühlschrank in der Asservatenkammer. Ich hoffe, die Fotos genügen dem Herrn Staatsanwalt.«

# 18

Bis die Spurensicherung zur Stelle war, hatte die Hitze noch weiter zugenommen, und mit ihr der Fliegenschwarm. Kommissar Merz, Kienzle und der Leichen-Schulz standen im weißen Overall der Spurensicherung mit übergestülptem Mückenschleier zwei, drei Meter von der Leiche entfernt, schauten und sagten erst einmal gar nichts. Kienzles Blick schweifte hin und her. Er blieb an der Leiche hängen, richtete sich auf den Hund, dann wieder auf das Schwein mit dem Gewehr im Brecher. Vor seinen Füßen waren deutliche Blutspuren im plattgetretenen Gras.

»Verdammt, ich bin doch kein Indianer«, schimpfte er tonlos und warf seinem Kollegen, der neben ihm stand, einen fragenden Blick zu.

»Tatortbeschreibung?«, sagte der nur und zuckte mit den Achseln.

»Ich sag doch, Indianer müsste man sein oder einen dabeihaben. Wie willst du hier den Tatort begrenzen, ohne dass du jedes Grashälmchen anguckst?«

Eine Waldlichtung war ein ungewöhnlicher Tatort, weil er im Gegensatz zu Innenräumen, Hinterhöfen oder Parkplätzen schwer zu begrenzen war. Es war zwar klar, wo man anfangen musste, aber man konnte nicht mit Sicherheit sagen, wo man die Spurensuche einstellen konnte. Vielleicht würde der Einsatz des Spürhunds hier Aufschluss geben.

Merz deutete auf den Boden.

»Und das hier? Menschliches Blut oder vom Schwein oder vom Hund?«

»Tja, wenn das schon klar wäre, wären wir gleich drei Schritte weiter«, sagte Kupfer, der inzwischen auch einen Mückenschleier über dem Kopf hatte.

Die Spurensicherer zogen Latexhandschuhe an und sammelten verschiedene Grashalme mit Blutspuren ein, deren Position zuvor fotografisch dokumentiert wurde.

»Da könnte einem fast das Frühstück aus dem Gesicht fallen«, sagte Merz vor sich hin und machte sich an die Arbeit. Er sammelte verschiedene Blutproben ein, während Kienzle die entsprechenden Stellen markierte und fotografisch dokumentierte. Sie sicherten die Fingerabdrücke auf dem Jagdhorn und der Büchse des Toten und verpackten die Gegenstände in großen Plastiktüten. Leichen-Schulz kniete bei der Leiche und spreizte mit einem Spatel die Bauchdecke des Schweins etwas ab, um den Kopf des Toten besser betrachten zu können. Bei jeder seiner Bewegungen störte er einen Schwarm von Schmeißfliegen auf, der ihn dann wild umschwirrte.

Als sie sich eben daranmachen wollten, den Toten vom Körper der Sau zu trennen, hörten sie die Hundeführerin Sabine Wetzel mit ihrem Golden Retriever über die Lichtung kommen. Feinäugle stoppte sie mit einer abwehrenden Handbewegung.

»Bleib erst noch einen Moment weg. Hier liegt ein toter Hund. Das könnte Daisy durcheinanderbringen.«

Kienzle machte ein paar weitere Fotografien, worauf sie den toten Jagdhund wegtrugen, in den Schatten legten und mit einer Plastikfolie abdeckten. Dann erst wurde Daisy an den Tatort gelassen. Aber sie hatte ihren toten Artgenossen sofort in der Nase, zitterte am ganzen Leib, winselte, sprang an der Hundeführerin hoch und wollte sich nicht beruhigen.

»Ich weiß nicht, was ich mit dem Hund jetzt anfangen soll. Der ist völlig durcheinander«, sagte sie und ging in die Hocke, um das Tier an sich heranzuziehen und zu beruhigen.

Kupfer zeigte auf eine Stelle, wo ein paar geknickte und niedergetretene Grashalme eine Spur zum Rand der Lichtung hin markierten.

»Versuch mal, sie dort anzusetzen. Vielleicht zeigt sie uns, wohin die Täter abgehauen sind.«

Sabine Wetzel umarmte Daisy und drückte ihren Kopf an ihre Brust. »Komm, sei ganz still. Ist alles gut.«

Dann stand sie auf, um den Hund an die angezeigte Stelle zu führen. Die ersten paar Schritte musste sie Daisy hinter sich herziehen.

»Such, Daisy, such«, sagte sie immer wieder, und Daisy schnüffelte endlich den Boden ab, ohne aber gleich zu begreifen, welcher Fährte sie nachgehen sollte.

Es gab zu viele verschiedene Gerüche, und es war auch anzunehmen, dass der Geruch des Wildschweins alle anderen überdeckte. Daisy schnupperte nach links und rechts und schien endlich im Gras eine Witterung aufgenommen zu haben. Sie zog etwas an der Leine, machte ein paar Schritte mit der Nase am Boden und fing plötzlich an zu jaulen. Was war mit ihr passiert? War sie mit der Nase in einen Ameisenhaufen gestoßen? Sie machte ein paar schnelle Schritte rückwärts, als fletschte eine Riesendogge vor ihr die Zähne, legte sich auf die Seite und versuchte, mit der Pfote über ihre Schnauze zu fahren, leckte sie ab und jaulte noch lauter.

»Sie hat was an der Schnauze!«, rief Sabine Wetzel und zog den Hund noch weiter zurück. »Da, halt ihn einen Moment«, sagte sie zu Feinäugle.

Dann nahm sie eine Wasserflasche aus ihrem Rucksack und goss Daisy Wasser über die Schnauze. Sie füllte ihre hohle Hand und ließ sie Daisy auslecken. Immer wieder kleine Spritzer über die Schnauze und wieder eine Handvoll Wasser für die Zunge. Daisy wurde von Mal zu Mal etwas ruhiger.

»Diese verdammten Verbrecher haben was ausgestreut«, schimpfte sie. Sie legte ihren Rucksack ab.

»Platz, Daisy, schön aufpassen«, sagte sie.

Daisy legte sich neben den Rucksack und leckte ihr Fell, um das loszuwerden, was ihr so in die Nase gefahren war.

Sabine Wetzel ging an die Stelle zurück, an der Daisy aufgejault hatte, kniete nieder und untersuchte Grashalm um Grashalm. An einem kleinen Blättchen entdeckte sie eine leichte Rötung, ein winziges bisschen rotes Pulver, das von keinem der Gräser stammen konnte. Sie pflückte das Blättchen ab und führte es vorsichtig an ihre Zungenspitze. Es schmeckte scharf, es brannte auf der Zunge. Chili. Es war Chili. Die Täter hatten Chili ausgestreut, um den Spürhund auszuschalten. Was ihnen allem Anschein nach gelungen war.

»Ob die sich wirklich in diese Richtung abgesetzt haben, ist trotzdem nicht sicher. Das könnte auch eine Finte sein«, sinnierte Kupfer.

»Ja, die müssen nicht unbedingt auf dem nächsten Weg zu ihrem Fahrzeug zurückgegangen sein«, meinte Feinäugle.

»Wenn sie niemand gesehen hat, tappen wir auf jeden Fall im Dunkeln.«

Inzwischen hatte Kienzle einen interessanten Fund gemacht. Ungefährt drei Meter vom Kopfende der Sau entfernt hatte ein winziges Fetzchen Pappe an einem Grashalm gehangen. Es roch stark nach Pulver. Ein Bruchteil vom Verschluss der Schrotpatrone, deren Detonation Gutbrod gehört hatte.

»Ein Schrotschuss auf sechs, sieben Meter. Der sieht bestimmt nicht gut aus«, kommentierte er seinen Fund. »Jetzt müssen wir ihn anschauen.«

Leichen-Schulz und Feinäugle sollten nun die Sau festhalten, während Merz und Kienzle jeder ein Bein der Leiche fassen und vorsichtig ziehen wollten. Zunächst aber musste Kupfer dem Wildschwein Steigers Büchse aus dem Brecher nehmen. Dabei stieg ihm der warme Geruch des Schweins in die Nase, was in ihm einen starken Würgereiz auslöste. Schnell trat er ein paar Schritte zurück und legte die Büchse im Gras ab.

»Geht's?«, fragte Feinäugle besorgt. So hatte er Kupfer noch nie erlebt.

»Es geht schon. Bringen wir das alles schnell hinter uns«, sagte er und hielt etwas Abstand.

Er schaute zu, wie Feinäugle und Leichen-Schulz die Vorderläufe der Sau festhielten, während Kienzle und Merz an den Beinen der Leiche zogen. Der Kopf glitt aus dem Brustkorb. Dass das ganze Gesicht blutverschmiert war, war zu erwarten gewesen, nicht aber die völlig zerschossene Stirn.

»Den kann man seiner Familie nicht mehr zeigen«, sagte Feinäugle lakonisch, musste sich aber schnell abwenden, weil nun auch ihn der Ekel packte.

»Braucht ihr uns noch?« Die Frage war an die Spurensicherung gerichtet.

»Kaum. Wir werden alleine fertig«, sagte Leichen-Schulz selbstbewusst.

Er konnte hier wieder einmal sein dickes Fell beweisen.

»Die Forensiker sollen meinetwegen ihren Bericht schreiben. Aber ich kann eigentlich darauf verzichten«, sagte Kupfer zu Feinäugle auf dem Weg zum Parkplatz.

»Geht mir genauso. Ich könnte die Szene nachstellen und einen Film drehen, so genau sind meine Vorstellungen.«

»So? Dann lass mal hören.«

»Ich gehe von zwei Tätern aus. Einer allein hat das nicht geschafft, da sind wir uns ja einig, oder? Und drei sind mir schon wieder zu viele. Die beiden sind hinter Steiger her und wissen, wo er ansitzt. Sie sind ganz in der Nähe.«

»Stopp. Und wieso kann Steiger trotzdem die Sau schießen? Warum ist die nicht abgehauen? Die Täter sitzen ja nicht auf einem Hochsitz.«

»Gute Frage mit ganz einfacher Antwort: weil sie günstigen Wind hatten. Und da bringst du mich auf was: Wir haben gerade ein massives Hochdruckwetter. Da kommt der Wind vorwiegend von Osten. Also können wir annehmen, dass die Täter westlich von der Lichtung gelauert haben. Sonst hätte nämlich die Sau von ihnen Wind bekommen. Die Täter hören den Schuss, und da sie nichts von einem flüchtigen Stück Wild hören, können sie annehmen, dass Steiger etwas erlegt hat. Da können sie sich anschleichen. Während er die Sau aufbricht, ist er beschäftigt und schaut nicht nach links und rechts. Und sein Hund auch nicht. Dem läuft nämlich das Wasser im Maul zusammen, weil er auf die Milz lauert. Er weiß, dass er die kriegt. Und so können sich die beiden bis auf wenige Schritte nähern. Sie hatten ja auch Deckung durch die kleinen Fichten. Wahrscheinlich war das nicht mal so schwierig.«

»Und dann haben sie Steiger von vorn erschossen?«

»So stelle ich mir das vor. Der ist mit dem Ausweiden fertig. Eben hat er die Lunge noch herausgenommen und legt sie zum übrigen Aufbruch, also zur Leber und den anderen Innereien, da ruft ihn einer an. Er steht auf, noch mit dem Jagdmesser in der Hand, und sieht die beiden, oder einen von ihnen. Vielleicht kennt er die beiden sogar, oder einen von ihnen, und ist völlig überrascht oder auch erschrocken. Jedenfalls steht er einen Moment da wie der Ochs vorm Tor.

Und das Letzte, was er sieht, ist die Mündung der Schrotspritze.«

»Und der Rest der Szene?«

»Der Hund erschrickt, sieht seinen Herrn tot umfallen und springt zu ihm hin, zum Schnuppern oder was weiß ich, und ging dann auf sie zu und wurde erschossen. Vielleicht kannte auch der Hund die beiden und der Rest ist das makaberste Spiel, von dem ich je gehört habe. Und das verstehe ich allerdings nicht.«

»Wer normal ist, kapiert das nicht. Und womit haben sie geschossen? Mit einer normalen Schrotflinte oder mit einer abgesägten?«

»Wäre beides möglich, je nach der Entfernung. Eine abgesägte Schrotflinte könnten sie leichter verschwinden lassen, wenn ihn jemand begegnet.«

»Das muss aber nicht sein. Sie können doch eine normale Flinte auch leicht in zwei Teile zerlegen und im Rucksack verstauen.«

»Auch möglich.«

Feinäugle setzte sich auf den Fahrersitz und griff nach seinem Smartphone, statt sofort loszufahren. Er zeigte Kupfer eines der Fotos vom Tatort und sagte: »Schau dir noch einmal diese Anordnung an. Ich glaube, das ist nicht nur Spott.«

»Sondern?«

»Ich kann es nicht richtig formulieren. Wie würdest du die Anordnung beschreiben?«

»Ganz einfach, wie es aussieht. In der Mitte, als Senkrechte, dieser Leichnam, unter dem strahlenförmig die Läufe des Wildschweins vorschauen. Darüber quer das Gewehr im Maul der Sau, angeordnet wie der Querbalken eines Kreuzes, darunter quer der tote Hund. Rechts und links in symmetrischer Position der Aufbruch und das Gekröse.«

Kupfer schaute Feinäugle fragend an.

»Gut beschrieben. Genau so ist es. Und daraus schließe ich, dass es sich hier um eine rituelle Anordnung handelt, die den Mord zur Hinrichtung erklärt. Für mich formt das quergelegte Gewehr mit dem Leib zusammen ein Kreuz, die Wildschweinläufe machen es zum Strahlenkreuz, und der tote Hund bildet den Sockel.«

»Deine Phantasie möchte ich haben«, tat Kupfer Feinäugles Erklärung ab und lachte.

»Ich will das jetzt nicht lange mit dir diskutieren, aber behalt es wenigstens im Kopf. Ich kann mir gut vorstellen, dass der oder die Täter vielleicht Kirchgänger sind und Vorstellungen von einem bestimmten Kruzifix mit sich herumtragen. Und das würde darauf hindeuten, dass es hier nicht nur um Rache, sondern um Sühne geht.«

»Und was wäre der Unterschied?«

»So genau kann ich das auch nicht sagen. Ich meine nur, dass Sühne auch einen religiösen Hintergrund hat.«

Nun fuhr Feinäugle los. Kupfer sagte eine ganze Weile nichts.

»Was denkst du?«, fragte Feinäugle.

»Dass an dem religiösen Hintergrund was dran sein könnte. Der Täter hätte dann unter anderem ein religiöses Motiv.«

»Und würde den Mord zur Erleichterung seines Gewissens beichten.«

»Richtig. Aber das schreiben wir nicht auf.«

»Nein. Das ist zu unsicher.«

19

»Ich oder du? Wer geht jetzt zu der Frau?«

»Ich gehe … mit.«

»Und ich soll wieder reden?«, fragte Kupfer.

Feinäugle nickte. »Ich gehe nur mit, damit dir nichts entgeht. Vier Augen …«

»… sehen mehr als zwei. Okay, mir ist das bloß recht, wenn ich nicht allein hinmuss.«

»Keine schlechte Wohngegend«, bemerkte Feinäugle, als sie in Dettenhausen die Waldenbucher Straße hochfuhren. »Bestimmt hat Steiger einen guten Ausblick über die ganze Ortschaft und das halbe Schaichtal.«

»Hatte er. Und was hat er jetzt?«

»Jetzt werd nicht philosophisch. Denk mal dran, wie all diese Leute wohnen, die es heute in den Wald treibt.«

»Hmm. Da hast du auch wieder recht.«

Es war eines der Häuser, die in den frühen Neunzigerjahren mit dem damals spürbaren Hang zur Nostalgie gestaltet worden waren: Es hatte an der Südseite eine große Gaupe, die – wie auch die beiden Giebel – mit braunen Brettern verschalt war, deren Farbe stellenweise schon einem tristen Dunkelgrau wich. Auch der cremefarbene Putz konnte das Bild nicht ganz aufheitern. Was es vom gängigen Einfamilienhaus unterschied, waren seine Ausmaße. Die großen Fenster in der Längswand, die Kupfer auf gut fünfzehn Meter schätzte, ließen auf geräumige, hohe Zimmer schließen.

»In das Haus kannst du meine Pappdeckelvilla fast zweimal hineinpacken«, bemerkte Kupfer.

»Höre ich da Neid heraus?«

»Nein. Das will ja alles gepflegt und erhalten werden, und das wäre mir doch eine Nummer zu groß. Und du? Wolltest du es geschenkt haben?«

»Schon. Aber nicht zum Wohnen, eher zum Verkaufen. Ich mag keine holzverschalten Fassaden. Wie man heute baut, finde ich eleganter: weiße Fassade mit viel Glas und schiefergrauem Dach.«

»Das sieht mir zu kalt aus. Ist egal, über Geschmack soll man nicht streiten. Aber schau, so eine hell gebeizte Haustür sieht doch richtig einladend aus. Das finde ich einen schönen, warmen Ton.«

Auf ihr Klingeln hin hörten sie schnelle, leichte Schritte. Die Tür wurde mit einem Schwung weit geöffnet, und sie sahen sich einer hübschen, braungebrannten jungen Frau gegenüber, die sie verdutzt anschaute. Offensichtlich hatte sie jemand anderen erwartet. Ihr langes Haar, das sie offen trug, war schwarz gefärbt, was zu ihrer schwarzen Hose passte, und ihr aquamarinblaues T-Shirt korrespondierte mit ihren mandelförmigen, blauen Augen. Sie war schlank und nicht sehr groß. Wenn das die Tochter ist, dann muss sie ihrer Mutter nachschlagen, vom Vater hat sie nichts, dachte Kupfer.

»Grüß Gott.« Der Gruß klang wie eine Frage.

Kupfer und Feinäugle stellten sich vor.

»Mama, komm, da sind zwei Männer von der Kriminalpolizei.«

Abwartend blieb sie ruhig stehen und sagte nichts. Anke Steiger kam offensichtlich aus der Küche. Schon in der Diele wischte sie ihre Hände an der Schürze trocken, die sie ablegte und im Vorübergehen an der Garderobe deponierte. Sie war das Ebenbild ihrer Tochter, nur eine Generation älter. Ihre Augen waren vom gleichen Schnitt. Ihr dunkles, leicht gewelltes Haar, das ihr auf die Schultern fiel, zeigte erste graue Strähnen. Zögernd reichte sie den beiden Polizisten die Hand.

»Was gibt es?«

»Wir haben leider eine sehr schlimme Nachricht für Sie. Ihr Mann wurde im Wald tot aufgefunden, erschossen.«

»Ein Jagdunfall?«

»Leider müssen wir davon ausgehen, dass es kein Unfall war.«

Mit verschränkten Händen stand Anke Steiger einen Moment still und starrte Kupfer an. Ihr Gesicht war ausdruckslos, kein Schmerz, keine Trauer, nur Starre.

Durch das Gesicht der Tochter aber ging ein merkwürdiges Zucken. Sie drehte sich auf dem Absatz um, durchquerte mit schnellen Schritten die Diele, öffnete die Tür gegenüber dem Hauseingang und war für einen Moment nicht zu sehen. Man hörte nur, dass sie ein Möbelstück verrückte.

»Sind Sie in der Lage, uns ein paar Fragen zu beantworten?«

»Kommen Sie herein.« Und als wartete sie immer noch auf ihren Mann, fügte sie hinzu: »Normalerweise ist er um diese Zeit schon wieder da.«

Mit einer einladenden Geste ging sie auf die Tür zu, durch die ihre Tochter eben verschwunden war.

»Svenja, lass das doch. Musst du denn gleich …«, sagte sie entsetzt, als ihre Tochter wieder unter der Türe erschien.

Die Tochter kam ihnen entgegengestürzt, einen riesigen dunklen Gegenstand vor sich herschleppend, der für sie offensichtlich zu schwer und sperrig war.

»Doch, jetzt gleich. Endlich«, keuchte sie, stieß eine Tür auf und warf einen ausgestopften Keilerkopf – jetzt erst begriff Kupfer, was sie so schnell daherschleppte – mit einem großen Schwung die Kellertreppe hinab. Man hörte es poltern und brechen und krachen.

Dann wandte sie sich Kupfer zu. »Unter diesem Monster habe ich von klein auf gelitten. Seit ich drei war.«

Dann folgte sie den beiden und setzte sich mit zufriedener Miene ruhig neben ihre Mutter, die tadelnd den Kopf schüttelte, als müsste sie ein Kind zum wiederholten Mal wegen einer Ungezogenheit zurechtweisen.

»Ja«, erklärte Anke Steiger mit nicht zu überhörender Bitterkeit, »diese Trophäenausstellung musste unbedingt sein. Da hat er nie mit sich reden lassen. Ich hatte mich schnell daran gewöhnt, aber das arme Kind hatte vor dem Wildschweinkopf Angst. Als er den damals aufgehängt hat, wollte sie überhaupt nicht mehr hier herein.«

Und dabei handelte es sich bei dem großen Raum offensichtlich um das Wohnzimmer mit Essecke, wo sich vermutlich ein großer Teil des Familienlebens abgespielt hatte.

Die mit grobem Bewurf vergipste Stirnwand erhob sich bis unter den Dachfirst. Von Augenhöhe bis ganz oben war sie eng mit Hirschgeweihen, Rehbockgehörnen, Gämsen- und Antilopenköpfen gespickt. Mitten in der oberen Hälfte hing ein besonders prächtiges Hirschgeweih, sichtlich größer als die anderen, die an dieser Giebelwand oder an den Längswänden zwischen den Fenstern aufgehängt waren. Dazwischen füllten ein ausgestopftes Eichhörnchen, ein Eichelhäher und ein Baummarder letzte Lücken, die der Hausherr sicherlich gern mit imposanteren Trophäen gefüllt hätte. Auf Kopfhöhe bildete die aufgespannte Schwarte eines Wildschweins das Zentrum, durchkreuzt von einem Spieß, einer sogenannten Saufeder, wie man sie in früheren Zeiten benutzte, als man dem Wild noch sehr nahe kommen musste, wenn man es zur Strecke bringen wollte. Direkt darüber, man sah es an der Verfärbung des Putzes, hatte bis eben noch dieser Wildsaukopf in den Raum geragt. Mit einer resignierten Handbewegung in Richtung Trophäenschau sagte Anke Steiger, traurig lächelnd: »Damit mussten wir halt leben.«

»Bis jetzt. Jetzt wird endlich abgeräumt«, warf Svenja trotzig ein.

»Das klingt, als mochten Sie Ihren Herrn Vater nicht sehr«, forderte Kupfer die Tochter heraus.

»Hätten Sie denn Ihren Stiefvater besonders gern gehabt, wenn er Ihnen so eine scheußliche Umgebung aufgezwungen hätte? Knochen von toten Tieren? Das ist doch ein Wohnhaus hier und kein Naturkundemuseum. Und an allem, was ich machte, hat er nur herumgemeckert. Und meckern ist dafür ein milder Ausdruck. Wissen Sie, ich studiere Sozialpädagogik, weil ich an Menschen interessiert bin. Aber das zählte bei ihm nichts, weil es nichts mit Geldmachen zu tun hat. BWL hätte ich studieren sollen, Profitmaximierung, das hätte ihm gefallen. So wie mein Bruder, der macht ja genau, was er will – oder wollte.«

»Svenja, ich glaube nicht, dass die Herren das alles jetzt wissen wollen«, versuchte Anke Steiger ihre Tochter zu zügeln.

»Doch. Damit das Verhältnis zu meinem Stiefvater ein für allemal klar ist: Wir haben andauernd gestritten, wenn er mich überhaupt wahrgenommen hat. Und besonders, seit ich das Masterstudium in Tübingen angefangen habe. Das sieht er nicht ein, und da wird er gemein und geizig. Zum Glück hat meine Mutter ihr eigenes Geld und unterstützt mich großzügig. Ich habe ihn gehasst und bin froh, dass er weg ist. Aber eine Waffe fasse ich nicht an, das will ich Ihnen auch noch gleich sagen. Nicht dass Sie denken …«

»Wir denken noch gar nichts. Wir müssen nur in jedem Fall allen Angehörigen ein paar Fragen stellen.«

»Okay«, sagte sie beruhigt, »aber jetzt hätte ich eine Frage an Sie. Wo ist Aaron?«

Kupfer schaute sie verwundert an.

»Aaron, unser Hund.«

»Auch tot. Es tut mir leid.«

Svenja schluchzte laut auf und verließ den Raum. Anke Steiger kamen die Tränen. Sie griff nach einem Taschentuch und knüllte es fest zusammen.

»Kann ich ihn sehen, meinen Mann?«, fragte sie dann.

»Er wird in die Rechtsmedizin nach Tübingen gebracht. Warten Sie lieber bis morgen. Sie müssen stark sein, wenn Sie ihn identifizieren.«

»Ist es so schlimm?«

»Es ist besser, wenn Sie ihn heute noch nicht sehen«, wich Kupfer aus.

Anke Steiger wirkte jetzt erschüttert: bleich, ernst, und vielleicht sogar schockiert. Trotzdem schien sie Kupfer nicht die Witwe zu sein, die durch den Tod ihres Mannes aus der Bahn geworfen wird oder ihn auch nur sehr betrauert. Dazu war sie insgesamt zu gefasst und zu sachlich. Sie erzählte von der Einladung am Vorabend, von dem Absacker mit dem Ehepaar Gutbrod in ihrem Haus, von der Gewohnheit ihres Manns, jeden Sonn- und Feiertag früh auf den Ansitz zu gehen, auch wenn er wie heute kaum geschlafen hatte. Sie informierte die Kriminalisten auch über die geplante Jagdreise und die Verabredung mit dem Jagd- und Geschäftskompagnon Gutbrod.

»Und Sie?«, fragte Kupfer. »Sind Sie nie mit auf die Jagd gegangen?«

»Ich hätte ihn wahrscheinlich nicht geheiratet, wenn ich gewusst hätte, dass er einmal damit anfängt. Vielleicht hätte ich ihn gar nicht geheiratet, wenn ich nicht von ihm schwanger geworden wäre. Ich arbeitete damals bei ihm, war frisch geschieden und hatte Svenja. Sie war gerade drei. Und dann, ein paar Jahre später, als er anfing, ›richtig Geld zu verdienen‹, wie er das nannte, fing diese Jägerei an. Und sofort hat er dieses Haus bauen lassen. Da, diese ganze Wand musste so gemacht werden, damit er seine Trophäen zur Schau stellen konnte. Die meisten davon gab es damals natürlich noch gar nicht. Nein, mir blieb nichts übrig, als das zu dulden oder mich noch einmal scheiden zu lassen. Aber das wollte ich nicht, dazu war ich einfach zu schwach. Außerdem hatte ich gar nicht gleich begriffen, wohin diese so genannte Jagdleidenschaft führen würde. Und als ich es endlich kapierte, saß ich mit zwei Kindern da und kriegte die Kurve nicht mehr. Inzwischen hatten wir immer weniger Gemeinsames. Mir und den Kindern ging es gut, also finanziell, und er ging seiner Wege. Natürlich sind wir nach außen hin gemeinsam aufgetreten, man hat oder hatte ja einen gemeinsamen Bekanntenkreis. Aber es gab Tage, an denen wir kaum ein Wort miteinander geredet haben. Gut, wenn ich mit auf die Jagd gegangen wäre, wäre unser Leben sicher anders verlaufen. Aber das konnte und wollte ich einfach nicht. Mir war das so zuwider. Und da, sehen Sie meine Tochter an, sie war einmal dabei, als er ein Reh geschossen hat. Als Zehnjährige musste sie bereits zusehen, wie er es aufgebrochen hat. Seither hat sie keinen Bissen Fleisch mehr gegessen. Sie ist jedes Mal aus der Küche geflüchtet, wenn ich ihm seine Reh- oder Wildschweinleber braten musste.«

»Verzeihen Sie, wenn meine Fragerei jetzt über den Fall etwas hinausgeht. Konnten Sie denn mit ihrem Mann gar nicht darüber reden? Wie man sieht, hatte sein Hobby ja eine sehr große Auswirkung auf Ihren gemeinsamen Lebensbereich.«

Sie blies einen sarkastischen Lacher durch die Nase.

»Hobby ist gut oder wäre gut. Nein, es ist so: Wer jagt, ist Jäger. Und er muss jagen, weil er Jäger ist. Und zu einem Jäger gehört nun mal dies und das, unter anderem eben auch eine Geweih- oder gar Trophäenwand. So ist das.«

»Das klingt, als würden die Trophäen nicht mehr lange hier hängen, oder täusche ich mich?«

»Die hängen nicht mehr lange hier. Sie haben ja vorher gesehen, wie meine Tochter dazu steht.«

»Wer wusste denn, dass er jeden Sonntag auf den Ansitz ging?«, kam Kupfer auf den unmittelbaren Fall zurück.

»Viele. Ich glaube, alle, die mit ihm über die Jagd Kontakt hatten. Auf diese Gewohnheit war er ja stolz. Als zünftiger Jäger muss man am Sonntagmorgen in den Wald.«

»Ist er der Jagdpächter?«

»Ja, aber nicht allein. Er teilt sich die Jagd mit einem Geschäftsfreund, Clemens Gutbrod.«

»Natürlich, mit Herrn Gutbrod. Hatte Ihr Mann auch geschäftlich mit Herrn Gutbrod zu tun?«

»In gewisser Weise schon. Mein Mann hat ... hatte so einen Betrieb wie Herr Gutbrod, und die beiden halfen sich immer wieder aus, wenn mal zwischendurch die Personaldecke zu knapp war.«

»Er war also auch Subunternehmer im Baugewerbe?«

Anke Steiger nickte.

»Herr Gutbrod hat übrigens Ihren Mann gefunden. Ist er es nicht gewesen, der vor ein paar Monaten wegen einer angesägten Hochsitzleiter verunglückt ist? Können Sie sich erklären, warum innerhalb eines halben Jahres ...« Kupfer zögerte, weil er nicht die passende Formulierung fand.

»Nein. Das kann ich mir auch nicht erklären. Zwei Anschläge, das meinen Sie doch?«

Mit welcher Sachlichkeit Anke Steiger ihm aus seiner Formulierungsnot half, verblüffte Kupfer.

»Ist das Jagdrevier sehr groß?«, schaltete sich Feinäugle ein.

»Relativ groß, ja.«

»Wie hätte man ihn denn finden können, wenn man ihn gesucht hätte?«

»Das war einfach. Soviel ich weiß, stellte er sein Auto fast immer an derselben Stelle ab und klemmte einen Zettel hinter die Scheibenwischer, damit seine Jagdkumpane wussten, wo er war, und ihm nicht den Ansitz verpatzten. Und das war sicher auch heute wieder so.«

»Geht Ihr Sohn mit auf die Jagd?«

Sie verneinte. Ihr Sohn Thomas war als Kind manchmal mit seinem Vater auf die Jagd gegangen und schien in der ersten Pubertät sogar eine richtige Jagdleidenschaft zu entwickeln. »Er war Feuer und Flamme, was seinen Vater natürlich freute. Als er aber siebzehn Jahre alt wurde, konnte er sich auf einmal nicht mehr vorstellen, dass er in einem Jahr die Jägerprüfung ablegen würde, um dann seine ganze Freizeit im Wald zu verbringen. ›Wenn ich es mir genau überlege, dann bin ich eigentlich nur mitgegangen, weil Papa für mich sonst nie greifbar war‹, hat er mir damals erklärt. Seinem Vater hat er das natürlich nicht gesagt. Er hat damals seine Liebe zum Sport und zu den Mädchen entdeckt und fand die Jägerei auf einmal doch recht langweilig. Der Vater war enttäuscht und strafte ihn mit Verachtung. Ihr Verhältnis besserte sich erst wieder, als Thomas sich nach dem Abitur zu einem Wirtschaftsstudium entschloss, und zwar nicht an der Uni in Tübingen, sondern an der European Business School in Reutlingen. Das war dem Vater ganz wichtig, denn das hatte Hand und Fuß, wie er sagte. Mehr Praxisbezug von Anfang an, betonte er, obwohl er das gar nicht so genau wissen konnte. Zur Zeit arbeitet Thomas als Praktikant bei einer großen Firma der IT-Branche und ist sehr beschäftigt. Die Zeit für die Jagd hätte er ohnehin nicht. Und damit war das Verhältnis zwischen Vater und Sohn einigermaßen befriedet.

Mein Mann hatte natürlich immer erwartet, dass Thomas ins Geschäft einsteigt. Aber das will er absolut nicht. Und es ist wohl auch besser so, denn ich glaube nicht, dass sich die beiden vertragen würden – vertragen hätten. Mein Mann hatte seinen eigenen Kopf. Er war von Haus aus Bauingenieur, hat von seinem Vater eine kleine Firma übernommen und hat sie erweitert. Und da er das ausschließlich auf sein eigenes Gespür und Geschick zurückgeführt hat, hat er sich nirgends reinreden lassen.«

»Lebt Ihr Sohn hier?«

»Nein, er lebt in München. Wir sehen uns einmal im Monat, wenn es hochkommt. Er ist viel unterwegs. Erst vorgestern hat er mich aus Hamburg angerufen.«

»Aus einem besonderen Anlass?«

»Nein, einfach so. Um sich wieder einmal zu melden.«

»Kommen wir auf Ihren Mann zurück. Er war also sehr erfolgreich?«

»Eine Zeitlang. Aber dann musste er zurückstecken und sich verkleinern. Wissen Sie, der Konkurrenzkampf ist immer härter geworden, und wer da nicht scharf kalkuliert, ist bald weg vom Fenster. Mein Mann hat nie viel darüber gesprochen, aber ich glaube, dass er geschäftliche Sorgen hatte. Er war mir gegenüber sehr verschlossen und sagte nur immer wieder, die Familie brauche sich keine Sorgen zu machen. Für uns sei alles geregelt.«

»Wie? Wissen Sie das?«

Achselzucken. »Ich weiß nicht, ich kann nur hoffen, dass er sich darin nicht geirrt hat. Mit seinen Geschäften hatte ich nie etwas zu tun. Da habe ich keinen Einblick.«

»Wirklich gar keinen?«

Resigniertes Achselzucken.

»Hat es irgendwelche Anzeichen gegeben, dass Ihr Mann in größere Streitigkeiten verwickelt war? Geschäftlich oder privat?«

»Doch, schon. Manchmal hatte er Streit mit Reviernachbarn. Das bekam ich halt mit, wenn ich ihn telefonieren hörte. Da ging es wohl um Grenzstreitigkeiten. Aber mehr weiß ich davon nicht, und ich glaube auch nicht, dass es einer von denen war.«

»Wer sind denn die Reviernachbarn? Kennen Sie die?«

»Nein. Ich weiß nur, dass es auf der einen Seite zwei Ärzte sind und auf der anderen eine ganze Gruppe von Jägern. Und nach Süden hin grenzt das Revier an den Staatsforst.«

»Und geschäftliche Konkurrenten?«

»Kann ich nicht sagen. Dazu weiß ich zu wenig von dem, was gerade läuft. Mein Mann hat sich wie gesagt als Subunternehmer engagiert, das heißt, seine Firma hat auf Großbaustellen kleinere Aufgaben übernommen. Es kann schon sein, dass es dabei Konflikte gegeben hat. Aber ich kann mir trotzdem nicht vorstellen ...«

Sie starrte ins Leere und schüttelte den Kopf.

»Danke, Frau Steiger. Weitere Fragen haben wir im Moment nicht. Wir rufen Sie dann an, wenn Sie Ihren Mann sehen können. Sie müssen ihn ja identifizieren.«

Damit verabschiedeten sich die beiden Kriminalisten.

»Bin beeindruckt«, bemerkte Kupfer, als er ins Auto stieg. »Vor allem von dieser Jagdleidenschaft. Ob die alle so sind?«

»Schwer zu sagen. Sicherlich kann sich nicht jeder seine Wohnhalle um seine Trophäen herumbauen lassen.«

»Wahrscheinlich hat gar nicht jeder das Bedürfnis.«

»Ich weiß nicht. Wenn es sich einer leisten kann, ist die Versuchung wahrscheinlich groß. Ein bisschen feudales Gehabe ergibt sich vielleicht zwangsweise, wenn man dem Waidwerk frönt. Schließlich war das früher nur dem Adel vorbehalten. Interessant fand ich übrigens den Zirkelschluss«, sagte Feinäugle und lächelte amüsiert.

»Was meinst du damit?«

»Na ja, weil er auf die Jagd geht, ist er Jäger, und weil er Jäger ist, muss er auf die Jagd gehen. Das heißt, er muss etwas tun, weil er es tut. Das ist nicht ganz logisch.«

»Logisch ist vieles nicht«, entgegnete Kupfer. »Ich denke, das mit dem sogenannten Zirkelschluss ist bei vielen Leuten so. Denk doch mal an Fußballspieler: Weil ich Fußball spiele, bin ich ein Fußballspieler, und so weiter.«

»Ist wohl häufig so«, stimmte ihm Feinäugle zu. Dann wechselte er das Thema. »Und was hältst du von den beiden Damen?«

»Große Trauer ist bei keiner angesagt. Die Frau war sehr gefasst. Die ist innerlich schon lange mit ihm fertig. Mich würde interessieren, ob er oder sie oder beide sich anderweitig schadlos hielten. Eindeutig, wenn auch sehr extrem, ist für mich die Reaktion der Tochter. Das war ehrliche Spontaneität. Ich kann sie sogar irgendwie verstehen.«

»Einverstanden. Aber die Frau war mir zu beherrscht. Sie hat doch kaum stärker reagiert als jemand, dem man sagt, dass sein Auto geklaut worden ist. Mir ist nur aufgefallen, dass ihr Wimpernschlag auf einmal etwas schnell war. Vielleicht hat sie doch gewusst, dass ihr Mann bedroht wurde, und spielt die Ahnungslose. Als du nämlich nicht gewusst hast, ob du Verbrechen oder Anschlag oder sonst was sagen solltest, da hat sie dir sogar noch geholfen. So was habe ich noch nie erlebt, dass jemand, dem man eine Todesnachricht überbringt, einem noch eine Formulierungshilfe anbietet.«

Kupfer nickte nachdenklich mit dem Kopf und fing an, laut zu sinnieren: »Mir geht die Sache mit den angesägten Hochsitzleitern im Kopf herum. Vielleicht war das damals gar kein Naturfreak. Vielleicht war das ein handfester Anschlag auf Steiger oder Gutbrod oder auf beide.«

»Aber es wurden auch in anderen Revieren Leitern angesägt.«

»Klar, aber das könnte eine Tarnung oder Ablenkung gewesen sein, sowohl die Leitern in anderen Revieren als auch diese ungeschickte Sägerei. Wir hätten die Naturschützer nie verdächtigt, wenn die Schnitte ganz professionell gemacht worden wären. Möglicherweise hat man absichtlich so stümperhaft gesägt, um den Verdacht auf andere Leute zu lenken. Ich möchte mich zwar nicht darauf versteifen, dass hinter dem Anschlag damals schon die Mörder von heute stecken. Trotzdem dürfen wir diese Möglichkeit keinesfalls außer Acht lassen.«

»Gut. Dem Problem kommen wir vielleicht näher, wenn wir uns für die geschäftlichen Beziehungen zwischen Steiger und Gutbrod interessieren.«

»Und für die Reviernachbarn.«

# 20

Archie hatte ihre Schritte auf den fünf Stufen zur Haustür gehört und bellte aggressiv, schon ehe Kupfer auf die Klingel drückte. Er hörte Ingrid Gutbrods Stimme, wie sie den Hund zu beruhigen versuchte. Dann wurde eine Tür zugeschlagen, und das Gebell drang nur noch gedämpft zu ihnen heraus.

Frau Gutbrod öffnete. Sie erkannte Kupfer sofort wieder, blickte ihn unfreundlich an und warf Feinäugle einen mürrischen Blick zu.

»Muss das denn heute gleich sein? Ich war gerade froh, dass mein Mann etwas zur Ruhe kommt.«

Kupfer ließ sich von ihrer Unhöflichkeit nicht beeindrucken.

»Grüß Gott, Frau Gutbrod! Wir beide hatten ja schon mal das Vergnügen. Ich darf Ihnen meinen Kollegen Feinäugle vorstellen. Dürfen wir hereinkommen?«

»Der Hund ist völlig verrückt. Sonst ist er ganz anders«, sagte sie, statt zu antworten, und drehte sich um.

Kupfer nahm dies als Aufforderung, ihr nachzugehen.

»Und wie's meinem Mann geht, davon haben Sie keinen blassen Dunst. Erst der Anschlag mit der Hochsitzleiter und jetzt das. Sie können sich nicht vorstellen, wie er sich fühlt. Sonst wären Sie nicht gekommen.«

Kupfer verzichtete auf eine Rechtfertigung.

Als sie das Wohnzimmer betraten, hatte sich Gutbrod, der auf dem Sofa gelegen hatte, aufgerichtet und erhob sich, ohne aber den beiden Kriminalisten einen Schritt entgegenzugehen. Er steht nicht ganz stabil, dachte Kupfer. Auf dem kleinen Couchtisch stand eine Flasche Whisky, der offensichtlich reichlich zugesprochen worden war, daneben ein Glas, zwei Finger breit gefüllt. Es roch nach Zigarettenrauch.

Kupfer grüßte und entschuldigte sich für die Störung.

»Geht schon«, sagte Gutbrod mit etwas schwerer Zunge. »Nehmen Sie doch Platz.« Er deutete auf die Sessel, die ihm gegenüberstanden.

»Es tut uns wirklich leid, dass wir Sie heute nicht in Ruhe lassen können. Wir müssen mit unseren Ermittlungen immer so schnell wie möglich beginnen, das gehört einfach zu unserer Arbeit.«

»Selbstverständlich.«

Ingrid Gutbrod setzte sich im Hintergrund auf einen Stuhl und steckte sich mit ihrem goldenen Feuerzeug eine Zigarette an.

»Wir waren gestern mit Steigers bei einer Einladung und sind alle sehr spät heimgekommen. Wenn die Männer vernünftig gewesen wären und ausgeschlafen hätten, dann wäre Edgar noch am Leben. Aber diese verrückte Jägerei! Ich hoffe, das hat jetzt irgendwann einmal ein Ende.«

Sie klang gereizt und verbittert.

»Ingrid, darum geht es jetzt nicht. Hör doch auf damit. Mach uns lieber einen Kaffee.«

Es war offensichtlich, dass das Ehepaar sich gestritten hatte.

»Das ist nicht nötig. Frau Gutbrod, wir stellen Ihrem Mann jetzt ein paar Fragen, und dann sind wir schnell wieder fort«, schaltete Kupfer sich ein und wandte sich an Clemens Gutbrod. »Ich glaube, ich weiß, was Ihnen im Kopf herumgeht. An Ihrer Stelle würde ich mich auch nicht wohl fühlen.«

Gutbrod antwortete nicht gleich. Er nickte nachdenklich und sah vor sich hin.

»Solange man nicht weiß, wer und woher …«, sagte er ausdruckslos. »Dann die Sache mit den Hochsitzleitern.« Er stockte. »Wenn ich nicht weiß, ob es nur ihm gegolten hat, kann ich mich nicht sicher fühlen. Ich versuche mir einzureden, dass das alles mit mir nichts zu tun hat, aber … aber ich schaffe es nicht.«

»Ich hoffe, wir finden bald einiges heraus, so dass Sie sich sicher fühlen können.«

»Das hoffe ich auch. Danke.«

»Ich lese Ihnen vor, was ich Ihren bisherigen Aussagen entnommen habe, und das müssen Sie dann bestätigen oder eben abändern.«

Gutbrod war mit Kupfers Aufschrieb einverstanden und unterschrieb.

»Wer wusste denn von Ihrer Verabredung zur Jagd?«

»Das ist schwer zu sagen, weil wir sonntagmorgens meistens auf den Ansitz gehen. Wer uns näher kennt, weiß das. Und das sind eine ganze Menge Leute.«

»Und wer kennt das Revier?«

»Das ist auch schwer zu sagen.« Blicklos hatte er seine Augen auf den Boden gerichtet. »Wir hatten immer wieder Jagdgäste hier, manchmal gemeinsam, manchmal unabhängig voneinander«, erklärte er langsam. »Er hatte zweifellos mehr Jagdfreunde als ich, ich kenne nicht alle, mit denen er Kontakt pflegte und gemeinsam jagte, ich meine als Gastgeber und als Gast.«

Immer noch schaute er vor sich hin und zuckte mit den Achseln.

»Und wie konnte man Steiger finden?«

»Ganz einfach. Wer zuerst kommt, klemmt einen Zettel unter den Scheibenwischer, damit der andere weiß, wo er ist, und ihm den Ansitz nicht verpatzt. Wenn man sich im Revier auskennt, ist es dann ganz leicht. Damit lässt sich der Kreis der Verdächtigen nicht eingrenzen.«

»Hatte Edgar Steiger mit jemandem Streit? Als Jäger oder als Unternehmer?«

»Höchstens die üblichen kleinen Reibereien, nehme ich an. Aber nichts wirklich Ernstes, davon hätte er mir sicher etwas gesagt. Vor allem …« Er suchte nach Worten. »Er war doch derjenige, der mich nach meinem Sturz von der Hochsitzleiter beruhigt hat, und jetzt das. Das hätte nicht uns persönlich gegolten, das seien Naturfreaks gewesen, die völlig wahllos irgendwelche Jäger hätten treffen wollen. Und jetzt … ich kann das nicht mehr glauben. Glauben Sie das etwa?«

Kupfer ignorierte diese Frage.

»Sie waren Geschäftspartner?«

»Nicht direkt. Wir kennen uns vom Studium in Stuttgart

her, wir sind Bauingenieure. Er hat die Firma seines Vaters übernommen, und ich habe meine eigene gegründet. Wir machen dasselbe, sind aber nie Konkurrenten gewesen. Geschäft gibt es mehr als genug. Allerdings bin ich nicht so ein Netzwerker, wie Edgar Steiger einer war. Ich überblicke seine Geschäftsbeziehungen bei weitem nicht und deswegen auch nicht seinen Bekanntenkreis. Trotzdem kann ich mir nicht vorstellen, dass er wegen eines geschäftlichen Streits umgebracht wurde.«

»Es muss ja kein Streit aus letzter Zeit gewesen sein. Vielleicht war es ein Racheakt für etwas, das schon länger zurückliegt.«

»Dazu fällt mir nichts ein, absolut nichts.«

»Da gibt es auch nichts mehr zu sagen«, mischte sich Gutbrods Frau schroff ein und stand auf, womit sie signalisierte, dass sie die beiden Kriminalisten verabschieden wollte.

»Ja, vielleicht tatsächlich nicht, wenigstens im Moment«, erwiderte Kupfer freundlich, als würde er ebenso denken.

»Aber eine Frage habe ich doch noch. Die Position, in die Herr Steiger von den Tätern gebracht worden ist, ist nicht nur makaber, sondern absolut außergewöhnlich. Da ist zweifellos Hohn oder Zynismus im Spiel. Wem trauen Sie das zu? Rächt sich jemand auf diese Weise?«

Gutbrod schüttelte nur den Kopf.

»Dann verabschieden wir uns. Wenn wir Sie wieder sprechen müssen, wissen wir ja, wo wir Sie finden.«

Als sie zur Haustür gebracht wurden, schlug der Hund wieder an.

»Ob der auch so bissig ist wie Madame?«, bemerkte Feinäugle, als sich die Haustür hinter ihnen geschlossen hatte. »Ein Krach mit seiner Frau ist das Letzte, was der arme Gutbrod heute braucht.«

»Ja, der kann einem nur leidtun.«

# 21

Kupfer und Feinäugle teilten sich die Gespräche mit den Reviernachbarn auf. Feinäugle übernahm die westlichen Reviernachbarn, die beiden Ärzte, während sich Kupfer um die Pächter des Reviers Richtung Walddorfhäslach kümmerte. Dabei handelte es sich um fünf Jäger, die in Weil im Schönbuch, Breitenstein und Walddorfhäslach wohnten.

Noch am selben Tag erreichte Kupfer den Mann, um den herum sich diese Pächtergemeinschaft gebildet hatte, Robert Sonntag, der Prokurist bei einer großen Baustoffhandlung war. Er suchte ihn in seinem Haus in Breitenstein auf. Sonntag war ein schlanker, drahtiger Mann in Kupfers Alter, dem man an seiner gesunden Gesichtsfarbe ansehen konnte, dass er viel Zeit im Freien zubrachte. Freundlich lud er Kupfer auf seine schattige Terrasse ein und bot ihm ein eisgekühltes alkoholfreies Bier an, das Kupfer gerne annahm.

»Wenn man schon an einem solchen Tag arbeiten muss …«

Sonntag war über das Geschehen schon informiert worden. Einer seiner Mitpächter war von Gutbrod, mit dem er befreundet war, angerufen worden, und so hatte sich das Verbrechen schnell herumgesprochen.

»Das ist furchtbar für uns alle. Man hat sich bisher in seinem Revier zu allen Tag- und Nachtzeiten wohl und sicher gefühlt. Und dann passiert so was. Da wird es einem ganz anders. Haben Sie denn schon irgendwelche Hinweise?«

»Noch nicht. Und wenn wir welche hätten, dürfte ich mit Ihnen gar nicht darüber reden.«

»Natürlich nicht.«

»Es ist so: Wir müssen Herrn Steigers gesamtes Umfeld abklopfen. Jeder Hinweis kann von großem Wert sein. Wir stehen noch ganz am Anfang unserer Ermittlungen.« Kupfer schaute auf seine Uhr und fügte hinzu: »Vor zwölf Stunden war Steiger noch am Leben.«

Sonntag machte ein betretenes Gesicht und seufzte.

»So ganz unbeschwert wird man eine Weile nicht mehr auf die Jagd gehen.«

»Kannten Sie Steiger gut? Hatten Sie oft mit ihm zu tun?«

»Natürlich kannte ich ihn. Wer hier in der Gegend kannte ihn nicht? Sie sind ja zu mir gekommen, weil wir Reviernachbarn waren, und da hatte ich mehr mit ihm zu tun, als mir lieb war«, sagte Sonntag mit saurem Lächeln.

»Das klingt nicht gerade nach freundschaftlichen Beziehungen«, forschte Kupfer nach.

»Die gab es auch nicht, dafür laufend Streitereien, laufend. Nichts Hochdramatisches, aber dafür andauernd. Er war halt ein unangenehmer Reviernachbar.«

»Wollen Sie mir keine Einzelheiten erzählen? Mich interessiert alles.«

»Nun ja, es beginnt schon allein damit, dass er jedes Mal, wenn die Pachtverträge erneuert worden sind, versucht hat, uns zu überbieten. Er wollte unser Revier unbedingt noch dazuhaben. Dabei ist seines doch wirklich groß genug. Zum guten Glück ist er damit aber immer gescheitert.«

»Warum? Hätten die Waldbesitzer nicht gern mehr Geld genommen?«

»Vielleicht schon. Aber nicht von ihm. Er hatte nicht den besten Ruf. Er hat zum Beispiel mehrmals versucht, Wildschadenzahlungen zu verweigern. Jedes Mal, wenn ein Landwirt einen Wildschaden meldete, gab es Streitereien. Das seien Schweinerotten aus den Nachbarrevieren gewesen. So viele Schweine gebe es bei ihm gar nicht. Und dabei wusste er doch ganz genau, dass Schweine kein Standwild sind, sondern mal da, mal dort ihr Unwesen treiben. Und die Regelung, dass derjenige achtzig Prozent des Wildschadens bezahlt, in dessen Revier er angefallen ist, wollte er immer wieder mal nicht anerkennen. Ich bin solchen Streitereien aus dem Weg gegangen und habe nur noch schriftlich mit ihm verkehrt.«

»Und sein Mitpächter Gutbrod? Ist er auch so unangenehm?«

»Nein, der nicht. Aber der hat nichts zu sagen. Wenn der bei irgendwelchen Diskussionen dabei war, durfte er überhaupt nichts sagen. Steiger ist ihm sofort über den Mund gefahren, wenn er nicht genau das gesagt hat, was ihm passte. Er hat sich aus diesen Streitereien herausgehalten und seinen Teil stillschweigend bezahlt.«

»Wieso ist er dann bei Steiger geblieben? Hätte er nicht woanders mit einsteigen können?«

»Wahrscheinlich schon. Zu uns hätte er jederzeit kommen können. Wir haben ihn auch ab und zu eingeladen. Aber seine Pachtgemeinschaft mit Steiger wollte er sicher nicht auflösen.«

»Können Sie sich das erklären?«

»Wer weiß da schon was Genaues! Es heißt, die seien geschäftlich miteinander verbandelt, obwohl sie eigentlich Konkurrenten sein müssten. Beide betätigen sich ja auf Großbaustellen als Subunternehmer. Ich weiß nicht, ob Ihnen klar ist, wie das läuft. Sie übernehmen Aufträge per Werkvertrag und heuern dann dafür die Arbeitskräfte an. Und die holen sie sich aus dem Ausland.«

»Lohndumping als Geschäftsidee?«, fragte Kupfer nach.

»Das haben Sie gesagt, nicht ich. Ich will jetzt nichts behaupten. Aber jeder, der nur entfernt mit der Baubranche zu tun hat, weiß, dass da manchmal in großem Maßstab beschissen wird. Ich will das jetzt nicht weiter ausführen.«

»Müssen Sie auch nicht. Danke. Der Hinweis genügt. Darauf werden wir unsere Wirtschaftler vom LKA ansetzen. Im Moment interessiert mich Steiger vor allem als Jäger. Sie kennen sich doch sicher in Jägerkreisen aus. Wissen Sie noch von anderen Streitigkeiten?«

Sonntag dachte einen Moment nach und sagte dann langsam: »Wie soll ich sagen? Ich will Steiger jetzt nicht schlechter darstellen, als er es verdient hat. Ich würde es so formulieren: Er war ein richtiger Streithammel und hat sich immer wieder mit jemandem angelegt. Aber ich kann mir nicht vorstellen, dass so etwas zu diesem Mord geführt hat.«

»Egal. Erzählen Sie trotzdem, was Sie wissen oder mit ihm erlebt haben. Manchmal hilft eine Kleinigkeit weiter, von der man es gar nicht gedacht hätte.«

»Ich erinnere mich zum Beispiel an eine ganz hässliche Streiterei im Anschluss an eine Drückjagd. Es war im Steingart im Breitenholzer Revier. Das ist diese Hochebene hinter der Königlichen Jagdhütte, das Gelände, wo damals der Wirbelsturm Lothar mit den Fichten Mikado gespielt hat. Da lag damals alles flach. In den fünfzehn Jahren seither ist diese Fläche ganz dicht zugewachsen, eine einzige riesige Dickung ist entstanden, in der die Wildschweine den besten Unterschlupf finden, neben anderem Wild natürlich. Stellenweise kommen die Treiber dort kaum durch. Ohne Hunde wäre das schwierig gewesen. Und diese Fläche hat man damals bejagt. Steiger hat alles getan, dass er einen Stand mit einem guten Sichtfeld bekam. Die Positionen der einzelnen Schützen wurden zwar verlost, wie man das immer macht, aber er hatte es trotzdem geschafft, dort zu stehen, wo er wollte. Ich weiß nicht, wie das gelaufen ist. Vielleicht ist er ganz plump auf denjenigen zugegangen, der das glückliche Los gezogen hatte, und hat ihm den Stand abgekauft. Bei mehr als hundert Schützen hat man ja keinen Überblick mehr. Jedenfalls stand er an dem Weg oberhalb vom Königsbrunnen, wo das Gelände zum Goldersbachtal hin allmählich abfällt. Der wusste genau, warum er dort stehen wollte. Wenn das Wild aufgescheucht wird und aus der Dickung kommt, überquert es den Weg und läuft durch einen alten Buchenbestand, in dem es kaum Unterholz gibt. Damit hatte er eine optimale Position. Auf dem nächsten Posten stand einer, der damals bei ihm gearbeitet hat. Ich glaube, er hieß Wüst. Und dann passierte das, was immer wieder mal zu Streit führen kann. Genau zwischen den beiden brach ein kapitaler Keiler aus der Dickung, sprang über den Weg und wollte sich talabwärts davonmachen. Beide schossen mehrmals. Der Keiler lag, aber keiner von beiden hatte sehen können, wann und wie er zusammengebrochen war. So gut war die Sicht auch wieder nicht. Getroffen hatten beide, der eine von links, der andere von rechts. Wer zuerst, war nicht zu sagen. Als man an der Königlichen Jagdhütte dann die Strecke legte, ging der Krach richtig los. Selbstverständlich behauptete Steiger, dass er zuerst getroffen hatte und der zweite Schuss nur ein Fangschuss war, den es vielleicht nicht einmal gebraucht hätte. Wüst sei ein Hochstapler, wenn er sich den Bruch mit dem Schweiß des Keilers an den Hut stecken wolle. Dabei hatte Wüst nur gesagt, dass nicht klar sei, wer den Keiler tatsächlich erlegt hatte. ›Wenn wir nicht genau wissen, wer wirklich der glückliche Schütze ist, dann sollten wir uns vielleicht die Ehre teilen‹, schlug Wüst vor. Das hätte er lieber nicht sagen sollen, denn jetzt wurde Steiger richtig gemein. Er hatte offensichtlich inzwischen etwas getrunken und wollte die Sache gar nicht bereinigen. Dazu kam noch, dass Wüst ein zweites Mal zum Schuss gekommen war. Er hatte auf der von Steiger abgewandten Seite ein Reh erlegt, und zwar mit einem genauen Blattschuss, so dass es keinen Sprung mehr getan hatte, und wurde als guter Schütze gelobt. Das war für diesen ehrgeizigen Neidhammel zu viel. Er fing an, Wüst auf übelste Weise zu beschimpfen, so dass man allgemein etwas Abstand von ihm nahm. Das seien glatte Zufallstreffer gewesen. Wüst könne überhaupt nicht schießen, das wisse man ja, nicht einmal zu Hause im Schlafzimmer könne er es. Was sich da im Hintergrund abgespielt hatte, weiß ich nicht. Wir alle hatten den Eindruck, dass die beiden miteinander eine Rechnung offen hatten. Es war allen peinlich, wie anzüglich Steiger in seinem cholerischen Anfall wurde. Wüst verzichtete dann klugerweise auf das Schützenrecht und ging vorzeitig nach Hause. Steiger blieb natürlich da und erzählte immer wieder, wie er den Keiler erlegt hatte, obwohl ihm keiner mehr richtig zuhörte.«

»Wenn man mit so einem Auftritt die Stimmung verdirbt, macht man sich nicht gerade beliebt«, kommentierte Kupfer.

»Und da gibt es noch einiges. Wissen Sie, wir Jagdgemeinschaften, also die Gruppen, die jeweils ein Revier bejagen, müssen über Rot- und Rehwild Abschusspläne einreichen, nach denen wir dann von der Jagdbehörde eine Anzahl von Rehen oder Hirschen freigegeben bekommen. Und diese Abschusspläne werden auf der Grundlage von Schätzungen erstellt, die wir selbst machen. Da ist Ehrlichkeit gefragt. Wir Reviernachbarn können selbstverständlich nicht in Steigers Revier gehen und das Wild zählen. Die Zahlen sind immer nur Schätzungen. Aber wir hatten nach dem, was wir für unsere Reviere schätzten, immer das Gefühl, dass Steiger viel mehr angab, als es den Tatsachen entsprach. So erreichte er immer ein hohes Abschusssoll. Das widerspricht unserer Absicht, das Wild zu hegen. Wir wollen doch einen ökologisch vertretbaren, gesunden und gleichmäßigen Bestand erhalten.«

»Und er wollte nur schießen?«

Sonntag antwortete zuerst nicht. Er zuckte resigniert mit den Achseln. Man sah ihm an, dass er nicht wusste, ob er noch mehr sagen sollte oder nicht. Schließlich fügte er hinzu: »Und vielleicht schoss er sogar mehr, als zulässig war.«

»Was wollte er denn mit all dem Wild, das er erlegte?«

»Gute Frage. Um die paar Euro für das Wildbret konnte es ihm kaum gehen. Er hatte doch Geld genug. Ich kann mir allerdings vorstellen, dass er ein wilder Trophäenjäger war und deswegen auch mal während der Schonzeit einen Bock erlegt hat, wenn er kapital genug war. Er soll ja eine beachtliche Geweihwand in seinem Haus haben.«

»Hat er. Ich habe sie gesehen. Sehr beachtlich, was da alles am der Wand hängt. Aber fällt das nicht auf, wenn einer mehr Wild verkauft, als er abschießen darf?«

»Das ist schlecht zu kontrollieren. Bis vor ein paar Jahren bekamen wir entsprechend der Abschussquote eine Anzahl von Wildmarken zugeteilt, und niemand durfte zum Beispiel ein Reh ohne Wildmarke kaufen. Dann aber wurde diese Regelung aufgegeben. Das sei zu viel Bürokratie, hieß es. Da ist was dran. Außerdem musste man annehmen, dass trotzdem immer wieder mal ein Stück auch ohne Wildmarke verkauft wurde.«

»Heißt das, dass es so etwas wie einen Schwarzmarkt für Wildbret geben muss?«

»Davon müssen wir vielleicht ausgehen. Leider.«

Das war für Kupfer ein Stichwort. Er erzählte Sonntag nun von den gestohlenen Überläufern und Widmaiers kleiner Metzgerei in Gültstein.

»Halten Sie es für möglich, dass Steiger diesen Widmaier ab und zu beliefert hat?«

»Möglich wäre es vielleicht schon. Ich sage ›wäre‹, klar? Auf unserer Seite des Schönbuchs wäre es für ihn vielleicht zu riskant gewesen.«

Kupfer bedankte sich für diese Informationen. Vielleicht schließt sich hier ein Kreis, dachte er auf der Heimfahrt und war trotz der Störung seines Sonntagsfriedens gar nicht mal so schlecht gelaunt, weil er die vage Hoffnung hatte, dass sich ein paar lose Enden miteinander verknüpfen ließen.

Die verschiedenen Berichte der Spurensicherung, der Ballistiker und der Rechtsmedizin waren schnell da, aber nicht sehr aufregend. Allerdings bestätigten sie die Annahmen der beiden Kriminalisten. Man hatte dem Toten nichts genommen: Die Brieftasche mit Personalausweis und Jagdschein steckte noch in seiner Jackentasche, sein Führerschein und sein Geldbeutel waren auch noch da. Seine Jagdausrüstung war vollständig. Aus all den Indizien ließ sich schließen, dass es sich bei dieser Gewalttat um einen Mord handelte, der etwas von einer rituellen Hinrichtung an sich hatte.

Der ballistische Bericht besagte, dass die Schüsse aus einer Schrotflinte normaler Länge abgefeuert worden war, vermutlich aus einer Distanz von sechs bis acht Metern. Nur so war die konzentrierte Ladung zu erklären, die Steigers Stirn und vordere Schädelbasis zerschmettert hatte. Einige Schrotkugeln der Körnung 4,5 Millimeter wurden noch in seinem Schädel gefunden.

Allem Anschein nach hatte sich das Drama auf einer kleinen Fläche von nicht einmal dreißig Quadratmetern abgespielt. Den wenigen Spuren im Gras nach zu urteilen, hatten sich die Täter in der Richtung entfernt, in welche die Spur gewiesen hatte, auf die der Spürhund gesetzt worden war: nach Westen. Und von dort aus mussten die Täter, wie Feinäugle aus der Windrichtung geschlossen hatte, sich auch angeschlichen haben. Es war also anzunehmen, dass sie sich Richtung B 464 abgesetzt hatten.

Die Position der verschiedenen Blutspuren am Tatort wie auch die Schädelverletzung, aus der sich der Winkel des Schusses ungefähr ermitteln ließ, gaben Feinäugles Vorstellung des Tathergangs Recht. Offensichtlich stand Steiger direkt neben dem toten Wild, als er erschossen wurde. Mit dem Gewehrkolben unterm Arm und leicht ansteigendem Lauf musste der Täter auf ihn geschossen haben. Steiger war nach hinten gefallen und hatte direkt neben seiner Jagdbeute gelegen.

Starke Spuren von Hundeblut an seiner Jacke deuteten darauf hin, dass sich der Hund bei seinem toten Herrn befunden hatte, als er erschossen wurde.

Aber an der Kleidung des Toten, vor allem an seiner Jacke, fanden sich ein paar winzige Schuppen, die für eine DNA-Analyse ausreichten. Sie stammten von zwei Männern.

»DNA-Spuren. Wenigstens etwas Neues«, sagte Kupfer und schloss enttäuscht die Akte. »Aber wie sie auf diese makabre Idee gekommen sind, kann ich mir immer noch nicht vorstellen, auch wenn ich das dreimal durchlese.

»Sonst nichts?«, fragte Feinäugle.

»Nein. Aber lies mal selbst. Wenigstens werden unsere Annahmen bestätigt.«

# 22

Mit zusammengezogenen Augenbrauen und heruntergezogenen Mundwinkeln starrte Karlheinz Widmaier trotzig auf die Tischplatte.

Er sage nichts, hatte er schon angekündigt, als Kupfer ihn in den Verhörraum führte. Was Kupfer nicht kümmerte. Das wird man sehen, dachte er.

»Herr Widmaier, Sie sind gelernter Metzger, haben 1997 Ihre Gesellenprüfung abgelegt, aber dann nie mehr offiziell in einer Metzgerei gearbeitet. Da könnte man fast meinen, dass Ihnen dieser Beruf keinen Spaß macht. Aber so ist es ja nicht. Sie arbeiten lieber beim Daimler in der Kantine, weil Sie dort mehr verdienen, und als Metzger schaffen Sie nebenher.«

Widmaier reagierte nicht.

»Und jetzt haben Sie Angst gehabt, dass man Ihnen wegen der EU-Richtlinien Ihre Metzgerei schließt. Das haben Sie einem Kunden erzählt und gesagt, dass Sie sich das Metzgen nicht verbieten lassen wollen. Und Sie verkaufen Bio-Fleisch von fröhlichen Hällischen Landschweinen. Klingt gut, ist aber nicht so. Wenn das so wäre, dann würden Sie jetzt nicht hier sitzen. Das ist Ihnen doch klar. Sie haben ein massives Problem, weil ich in Ihrer blitzsauber gekachelten Garage Spuren von Wildschwein- und Rehblut gefunden habe. Können Sie mir verraten, wie sich Bio-Schweinefleisch in Wildschwein- und Rehfleisch verwandelt?«

Widmaier sagte nichts, was Kupfer auch nicht anders erwartet hatte. Er nahm zufrieden wahr, wie sich der Gesichtsausdruck seines Gegenübers noch mehr verfinsterte.

»Ich muss Ihnen ein großes Kompliment machen«, machte Kupfer weiter, als redete er mit einem Handwerker, der eine besonders komplizierte Arbeit gut ausgeführt hatte. »Sie verstehen wirklich Ihr Handwerk. Ihre Wildschweinbratwurst ist sehr lecker. Ich esse sonst nicht viel Wurst, das soll ja nicht so gesund sein, aber Wurst aus Wild ist etwas anderes und so gut, dass ich da nicht widerstehen kann. Alle Achtung, das ist wirklich ein sehr hochwertiges Produkt. Und wenn ich jetzt schon dabei bin, eigentlich gehört das ja nicht hierher, dann will ich Ihnen auch noch verraten, dass wir das Wildschweinfleisch, das bei Ihnen gekauft wurde, nicht gebraten haben. Wir haben lieber Gulasch daraus gemacht, mit Pfifferlingen, und dazu Spätzle, Preiselbeeren und Rosenkohl. Ich sage Ihnen, etwas Besseres gibt es kaum. Das kann man sogar im Sommer essen, auch wenn es ein wenig schwer ist. Da kann mir die ganze feine moderne Küche gestohlen bleiben. Das geht Ihnen doch sicher auch so, oder nicht? Wie bereiten Sie Wildschwein zu, wenn ich fragen darf? Sie verkaufen doch nicht etwa alles. Da muss doch auch für Sie was übrig bleiben.«

Widmaier schaute gereizt zur Seite und nagte an seiner Oberlippe.

»Haben Sie eigentlich überhaupt noch etwas Freizeit?«

Überrascht warf Widmaier Kupfer einen kurzen Blick zu. Die Frage schien ihn zu verunsichern.

»Wissen Sie, wenn ich mir Ihr Leben mit drei Berufen vorstelle, da bleibt Ihnen ja kaum Zeit, mit Ihrem Ford Mustang spazieren zu fahren. Und nur für die Garage hat man ja so einen Oldtimer nicht. Oder? Manche Leute schon, reiche Sammler. Aber zu denen zählen Sie gewiss nicht. Sie haben Ihren Oldtimer zum Spazierenfahren, nehme ich mal an. Und da frage ich mich halt, wie viel Freizeit Ihnen bleibt. Ein normaler Job beim Daimler in der Kantine, ein kleines Abschleppunternehmen mit Ihrem Kollegen Hablitzel zusammen, und dann auch noch eine kleine Metzgerei. Ich kenne nicht viele junge Männer, die so fleißig sind wie Sie. Alle Achtung! Vielleicht erzählen Sie mir, wie Sie die Metzgerei und den Abschleppdienst betreiben, so dass sich die Arbeit auch lohnt. Sagen Sie mir einfach, wer Ihnen zuliefert, wie viel Umsatz Sie machen, wie oft sie ein Auto abschleppen und wer Ihnen dabei hilft. Allein werden Sie das ja kaum schaffen.«

Widmaier schwieg, aber seine Hände wurden unruhig. Kupfer sah ihn ruhig an und wartete. Er zählte in Gedanken auf hundert. Dann atmete er laut durch, beugte sich etwas vor und begann, indem er Widmaier aus zusammengekniffenen Augen ansah: »Gut, Sie wollen mir nichts sagen. Dann rede ich mal, damit hier keine Engel durchs Zimmer gehen, und mache Ihnen Ihre Lage klar. In den letzten paar Jahren hat es in einem Umkreis von dreißig Kilometern, um Gültstein herum, muss ich hinzufügen, vier seltsame Wildunfälle gegeben. Also verstehen Sie mich bitte richtig: Ein Wildunfall an sich ist ja nichts Seltsames, sondern nur sehr unangenehm und gefährlich. Wenn ich bloß daran denke, was mir das Ehepaar erzählt hat, das auf der B 28 bei Breitenholz den Unfall hatte. Den kennen Sie ja. Da haben Sie das Wrack geborgen. Ja, und das war ja auch der Höhepunkt an Seltsamkeiten, genau dieser Unfall. Drei Überläufer sind verschwunden, nachdem Sie das Wrack geborgen hatten. Und in den anderen drei Fällen war es genauso: Das Abschleppunternehmen Widmaier-Hablitzel hat die Wracks geborgen, und das Fallwild ist auf seltsame Weise innerhalb kürzester Zeit verschwunden, als wäre es gar nicht tot gewesen oder wiederauferstanden. Nur glaube ich nicht an die Wiederauferstehung von Fallwild. Sie etwa?«

Kupfer beobachtete, wie Widmaiers Hals leicht rot wurde.

»Sehen Sie, Sie auch nicht. Das habe ich mir doch gedacht. Und dann finden wir bei Ihnen im Hof einen Ford Transit, der gut zu der Beschreibung des Fahrzeugs passt, das am fraglichen Morgen kurz nach sieben direkt neben der B 28 an der Unfallstelle gesehen wurde. Zwei Mann sollen dort gewesen sein, mindestens, vielleicht auch drei. Da war sich der Zeuge nicht ganz sicher. Im Laderaum habe er so etwas wie einen Kartoffelsack gesehen, meinte er. Na ja, wenn man mit dem Roller vorbeifährt und noch auf die Fahrbahn achten muss, dann kann man schon mal ein totes Wildschwein für einen Kartoffelsack halten. Also, ich fasse mal zusammen: Herr Widmaier, Sie sind überführt. Was wir Ihnen zur Last legen, sind Wilddiebstahl, Schwarzarbeit und Steuerhinterziehung. Außerdem haben Sie gegen das Lebensmittelgesetz verstoßen. Wildschweine müssen vom Veterinär untersucht werden, ehe sie verwertet werden dürfen. Das müsste auch Ihnen klar gewesen sein. Nun, die Indizien reichen für eine Anklage voll aus. Eigentlich brauchen wir Ihr Geständnis nicht einmal. Nur würden Sie natürlich etwas für sich selbst tun, wenn Sie uns etwas helfen würden, indem sie uns sagen, wer Ihnen sonst zugeliefert hat. Mit dem bisschen Fallwild hätte sich Ihr kleiner Betrieb ja nie rentiert. Und so, wie ich Sie einschätze, haben Sie nicht bloß zum Zeitvertreib gearbeitet, auch wenn Ihnen Ihr erlernter Beruf Spaß macht. Sie können jetzt gehen, wenn Sie wollen. Das war's schon. Auf Wiedersehen.«

Kupfer machte eine auffordernde Handbewegung Richtung Tür, stand auf und schaute aus dem Fenster.

Widmaier blieb sitzen. Nach einer Weile räusperte er sich und sagte: »Ich hab von den Bauern in der Umgebung halt immer mal wieder ein Schwein gekauft oder auch ein Kalb. Eine ganze Kuh wäre mir für meinen Laden schon zu groß gewesen.«

Kupfer schaute weiter aus dem Fenster. »Das glaube ich Ihnen gern. Und ein Stück Wild ist viel handlicher als ein Rind und bringt pro Kilo viel mehr Geld. Und das sogar im Frühjahr.« Dann wandte sich Kupfer plötzlich wieder Widmaier zu und fragte unvermittelt: »Was macht man mit Innereien? Friert man die ein oder kann man sie einschweißen?«

Widmaier schüttelte den Kopf.

»Nein. Die muss man frisch verwerten.«

»Das dachte ich doch. Vor allem die Leber, wenn ich richtig informiert bin.«

Widmaier nickte.

»Und nun sagen Sie mir doch bitte, wo Sie letztes Jahr Anfang Mai die Rehleber herbekommen haben, die einer unserer Zeugen bei Ihnen gekauft hat«, bluffte Kupfer.

Widmaier sah keinen Ausweg mehr.

»Von einem, der im Schönbuch jagt.«

»Und seinen Namen wollen Sie mir nicht sagen?«

Widmaier schaute verstockt vor sich hin.

»Herr Widmaier, wir wissen, woher Sie während der Schonzeiten immer mal wieder Wildbret bekamen. Ich möchte aber, dass Sie den Namen sagen, weil es besser für Sie ist. Verstehen Sie? Ich kann dann protokollieren, dass Sie offen zu uns waren.«

Widmaier reagierte immer noch nicht.

»Falls Sie es noch nicht erfahren haben: Ihr Lieferant lebt nicht mehr.«

Widmaier schaute überrascht auf.

»Steiger lebt nicht mehr?«

»Na endlich! Gut für Sie, dass Sie seinen Namen zuerst genannt haben. Ja, er ist tot. Er wurde am vergangenen Sonntag ermordet. Im Wald. Diese Lieferung von einem ganzen Reh war kein Einzelfall, oder? Sie können ruhig offen reden, wo Sie von Ihrem Lieferanten nichts zu befürchten haben.«

»Er hat manchmal angerufen, wenn er etwas hatte.«

»Und Sie haben sich nie darum gekümmert, ob gerade Schonzeit war?«

Achselzucken.

»Keine Ahnung. So was müssen doch die Jäger wissen.«

»Ich weiß schon, dass Schonzeiten nicht zum Stoffgebiet Ihrer Gesellenprüfung gehört haben. Aber darüber liest man zur Zeit sogar einiges in der Presse. Unwissenheit schützt übrigens nicht vor Strafe. Sie hören dann von uns. Sie können gehen. Auf Wiedersehen.«

Widmaier war völlig verunsichert. Er blieb sitzen und schaute Kupfer fragend an.

»Sie können gehen«, wiederholte Kupfer. »Der Fall geht an die Staatsanwaltschaft, und wenn die Anklageschrift erstellt ist, dann hören Sie davon. Ihr Kollege Hablitzel genauso.«

Widmaier wurde bleich, stand langsam auf und verließ den Raum.

»Du meinst, den kann man einfach laufen lassen?«, fragte Feinäugle, als er Kupfers Protokoll durchgelesen hatte.

»Da bin ich ganz sicher. Der ist hier viel zu tief verwurzelt. Woanders wäre er völlig orientierungslos, und das weiß er, auch wenn er es anders ausdrücken würde. Der läuft uns nicht weg.«

## 23

Obwohl Kupfer sich für elf Uhr angemeldet hatte, war Anke Steiger nicht gleich zu sprechen. Tochter Svenja öffnete ihm und entschuldigte ihre Mutter. Sie habe kurz wegfahren müssen, um noch etwas wegen der Bestattung zu regeln, sei aber bald zurück. Er möge bitte warten. Sie führte ihn ins Wohnzimmer.

»Kann ich Ihnen etwas anbieten? Einen Kaffee vielleicht?«

Kupfer nahm dankend an. Svenja entschuldigte sich und verschwand in der Küche.

Die Trophäenwand hatte sich noch nicht verändert, wie Kupfer schon unter der Tür festgestellt hatte. Er blieb mitten im Raum stehen, betrachtete sie von oben bis unten und trat dann näher heran, um die Fotos in Augenschein zu nehmen, die Seite an Seite, alle in gleichen versilberten Rahmen, als eine Art Fries die Trophäenpräsentation nach unten hin abschlossen. Sie waren alle ähnlich und zeigten den glücklichen Schützen Edgar Steiger, wie er neben seiner Jagdbeute in der Hocke saß und stolz triumphierend in die Kamera lächelte. Wo es sich um größere Tiere mit Gehörn oder Geweih handelte – Hirsche oder Antilopen –, hielt er Gehörn oder Geweih mit starken Armen gepackt, zog damit den Kopf des toten Tieres etwas hoch, so dass er ihn fast vor seinem Bauch hatte und die beiden Geweih- oder Gehörnstangen sein triumphierend lachendes Gesicht umrahmten. Oder er stand neben einem gewaltigen toten Wildschwein und stieß, die freie Hand in die

Hüfte gestemmt, in sein Jagdhorn. Da hat er dem Fotografen aber genaue Anweisungen gegeben, dachte Kupfer bei dem Anblick und schüttelte den Kopf.

Überall war Steiger allein zu sehen, nur auf einem Foto nicht. Offensichtlich handelte es sich dabei um den riesigen Hirsch, dessen Geweih Kupfer schon bei seinem ersten Besuch aufgefallen war. Hier hockten zwei Jäger neben dem toten Tier: Steiger, noch etwas schlanker und jünger wirkend, hielt die rechte Geweihstange in Position, ein Jagdkamerad, erheblich älter als er, die linke.

Alleine hätte er den Kopf mit dem Mordsgeweih nicht anheben können, dachte Kupfer und grinste.

Als er Svenja mit dem Kaffee kommen hörte und sich umwandte, fiel sein Blick auf eine kleine Keramikfigur, die auf dem Couchtisch stand und gar nicht in ihre Umgebung passte: eine primitiv geformte weiße Reiterfigur, die mit einzelnen roten und grünen Strichen bemalt war. Bei der Länge des Halses hätte man fast an eine Giraffe denken können, wobei der Hals dicker als der Rumpf war, auf dem der sehr einfach geformte Reiter saß.

Svenja bemerkte, dass Kupfer diese Figur betrachtete, und sagte verlegen: »Das Reiterchen gehört mir. Es ist ein Reiseandenken, das ich meiner Mutter zeigen wollte. Das gehört wirklich nicht hierher.«

Damit stellte sie es auf das Kaffeetablett, als wollte sie nicht vergessen, es später hinauszutragen.

»Die Geweihe hängen ja alle noch«, sagte Kupfer, um an seinen ersten Besuch anzuknüpfen.

»Aber nicht mehr lange, das garantiere ich Ihnen. Meiner Mutter wäre es bloß zu viel, wenn ich jetzt damit anfangen würde. Wegwerfen mag sie den ganzen Krempel nicht, das sei alles zu wertvoll, und zum Verkaufen käme sie erst nach der Beerdigung. Meinetwegen. Mir reicht es im Moment schon, dass diese verdammte Knochensammlung nicht mehr als heilig betrachtet werden muss. Und wie Sie sehen, ist der Saukopf im Müll geblieben.« Sie zeigte auf die Lücke.

Kupfer nippte an dem Kaffee, lobte das herrliche Aroma und sagte dann: »Ich habe mir eben diese Fotos angesehen. Eines davon ist offensichtlich etwas Besonderes.«

»Was? Welches?«

Kupfer deutete auf das Bild mit den zwei Jägern.

»Ach so, das. Ja, das war nach dem Abschuss von dem Karpatenhirsch da oben, diesem Riesenvieh. Dieses Geweih war ihm besonders heilig. Manchmal stand er sogar auf der Bockleiter und hat es abgestaubt. So wichtig hat er es damit gehabt.«

»Und wer ist sein Begleiter?«

»Das ist der Franz, ein Jagdfreund aus Polen. Ich kenne ihn selber nicht. Ich weiß nur, dass mein Stiefvater früher manchmal nach Rumänien oder Polen zur Jagd gefahren ist, oder in die Slowakei. Und dabei hat er ihn irgendwo kennengelernt. Das ist schon länger her, damals war ich vierzehn oder fünfzehn, also vor zehn Jahren oder so.«

»Und daraus ist eine richtige Männerfreundschaft geworden?«

»Vielleicht. Er war ein paar Mal kurz hier, aber mehr weiß ich nicht. Das hat mich nie interessiert.«

»Ist Ihr Stiefvater immer allein auf diese Jagdreisen gegangen?«

»Ja, natürlich. Von unserer Familie hat ihn nie jemand begleitet. Und ob von seinen deutschen Jagdkameraden einer dabei war, das weiß ich nicht. Könnte schon sein. Das war sicher so ein komisches Männerding. Wahrscheinlich haben sie nach jeder Jagd sinnlos gesoffen.«

»Wollen Sie damit sagen, dass Ihr Stiefvater trank?«

»Wie meinen Sie das? Dass er ein Alki war? Nein, das sicher nicht. Aber ich denke schon, dass er manchmal nach der Jagd mehr getrunken hat, als für ihn gut war.«

Kupfer nahm einen Schluck Kaffee, stellte die Tasse ab und schaute Svenja Steiger nachdenklich an.

»Was schauen Sie mich denn so an?«

Kupfer räusperte sich.

»Weil ich Ihnen endlich die Routinefrage stellen muss: Wo waren Sie am Sonntagmorgen zwischen sieben und acht?«

Svenja lachte geradeheraus und schüttelte den Kopf, als hätte Kupfer eine völlig unsinnige Frage gestellt.

»Hier im Haus. Im Bett, leider aber allein. Mein Freund ist nicht da. Und meine Mutter hat mich vor neun auch nicht gesehen. Meinen Sie, ich hätte meinen Stiefvater umgebracht, weil ich nicht die traurige Tochter gebe? Können Sie sich vorstellen, dass sein Tod mich überhaupt nicht kratzt? Nein, können Sie natürlich nicht. Das übersteigt Ihre Kriminalistenfantasie. Also noch mal zum Mitschreiben: Ich habe ihn nicht gemocht, ich habe nur unter ihm gelitten. Jahrelang. Ich habe ihn gehasst. Und zur Tatzeit, wie Sie das nennen, habe ich noch geschlafen.«

Kupfer kam nicht mehr dazu, seine Frage noch einmal zu rechtfertigen. Anke Steiger betrat den Raum.

Sie hatte die letzten Sätze ihrer Tochter gehört, zog gereizt die Brauen zusammen und sagte: »Svenja, es reicht. Bitte!«, worauf die Tochter den Raum verließ.

»Sie müssen entschuldigen, das Mädchen ist völlig durcheinander. Sie kann nicht trauern, sie ist erleichtert. Nur findet sie das selbst nicht in Ordnung. Sie ist mit sich nicht im Reinen.«

»Und Sie?«

»Ich bin die Letzte, die ihr in dieser Situation helfen könnte. Wieso hat sie sich eben so aufgeregt?«

»Weil ich ihr unsere Routinefrage stellen musste, wie Ihnen auch: Wo waren Sie am Sonntagmorgen zwischen sieben und acht?«

»Im Bett. Ich habe tief geschlafen. Ich habe Ihnen doch schon gesagt, dass wir sehr spät ins Bett gegangen sind. Herr und Frau Gutbrod können bezeugen, wie spät es geworden war. Außer mit Svenja habe ich an diesem Vormittag mit niemandem gesprochen, bis Sie mit Ihrem Kollegen gekommen sind.«

»Das glaube ich Ihnen. Es war nur eine Routinefrage. Schon allein die Umstände am Tatort weisen auf ganz andere Täter hin.«

Anke Steiger sah ihn erschrocken an.

»Wieso?«

»Ich glaube nicht, dass Sie das wissen wollen. Ich will Sie nicht unnötig damit belasten.«

Plötzlich wirkte sie sehr gefasst, sah Kupfer ernst an und sagte: »Sagen Sie mir, wie Sie ihn gefunden haben. Irgendwann muss ich es ja doch erfahren. Schließlich habe ich ein Recht darauf.«

»Setzen Sie sich.«

Sie nahm in einem Sessel Platz und bot Kupfer mit einer Handbewegung den Platz ihr gegenüber an.

»Ist es denn so schlimm?«

Kupfer wunderte sich über den sachlichen Ton der Frage.

»Es ist außergewöhnlich. Ihr Mann wurde auf kurze Entfernung mit einer Schrotflinte erschossen. Die geballte Ladung traf seine Stirn. Er muss sofort tot gewesen sein.«

Kupfer machte eine Pause, um die Wirkung dieser Information abzuschätzen. Er sah, wie Anke Steiger für einen kurzen Moment die Augen schloss und tief durch die Nase einatmete.

»Sein Kopf … sein Kopf?« Sie konnte die Frage nicht formulieren.

»Sein Kopf ist sehr entstellt. Stirn und ein Teil der Schädeldecke sind zertrümmert. Es wäre besser, Sie würden ihn so in Erinnerung behalten, wie Sie ihn das letzte Mal gesehen haben.«

»Muss ich ihn nicht identifizieren?«

»Nein. Wir haben ja Herrn Gutbrods Aussagen, und die wurden inzwischen durch einen DNA-Vergleich verifiziert.«

»Aber da ist doch noch etwas, was Sie mir noch nicht gesagt haben. Was meinten Sie wirklich mit den Umständen am Tatort?«

Kupfer beschrieb die Anordnung, in der man die Leiche vorgefunden hatte, und sagte dann: »Wir vermuten, dass es sich hier um einen außergewöhnlichen Racheakt handelt. Natürlich konnten die Täter nicht damit rechnen, dass sie ihr Opfer beim Ausnehmen eines Wildschweins überraschen. Aber als dieser Umstand einmal gegeben war, haben sie sich zu dieser grotesken Leichenschändung hinreißen lassen, und das muss einen ganz besonderen Grund haben. Das sieht für uns nach abgrundtiefem Hass aus, als hätte Ihr Mann jemand in der tiefsten Seele verletzt. Ich muss Sie daher noch einmal fragen, mit wem Ihr Mann in Konflikt geraten war. Wir meinen, dass diese außergewöhnlichen Umstände auf eine ebenso außergewöhnliche Vorgeschichte hinweisen.«

»Grauenhaft«, sagte sie nur, und dann saßen sie sich eine ganze Weile wortlos gegenüber.

»Nein, das kann ich mir nicht erklären«, sagte Anke Steiger schließlich bestimmt und schüttelte resolut den Kopf. »Das wirklich nicht. Glauben Sie mir.«

Die erstaunliche Gefasstheit der Frau ließ Kupfer das Gespräch weiterführen.

»Sie haben eben gesagt, Sie seien die Letzte, die Ihrer Tochter in dieser Situation helfen kann. Wie darf ich das verstehen?«

»Weil es mir eben genauso geht«, antwortete sie geradeheraus, als handelte es sich um eine Selbstverständlichkeit, was Kupfer verblüffte.

»Haben Sie unter Ihrem Mann so gelitten wie Ihre Tochter?«

»Nein. Das wäre übertrieben. Schon lange nicht mehr. Es ist ganz einfach so: Ich bin jetzt frei, ohne mich scheiden lassen zu müssen.«

»Das heißt, Sie wollten sich scheiden lassen?«

»Nur theoretisch. Die Aufteilung des Vermögens wäre sehr schwierig gewesen, und ich hatte keine Lust, mich von meinem Mann über den Tisch ziehen zu lassen. Aber das muss ich Ihnen nicht in allen Einzelheiten erklären, oder?«

»Nein, oder wenigstens im Moment nicht. Ich will Ihnen sagen, warum ich hergekommen bin. Es geht um Geschäfte, um die Geschäfte Ihres Mannes und um Ihre Geschäfte.«

Anke Steiger schaute ihn erwartungsvoll an – oder argwöhnisch. Kupfer konnte den Blick nicht sicher deuten.

»Wir haben einen Blick ins Handelsregister geworfen, und was wir da lesen konnten, lässt darauf schließen, dass Sie und Ihr Mann Gütertrennung vereinbart hatten.«

»Ja, natürlich. Das haben doch die meisten Unternehmer. Wie soll man sich denn sonst davor schützen, dass bei einer Pleite alles verloren geht?«

»Klar, das verstehen wir schon. Aber sagten Sie uns nicht, dass Sie von den Geschäften Ihres Mannes nichts verstehen? Und jetzt lesen wir, dass Sie selbst Eignerin einer Firma sind, die sich von der Ihres Mannes kaum unterscheidet. Beides Baufirmen, Subunternehmen, die sich im Hochbau engagieren. Und wenn die Angaben des Handelsregisters einigermaßen stimmen, dann sind Ihre Firmen sogar ungefähr gleich groß. Und das sieht doch gar nicht so aus, als hätten Sie von Geschäften keine Ahnung. Können Sie mir das erklären?«

»Das kann ich Ihnen schon erklären. Aber erst mal das vorweg: Ich habe mit dem operativen Geschäft nichts zu tun. Da vertraue ich ganz meinem Geschäftsführer. Ich sehe mir nur immer wieder mal die Bilanzen an, um sicherzugehen, dass das Geschäft gut läuft, und bei der gegenwärtigen Konjunktur kann eigentlich nicht viel schiefgehen. Das war natürlich nicht immer so. Denken Sie mal zehn, fünfzehn Jahre zurück. Da sind nämlich nicht nur etliche kleine Baufirmen in Konkurs gegangen, sondern auch eine ganz große. Nicht einmal der damalige Bundeskanzler konnte sie retten. Sie erinnern sich vielleicht an die Holzmann-Pleite, die Gerhard Schröder damals abwenden wollte. Und als dann ein paar Jahre später die Bankenkrise losging, da musste man schon sehen, wie man sich schützen konnte. Damals haben wir die Gütertrennung gemacht und die Firma aufgeteilt. Wenn man künftig in Schwierigkeiten kommen sollte, dann könnte man sich gegenseitig aushelfen und über das Schlimmste hinwegkommen.«

Anke Steiger hatte druckreif gesprochen, ohne Punkt und Komma. Kupfer war erstaunt und etwas verwirrt. Das wollte er ihr eigentlich nicht abnehmen, wusste aber auch nichts zu entgegnen. Er machte sich aber die gedankliche Notiz, dass er einem Wirtschaftsfachmann vom LKA in Cannstatt diese Geschäftskonstruktion zur Beurteilung vorlegen würde. Er ließ es daher damit bewenden, nach dem Geschäftsführer zu fragen.

»Heiner Wüst. Er arbeitet schon sehr lange bei uns. Das heißt, er hat früher bei meinem Mann gearbeitet und ist jetzt bei mir angestellt. Er hat mein volles Vertrauen.«

»Handelt es sich um den Herrn Wüst, der auch Jäger ist?«

Mit dieser Frage überraschte er sein Gegenüber.

»Ja, ja, natürlich, das heißt, er war Jäger«, sagte sie etwas verwirrt.

»Ein Reviernachbar Ihres Mannes hat ihn erwähnt«, erklärte Kupfer und ließ sich seine Adresse geben. Dann schnitt er ein anderes Thema an. »Ich hatte vorher die Gelegenheit, einen Blick auf diese Fotos zu werfen, um mir ein Bild von Ihrem Mann zu machen, wie er leibte und lebte. Hier auf diesem Foto, auf dem er mit einem Jagdkameraden zusammen zu sehen ist, sieht er viel jünger aus. Wie alt war er damals?«

»Ich weiß nicht genau, ungefähr vierzig.«

»Und wo ist das aufgenommen?«

»In Polen, an der slowakischen Grenze. Das ist übrigens ein Karpatenhirsch. Auf den war er ganz scharf, denn so große Hirsche gibt es hier nicht.«

»Ich weiß. Und wer hat ihn auf dieser Jagdreise begleitet?«

»Ich weiß nicht mehr. Jedenfalls niemand von uns. Der andere auf dem Foto ist ein Jagdfreund, ein Pole, den er vor langer Zeit auf einer seiner Jagdreisen nach Osteuropa kennengelernt hat. Kasprowicz heißt er. Das ist bestimmt schon fünfzehn Jahre her. Damals war Polen noch gar nicht in der EU.«

Kupfer horchte auf. Wer wusste denn auf Anhieb, wann Polen der EU beigetreten war? Und wenn Anke Steiger es genau wusste, dann musste das einen Grund haben.

»Daran können Sie sich genau erinnern?«

»Ganz genau natürlich nicht.« Sie schien der Frage auszuweichen zu wollen. »Wenn Sie mich nach dem Jahr fragen, muss ich passen. Ich weiß nur, dass mein Mann und er über irgendwelche Möglichkeiten der Zusammenarbeit nachdachten.«

»Ist denn Kasprowicz auch Bauunternehmer?«

»Ja. Mein Mann hat ihn zufällig auf einer Jagdreise kennengelernt.«

»Franz Kasprowicz also?«

»Franciszek. Er hat ihn Franz genannt. Er sprach immer von Franz Kaspar.«

»Und das war eine richtig stabile Männerfreundschaft?«

»Es sah lange ganz danach aus. Wie das in den letzten paar Jahren war, kann ich Ihnen aber leider nicht sagen. Mein Mann ging seiner Wege. Das sagte ich Ihnen ja schon.«

»Ja, privat, das verstehe ich schon. Aber Sie wissen doch trotzdem, ob Ihr Mann mit seinem polnischen Jagdfreund auch geschäftlich zu tun hatte?«

»Geschäftlich? Nicht dass ich wüsste. Wir arbeiten hier, Herr Kasprowicz hat seinen Betrieb in Polen. Wie soll man da zusammenarbeiten?«

Bei dieser dreisten Antwort spürte Kupfer einen Groll in sich hochsteigen. Aber er ließ sich nichts anmerken und sagte ganz gelassen: »Wissen Sie, ich habe mir die Firma Gutbrod angeschaut und mit Frau Gutbrod geredet. Wenn ich das Geschäftsmodell richtig verstanden habe, übernimmt die Firma Gutbrod Aufträge von Generalunternehmern von Großbaustellen und arbeitet sie mit Arbeiterkolonnen ab, die normalerweise aus dem Ausland kommen. Machen Sie es denn nicht genauso?«

»Ja, schon. Anders bringt das ja auch nicht viel«, sagte sie etwas verlegen.

»Eben. Und da könnte doch eine Geschäftsbeziehung zu einem polnischen Freund darin bestehen, dass er einem beim Anheuern und Transport solcher Arbeiterkolonnen behilflich ist. So eine Zusammenarbeit wäre doch ganz praktisch, oder nicht?«

»Rein theoretisch ja. Aber ob mein Mann oder mein Geschäftsführer nun gerade mit Herrn Kasprowicz zusammengearbeitet haben, kann ich Ihnen nicht sagen. Das kann Ihnen höchstens Herr Wüst sagen.«

»Wie groß ist Ihr Betrieb? Oder wie viele Kolonnen beschäftigen Sie gerade?«

»Sechs. Auf verschiedenen Baustellen um Böblingen und Stuttgart herum. Warum fragen Sie? Das hat doch nichts mit dem Tod meines Mannes zu tun.«

»Vielleicht doch. Ich kann mir nämlich nicht vorstellen, dass ein Jäger aus unserer Gegend Ihren Mann ermordet hat. Für mich hat dieser Fall nur am Rande mit der Jägerei zu tun.«

»Das sehe ich anders.« Anke Steiger wurde plötzlich recht lebhaft. »Denken Sie doch an all diese Naturfreaks und fanatischen Tierschützer. Die hassen doch die Jäger und würden sie alle umbringen, wenn sie könnten. Jeder, der ein Tier tötet, ist in deren Augen doch ein gemeiner Verbrecher. Da müssen Sie sich umsehen, bei den Spinnern, die Hochsitzleitern ansägen und Drahtseile im Wald spannen. So ein Mountainbikefahrer könnte sich da das Genick brechen. Aber das wäre denen grade egal.«

»Natürlich werden wir auch in dieser Richtung weiterermitteln«, sagte Kupfer ruhig. »Wir haben die Naturschützerszene seit Herrn Gutbrods Unfall im Auge. Nur haben sich hier leider keinerlei Anhaltspunkte ergeben. Außerdem haben unsere Psychologen hier zwei völlig verschiedene Täterprofile erstellt. Mit anderen Worten: Wir glauben nicht, dass Naturschützer eine Doppelflinte in die Hand nehmen, um einen Jäger zu erschießen. Nicht einmal, wenn sie ihn hassen.«

»Wie Sie meinen. Herrn Wüsts Adresse haben Sie ja. Der kann Ihnen bestimmt weiterhelfen.«

Sofort nach diesem Gespräch wollte Kupfer Heiner Wüst erreichen und rief ihn an. Aber es kam keine Verbindung zustande.

## 24

»Am Sonntagmorgen wurde der 55-jährige Bauunternehmer S. in seinem Jagdrevier im Schönbuch auf Dettenhäuser Markung erschossen aufgefunden. Nach ersten Ermittlungen handelt es sich nicht um einen Jagdunfall. Die Polizei bittet um Hinweise aus der Bevölkerung. Wer auffällige Personen oder Fahrzeuge am Sonntagmorgen zwischen sechs und acht gesehen hat, möge bitte …«*

So stand es in den Zeitungen. Daraufhin gingen verschiedene Hinweise aus dem Dreieck Weil im Schönbuch – Waldenbuch – Bebenhausen ein. Spaziergänger und Wanderer wollten verdächtige Gestalten oder besondere Autos gesehen haben wie z. B. einen Porsche, einen BMW-Geländewagen und auch einen VW-Bus, dessen Insassen offensichtlich ohne Genehmigung auf dem Wanderparkplatz bei der Weiler Hütte übernachtet hatten.

»So blöd ist keiner, dass er auffällt, weil er wild kampiert, wenn er einen umbringen will«, sagte Kupfer und tippte sich an die Schläfe. Er warf die eingegangenen Meldungen in den Papierkorb. »Alles Wichtigtuer!«

Dann aber erreichte ihn ein interessanter Anruf von der Rezeption eines Vier-Sterne-Hotels in der Mahdentalstraße in Sindelfingen. Eine junge Frau namens Kim Stegmann war am Apparat.

»Ich sitze hier an der Rezeption und habe einen guten Überblick über die Buchungen und An- und Abreise unserer

Gäste. Vielleicht kann ich Ihnen einen Hinweis geben. Ich bin allerdings nicht sicher, ob er etwas nützt.«

Der junge, lebhafte Klang ihrer Stimme gefiel Kupfer.

»Machen Sie ruhig Ihre Aussage. Wir sind für jeden noch so vagen Hinweis dankbar«, ermunterte er sie.

»Es ist so: Am Sonntag sind zwei Männer abgereist, ohne wirklich auszuchecken. Sie ließen ihr Zimmer einfach offen zurück. Die Schlüssel fand das Zimmermädchen auf dem Nachttisch. Es waren zwei Männer aus Polen. Die Personalien kann ich Ihnen zufaxen.«

»Das tun Sie bitte. Ich würde Sie trotzdem gerne hierher-bitten, weil ich natürlich einige Fragen an Sie habe.«

»Gerne. Hier geht es ja nicht. Die Geschäftsleitung mag so was nicht. Ich habe morgen frei und könnte zu Ihnen kommen. Weiteres dann morgen. Jetzt habe ich leider wieder Kundschaft.«

»Natürlich. Dann vielleicht morgen im Lauf des Vormittags.«

Kupfer setzte sich an seinen PC und klickte Google Earth an. Er fand das Hotel sofort, und das Interessante war die Entfernung zur Autobahnauffahrt: gerade mal 1,7 Kilometer.

»Direkt an der Ausfallstraße, wahrscheinlich kaum eine Ampel bis zur Autobahn. Passt. Da würde ich auch übernachten, wenn ich schnell abhauen wollte«, sagte Kupfer vor sich hin.

Kupfer war überrascht, als er Kim Stegmann vor sich sah. Unter einer Empfangsdame eines Vier-Sterne-Hotels hatte er sich eine geschminkte Frau mit dickem Make-up, gefärbten Haaren und aufgeklebten Fingernägeln vorgestellt. Nun sah er sich aber einer eher sportlichen jungen Frau gegenüber, die ihr honigblondes Haar offen trug und in ihren Jeans und Sneakers den Eindruck machte, als wollte sie nach dem Termin bei der Polizeidirektion unverzüglich ins Schwimmbad oder zum Tennis gehen. Er brauchte sie auch nicht viel zu fragen, denn sie war redegewandt. Im Gegenteil, er musste sie immer wieder um eine Unterbrechung bitten, weil er beim Niederschreiben seiner Notizen ihrem Tempo nicht gewachsen war.

»Es war eigentlich von Anfang an etwas Auffälliges an den beiden. Das hat man nicht oft, dass ein Doppelzimmer für zwei Männer für drei Wochen reserviert wird. Und wenn so eine Reservierung gemacht wird, dann denkt man doch gleich, dass die beiden ... na ja, sie wissen schon. Aber das war garantiert nicht so. Die machten einen ganz anderen Eindruck. Als sie ankamen, bezahlten sie gleich im Voraus, und zwar in bar. Solche Beträge gehen bei uns normalerweise nicht bar über die Theke, diese Buchungen werden immer per Kreditkarte bezahlt.«

»Und wie reagierten Sie auf diese ... Auffälligkeiten?«

»Diskret, professionell. In so einem Fall prüft man kurz die Scheine und nimmt sie an. Sie bezahlten mit Hunderternoten. Und die waren echt. Hätten wir die Zahlung deshalb Ihnen melden sollen?«

»Natürlich nicht.«

»In meinem Beruf sieht man den Leuten ja an, ob sie Geld haben oder nicht. Und ich hatte absolut nicht den Eindruck, dass die beiden es gewöhnt waren, so viel Geld irgendwo auf den Tisch zu legen. Sonst waren sie völlig unauffällige Gäste. Man sah sie morgens beim Frühstück und dann nicht mehr.«

»Ist Ihnen sonst noch irgendetwas an ihnen aufgefallen?«

Sie dachte kurz nach und sagte dann, als hätte sie etwas ganz Wichtiges vergessen: »Natürlich! Ihre Hände. Große, starke Hände, die nicht nach Büroarbeit aussahen. Schon eher nach Fabrikhalle oder Baustelle. In so einer Hand kann ich mir eher einen großen Hammer vorstellen als einen Kugelschreiber oder so was. Und ich hatte auch nicht den Eindruck, dass sie sich in ihren Anzügen wohl fühlten. Das sieht man doch gleich, wenn einer anders gekleidet ist, als er es gewohnt ist.«

»Donnerwetter! Sie sind eine gute Beobachterin.«

Die junge Frau nahm das Kompliment selbstbewusst entgegen. »Das bringt mein Beruf mit sich.«

»Wann haben sie denn bei Ihnen eingecheckt?«, fragte Kupfer weiter.

»Am 26. Juli, und bis zum 16. August haben sie vorausbezahlt. Verschwunden sind sie aber schon am zehnten, ohne ihre überschüssige Anzahlung zurückzufordern. Das wären weit über tausend Euro gewesen, und wir hätten ihnen das Geld ohne weiteres zurückgegeben, wenn sie ordnungsgemäß ausgecheckt hätten. Und dann haben sie fünfzig Euro Trinkgeld für das Zimmermädchen liegen lassen. Das ist absolut außergewöhnlich. Die Frau war ganz außer sich vor Freude. Normalerweise ist sie schon froh, wenn sie mal zwei Euro findet. Ich sage Ihnen, die Leute sind geizig, vor allem diejenigen, die viel Geld haben. Wie es bei den andern ist, weiß ich nicht. Die verkehren nicht bei uns.«

»Stecken hinter dem hohen Trinkgeld vielleicht besondere Dienstleistungen?«, fragte Kupfer vorsichtig.

Kim Stegmann schüttelte entschieden den Kopf. »So etwas gibt es bei uns nicht. Nein, die Frau kommt auch aus Polen, Katarzyna Lewczuka heißt sie. Sie ist schon länger bei uns und sehr zuverlässig. Trotzdem grenzt das Trinkgeld an ein Wunder.«

»Von dem Trinkgeld hat sie Ihnen aus freien Stücken erzählt?«

»Ja. Über die Abreise der beiden Herren musste sie mich sofort informieren, und über den Fünfziger hat sie sich halt sehr gefreut. Das ist viel Geld für sie. Viel verdient sie bei uns ja nicht, unter uns gesagt.«

»Mit der Frau müssen wir einmal reden.«

Ob die beiden Herren einen Mietwagen hatten, konnte Kim Stegmann nicht sagen. Über die Rezeption hatten sie nichts gebucht, sie hatten von ihrem Zimmer aus nicht telefoniert. Was sie über das Frühstück hinaus in Anspruch genommen hatten, hatte sich auf die Zimmerbar beschränkt, von der sie allerdings ausgiebig Gebrauch gemacht hatten.

»War sonst noch etwas besonders an den beiden?«

»Ja, vielleicht ist das aber unbedeutend. Wenn ich mich richtig erinnere, dann dachte ich, als sie bei mir eincheckten, dass sie für einen dreiwöchigen Aufenthalt sehr wenig Gepäck dabeihatten. Aber das ist nicht unbedingt außergewöhnlich. Wir haben immer wieder Gäste aus dem Ausland, die in Böblingen oder Sindelfingen zu tun haben und dann, wenn sie schon mal im Ländle sind, zu den Outlets nach Metzingen fahren. Solche Leute haben dann bei der Abreise viel mehr Gepäck als beim Einchecken. Aber das war hier absolut nicht der Fall. Die beiden sahen beim Einchecken aus, als hätten sie die Metzingen-Tour schon vorher gemacht. Wie aus dem Ei gepellt kamen sie daher.«

Die Kopien der Pässe, die Kim Stegmann Kupfer übergab, waren denkbar schlecht.

»Ihr Kopierer ist wohl nicht mehr der beste? Die Gesichter kann man ja kaum erkennen«, erlaubte sich Kupfer zu kritisieren.

»Das tut mir leid. Die Tonerpatrone sollte dringend ausgetauscht werden. Nur habe ich dazu noch keine Zeit gefunden.«

»Na ja, trotzdem haben wir wenigstens ein paar Angaben.«

Die Pässe wiesen die Männer als Wojciech Mikulski, 45, und Kamil Zielinski, 43 Jahre, aus, beide aus Lublin. Kupfer war überzeugt davon, dass sich diese Angaben bei einer Überprüfung durch die Interpol als falsch erweisen würden. Kim Stegmanns Personenbeschreibung interessierte ihn deshalb umso mehr.

»Der eine war ziemlich groß und breitschultrig. Er erinnerte mich an die Klitschko-Brüder. Eine Boxernase hatte er aber nicht. Stellen Sie sich einen Klitschko ein bisschen kleiner vor, so zwischen einsfünfundachtzig und einsneunzig, dann sind Sie ganz nahe dran. Der andere ist schwerer zu beschreiben. Der war unscheinbarer. Auch er war stämmig, aber viel kleiner, dunkelblond, Haare kurz, ohne Scheitel, Geheimratsecken.«

»Haben Sie irgendwelche Kontakte der beiden beobachtet? Vielleicht einen Besucher?«

»Tut mir leid. Ich sagte Ihnen doch schon, dass ich nach dem Frühstück von den beiden den ganzen Tag nichts mehr gesehen habe. Das war's dann leider schon, was ich Ihnen sagen kann.«

»Ich danke Ihnen sehr. Wenn Sie wieder im Dienst sind, lassen Sie mich dann bitte wissen, wann ich Ihre polnische Mitarbeiterin sprechen kann. Am besten, wenn sie gerade Dienstschluss hat. Dann gehe ich mit ihr einen Kaffee trinken. Das erregt am wenigsten Aufsehen.«

»Gerne.«


Katarzyna Lewczuka, das sogenannte Zimmermädchen, war eine gestandene Frau von ungefähr fünfzig Jahren, vollschlank und fröhlich. Kim Stegmann hatte ihr angekündigt, dass sie draußen von einem Herrn von der Kriminalpolizei erwartet würde, der wegen ihrer großzügigen Landsleute ein paar Fragen habe. Da in der Nachmittagshitze sonst niemand vor dem Hotel stand, ging sie mit schnellen Schritten auf Kupfer zu und streckte ihm unsicher lächelnd ihre Hand entgegen.

»Guten Tag, Herr Polizist.«

»Guten Tag, Frau Lewczuka.«

»Oh, Sie sagen meinen Namen richtig«, sagte sie erfreut.

»Und Sie erkennen mich gleich.«

»Nicht sehr schwer. Frau Stegmann hat gesagt, wie aussehen.«

»Kupfer. Mein Name ist Kupfer. Ich habe ein paar Fragen an Sie. Darf ich Sie zu einer Tasse Kaffee einladen?«

»Gerne.«

Katarzyna Lewczuka fühlte sich geehrt und strahlte, als Kupfer ihr die Autotür öffnete und sie zum Einsteigen aufforderte.

»Es sind nur ein paar Meter. Aber bei der Hitze gehen wir lieber nicht zu Fuß.«

»Ja, heute viel heiß und viel Arbeit.« Sie tat, als fächelte sie sich mit der bloßen Hand Kühlung zu. »Kaffee ist jetzt gut, sonst gleich schlafen.«

»Wenn man bei dem schönen Wetter arbeiten muss, dann muss man es sich so angenehm wie möglich machen. Wir fahren jetzt an ein schönes Plätzchen.«

Er fuhr ungefähr hundert Meter stadtauswärts und bog dann rechts in eine Straße ein, der man eigentlich nicht ansah, dass sie zu einem schönen Plätzchen führen könnte. An ihrem Ende aber befand sich ein Café. Kupfer stellte sein Fahrzeug auf einem kleinen Parkplatz daneben ab und führte seine Begleiterin auf die Terrasse. Dort setzten sie sich in den Schatten der Sonnensegel.

»Hier kann man es doch aushalten«, sagte Kupfer gut gelaunt.

Mit dem Blick über den kleinen Goldbachsee hinüber auf die großen Bäume konnte man sich wie in einer Enklave fühlen, an einem netten Ort in Naturnähe, der einen fast vergessen lassen konnte, dass man sich eigentlich mitten in einem Gewerbegebiet befand.

Frau Lewczuka war inzwischen schweigsam geworden. Diese Umgebung war ihr fremd, und sie war gespannt darauf, was der Herr Polizist von ihr wollte. Ehe ihnen serviert wurde, redete Kupfer vom schönen Wetter, von der ruhigen Atmosphäre und davon, dass es doch unglaublich sei, dass man hier gerade mal einen halben Kilometer von der Autobahn weg sei und nur ganz wenig Verkehrslärm höre. Katarzyna Lewczuka lächte dazu und nickte freundlich.

»Frau Stegmann hat es Ihnen wahrscheinlich gesagt, dass ich ein paar Fragen zu Ihren polnischen Landsleuten habe, die neulich im Hotel waren.«

»Ja, sehr freundlich Leute, sehr sauber und anständig. Immer Zimmer aufgeräumt, nie schmutzig. Warum Sie fragen?«

»Sie wissen doch, dass die beiden Herren plötzlich abgereist sind, ohne auszuchecken. Das fällt auf. Wissen Sie, es ist an diesem Wochenende einiges vorgefallen, dem wir nachgehen müssen. Vielleicht hat es mit den beiden gar nichts zu tun. Aber wir müssen eben alles überprüfen.«

Katarzyna Lewczuka war damit zufrieden und nickte zustimmend.

»Haben Sie mit den beiden Männern denn geredet?«

»Ja. Am Anfang. Habe geputzt. Sind wiedergekommen, weil sie etwas vergessen. Waren beide da, haben geredet. Ich habe gehört meine Sprache, wie sagt man, mein Dialekt von Süden bei slowakisch Grenze. Habe gefragt, von wo die Männer sind. Haben gesagt von Lublin. Nein, nein, habe ich gesagt. Dialekt nicht von Lublin, Dialekt von Krosno. Ich aus kleine Dorf bei Krosno. Gleich gehört, dass nicht sprechen wie Lublin.«

»Und was haben die Männer gesagt?«

»Sind von Nowy Sącz. Auch bei slowakisch Grenze. Dort gibt wenig Arbeit. Männer arbeiten in Lublin.«

»Haben sie Ihnen auch gesagt, was sie hier machen?«

»Ja, waren hier, weil reden müssen mit Daimler und andere Industrie. Damit Polen besser geht.«

»Ist das Zimmer der beiden Herrn schon wieder belegt?«

»Nein, nicht belegt, aber geputzt. Richtig sauber. Immer alles machen gleich richtig sauber, dann fertig, wenn neue Leute kommen.«

»Hat das Zimmer einen Balkon?«

»Ja, hat kleine Balkon. Ich immer Aschenbecher geleert auf kleine Balkon.«

»Und haben Sie den Balkon auch geputzt?«

»Nein. Balkon sauber. Waren saubere Leute.«

Dann nahm Kupfer die Kopien der Pässe aus seiner Tasche und legte sie der Frau vor.

»Sind das gute Fotos von den beiden?«

»Nein, hier sind sie viel junge. Jetzt älter. Hat weniger Haare, der hier.« Dabei zeigte sie auf den, der von der Empfangsdame als dunkelblond beschrieben worden war.

»Und der ist dicker.«

Das wunderte Kupfer nicht. Denn beide Pässe waren vor acht bis neun Jahren ausgestellt worden, und Kupfer konnte sich gut daran erinnern, wie er sich zwischen dreißig und vierzig verändert hatte.

»Verstehe, die paar Jahre machen manchmal über fünf Kilo aus.«

Neue biometrische Fotos hatte er ohnehin nicht erwartet, und Phantombilder, die erst noch hätten erstellt werden müssen, wären garantiert nicht besser gewesen. Kupfer war zufrieden. Er plauderte noch eine Weile mit Katarzyna Lewczuka, dann brachte er sie zu der Bushaltestelle, von der sie immer nach Hause fuhr, und ging zurück zum Hotel. Er veranlasste, dass niemand das Zimmer betreten sollte, ehe es die Spurensicherung untersucht hatte. Die, kündigte er an, werde gleich am nächsten Tag anrücken.

Dann notierte er die nächsten Schritte:

- Anfrage bei Daimler
- Anfrage bei Autovermietungen

Danach machte er Feierabend.


## 25


»Und, wie war Ihr Kaffeeklatsch?«, fragte Paula Kußmaul, als Kupfer am nächsten Tag ins Büro kam.

»Nett. Dort sollten Sie auch mal hingehen. Man sitzt dort sehr schön.«

»Und Ihr Zimmermädchen. Auch nett?«

»Mein Zimmermädchen? Auch nett.«

»Jung und hübsch?«

»Vollschlank, aber schön. Sehr sympathisch.«

Kupfer setzte sich an seinen Platz, nahm die Gesprächsnotizen aus der Tasche und schob sie Paula zu.

»Hier. Geschäft für Sie.«

Sie musterte die Notizen.

»Das musste aber schnell gehen. Das kann ich ja kaum lesen.«

»Im äußersten Notfall dürfen Sie mich immer fragen, wie Sie wissen, aber nur im äußersten Notfall.«

Kupfer wusste, dass seine Schreibkraft alles lesen konnte und mit ihrer nicht ganz ernst gemeinten Krittelei nur ihre unbefriedigte Neugier abreagierte. Natürlich konnte sie alles aus den Notizen erfahren. Aber lieber war ihr doch eine kleine Unterhaltung zu Dienstbeginn. Morgens etwas Neues zu erfahren, das ließ die Sonne scheinen und brachte Schwung in den Tag.

»Wie alt die beiden Damen sind, haben Sie aber nicht aufgeschrieben. Das gehört doch auch in so ein Protokoll, oder?«

»Zirka dreißig, zirka fünfundfünfzig.«

»Und welche wie?

»Die Putzfrau fünfundfünfzig.«

»Das Zimmermädchen?«

»Ja, das Zimmermädchen.«

Sie fing an zu tippen.

»Und die war nicht hübsch?«

»Doch. Die meinetwegen auch. Mit fünfundfünfzig kann man noch hübsch sein. Sie waren beide sehr angenehme Erscheinungen, jede auf ihre Art. Das gehört aber nicht ins Protokoll.«

»Weiß ich.«

Dann klapperten eine Weile nur die Tasten.

»Das mit dem Trinkgeld, das find ich ja interessant«, bemerkte Paula Kußmaul nach einer Weile. »Das haben wir noch nie gehabt, dass verdächtige Kundschaft sich dadurch auszeichnet, dass sie dem Hotelpersonal ein besonders großes Trinkgeld gibt. Nobel, die Herren, sehr nobel.«

»Ja, irgendwie schon. Nur war das sicher nicht ihr eigenes Geld«, bemerkte Kupfer, ohne von seiner Akte aufzuschauen.

»Trotzdem. Sie hätten es ja auch für sich behalten können. Und bloß weil sie aus derselben Gegend kommen, waren sie kaum so großzügig. Wenn das ein Grund wäre, dann würde ja jeder Italiener in jedem italienischen Eiscafé oder in jeder Pizzeria mit Trinkgeld herumschmeißen. Und das ist nicht so. Reden Sie mal mit den Bedienungen dort. Es gibt einen Haufen Leute, die runden von 18,40 auf 18,50 auf, obwohl sie mit einem Fünfziger bezahlen.«

»Hmm«, machte Kupfer, den das Thema immer noch nicht interessierte.

»Und ich sage Ihnen, warum die so viel Trinkgeld gegeben haben, nämlich aus Solidarität.«

Jetzt schaute Kupfer auf.

»Nehmen wir mal an, das sind wirklich die beiden Killer«, gab er zu bedenken. »Dann zeigen zwei Killer Solidarität mit einer Putzfrau? Wieso?«

»Ganz einfach: Weil es ihnen hier in dieser Gegend schon mal richtig beschissen gegangen ist und sie wissen, wie man sich hier fühlt, wenn man ausgebeutet wird.«

»Aha! Alle Achtung, Frau Kußmaul. Darauf wäre ich jetzt nicht so schnell gekommen. Sie sind … Sie sind … unbezahlbar.«

Beim letzten Wort kicherte er.

Auf die Anfrage bei Autovermietern im Raum Stuttgart meldete sich ein junger Mitarbeiter einer Autovermietung am Stuttgarter Hauptbahnhof und gab an, dass seine Geschäftsstelle am 26. Juli einen weißen Golf an einen gewissen Kamil Zielinski vermietet hatte.

»Das war eine ganz reguläre Vermietung, allerdings für gleich drei Wochen. Und dann wurde noch ein Navi dazugebucht. Was ist mit dem Wagen?«

»Herr Zielinski scheint verschwunden zu sein«, sagte Kupfer vorsichtig.

»Und unser Wagen?«

»Hat er ihn nicht zurückgebracht?«

»Nein. Wenn der weg ist, dann sollte ich wohl gleich eine Anzeige erstatten?«

»Brauchen Sie nicht. Wir sind schon hinter ihm her. Und wir schreiben das Auto ebenfalls zur Fahndung aus. Sie brauchen sich nicht mehr darum zu kümmern. Erinnern Sie sich zufällig an Herrn Zielinski?«

»Tut mir leid. Ich habe den Vorgang nicht gehabt. Warten Sie bitte einen Moment ...«

Jetzt bin ich aber gespannt, dachte Kupfer, und war nicht überrascht, als sich sein Gesprächspartner mit den Worten meldete: »Mein Kollege sagt, dass die Miete bar bezahlt wurde.«

»Fragen Sie ihn mal, ob er sich an die Geldscheine erinnert.«

Es seien lauter Hunderter gewesen, erfuhr Kupfer.

»Das habe ich mir schon gedacht. Vielen Dank.«

Die weiteren Ermittlungen liefen wie am Schnürchen. Bei Daimler wusste niemand etwas von den Herren Mikulski und Zielinski, und eine Anfrage bei der entsprechenden polnischen Behörde ergab, dass die beiden Herren gar nicht existierten.

»Und ich mache jede Wette, dass man diesen Golf in Stuttgart in unmittelbarer Nähe des Hauptbahnhofs findet«, sagte Kupfer laut vor sich hin.

»Oder beim Flughafen«, meinte Paula Kußmaul.

»Nein, dort nicht.«

»Warum?«

»Man merkt, dass Sie immer real existiert haben und noch nie mit falschen Papieren verreist sind.«

»Aber das ist keine Bildungslücke, oder?«

»Nein, das nicht unbedingt. Aber Sie wüssten sonst, dass man mit falschen Papieren lieber mit dem Zug fahren sollte.«

»Aha. Das werde ich mir merken, falls ich mal ein krummes Ding drehe.«

Kupfer lachte hell heraus.

»Warum lachen Sie jetzt?«

»Weil Sie nicht mal die Nerven zum Kirschenklauen hätten.«

»Jetzt bin ich beleidigt!«

Kupfer bat die Stuttgarter Polizei, am Abend, wenn nicht mehr ganz so viele Fahrzeuge in den Parkhäusern stünden, nach dem weißen Golf zu suchen. Der Fund wurde bald gemeldet. Der weiße Golf stand im Parkhaus in der Kronenstraße, in unmittelbarer Nähe des Hauptbahnhofs.

»Wir haben ihn im Parkhaus Kronenstraße gefunden, offen, sogar den Zündschlüssel haben sie stecken lassen«, meldete der Beamte vom Revier Stadtmitte.

»Habt ihr ihn stehen lassen und abgeschlossen?«

»Selbstverständlich.«

»Gut, dann schicken wir sofort die Spurensicherung hin.«

Aber zunächst rief Kupfer die Autovermietung an.

»Der Wagen ist gefunden, ganz in Ihrer Nähe. Aber leider können wir ihn Ihnen nicht gleich übergeben. Er muss noch untersucht werden.«

»Ja, klar. Aber das dauert hoffentlich nicht lange? Wir könnten ihn schon wieder vermieten.«

»Wir bemühen uns. Aber zwei, drei Tage brauchen wir ihn schon.«

Aber so lange dauerte es nicht einmal. Drei Stunden später waren Kienzle und Merz schon zur Stelle. Als Kienzle die Tür öffnete, hatte er sofort abgestandenen Zigarettenrauch in der Nase.

»Riech mal. Die müssen auf dem kurzen Weg eine Zigarette nach der andern geraucht haben«, sagte er zu seinem Kollegen.

»Dann waren sie ganz schön nervös. Vielleicht wollten sie sogar einen ganz bestimmten Zug erwischen.«

»Schon möglich.«

Auf der Mittelkonsole lag der Parkschein. 8.23 Uhr war das Auto in das Parkhaus eingefahren.

»Das passt doch, kurz nach der Tat in den Zug und sich verkrümeln«, bemerkte Kienzle und öffnete den Aschenbecher.

»Jede Menge Material. Wahrscheinlich von beiden. Ich glaube nicht, dass einer allein so viel geraucht hat.«

»Wenn sie schlau gewesen wären, hätten sie die Kippen aus dem Fenster geworfen.«

»Aber nicht gerade bei 150 Kilometern. An ihrer Stelle wäre ich gefahren wie der Teufel, ohne Rücksicht auf Kontrollen.«

Die Kippen landeten in einem Beweismittelbeutel.

»Viel mehr brauchen wir eigentlich gar nicht.«

Und es gab auch nicht mehr Material. Das Auto war völlig leer und, vom Aschenbecher abgesehen, so sauber, als wäre es gar nicht vermietet gewesen.

»Für die DNA-Analyse reicht, was wir haben. Vielleicht finden wir zusätzlich ein paar Krümelchen vom Waldboden, auch wenn das noch so sauber aussieht«, sagte Merz und steckte die Fußmatten in große Plastiktüten. »Oder glaubst du, dass sie sich die Zeit genommen haben, die Matten auszuklopfen?«

»Absolut nicht. Auf geht's zur Kriminaltechnik.«

Das Material genügte. Das KTU meldete, dass die Kippen von zwei Männern stammten und die isolierte DNA des einen mit der identisch war, die man aus den Schuppen auf der Leiche des Opfers gewonnen hatte. Und in den Fußmatten hatte man kleine Partikel des Waldbodens gefunden, winzige Humusspuren, die auf zerfallenes Buchen- und Eichenlaub schließen ließen.

»Alles schön und gut«, sagte Kupfer vor sich hin. »Zeit, Ort und Personen stehen fest. Aber die Herren haben mit dem Verkehrsmittel auch die Namen gewechselt und sind auf und davon.«

»Wie meinen Sie?«, fragte Paula Kußmaul.

»Nichts. Ich rede mit mir selber.«

Katarzyna Lewczuka hatte sehr gründlich gearbeitet. An den glatten Flächen des Badezimmers war kein Fingerabdruck zu sehen. Dort allerdings, wo eine Putzfrau höchstens einmal mit dem Staubwedel durchfährt, nämlich in den Schrankfächern, gab es eine solche Menge verschiedener Fingerabdrücke fast gleicher Deutlichkeit, dass eine Auswertung zunächst nicht allzu viel versprach. Anders sah es auf dem Balkongeländer aus. Dem Anschein nach war es vor nicht allzu langer Zeit einmal abgewischt worden, wahrscheinlich weil sich eine unübersehbare Staubschicht darauf angesammelt hatte, was in der unmittelbaren Nähe eines Gewerbegebiets nicht verwunderlich war. Dem Befund nach hatten die beiden letzten Bewohner des Zimmers immer wieder dort gestanden, wahrscheinlich um zu rauchen, und hatten dabei deutliche Fingerabdrücke auf dem Geländer hinterlassen. Dazwischen gab es Abdrücke eines Dritten, zu denen es in den Schrankfächern keine Entsprechung gab.

»Da nehmen wir einfach mal an, dass die beiden Herren dort mit einem Besucher eine geraucht haben«, folgerte Kupfer halblaut.

»Rauchen ist schädlich. Das sag ich doch immer«, kommentierte Paula Kußmaul seine Bemerkung.

»Umgekehrt, gerade andersrum. Rauchen ist nützlich. Was täten wir manchmal, wenn unsere Kundschaft nicht rauchen würde? Es gibt doch keine besseren Spuren als Kippen.«

»Klar, wenn man es so sieht. Ich rauche ja schon lang nicht mehr. Da könnte ich schon mal ein krummes Ding drehen, auch wenn Sie sagen, ich hätte nicht einmal die Nerven zum Kirschenklauen.«

»Muss ich bei Ihnen eine kriminelle Neigung feststellen?«

Sie zog die Schultern hoch und legte den Kopf schief.

»Nöö«, sagte sie und grinste dabei.

»Jetzt mal ehrlich: Haben Sie schon einmal was geklaut?«

Sie dachte kurz nach. »Ja, schon. Ableger von Pflanzen in öffentlichen Gebäuden. Zum Beispiel im Krankenhaus, wenn ich jemand besuchen musste.«

»Oft?«

»Wiederholungstäterin.«

»Und Sie sind nie dabei erwischt worden?«

»Nein. Nicht einmal mein Mann hat was gemerkt. Und der ist direkt danebengestanden.«

»Bin beeindruckt. Dann nehme ich das mit zu wenig Nerven zum Kirschenklauen zurück und bestätige Ihnen ein unübersehbares Geschick für Eigentumsdelikte.«

Paula Kußmaul freute ich über diese Ehrenrettung und bedankte sich.


## 26

Kupfer hätte allen Grund gehabt, Heiner Wüst in sein Büro zu bestellen. Nur tat er das nicht gern. Wenn es irgendwie ging, zog er es vor, Leute in ihrer eigenen Wohnung zu befragen.

»Wer eine Person und ihre Lebensumstände richtig kennenlernen will, muss sehen, wie sie sich eingerichtet hat«, sagte er immer. »Und einen besonders guten Eindruck bekommt man, wenn man unangemeldet kommt.«

Er wunderte sich über Heiner Wüsts Adresse. Den Geschäftsführer eines Subunternehmers der Baubranche hätte er nicht in einem Hochhaus in der Nürtinger Straße in Böblingen gesucht. Aber genau da wohnte er, in einem Hochhaus, in dem Kupfer, wenn er es im Vorbeifahren von der Schönaicher Straße her gesehen hatte, Sozialwohnungen vermutet hatte. Ob er Wüst antreffen würde, wusste er nicht. Aber er hoffte es.

Es war schon nach sechs Uhr, aber immer noch recht heiß, als Kupfer sein Auto in der Nürtinger Straße abstellte und auf den Eingang des Hauses zuging. Wenn er weit oben wohnt, hat er einen guten Ausblick und vielleicht auch gute Luft, dachte er. Aus der Position des Klingelknopfs schloss er, dass Heiner Wüst im fünften Stock wohnte. Gelassen wartete er, bis jemand das Haus verließ. Ein Junge kam heraus, ungefähr zwölf Jahre alt, wie er schätzte.

»Entschuldigung«, murmelte Kupfer, drückte sich an ihm vorbei durch den Eingang und fuhr mit dem Aufzug in den fünften Stock.

Da stand er in einem fensterlosen Flur, von dem vier Wohnungstüren abgingen. Er klingelte. Sofort hörte er schnelle Schritte. Die Tür ging auf.

Wüst hatte es sich leicht gemacht. Er war barfuß, trug eine kurze Hose, die ihm bis zu Knien reichte, und darüber ein kariertes Hemd, das er nicht zugeknöpft hatte. Seine Bräune, die seine blonden Haare noch heller wirken ließ, erinnerte Kupfer an Sonnenanbeter, die an südlichen Küsten im Liegestuhl vor sich hin schmachten. Den Jäger Wüst hatte er sich anders vorgestellt und war überrascht, einen sportlichen jungen Mann vor sich zu sehen, den er auf Ende dreißig schätzte.

Er stellte sich vor und erklärte seinen Überraschungsbesuch mit der Ausrede, er komme eben von Weil im Schönbuch, und da er schon einmal in der Gegend sei, wolle er ihm ein paar Fragen stellen.

»Das ist Ihnen doch sicher lieber, als an einem Arbeitstag zu uns in die Polizeidirektion kommen zu müssen. Ich dachte, ich mache es Ihnen bequem.«

Wüst konnte sich über dieses Entgegenkommen nicht so recht freuen.

»Ich verstehe nicht ganz, was Sie von mir wollen«, sagte er.

Statt direkt zu antworten, zog Kupfer ein Foto vom Tatort aus der Tasche, drückte es Wüst in die Hand und sagte: »Sagen Sie mir einfach, was Sie denken, wenn Sie das hier sehen.«

Wüst starrte auf das Foto und zog die Stirn kraus.

»Abartig, extrem abartig. Ich hab ja schon davon gehört, aber so … einfach abartig.«

»Können wir uns nicht einen Moment setzen?«, fragte Kupfer.

»Natürlich. Bitte kommen Sie doch herein.«

Wüst führte Kupfer durch eine schmale Diele, von der noch zwei Türen abgingen, in sein Wohnzimmer. Es lag nach Süden hin, hatte einen kleinen Balkon, und durch das breite Fenster sah man über niedrige Häuser und breite Felder hinweg zum Waldrand.

»Schön haben Sie es hier. Eine tolle Aussicht. So etwas hat nicht jeder. Ich nehme an, Sie genießen sie.«

»Ja, schon.« Die Antwort ließ auf ein »Aber« schließen, das allerdings ausblieb.

»Aber?«, fragte Kupfer deshalb.

»Sehr klein und eng. Zwei Zimmer, Küche, Bad, sonst nichts. Mehr kann ich mir gerade nicht leisten.«

»Als Geschäftsführer von Frau Steiger? Bezahlt sie Sie so schlecht?«

»Nein. Die Bezahlung ist in Ordnung. Es sind Unterhaltszahlungen, für die ich Geld zurücklegen muss. Ich will mich scheiden lassen und muss zur Zeit größere Summen in meinen Rechtsbeistand investieren, damit sich die Lage ändert. Und so lange hause ich hier.«

Kupfer schaute sich in dem einfach und schmucklos eingerichteten Wohnzimmer um: ein kleines Sofa, zwei Sessel, ein Tisch mit vier Stühlen und ein billiger Schrank, ein kleiner, altmodischer Fernsehapparat. Die einzige persönliche Note hätten vielleicht die paar Bücher auf dem Fensterbrett abgegeben, deren Titel Kupfer aber nicht lesen konnte. Daneben hob sich nur eine seltsame kleine Keramikfigur von der sachlichen Dürftigkeit der Umgebung ab: ein kleiner, primitiv gearbeiteter Reiter mit weißen und grünen Strichen. Diese Figur hatte Kupfer schon einmal gesehen, aber wo es gewesen war, fiel ihm nicht gleich ein. Er hatte nicht die Zeit, darüber nachzudenken, und nach der Herkunft wollte er nicht fragen.

»Ich dachte, Sie sind Jäger«, sagte er stattdessen.

»Und Sie sehen keine Trophäen, kein Gewehr und kein Bild mit röhrendem Hirsch«, sagte Wüst sarkastisch. »Ich bin kein Jäger, ich war nicht einmal ein richtiger, ich hatte allerdings mal einen Jagdschein und bin manchmal mit auf die Jagd gegangen.«

»Jetzt nicht mehr?«

»Ich hab meine Knarre und den ganzen Krimskrams verkauft, und es fehlt mir nichts, gar nichts.«

»Und wie kam es zu diesem Sinneswandel?«

»Da muss ich ein wenig ausholen. Als Jugendlicher war ich im Schützenverein, also Sportschütze. Das machte mir großen Spaß. Als ich dann nach dem Studium gleich bei Steiger anfing, hat er mich zur Jagd eingeladen. In Jägerkreisen könne man gute Geschäftsbeziehungen anknüpfen, war das Argument, mit dem er mich dazu überredete, den Jagdschein zu machen. Aber so richtig Spaß gemacht hat mir die Jägerei dann doch nicht. Eine Jagd konnte ich mir nicht leisten und war daher immer vom Wohlwollen finanzstarker Jagdpächter abhängig. Und Steiger war kein einfacher Mensch. Er lud einen großzügig zur Jagd ein, konnte es dann aber nicht haben, wenn seine Gäste zwischendurch mal mehr Jagdglück hatten als er selbst. Das ließ er mich immer wieder spüren. Ich will damit nicht in Details gehen. Und manchmal, wenn ich zum Beispiel ein Reh geschossen hatte, dann tat es mir fast leid. Und die Knallerei auf großen Jagden gefiel mir auch nicht so recht. Mir fehlt einfach das Jägerblut. Als ich bei ihm vor drei Jahren wegging, habe ich schließlich die Büchse an den Nagel gehängt. Das war fällig. Eigentlich hätte ich es schon viel früher tun sollen.«

»Wie lange sind Sie denn auf die Jagd gegangen?«

»Sieben, acht Jahre.«

»Immer bei Ihrem Chef?«

»Meistens. Ab und zu waren wir gemeinsam auch anderswo eingeladen.«

»Und jetzt sind Sie unter die Reiter gegangen?«, fragte Kupfer lächelnd und zeigte auf die Keramikfigur auf dem Fensterbrett.

»Nein«, antwortete Wüst, und ein heiteres Lachen breitete sich über sein ganzes Gesicht aus. »Das ist ein Reiseandenken. Ich war vorletzte Woche im Urlaub auf Mallorca. Das sei mallorquinische Volkskeramik, hat man uns im Souvenirladen gesagt. Es ist natürlich Kitsch, aber irgendwie hat es doch was. Und da haben wir es gekauft, also meine Partnerin und ich, weil es eben so komisch aussieht. Ein Souvenir zur Erinnerung an ein paar schöne Tage.«

»Die schönen Tage sieht man Ihnen auch noch an. Das freut mich für Sie. Aber jetzt möchte ich Sie doch bitten, das Foto noch einmal anzusehen. Was fällt Ihnen dazu ein? Sie kannten Steiger doch recht gut.«

Wüst saß vorgebeugt im Sessel und hielt das Foto in beiden Händen. Er nagte an seiner Oberlippe, wie jemand, der über ein Rätsel nachdenkt. Kupfer ließ ihm Zeit.

»So ein blöder Saukopf«, sagte Wüst schließlich vor sich hin. Er schaute auf und legte das Foto auf den Tisch. »So ein Saukopf«, wiederholte er.

Kupfer schaute ihn fragend an.

»Steiger konnte in seinen Umgangsformen recht grob sein, wenn ihm etwas gegen den Strich ging. Und wenn er dann jemanden beschimpfte, nannte er ihn einen blöden Saukopf.«

»Aber doch nicht direkt?«

»Doch, auch das. Seine Poliere mussten sich allerhand gefallen lassen, wenn sie mal zeitlich in Verzug waren. Da spielte sich Steiger als Sklaventreiber auf und hat sich alles Mögliche herausgenommen, und Arbeitern gegenüber sowieso. Ich möchte nicht wissen, wie viele er mit dieser Beschimpfung beleidigt hat.«

»Sie auch?«

»Ja, einmal. In einer Auseinandersetzung, die dann auch zu meiner Kündigung geführt hat.«

»Und trotzdem arbeiten Sie jetzt für seine Frau. Wie ist das zu verstehen?«

»Ganz einfach. Eine andere Firma, aber dieselbe Branche, dasselbe geschäftliche Umfeld, dieselbe Gegend und ein besseres Gehalt. Und obendrein habe ich bei der Arbeit genau die Freiheit, die sonst nur der Chef hat. Beruflich könnte es mir gar nicht besser gehen.«

»Trotzdem ist es doch außergewöhnlich, dass ein Angestellter sich im Streit von seinem Arbeitgeber trennt und dann von dessen Frau angestellt wird. Können Sie mir das erklären?«

»Ganz einfach. Das Ehepaar Steiger befand sich im Dauerstreit, und als meine Kündigung dann in der Luft hing, hat sie mir ein Angebot gemacht.«

»Aber die beiden Firmen hängen doch zusammen. So ähnlich hat mir das Frau Steiger erklärt.«

»Ja, schon. Ich hatte immer wieder mit Steiger zu tun, aber jetzt redete ich mit ihm auf Augenhöhe. Das musste er zähneknirschend akzeptieren.«

»Wenn ich das richtig verstehe, sind die Firmen von Herrn und Frau Steiger Konkurrenten. Wie hängen sie denn dann zusammen?«

Wüsts Antwort kam etwas verzögert, als müsste er sich seine Worte genau zurechtlegen.

»Man kann in unserer Branche nur existieren, wenn man besonders scharf kalkuliert. Das beginnt bei den Angeboten, die man macht, und geht bei der Größe der Belegschaft weiter. Was machen Sie denn, wenn Sie Leute auf der Lohnliste haben, die Sie nicht beschäftigen können? Die können Sie sich gar nicht leisten. Und in solchen Situationen haben wir uns immer ausgeholfen. Wir haben uns bei Flauten gegenseitig entlastet und uns gegenseitig Arbeiter ausgeliehen, wenn wir mit der Abarbeitung unserer Aufträge in Verzug geraten waren.«

»Gab es auch Absprachen über Angebote?«

»Nein, natürlich nicht. Das wäre ja illegal.«

»Und welche Funktion hatte dabei Frau Steiger?«

»Im operativen Geschäft gar keine. Sie entscheidet nur über die Finanzen, also ob man Geld investiert oder anderweitig zur Absicherung anlegt und so weiter. Darin ist sie meines Erachtens recht geschickt.«

»Können Sie sich vorstellen, was jetzt mit Steigers Firma wird? Wird sie aufgelöst oder von Frau Steiger beziehungsweise Ihnen geschluckt?«

»Darüber haben wir noch nicht nachgedacht. Es könnte aber darauf hinauslaufen. Verkaufen wäre doch die schlechtere Option.«

»Ich muss noch einmal zu diesem Foto zurückkommen. Bitte antworten Sie mir jetzt ganz schnell, ohne lange nachzudenken: Was für einen Täter stellen Sie sich vor?«

»Einen Jäger, jemand, der mit der Jagd etwas zu tun hat.«

»Warum?«

»Weil der Hund einen Bruch im Maul hat, weil der Täter mit dem Wildschwein nur dann etwas Derartiges macht, wenn so ein Tierkadaver nichts Neues für ihn ist. Das würde natürlich auch bei einem Metzger zutreffen, aber die Anordnung des Ganzen nicht. Das hat etwas von Streckelegen an sich.«

»Streckelegen? Wie meinen Sie das?«

»Streckelegen bedeutet, dass man das erlegte Wild in einer bestimmten Anordnung nebeneinanderlegt. Hier liegt in diesem Sinn nichts nebeneinander, aber eine überlegte Anordnung ist das doch.«

»Strecke legen ist etwas Rituelles?«, hakte Kupfer nach.

»Unbedingt. Für mich persönlich ist das ein Ritual zur Selbstbeweihräucherung der Jäger, das auf alte Zeiten zurückgeht, als man ein Wildschwein noch mit dem Spieß erlegte und sich als Held fühlen durfte. Die Jagd hat einem damals physisch etwas abverlangt. Damals hatte das noch einen Sinn, aber heute, wo man hochmoderne Waffen hat, die dem Wild kaum eine Chance lassen, halte ich das für einen alten Zopf. Das ist meine persönliche Meinung.«

»Aber um eine Selbstverherrlichung der Täter handelt es sich hier nicht. Das muss einen anderen Sinn haben.«

»Klar, für mich sieht das nach Rache für Beleidigungen aus, blöder Saukopf und so weiter.«

Kupfer bemerkte allmählich, dass Wüst immer wieder auf die Uhr sah. Daher brachte er das Gespräch mit ein paar nichtssagenden Bemerkungen zu Ende und verabschiedete sich.

»Eventuell muss ich noch einmal auf Sie zukommen.«

»Aber gerne.«

»Eine letzte Frage muss ich Ihnen aber noch stellen, unsere Routinefrage.«

»Und die wäre?«

»Wo waren Sie am Sonntagmorgen zwischen sieben und acht?«

»Hier natürlich. Da habe ich noch geschlafen. Leider habe ich dafür keine Zeugen. Ich lebe ja allein, wie Sie sehen.«

»Schon gut, danke. Das war ja nur meine Routinefrage.«

Als Kupfer in sein Auto stieg, sah er aus dem Augenwinkel, dass Wüst auf seinem Balkon stand und ihm nachsah. Er fuhr weg, hielt aber wieder an, kurz bevor er die Schönaicher Straße erreichte, und wartete. Er hatte das Gefühl, dass irgendetwas Aufschlussreiches passieren würde. Vielleicht würde Wüst wegfahren. Dann würde er ihn verfolgen. Er war plötzlich mit seinem Standort unzufrieden. Wenn er hier stehen bliebe, würde Wüst ihn sofort bemerken. Er musste die Position wechseln. Aber als er eben den Motor anließ, bog aus Richtung Schönaich ein schickes Cabrio in die Straße ein. Und drin saß Svenja Steiger.

Kupfer war sicher, dass sie ihn nicht gesehen hatte. Er stieg aus und ging zu Fuß zurück. Svenja Steiger parkte genau dort, wo er eben weggefahren war, und ging leichten Schrittes auf Wüsts Haustür zu.

Dass mir nicht gleich eingefallen ist, wo ich diesen Keramikkitsch schon einmal gesehen hatte, dachte er und schüttelte den Kopf über sich selbst.

»Hast du wieder Hasenpfeffer essen müssen?«, fragte Kupfer, als Feinäugle am nächsten Morgen bleich und verschlafen ins Büro kam.

»Nein. Der gestrige Abendtermin war viel wichtiger: Vierzigerfeier eines Sportkameraden.«

»So was muss natürlich gefeiert werden. Bis drei?«

»Blödsinn. Der ist nicht dreißig, sondern vierzig geworden. Also bis vier.«

»Na dann. Ich wünsche dir einen rundum schönen Tag.«

Feinäugle knurrte etwas, verschwand und kam kurz darauf mit einer Tasse Kaffee und einem Glas Wasser zurück. Er warf eine Tablette ins Glas.

»Weitergekommen?«, fragte er, als würde er eine negative Antwort erwarten, und beobachtete, wie sich die Schmerztablette langsam auflöste.

»Ein bisschen, glaube ich. Jedenfalls wird das Feld übersichtlicher«, antwortete Kupfer knapp.

Feinäugle trank das Glas auf einen Zug aus, setzte sich und sagte, immer noch brummig: »Jetzt setz mich halt kurz ins Bild. Ich habe keine Lust, den Bericht zu lesen, den du noch gar nicht geschrieben hast.«

»Du bist ja heute am frühen Morgen schon richtig neugierig. Mal sehen, wie du dich noch steigerst.«

»Ich nicht Steiger, ich Feinäugle«, sagte Feinäugle wie genervt, grinste aber über seinen Kalauer.

»Also gut, Feinäugle: Heiner Wüst, Edgar Steigers ehemaliger Angestellter, hat vor drei Jahren bei Herrn Steiger gekündigt und arbeitet jetzt bei Frau Steiger als Geschäftsführer. Er organisiert das gesamte operative Geschäft. Er ist geschieden, haust in einer ärmlichen Wohnung, scheint mir aber der Lover von Steigers Stieftochter zu sein. Zumindest hat sie ihn besucht, als ich gerade wegfahren wollte, und sie haben beide denselben Keramikkitsch aus Mallorca bei sich rumstehen. Und beide sehen aus, als kämen sie direkt vom Teutonengrill. Und noch eine Neuigkeit: Wüst ging mit Steiger auf die Jagd, bis er bei ihm gekündigt hat, und hat dann, wie er sagt, die Büchse an den Nagel gehängt. Er hat also dieselbe Einstellung zur Jagd wie die Damen des Hauses Steiger. Er tut so, als sei die Jägerei ein ungeschickter Schlenker auf seinem Weg gewesen.«

»Aber der hat ihn doch nicht erschossen. Oder glaubst du das?«

»Kann sein, kann nicht sein. Aber sicher ist, dass er sich im Revier gut auskannte.«

»Was bringt uns dann diese Neuigkeit?«

»Vielleicht nicht viel, aber die folgende eine ganze Menge.«

»Nämlich? Jetzt lass dir doch nicht die Würmer aus der Nase ziehen.«

»Langsam. Ich will dein morgendliches Auffassungsvermögen nicht überstrapazieren. Das Interessanteste kommt jetzt. Nach Wüsts Aussage war Steiger ein ziemlich grober Klotz und nannte jeden, der ihm krumm kam, einen blöden Saukopf. Das muss fast so was wie sein Markenzeichen gewesen sein.«

»Aber hallo! Jetzt wird's Tag«, sagte Feinäugle aufhorchend. Jetzt wurde er erst richtig wach. »Das hilft doch weiter.«

»Und noch was: Auch Wüst meint, dass die Täter mit Jagdbräuchen vertraut sind und auch mit erlegtem Wild routiniert umgehen. Denn sonst hätten sie mit dem toten Wildschwein nichts angefangen. Für ihn hat diese Anordnung etwas von Streckelegen.«

»Das ist doch eine ganze Menge. Dann suchen wir also einen Jäger, der von Steiger einmal beleidigt wurde. Vielleicht Wüst selbst. Oder hat er ein Alibi?«

»Hat er nicht. Das Übliche: ›Ich habe geschlafen und habe keine Zeugen, weil ich allein lebe.‹ Wir müssen ihn auf jeden Fall genau überprüfen. Der Reviernachbar, Sonntag, hat doch diese hässliche Geschichte erzählt, wie Steiger Wüst nach dieser großen Jagd bei der Königlichen Jagdhütte so beschimpft hat, dass er vorzeitig nach Hause gegangen ist.«

»Dann sollten wir Herrn Wüst unbedingt noch einmal zu uns herbestellen.«

»Machst du. Gründe gibt es genug.«

»Wieso ich?«

»Wieso nicht?«

Feinäugle war momentan nicht so schlagfertig, dass er darauf eine Antwort parat gehabt hätte.

»Okay. Ich trinke mit ihm Kaffee, und zwar hier im Haus.«

»Ja, drücke ihm eine Tasse in die Hand. Pass aber auf, dass sie hinterher nicht abgewaschen wird«, beendete Kupfer das Gespräch.

## 27

Sie arbeiteten und wohnten auf der riesigen Baustelle des Böblinger Flugfelds. Nach der Arbeit hatten sie vor den Containern einen kleinen Grill aufgestellt, auf dem sie Bauchspeck brieten. Einer von ihnen stand mit zusammengekniffenen Augen an der Glut und musste sich immer wieder abwenden, wenn ihm ein leichter Wind den Qualm in die Augen trieb. Neben ihm lag ein Haufen Bruchholz, abgebrochene Dachlatten, Splitter von geborstenen Schaltafeln, ergänzt durch einen angebrochenen Papiersack Holzkohle. Immer wieder zischte es, wenn ein Fetttropfen in den Grill fiel.

Warum manche Leute mehr Schnaps trinken, als für sie gut ist, wurde OW bei diesem Anblick sonnenklar. Und da saßen sie auch, drei junge Männer auf winzigen Klappstühlchen, und reichten eine Flasche Fusel hin und her, von der jeder einen kleinen Schluck nahm, ehe er sie weiterreichte. OW schüttelte es schon beim bloßen Anblick. Die vier Männer merkten, dass er auf dem Weg zu ihnen war, und schauten ihm misstrauisch entgegen. Ihren Gesichtern sah man an, dass sie mit Fremden, die auf sie zugekommen waren, bislang keine so guten Erfahrungen gemacht hatten. OW fühlte sich auf einmal sehr unsicher und wäre am liebsten umgekehrt. Aber da sagte er sich, dass er kaum mehr als eine Abfuhr zu erwarten habe, und die könne er gegebenenfalls verkraften.

Ganz friedlich sahen sie eigentlich aus, wie sie so dasaßen und tranken, gar nicht so, als neigten sie zu Handgreiflichkeiten. Also fasste er sich ein Herz und ging geradewegs auf die

Gruppe zu. Auf den letzten Schritten wurde er allerdings recht unsicher und griff nach dem Notizblock in seiner Tasche, auf dem er sich einige polnische Brocken notiert hatte. Hinter Kupfers Rücken war er nämlich zu Frau Lewczuka gegangen und hatte sie die Wörter vorsprechen lassen, die er sagen wollte. Kupfer hatte das so genannte Zimmermädchen als eine sehr freundliche Frau geschildert, und da OW selbst niemanden kannte, der Polnisch sprach, entschloss er sich, sie um Hilfe zu bitten. Er hatte sie vor ihrer Arbeitsstelle abgepasst und einfach angesprochen. Ob sie die polnische Putzfrau sei, die mit dem Kriminalkommissar gesprochen hatte? Womit er sie völlig verunsichert hatte. Ja, die sei sie, aber sie wolle nichts mehr mit der Polizei zu tun haben. Sie habe ja alles gesagt, was der Kommissar wissen wollte. Er sei ein freundlicher Mann gewesen. Aber ihn kenne sie gar nicht und habe Angst, in eine dumme Sache hineinzugeraten. Nein, sie würde einfach nichts mehr sagen. Nicht jedem beliebigen Mann auf der Straße, und ihm eben auch nicht. Damit ließ sie OW stehen und ging schnurstracks zur Bushaltestelle. OW folgte ihr aber, obwohl er nicht wusste, wie er es anstellen sollte, mit der Frau ins Gespräch zu kommen. Aber einfach weglaufen lassen wollte er sie nicht. Schließlich war er extra nach Sindelfingen gefahren und hatte schon mehr als eine Stunde in diese Aktion investiert. So rief er ihr einfach nach, was er schon konnte: »Dobry wieczór, dobry Feierabend, Frau Lewczuka.« Das fand sie dann doch komisch und dreht sich nach ihm um.

»Wer sind Sie? Was wollen Sie von mir?«

»Polnischunterricht. Ich wollte Sie nur bitten, mir ein paar Wörter vorzusprechen, die ich nicht aussprechen kann.«

»Ich? Warum ich?«

»Na, warum nicht? Ich kenne sonst niemanden, der Polnisch kann.«

»Mich kennen Sie doch auch nicht.« Sie lachte und schüttelte den Kopf.

»Aber Kommissar Kupfer kennt Sie. Er ist mein Freund und hat mir von Ihnen erzählt.«

Die Erinnerung an den freundlichen Kommissar ließ sie weich werden. Obwohl sie immer noch nicht recht wusste, was sie von OW zu halten hatte, setzte sie sich an der Bushaltestelle neben ihn und sprach ihm die paar Wörter vor, die er aufgeschrieben hatte. OW hatte das für sich als großen Erfolg verbucht und gemeint, nun sei er für sein Vorhaben bestens gerüstet. Noch als er vor einer halben Stunde aus der S-Bahn gestiegen war, hatte er sich sehr sicher gefühlt, und auf dem Weg zum Flugfeld hatte er immer wieder ein paar polnische Brocken vor sich hingesprochen: dobry wieczór, gazeta, robotnik polski. Wie er aber jetzt vor den vier Arbeitern stand, glich sein Kopf der leergegessenen Pommes-Tüte, die neben dem Grill auf dem Boden lag. Er erinnerte sich an nichts mehr. Er konnte nicht einmal mehr grüßen.

Die Schnapsflasche kam zum Stillstand, sie kreiste nicht mehr. Der Mann am Grill drehte den Bauchspeck nicht mehr um. Vier Augenpaare musterten OW, auf vier Gesichtern breitete sich ein spöttisches Grinsen aus. Endlich hatte sich OW zusammengesucht, was er in dieser Situation für passend hielt, und sagte schnell hintereinander: »Dobry wieczór, smacznego, na zdrowie, dziêkujê« – Guten Tag, guten Appetit, Prost, danke.

»Dobry wieczór, na zdrowie«, kam es zurück. Alle vier lachten, und der, der die Flasche in der Hand hatte, stand auf und reichte sie OW.

»Na zdrowie«, sagte nun er, und OW blieb nichts anderes übrig, als das zu tun, was er am allerwenigsten wollte, nämlich die Flasche an den Hals zu setzen und einen Schluck zu nehmen. Wie zaghaft er dabei verfuhr, entging den acht Augen nicht. Spöttisches Grinsen.

»Na zdrowie«, kam es noch einmal auffordernd, wobei der Mann am Grill mit einer Handbewegung verdeutlichte, was man von OW erwartete. Wenn er gedacht hatte, um einen großen Schluck herumzukommen, hatte er sich gewaltig getäuscht. Das war klar. Also nickte er schüchtern, setzte die Flasche an und nahm den großen Schluck, der ihm die Tränen in die Augen trieb. Der Fusel schüttelte ihn. Allgemeines Gelächter. Er gab die Flasche zurück und schaffte es sogar, sich zu bedanken. »Dziêkujê«, brachte er heraus.

Der Mann, dem er die Flasche gab, sagte nichts, sondern schaute ihm frech ins Gesicht und schwieg, wobei die Übrigen die wortlose Auseinandersetzung beobachteten. OW fühlte sich erneut gefordert. Mit seinem Zettel in der Hand stellte er sich vor sie, als wollte er ein Lied vorsingen, und las vor: »Ja dzíennikarz, gazeta, raport, robotnik polski w niemcy.« – Ich Journalist, Zeitung, Bericht, polnischer Arbeiter in Deutschland.

Er hatte den Eindruck, die vier nickten verständnisvoll, was ihm Mut machte.

»Kto pracodawca? Pracodawca dobry?« – Wer Arbeitgeber? Arbeitgeber gut?

Die vier schauten einander kurz an. Der mit der Schnapsflasche schien das Einverständnis der anderen einzuholen.

Mit »Scheißarbeit, Scheißarbeitgeber« überraschte er OW. »Kann Deutsch reden, nicht viel, aber genug.«

Wieder lachten sie. OW stimmte erleichtert in ihr Gelächter ein. Aber die Schnapsflasche, die man ihm wieder reichen wollte, lehnte er dankend ab, was jetzt akzeptiert wurde.

OW wiederholte seine Erklärung und fügte hinzu, dass sein besonderes Interesse den Leiharbeitern gelte. Die Deutschen wüssten wenig über die Leute, die in ihrem Land arbeiteten, und dem wolle er entgegenwirken. Damit war das Eis vollends gebrochen. Die vier stellten sich vor: Jakub, Wojciech, Bartosz und Mikolaj, und OW sagte: »Ich bin der Otto.«

Alle vier klagten über die falschen Versprechungen, die man ihnen in Polen gemacht habe. Man würde so viel verdienen wie ein Arbeiter in Deutschland, man würde vom Arbeitgeber untergebracht, so dass man keine Miete bezahlen müsste, und auf den Baustellen würde für sie sogar gekocht, hatte es geheißen. Das seien alles Lügen. OW könne ja sehen, wie sie hier hausten. Der Wohncontainer werde zwar gestellt, aber um alles andere müssten sie sich selbst kümmern, und das bei der wenigen Freizeit. Wenn sie sich nicht gegenseitig helfen würden, käme keiner von ihnen hier zurecht. Und so einfach wieder nach Hause zurückkehren könnten sie auch nicht, weil sie ja alle noch auf viel Lohn warteten, der ihnen gutgeschrieben, aber noch nicht ausgezahlt worden sei.

»Es ist so: Vertrag für 35 Stunden in Woche, Arbeit aber 45 Stunden, manchmal 50. Chef zahlt nur 35 Stunden, Rest ist Reserve für Krankheit und Urlaub«, erklärte Jakub.

»Wer von euch hat denn schon einmal Urlaub genommen?«

»Ich. Einmal ein Tag, muss zum Arzt, Schmerzen in Ricken.«

»Aber da musst du doch krankgeschrieben werden.«

»Nix krankgeschrieben. Urlaub.«

»Wisst ihr denn genau, wie viel Geld ihr noch bekommen müsst?«

Allgemeines Achselzucken.

»Chef und Frau in Biro sagen einmal so, einmal so. Und dann, wenn wir bei anderer Firma arbeiten, alles nix genau.«

Wie das mit den anderen Firmen sei, wollte OW wissen, und sein Interesse an diesem Punkt schien die vier Arbeiter in besondere Erregung zu versetzen.

»Jetzt aufpassen, Otto«, sagte Jakub. »In Februar junge Mann, Adam, auch Polski, arbeitet bei Steiger. Schicken zu andere Firma. Sagen, haben nicht genug Arbeit für Adam. Aber ein Tag später kommt Mikolaj von Firma, wo jetzt Adam. Macht gleiche Arbeit wie Adam. Adam macht in neue Firma gleiche Arbeit wie Mikolaj. Warum? Wir fragen Chef. Nix Antwort.«

»Und wo ist Adam jetzt?«

»Hat Unfall. Jetzt weg. Vielleicht in Polen?«

»Und ihr anderen? Wart ihr auch schon bei einer anderen Firma?«

»Jasny, klar, ich erst Gutbrod, dann Wüst, jetzt hier. Wojciech erst hier, dann Wüst, dann wieder hier. Und du, Bartosz?«

»Erst Wüst, dann Gutbrod, jetzt hier, und Mikolaj erst Wüst und jetzt auch hier. Nix wissen, wie lang noch.«

»Und ihr meint wirklich, dass diese Hin- und Herschieberei von der Arbeit her nicht nötig war?«

»Ja, immer gleiche Arbeit, immer gleich viel Arbeit, oft gleiche Baustelle, nur andere Seite.«

Diese Aussagen notierte sich OW genau. Dann wollte er wissen, woher die vier Polen kamen.

»Aus Süden bei slowakisch Grenze, wo gibt wenig Arbeit.«

»Und kanntet ihr euch, ehe ihr nach Deutschland gekommen seid?«

»Mikolaj und ich Kollegen bei Baufirma, ich drei Jahre, Mikolaj sehr lang. Kommt Chef und sagt, keine Arbeit mehr in Polen, aber in Deutschland. Bringt mit Bus Arbeiter nach Deutschland.«

»Wie heißt dieser Chef?«

»Franciszek Kasparovicz.«

»Und wo war das?«

»In Dorf bei Krosno. Dort gearbeitet. Chef in Krosno.«

OW notierte auch diesen Namen. Jakub sah ihm über die Schulter, zog plötzlich Augenbrauen hoch und sagte: »Kommt Kapo. Aufpassen!«

Und schon stand vor OW ein bulliger Fünfzigjähriger in Latzhose und Stiefeln, der ihn sofort anfuhr. »Was wellet Sie hier? Sie hen uff derra Bauschdell iberhaubt nichts verlora. Iberall schdohd ›Betreten der Baustelle verboten!‹ Oder kennet Se net lesa?«

»Ich kann schon lesen. Nur ist das hier keine Baustelle, sondern der Wohnbereich von Arbeitern, wenn ich das richtig sehe.«

»Mir brauchet niemand, wo do romschnifflet.«

»Ich glaube nicht, dass Sie mir verbieten können, mit diesen Männern zu reden.«

»Des sehn Sie glei, was i ka«, sagte der Bulle, trat einen weiteren Schritt auf OW zu und versuchte, ihm den Notizblock aus der Hand zu reißen. OW hielt seine Notizen schnell hinter seinen Rücken und wich einen Schritt zurück, so dass er Jakub ins Blickfeld bekam. Dieser schüttelte leicht den Kopf, was OW als Aufforderung auffasste, einen Streit zu vermeiden.

»Na gut, dann weiche ich eben der Gewalt«, sagte OW resignierend vor sich hin, warf aber den vier Polen noch ein »Do widzenia« zu. Im Weggehen nahm er aus einer gewissen Entfernung wahr, wie der Vorarbeiter eine Schimpfkanonade losließ, die er aber nicht mehr verstehen konnte. Als er sich ein letztes Mal umsah, stand Jakub wieder am Grill, die drei anderen saßen auf ihren Stühlchen, während sich der Vorarbeiter in Gegenrichtung entfernte.

Trotz dieses abrupten Endes seiner Aktion überkam OW eine gewisse Euphorie. Hatte er doch wieder einmal etwas zu vermelden, womit er seinen Freund Siggi verblüffen konnte! Und diesmal war es keine Leiche, die er aus purem Zufall fand wie damals im Hallenbad oder im Goldersbachtal. Nein, diesmal war er ganz überlegt vorgegangen und hatte mit einer genau geplanten Aktion Siggi überholt. Er hatte sich einen beträchtlichen Wissensvorsprung ehrlich und systematisch erarbeitet, dachte er. Und das wollte er sofort auskosten.

Auf halbem Weg zur S-Bahn, als er noch die Wolfgang-Brumme-Allee entlangging, griff er nach seinem Handy und wollte schon auf die Kurzwahltaste drücken, da steckte er es wieder in die Tasche. Lieber wollte er doch Siggis Gesicht sehen, wenn er ihm sein Ermittlungsergebnis präsentierte. Also bog er, als er unter der Eisenbahnbrücke durchgegangen war, nach links und ging die Jahnstraße hoch, um in dem kleinen Haus in der Jägerstraße überraschend vorzusprechen.

Das war ein unangenehmer Fußmarsch an einer belebten Straße entlang. Ein Auto folgte dem anderen und reicherte die schwüle Abendluft mit Abgasen an. Aber heute machte das OW nichts aus. Er merkte kaum, dass er nicht atmete, sondern schnaufte und keuchte, und übersah vor Eifer und Vorfreude, dass Siggis Auto gar nicht vor dem Haus stand. Eine Garage hatte Siggi nicht. Und so machte er ein besonders langes Gesicht, als auf sein Klingeln nur große Stille antwortete. Enttäuscht zog er wieder ab. Na ja, dann würde er sich das Vergnügen eben einen Tag später gönnen.

## 28

»Gesucht wird ein Jäger aus der Baubranche, ein Bauigel mit Jagdschein«, sagte Kupfer ein paar Mal vor sich hin, bis er Steigers Foto von der Erlegung des Karpatenhirsches vor seinem inneren Auge sah. Steigers Jagdfreund, der Bauigel, mit dem Steiger vielleicht irgendwelche geschäftlichen Kontakte gepflegt hatte. Anke Steiger hatte das ja abgestritten. Aber sie hatte doch erwähnt, dass Steiger und dieser Pole vor der Osterweiterung der EU über eine mögliche Zusammenarbeit nachgedacht hatten. Kupfer suchte sein Gesprächsprotokoll heraus und fand seine Erinnerung bestätigt.

Es war kurz vor fünf. Er hätte jetzt Feierabend machen können, aber dann wäre er heute Abend nicht zur Ruhe gekommen. Das Foto musste er sich heute noch sichern.

»Ich habe jetzt noch einen Termin und komme dann morgen erst gegen zehn Uhr«, sagte er zu Paula Kußmaul.

»So was Eiliges heut Abend noch?«, fragte sie skeptisch.

»Vielleicht ist es auch nicht so eilig, aber es lässt mir keine Ruhe.«

»Dann wünsche ich trotzdem einen schönen Abend.«

Kupfer fuhr durch den Feierabendverkehr die B 464 hinaus, trommelte im Stau der Rushhour ungeduldig mit den Fingern auf dem Lenkrad und schimpfte über jeden Fahrer vor ihm, der an den Ampeln nicht schnell genug anfuhr oder zum Fahrzeug vor ihm einen unnötig großen Abstand ließ.

»Diese Scheißstauverlängerer«, schimpfte er immer wieder.

Er atmete erst auf, als er in Dettenhausen vor Steigers Haus aus dem Auto stieg. Anke Steiger öffnete. Sie trug Jeans und ein verwaschenes T-Shirt und hatte trotzdem noch eine Schürze umgebunden. Wie Kupfer erwartet hatte, war sie überrascht, ihn schon wieder vor ihrer Tür zu sehen.

Er bemerkte, dass sie seinem Blick nicht standhalten konnte und ihm in schnellen Wechseln aufs linke und rechte Age schaute. Ihr Blick flackerte geradezu.

»Entschuldigen Sie bitte die Störung«, begann Kupfer nach der knappen Begrüßung. »Ich möchte Sie um etwas bitten.«

Anke Steiger zog fragend die Brauen hoch.

»Ich erinnere mich an ein besonderes Foto von Ihrem Mann, das Foto mit dem Karpatenhirsch. Ich wollte Sie bitten, es mir zu überlassen.« Dabei dachte er, dass er es eigentlich auch einfach fordern könnte. Aber das gehörte nicht zu seinen üblichen Umgangsformen.

»Oh, ich hoffe, es ist noch da. Kommen Sie doch bitte rein. Wir sind gerade dabei, die Trophäen abzunehmen. Die Fotos hängen schon nicht mehr an der Wand. Wir haben sie erst vorher beseitigt.«

Svenja Steiger war ähnlich gekleidet wie ihre Mutter. Sie stand auf einer hohen Bockleiter und streckte sich nach den letzten paar Rehgehörnen, die fast unterm First hingen. Überall auf der Wand zeichneten sich hell die Wappenformen der Bretter ab, die den Trophäen als Träger dienten.

»Hallo, Herr Kupfer«, sagte Svenja über ihre Schulter und schien sich von Kupfers Anwesenheit nicht aus dem Konzept bringen zu lassen.

»Das sieht gefährlich aus, was Sie da machen. Fallen Sie bloß nicht runter. Das sind die Dinger nicht wert.«

»Richtig. Aber hängen lassen kann man sie auch nicht, wo es jetzt den wilden Jäger nicht mehr gibt.«

»Svenjaaa«, wies ihre Mutter sie zurecht.

»Ich bin ja schon still.«

»Svenja, wo sind die Fotos?«, fragte Anke Steiger sachlich.

»Welche Fotos?«

»Na, die aus dem Silberrähmchen.«

»Im Müll. Wo denn sonst«, verkündete Svenja mit aggressivem Trotz.

»Aber nicht zerrissen?«

»Teils, teils.«

»Das tut mir leid, Herr Kupfer«, sagte Anke Steiger, als wären die Fotos unwiederbringlich verloren. Kupfer überhörte das und fragte sofort: »Und wo sind die Schnipsel?«

Anke Steiger reagierte nicht, aber Svenja deutete auf eine blaue Mülltüte neben der Bockleiter.

»Da drin. Aber das wird schwierig.«

»Es gibt Schwierigeres«, sagte Kupfer gelassen, griff sich die Mülltüte und leerte sie einfach aus.

»Das sieht ja ganz hoffnungsvoll aus«, bemerkte er, als er die Fetzen vor sich liegen sah. Die meisten dieser großformatigen Fotos hatte Svenja nur einmal durchgerissen, ein paar auch geviertelt. Es gab aber auch kleinere Fetzen. Kupfer kniete nieder und verteilte das Material großflächig.

»So, und jetzt schauen wir mal.«

Anke Steiger stand mit verschränkten Armen neben ihm. Ihm zu helfen, widerstrebte ihr. Gar nichts zu tun, brachte sie in Verlegenheit. So erklärte sie wenigstens: »Svenja will die Rahmen auf dem Flohmarkt verramschen. Dazu sind sie doch zu gut, oder?«

Kupfer hörte sie nicht einmal. Und er überhörte auch, dass es klingelte. Er nahm nur wahr, dass Anke Steiger hinausging und mit einer weiteren Person zurückkam.

»Herr Kupfer sucht ein bestimmtes Foto«, erklärte sie.

Kupfer schaute auf. Neben ihm stand Heiner Wüst und sah stirnrunzelnd auf ihn herunter.

»Zwei Köpfe zwischen zwei starken Geweihstangen suche ich«, sagte Kupfer halblaut wie zu sich selbst und ignorierte Wüst.

Der aber kniete sich neben ihn und suchte mit, ohne etwas zu sagen.

»Nett von Ihnen, dass Sie mir helfen«, sagte Kupfer, ohne ihn anzuschauen.

»Aber gerne doch«, gab Wüst zurück.

Kupfer spürte eine ironische Spitze in seiner Höflichkeit. Vielleicht will er mich so schnell wie möglich loshaben, dachte er. In aller Ruhe ließ er seinen Blick über das ausgebreitete Material schweifen und fand ein Viertel einer Fotografie, auf der eine besonders starke Geweihstange mit einer vierfach vereckten Krone zu sehen war.

»Na, wer sagt's denn? Da haben wir schon was.«

Er suchte in der Ecke weiter, wo er es gefunden hatte. Wüst hatte mehr Glück als er. Ein Puzzlestück nach dem anderen hob er an verschiedenen Stellen auf.

»Wir haben es schon. Ich kannte das Foto ja auch besser als Sie. Bitte sehr«, sagte er mit übertriebenem Diensteifer.

»Was täte ich auch ohne Sie?«, übertrieb Kupfer seinen Dank und steckte die Fetzen in einen Briefumschlag. Dabei schaute er die leere Wand an, die ohne die Trophäen besonders hoch wirkte und in keinem Verhältnis zur Länge des Raumes stand.

»Kann ich Ihnen mit sonst noch etwas helfen?«, fragte Anke Steiger.

»Nein danke, das war's schon. Von Ihrem Mann brauche ich keine Bilder, nur das eine – das mit dem Karpatenprachtshirsch.«

»Wozu …?«, setzte sie an, führte die Frage aber nicht aus, weil ihr im selben Moment klar wurde, dass ihr der Kommissar keine Antwort geben würde.

Kupfer ging noch einmal auf die Knie und machte sich daran, den Haufen Fotofetzen wieder in die Mülltüte zu packen.

»Lassen Sie es, Sie müssen hier nicht aufräumen, bitte«, sagte Anke Steiger und bückte sich, während Kupfer wieder aufstand.

»Da haben Sie ja wirklich Glück gehabt, dass wir den ganzen Bettel nicht schon längst hinausgeworfen haben«, sagte Svenja, die inzwischen von ihrer Leiter heruntergestiegen war.

»Ja, etwas Glück gehört immer zu meiner Arbeit. Ohne die Kollegen Glück und Zufall wären wir sicher nicht so erfolgreich.«

Svenja stand neben Wüst, als wüsste sie nicht, was sie jetzt tun sollte.

»Dann will ich die Familie nicht länger stören«, sagte Kupfer, schaute dabei aber nur Heiner Wüst an, der jetzt doch etwas verlegen wirkte.

»Herr Wüst ist nicht nur Ihr Geschäftsführer?« Kupfers Frage war rein rhetorisch.

»Nein«, gab Anke Steiger zu. »Svenja und Herr Wüst ... sie haben sich, seit sich Herr Wüst von seiner Frau getrennt hatte, etwas angefreundet.«

Der Abschied war wortkarg.


Kaum war Kupfer zu Hause, setzte er das Foto zusammen, indem er die Teile vorsichtig mit einer Pinzette anfasste und das Ganze auf ein Stück Pappe klebte. Zufrieden betrachtete er sein Werk und steckte es in eine Prospekthülle.

Am nächsten Morgen rief er in dem Hotel in der Sindelfinger Mahdentalstraße an und fragte, wann Frau Lewczuka wieder zur Arbeit käme. Er müsse sie dringend sprechen. Sie sei schon da, hieß es, und er könne jederzeit kommen und mit ihr reden, wenn es nicht zu lange dauern würde.

»Keine Angst, das geht schnell. Ich will ihr nur ein Foto zeigen«, zerstreute Kupfer die Bedenken der Hoteldirektion und fuhr nach Sindelfingen hinüber.

Er fand Frau Lewczuka im dritten Stock. Sie bearbeitete gerade den Teppichboden eines langen Korridors mit dem Staubsauger. Sie hörte ihn nicht kommen und bemerkte ihn erst, als er direkt neben ihr stand.

»Habe ich Sie erschreckt?«, fragte Kupfer.

»Nein, viele Leute hier, kommen und gehen, immer hin und her. Nie allein bei Arbeit. Was mechten Sie?«

»Ich möchte Ihnen ein Foto zeigen von einem Mann aus Ihrer Heimat. Können wir irgendwo hingehen, wo es heller ist?«

»Ja, hier leere Zimmer mit Balkon.«

Sie traten auf einen Balkon hinaus, und Kupfer reichte ihr das Foto.

Sie betrachtete es lange und sagte dann: »Kenne niemand. Aber der«, sie deutete auf Kasparovicz, »ist wie Gast mit viel Trinkgeld. Sieht anders aus, dicker, aber hat gleiche Augen. Und lacht so. Ist jinger.«

»Wer ist jünger?«

»Gast.«

»Und dicker?«

»Nein, Mann auf Foto ist dicker.«

»Sie meinen also, einer der sauberen Gäste, die neulich plötzlich abgereist sind, sieht dem Mann auf dem Foto ähnlich?«

»Ja, ähnlich.«

»So wie sich Vater und Sohn oder Onkel und Neffe ähnlich sehen können?«

»Ja, so wie Mann und Vater und Bruder von Vater. Genau.«

»Und er ist jünger als der Mann auf dem Foto?«

»Ja, jinger. Vielleicht fünfundzwanzig, vielleicht dreißig. Nicht älter.«

»Vielen Dank, Frau Lewczuka. Ich glaube, Sie haben mir weitergeholfen«, sagte Kupfer und steckte ihr einen Fünf-Euro-Schein zu.

»Nein, danke, kein Geld.«

»Doch, bitte nehmen Sie es, es ist ja nicht viel, und Sie haben es wirklich verdient.«

»Dziêkujê, dankc«, sagte sie und wurde auf einmal sehr heiter. »Nicht wollen Polnisch lernen?«

»Ich? Nein, wieso denn? Dazu habe ich keine Zeit.«

»Aber Freund Wulff.«

»Ihr Freund?«

»Nein. Ihr Freund Wulff.«

»Mein Freund heißt Wolf, nicht Wulff. Otto Wolf.«

»Genau. Otto Wolf«, sagte sie, nickte und lachte wieder.

»Woher kennen Sie Otto Wolf?«

»War hier. Nach Arbeit. Hat Polnisch gelernt. Von mir«, erklärte sie lachend mit deutlich gespieltem Stolz.

»Warum? Wozu?«

»Nix wissen.«

Und dann erzählte sie Kupfer von dem Unterricht, den sie OW an der Bushaltestelle erteilt hatte.

Die paar Worte wollte Kupfer nun auch lernen. Er schrieb sie sich auf und ließ sie sich vorsprechen.

»Guter Schiler«, lobte ihn Katarzyna Lewczuka, »gut wie Wulff.«

»Nicht Wulff, Wolf.«

»Genau. Wie Wolf.«

Diese Unterweisung war Kupfer noch einmal fünf Euro wert. Amüsiert vor sich hin lächelnd, fuhr er ins Büro.

## 29

»Kommen Sie endlich?«, sagte Paula Kußmaul zur Begrüßung.

»Was heißt hier endlich? Ich habe doch gestern gesagt, dass ich heut später komme. Außerdem hatte ich heut schon einen aufschlussreichen Termin. Ist was?«

»Kann man schon sagen. Kriminaloberrat Dr. Blass hat schon zweimal nach Ihnen gefragt und sich die Akte Steiger geben lassen. Er will Sie sofort sprechen, wenn Sie hier sind.«

»Okay. Kann er. Aber für einen Kaffee reicht es noch vorher.«

»Recht so, lieber Herr Kupfer. Dann hat der KOR auch noch ein bisschen Zeit zum Lesen. Er hat die Akte erst vor zehn Minuten holen lassen.«

»Da bin ich ja gespannt darauf, wo das plötzliche Interesse herrührt«, sagte Kupfer vor sich hin, als er sich Kaffee eingoss.

»Druck von oben. Ich glaube, er buckelt gerade wieder die Tour de Ländle hinauf«, sagte Paula Kußmaul süffisant.

»Dann wollen wir den Radfahrer mal kräftig nach unten treten lassen, aber ins Leere«, antwortete Kupfer sarkastisch.

Am liebsten hätte er nun OW angerufen, weil er sich nicht vorstellen konnte, was sein Freund mit seinen bescheidenen Polnischkenntnissen angefangen hatte. Der einzige Anhaltspunkt für ihn war, dass er ihm einmal etwas von polnischen Arbeiterkolonnen erzählt hatte, die in unserem Land schamlos ausgebeutet wurden. Und er hatte ihm etwas von den drei Firmen erzählt, die nach Anke Steigers vagen Angaben sich gegenseitig unterstützten, um bei mieser Auftragslage Verluste zu vermeiden. Sollte sich OW auf einer Baustelle herumgetrieben haben? Das konnte er sich nicht ausmalen.

Er trank seine Tasse aus, sagte »Auf ins Gefecht« und ging einen Stock höher, wo er an die Tür seines Chefs klopfte.

»Herein«, kam es laut von drinnen.

KOR Dr. Leonhard Blass klappte die Akte Steiger zu und sah zu Kupfer über den Rand seiner Lesebrille auf.

»Herr Kupfer, da sind Sie ja endlich. Setzen wir uns.«

Dabei deutete er auf die beiden kleinen Sessel in der Fensterecke und kam hinter seinem Schreibtisch vor. Er war einen halben Kopf kleiner als Kupfer, dafür recht beleibt, und die Koteletten bildeten mit seinem Schnauzbart zusammen die notwendigen Flächenteiler an seinem sonst fast kahlen Rundkopf. Ohne Anzug mit Weste hatte ihn in der Polizeidirektion noch nie jemand gesehen, und wegen der schwülen Morgenluft hatte er gerade mal sein Jackett abgelegt, seine Weste geöffnet und die Ärmel seines weißen Hemds etwas hochgekrempelt. Die violette Seidenkrawatte saß aber so korrekt wie im Winter.

»Ich habe schon zweimal nach Ihnen gefragt«, sagte er etwas gereizt, indem er sich setzte und seine Hosenbeine etwas hochzog. »Es gibt Anfragen vom Ministerium zu diesem scheußlichen Mord im Schönbuch, den Sie zu bearbeiten haben. Ich hoffe, Sie haben schon einiges vorzuweisen. Der Herr Innenminister wurde schon vom Herrn Minister für Ländlichen Raum gefragt, ob wir denn in diesem Fall noch gar keine Ergebnisse vorweisen könnten. Er müsse immer wieder Anfragen vom Landesjagdverband abwiegeln, und das gehe ja nur eine gewisse Zeit gut. Also, Herr Kupfer, was haben Sie denn schon in der Hand? Wäre es nicht auch Zeit für eine Pressekonferenz? Die Öffentlichkeit hat auch einen Anspruch auf Information. Wer traut sich denn noch in unser herrliches Naherholungsgebiet, wenn dort gemordet wird und die Polizei keine Antwort darauf hat? Denken Sie doch auch an die Wandervereine, den Albverein, den Schwarzwaldverein und so weiter.«

»An die denken wir, mit Verlaub, zuletzt. Dafür gibt es überhaupt keinen Anlass. Und auch den Landesjagdverband können wir beruhigen. Wir haben den starken Eindruck, dass hinter diesem Fall etwas steckt, was mit der Jagd rein gar nichts zu tun hat. Dass das Mordopfer im Wald auf der Jagd erschossen wurde, ergab sich zwar aus seiner Jägerei, hatte aber rein praktische Gründe.«

»Wie bitte? Das verstehe ich nicht.«

»Sagen wir mal so: Wenn er Angler gewesen wäre, hätten ihn die Täter vielleicht ersäuft. Weil das dann nahegelegen hätte. Oder wenn er Bergwanderer gewesen wäre, dann hätte jemand einen Steinschlag ausgelöst. Aber er war halt Jäger.«

Eine ungesunde Röte breitete sich über Blass' Gesicht aus. Sein Kragen schien ihm nun doch zu eng zu sein. Er löste den Krawattenknoten etwas und öffnete den Kragenknopf.

»Kupfer, was reden Sie da? Und was sagt Ihre Phantasie zu den angesägten Hochsitzleitern vor einem halben Jahr? Da haben Sie auch noch nichts geliefert, und die gesamte Jägerschaft wartet darauf. Und nun dieser Unsinn über Angler und Bergwanderer. Damit können Sie nicht an die Öffentlichkeit, damit nicht. Und wir müssen dringend an die Öffentlichkeit.«

»Ich bin weit davon entfernt, diese Sachlage auf diese Weise öffentlich zu erklären. Ich wollte Ihnen bloß verdeutlichen, warum die Jäger- und Wandervereine keine Angst haben müssen. Ich wehre mich nur gegen den Druck des Landesjagdverbands, den Sie eben an mich weiterzuleiten versuchten. Ich habe einige Ergebnisse zu melden, wie Sie gewiss schon teilweise zur Kenntnis genommen haben.«

Damit deutete er auf den Aktenordner, den Blass eben zugeklappt hatte, wohl wissend, dass Blass mit seiner Lektüre noch nicht sehr weit gekommen sein konnte.

»Teilweise, teilweise«, brummte Blass verärgert und lehnte sich in seinem Sesselchen zurück. »Also, schießen Sie mal los.«

»Auf der Suche nach dem Motiv dieses grauenhaften Mordes sind wir mit dem Profil des Mordopfers schon beträchtlich vorangekommen.«

»Des Mordopfers, des Mordopfers! Kupfer, was reden Sie da! Das Mordopfer war ein geachteter Mann aus der Mitte unserer Gesellschaft. Edgar Steiger ist uns bekannt. Er war Gast auf jeder großen Staatsjagd und Jagdfreund von unserem Staatssekretär, dem Herrn Dr. Eisele. Und er war ein potenter Steuerzahler, ein Bürger unseres Landes von der brauchbaren Sorte. Da brauchen Sie nicht lange ein Profil zu erstellen. Konzentrieren Sie sich lieber auf die Täter.«

»Wir tun nichts anderes, Herr Dr. Blass, nur führt der einzige Weg zum Täter im vorliegenden Fall nun mal über das Opfer. Und lassen Sie mich bitte, ich bitte Sie dringend darum, etwas über das Opfer sagen. Herr Steiger war nach unseren Ermittlungen bei seinen Reviernachbarn nicht sehr beliebt. Da gab es Grenzüberschreitungen, da gab es fragwürdige Schätzungen des Wildbestands, da gab es zu viele Abschüsse und, was ich sehr bedenklich finde, die Belieferungen einer illegalen Metzgerei mit Wildbret. Letzteres regelmäßig. Alles recht wenig waidmännisch, oder wie man da sagt, wenn ich mir das Urteil erlauben darf. Der Prozess gegen Herrn Steigers Abnehmer wird noch diesen Monat anlaufen: Verstoß gegen das Lebensmittelgesetz, Schwarzarbeit, Steuerhinterziehung. Und alles mit Herrn Edgar Steigers Wissen. Ich bin übrigens absolut überzeugt davon, dass Herr Dr. Eisele von diesem Gebaren seines Jagdfreunds keine Ahnung hat. Übrigens hatten wir bei der Befragung der Reviernachbarn nie den Eindruck, dass diese Herren sehr verängstigt wären. Da kann ich Sie beruhigen.«

Dr. Blass' angewinkelte Beine zitterten, als litte er an »restless legs«. Der violette Hauch auf seinen Wangen wurde etwas dunkler. Wenn der nicht besser auf sich aufpasst, kriegt der irgendwann ein Schlägle, schoss es Kupfer durch den Kopf. Er redete ruhig weiter.

»Ich will Ihre kostbare Zeit nicht mit einer Aufzählung von Indizien vergeuden. Ich fasse lieber zusammen: Es sieht ganz danach aus, als müssten wir den oder die Täter unter Leuten aus Herrn Steigers beruflichem Umfeld suchen, allerdings unter Leuten, die aller Wahrscheinlichkeit nach auf die Jagd gehen.«

»Sehen Sie, die Jagd spielt doch eine große Rolle«, warf Blass ein.

»Aber das Tatmotiv hat mit der Jagd nichts zu tun. Ich sagte Ihnen doch schon, wenn das Mordopfer Angler gewesen …«

»Jetzt hören Sie doch mit Ihrem Angler auf«, brauste Blass auf, wobei seine Gesichtsfarbe noch etwas bedenklicher wurde.

»Das Tatmotiv hat mit der Jagd absolut nichts zu tun. Das ist das Einzige, was feststeht«, beharrte Kupfer auf seinem Standpunkt.

»Das wird Ihnen der Herr Minister für den Ländlichen Raum und so weiter nicht einfach abnehmen, und unser Staatssekretär Dr. Eisele auch nicht«, fauchte Blass.

Kupfer ignorierte diese sture Antwort und redete in aller Ruhe weiter.

»Wir haben vielmehr den Verdacht, dass hinter dem Mord ein polnischer Geschäftspartner des Opfers steckt. Wie es sich uns zur Zeit darstellt, waren die Täter in einem Sindelfinger Hotel abgestiegen und sind unmittelbar nach der Tat verschwunden. Wir vermuten, dass einer der Täter ein Verwandter des Geschäftspartners ist. Möglicherweise hilft uns hier ein Phantombild weiter, das wir nach einem Foto und der Aussage einer Zeugin herstellen werden.«

Offensichtlich hatte es Blass sein persönliches Maximum an Beherrschung gekostet, Kupfer ausreden zu lassen. Der hatte den Mund kaum zu, da sprudelte es nur so aus Blass heraus. Immer schneller redete er und streckte, halb fordernd, halb flehend, seine fleischigen Hände nach Kupfer aus.

»Sie reden von Verdacht, Vermutungen und Möglichkeiten, aber von nichts Konkretem. Sie haben noch nichts in der Hand, gar nichts. Mein Gott, wenn Sie ein Phantombild herstellen können, warum haben Sie es nicht schon längst gemacht, damit wir mit der Sache endlich vorankommen?«

»Ich«, sagte Kupfer in Blass' Atempause hinein, indem er sich zurücklehnte, »also ich – ich bin mit der Sache vorangekommen, und zwar ein gutes Stück, und werde heute noch ein Phantombild anfertigen lassen, und zwar genau mit dem Material, das ich gestern Abend und heute Morgen beschafft habe, weswegen ich Sie sehr bedauerlicherweise auf mich habe warten lassen müssen, wofür ich mich aber wohl kaum zu entschuldigen brauche.«

Blass schluckte, und trotz seiner dicken Backen zeichneten sich seine Kaumuskeln einen Moment deutlich ab. Er war so angespannt, dass seine Beine nicht mehr zitterten.

»Wie Sie der Akte noch nicht entnehmen konnten, verfügen wir über ein Foto eines Geschäfts- und Jagdfreunds des Opfers. Nach Aussagen der Zeugin, die ich in der Akte aber schon genannt und beschrieben habe, sieht einer der beiden Verdächtigen diesem Herrn auffällig ähnlich.«

»Welche Zeugin meinen Sie?«

»Es gibt nur eine: ein Zimmermädchen, oder besser eine Putzfrau des Hotels. Sie konnte auch sagen, wo die beiden Gäste herkamen, obwohl sie falsche Angaben gemacht hatten. Sie merkte es an ihrem Dialekt. Alles Übrige ist noch sehr vage und bedarf genauer Überprüfung. Möglicherweise werde ich Sie bitten, die Wirtschaftsprüfer vom LKA zu bemühen. Ob es notwendig ist, wird sich in den nächsten Tagen zeigen. Ich werde es Sie dann wissen lassen. Eine Pressekonferenz halte ich derzeit für absolut verfrüht.«

»Eine Pressekonferenz wäre aber gut. Denken Sie an die Öffentlichkeit.«

»Die Öffentlichkeit muss leider warten. Wir können momentan nichts Substantielles sagen, ohne die Ermittlungen zu stören. Ich möchte Sie bitten, damit noch ein paar Tage zu warten und den Herren Ministern und dem Landesjagdverband in geeigneter Form mitteilen zu lassen, dass kein ehrlicher Mensch sich in unserem Naherholungsgebiet fürchten muss.«

»Kupfer, ich bitte Sie, Herr Edgar Steiger ...«

»War allem Anschein nach kein Unschuldslamm«, fiel ihm Kupfer ins Wort. »Im Übrigen freue ich mich darauf, Ihnen vielleicht schon in ein paar Tagen sagen zu können, dass eine Pressekonferenz sinnvoll wäre.«

Blass atmete tief durch und stand auf. Damit zeigte er das Ende des Gesprächs an.

»Wollen Sie die Akte noch etwas hierbehalten?«, fragte Kupfer, indem er auf den Schreibtisch deutete.

»Nein, nein danke. Sie können sie mitnehmen. Ich bin schon informiert, und Sie melden mir ab jetzt jeden Fortschritt.«

Darauf sagte Kupfer nichts, sondern klemmte die Akte unter den Arm und verließ grußlos das Büro.

»Wie war's beim KOR?«, wollte Paula Kußmaul wissen.

»Ich könnte kordsen«, sagte Kupfer trocken.


Er suchte den Fotospezialisten der Polizeidirektion auf und bat ihn, dem Foto von Franciszek Kasparovicz fünfzehn Lebensjahre zu nehmen.

»Schau mr mal, was geht«, sagte der junge Mann und legte das zusammengeklebte Foto auf den Scanner.

Glücklicherweise ging kein Riss durch das Gesicht, so dass die Kopfform nicht verfälscht war.

»Wir haben Glück, dass der Typ genau in die Kamera guckt. Das Bild hat fast biometrische Qualität. Jetzt holen wir uns das mal mit der höchstmöglichen Auflösung in den Kasten, und dann wird der Typ abgespeckt. Und die Geheimratsecken nehmen wir auch weg. Machen wir zwei Varianten.«

Es dauerte nicht lange, und Kupfer hatte die Fotos von zwei jungen Männern in der Hand, die sich sehr ähnlich sahen und Söhne oder Neffen Franciszek Kasparoviczs hätten sein können.

## 30

Die beiden Fotos hellten Kupfers Stimmung auf, und als Feierabend war, hatte er den Kriminaloberrat so gut wie vergessen. Er war sich sicher, dass OW ihn heute Abend besuchen würde. Er freute sich nicht nur auf diesen Besuch, er erwartete ihn geradezu ungeduldig.

Marie hatte er gebeten, keinen Anruf von OW entgegenzunehmen, weil er wollte, dass er herkam. Er war auf sein überraschtes Gesicht gespannt. Er nahm an, dass OW ihn nach dem Abendessen für zwei, drei Stunden aufsuchen würde, wie er es manchmal tat. OW setzte sich jedes Mal in Herrenberg in die S-Bahn, stieg am Goldberg aus, und dann waren es nur noch ein paar Schritte zu Kupfers Häuschen in der Jägerstraße. Manchmal brachte er eine Flasche Wein mit, manchmal unterhielten sie sich über die Neuigkeiten des Tages, manchmal spielten sie eine Partie Schach, wobei meistens OW gewann, weil Kupfer immer wieder von seinen Ermittlungen eingeholt wurde.

Auf OW war Verlass. Kurz nach sieben stand er mit einer Flasche Rosswager Lemberger vor der Tür. Ehe er auch nur den Mund aufmachen konnte, begrüßte ihn Kupfer mit »Dobry wieczór, moj kolega, dobry Feierabend!«

»Dobry ... dobry wie ...« Weiter kam der völlig überraschte OW nicht. Verblüfft, mit offenem Mund stand er da, was Kupfer zum Lachen brachte.

»Komm herein, dann können wir uns ein wenig auf Polnisch unterhalten. Dobry wieczór, na zdrowie, smacznego, dziêkujemy bardzo.«

OW verstand gar nichts mehr, lächelte unsicher und folgte seinem Freund in die Wohnung.

»Da hab ich was mitgebracht«, sagte er immer noch verwundert und stellte die Flasche auf den Tisch.

»Das wär aber nicht nötig gewesen die köpfen wir sofort«, sagte Kupfer in einem Atemzug. »Und dann erzählst du mir, warum du Polnischunterricht genommen hast.«

»Nur wenn du mir sagst, seit wann du Polnisch kannst.«

»Ich kann so wenig Polnisch wie du«, sagte Kupfer schelmisch grinsend und zog den Korken aus der Flasche.

»Na zdrowie.«

»Wir hatten wohl dieselbe Lehrerin?«

»Katarzyna Lewczuka heißt sie. Ja. Sie hat mir von deiner Unterrichtsstunde an der Bushaltestelle erzählt.«

»Aber sie hat sich doch nicht beklagt, weil sie sich belästigt fühlte? Den Eindruck hatte ich nämlich nicht.«

»Nein, sie hat sich nur amüsiert. Es ist schon comedy-reif, wenn ein deutscher Pensionär einer polnischen Putzi nachläuft und um Sprachunterricht bettelt.«

»Ich habe sie nicht angebettelt.«

»Na ja, vielleicht das nicht, aber komisch finde ich diese Aktion trotzdem.«

»Mir blieb nichts anderes übrig. Wen hätte ich denn sonst fragen sollen?«

»Und jetzt erzählst du mir einfach, was du mit den paar Brocken Polnisch angestellt hast.«

»Ich habe nichts angestellt, ich habe etwas herausgefunden.«

»Da bin ich aber gespannt!«

»Jetzt halt dich fest. Die Folgerung, also das Ergebnis, zuerst: Die Firmen Steiger, Wüst und Gutbrod arbeiten zusammen, indem sie einzelne Arbeiter ihrer Kolonnen willkürlich austauschen. Welchen Zweck das hat, versteht niemand. Die Arbeiter sagen nur, dass sie immer wieder zu einer anderen Firma geschickt werden, weil es angeblich gerade nicht genug Arbeit für alle gibt. Aber fast gleichzeitig kommt dann ein anderer von einer anderen Firma in die Kolonne. Jeder der vier Polen, mit denen ich geredet habe, hat ein paar solche Wechsel mitgemacht. Hier, das hab ich notiert:

Jakub: Gutbrod – Wüst – Steiger
Wojciech: Steiger – Wüst – Steiger
Bartosz: Wüst – Gutbrod – Steiger
Mikolaj: Wüst – Steiger.

Und alle wurden in ihrer Heimat vom gleichen Unternehmer angeheuert.«

»Haben sie gesagt, wo sie herkommen?«

»Aus Grosny.«

»Kann nicht sein. Grosny ist in Tschetschenien.«

»Warte, ich habe das auch aufgeschrieben«, sagte OW und blätterte in seinem Notizblock. »Ja, da steht's, Krosno, ganz in der Nähe der slowakischen Grenze.«

»Halt«, unterbrach ihn Kupfer und hob die Hand, als wollte er ein Auto anhalten. »Lass mich raten. Der Unternehmer heißt Kasparovicz.«

»Stimmt. Woher weißt du das?«

Kupfer antwortete nicht. Aber OW sah ihm an, dass sich in seinem Kopf zwei Fäden verknoteten, und verstand nicht, warum er nichts sagte. Jetzt war doch ein großes Lob fällig, oder etwa nicht?

»So viel Polnisch kannst du doch gar nicht«, sagte Kupfer mit gespielter Verwunderung.

»Die konnten alle genug Deutsch. Es wäre auch ohne Polnisch gegangen«, erklärte OW.

Kupfer brach endlich in heiteres Gelächter aus. »Diesmal war deine Aktion ein voller Erfolg, angefangen mit der Putzi bis zu Jakub und wie sie alle heißen«, lobte er seinen Freund und klopfte ihm auf die Schulter. »Du hast genau ins Schwarze getroffen. Kasparovicz war Geschäfts- und Jagdfreund von Steiger. Was hast du sonst noch erfahren?«

»Nichts mehr. Ich wurde ja verscheucht.«

Er erzählte die ganze Geschichte bis zu ihrem seltsam unerfreulichen Ende.

»Es ist also nicht erwünscht, dass jemand mit den Arbeitern redet, und schon gar nicht, wenn derjenige auch noch mit einem Notizblock daherkommt«, folgerte Kupfer. »Hochinteressant.«

»Ich glaube, die bescheißen ihre Arbeiter irgendwie.«

»Darauf kannst du Gift nehmen.«

»Worauf wartest du dann? Schlag doch zu und heb den Laden aus.«

»So einfach geht das nicht.«

»Warum? Nimm doch einfach, was ich herausgekriegt habe, und setz eure Wirtschaftler auf die Firmen an.«

»Ich weiß doch gar nicht, wer Jakub & Co. sind, und dann sind das deine Ergebnisse. Wir haben doch nicht einmal die Familiennamen. Ich kann doch nicht sagen, der Jakub und der Bartosz behaupten dies und das. Wie stellst du dir das vor?«

»Verdammter Mist! Danach konnte ich wegen dem Kapo nicht mehr fragen. Aber weißt du was?« Er schaute auf die Uhr. »Es ist noch nicht mal acht. Lass uns schnell hinfahren. Wahrscheinlich sitzen sie wieder vor ihrem Container und grillen.«

»Gute Idee! Fahren wir.«

In Kupfers Auto erreichten sie das Flugfeld in weniger als zehn Minuten. Schon beim Aussteigen kniff OW die Augen zusammen, als würde er in die Sonne schauen. Es war aber stark bewölkt.

»Was guckst du so?«

»Der Container ist weg.«

»Da stehen doch welche.«

»Schon, aber nicht der.«

Ein junger Mann kam von den Containern her und wollte in Richtung Stadt an ihnen vorbeigehen. Viel Deutsch konnte er nicht. Aber es reichte, um ihnen zu sagen, dass der Container am frühen Morgen weggebracht worden war.

»Und die vier Polen?«

Er zuckte mit den Achseln.

»Nix Polen.«

Und das war's.

Kupfers optimistische Laune hatte sich schlagartig verflüchtigt. Auf der Rückfahrt sinnierte er laut vor sich hin.

»So was Blödes! Da habe ich endlich einen zwingenden Verdacht, aber eigentlich gar nichts in der Hand. Nicht mal die Familiennamen dieser Polen.«

»Aber du kannst doch die Büros durchsuchen lassen.«

»Wenn das so einfach wäre! Wie soll ich einen Durchsuchungsbeschluss beantragen, wenn ich außer deinen Aussagen nichts vorweisen kann? Dass die vier Polen von Steigers Geschäftsfreund hergebracht wurden, hat noch keine Beweiskraft.«

»Sag doch einfach, du hättest wichtige Hinweise von einem Journalisten erhalten, der aber nicht genannt werden will.«

»Das wird nicht reichen. Du kennst unsere Staatsanwälte nicht.«

Weiter kamen die beiden an diesem Abend nicht, und ihre Stimmung war im Keller, auch der Rotwein holte sie nicht wieder hoch. Sie redeten nicht mehr viel. OW war enttäuscht, weil Kupfer seine Informationen nicht sofort verwerten konnte, und Kupfer kam aus dem Grübeln nicht heraus. Wie sollte er mit diesem Ermittlungsergebnis argumentieren, das jeder Staatsanwalt als oberflächlich bezeichnen würde und das obendrein nicht einmal von ihm stammte, was er nicht einmal zugeben durfte?

Als er am nächsten Morgen seinen Kollegen Feinäugle ins Bild setzte, sagte dieser: »Halt mal! Sagtest du Gutbrod? In einer Arbeiterkolonne Gutbrods gab es doch im Februar diesen Unfall. Das war ein polnischer Arbeiter. Wenn ich richtig informiert bin, ist er im Krankenhaus gestorben. Ich musste den Fall damals klären. War eindeutig ein Unfall, aber die Umstände waren nicht alltäglich.«

»Was für Umstände?«

»Der Arbeiter war erst seit ein paar Tagen auf dieser Baustelle gewesen, keiner kannte seinen Familiennamen. Es hieß, man habe ihn von einer anderen Firma ausgeliehen und seine Papiere noch nicht bekommen. Mich hat das damals nicht weiter interessiert. Es lag ja kein Verbrechen vor. Aber jetzt, wo du das alles erzählst, könnte man da schon einmal nachhaken.«

»Das bringt es vielleicht«, sagte Kupfer nachdenklich. »Ich fress 'nen Besen, wenn der Arbeiter nicht von Steiger oder Wüst geschickt worden war. Die Frage lautet aber, wie begründe ich den Antrag am elegantesten?«

»Verdacht auf Betrug, Unterschlagung und so weiter, die ganze Latte halt«, meinte Feinäugle.

»Das wird nichts nützen. Unser lieber Staatsanwalt Klöppner wird dann fragen, wieso die Mordkommission sich neuerdings um Wirtschaftsverbrechen kümmert. Ich habe absolut keine Lust, mit ihm lange verhandeln zu müssen. Wir sind nicht die besten Freunde, das weißt du doch.«

»Meinst du nicht, dass dein Verdacht, dass hinter dem Wildsaumord geschäftliche Auseinandersetzungen stecken, ausreicht?«

»Bei Klöppner vielleicht, wenn ich Glück hab. Ich befürchte nur, dass der Antrag von unserem lieben Chef gestoppt wird, wenn ich ihn nicht an seinem Schreibtisch vorbeischmuggeln kann. Es passt ihm nämlich nicht, dass an Steigers Ehre gekratzt wird. Schließlich war Steiger Jagdfreund von unserem Herrn Staatssekretär und hatte von den Staatsjagden her gute Beziehungen zu manchen Herren in den Ministerien.«

»Es hilft nur eines«, schlug Feinäugle vor. »Schreib dazu, dass uns im Nachhinein im Zusammenhang mit dem damaligen Baustellenunfall Zweifel an meinem Ermittlungsergebnis gekommen sind, dass wir hier einen Zusammenhang vermuten und den Fall noch einmal aufrollen müssen.«

»Wäre wirkungsvoll. Aber würde das nicht bedeuten, dass du bei deinen Ermittlungen etwas übersehen hast oder nicht weit genug gegangen bist?«

»Mach dir da keinen Kopf. Dagegen könnte ich mich leicht verteidigen. Betrachte die Sache mal andersherum: Wenn ich damals über die Firmen gewusst hätte, was wir jetzt wissen, dann hätte ich den Fall anders betrachtet. Das muss doch jedem einleuchten, sogar dem Blass. Wir sind geradezu verpflichtet, neu zu ermitteln. Das musst du hinschreiben.«

»Ich bin dir dankbar, dass du das so siehst. Hoffentlich lässt Blass meinen Antrag durch.«

»Wieso denn? Der wird einfach übergangen. Staatsanwalt Klöppner kennt den Fall von dem Polen doch und Steigers Fall auch. Da brauchen wir den Segen von Blass überhaupt nicht. Und wenn er dich hinterher anranzt, dann steckst du das einfach weg.«

»Worauf du dich verlassen kannst!«

Kupfer machte sich sofort daran, bei der Staatsanwaltschaft eine Durchsuchung der Firmenbüros von Gutbrod, Edgar Steiger und Wüst beziehungsweise Anke Steiger zu beantragen.

Und natürlich musste er das OW sofort mitteilen.

## 31

Kupfer tat nichts. Er stand nur auf dem Gelände herum, hatte die Hände in die Hosentaschen geschoben und schaute den Arbeitern zu. Er wollte niemanden anreden, sondern selbst angesprochen werden. Kommen lassen, kommen lassen, sagte er sich immer wieder, als er schon eine halbe Stunde den Arbeitern von weitem zugesehen hatte. Den Kapo hatte er auf den ersten Blick identifizieren können. Er entsprach genau OWs Beschreibung. Ein Bär von einem Mann, der seinen Helm lässig etwas nach hinten, also auf Durst geschoben hatte und eine Statur besaß, als könnte er mit Leichtigkeit das Pensum von zwei Arbeitern übernehmen.

Aber das tat er nicht. Im Gegenteil. Er lief hin und her, sprach den einen und anderen Arbeiter an, packte kurz mit an, um gleich wieder an eine andere Stelle zu laufen. Nur der Mann mit den Plänen, der Bauleiter, dessen Helm überhaupt nicht zu seiner sonstigen Aufmachung passte, schien für längere Zeit seiner Aufmerksamkeit würdig zu sein. Sie schauten zusammen auf die Pläne und deuteten auf verschiedene Stellen des Geländes, bis der Bauleiter seine Pläne zusammenfaltete und die Großbaustelle verließ.

Der Kapo ging ein paar Schritte auf zwei Arbeiter zu, blieb aber auf halbem Weg stehen. Offensichtlich hatte er Kupfer bemerkt.

»Jetzt komm doch endlich«, sagte Kupfer leise zwischen den Zähnen.

Und der Kapo kam.

»Was wellet Sie? Betreten der Baustelle verboten. Kennet Sie net lesa?«

»Doch.«

»Dann machet Se, dass Se Land gwinnet, sonschd bassiert ebbes.«

»Regen Sie sich bitte nicht auf. Ich schau doch bloß zu.«

»Mir brauchet koine Schniffler.«

»Aber vielleicht Ermittlungsbeamte.«

Kupfer hielt ihm seinen Dienstausweis unter die Nase und nannte seinen Namen.

»Kriminalbolizei. I glaub, i schbenn. Was om elles en dr Welt wellet Sia uff derra Bauschdell?«

»Ich suche vier polnische Arbeiter.«

»Hier gibt's koine Polacka. Scho lang nemme. Des war amol.«

Kupfer deutete hinter sich.

»Noch vor zwei Tagen stand dahinten ein Container mehr. Da hausten Jakub, Bartosz und wie sie alle heißen. Die Familiennamen weiß ich nicht auswendig. Sie wissen ja selbst, wie schwierig polnische Namen für uns sein können. Und dieser Container ist mitsamt den Arbeitern von einem Tag auf den andern verschwunden. Wohin? Warum? Würden Sie mir das bitte erklären?«

»Do gibt's nix zom Erklära. Mr hot se nemme braucht ond hoimgschickt.«

»Das Seltsame daran ist bloß, dass die vier am Abend vorher noch nichts davon wussten. Das ist kein rücksichtsvoller Umgang mit Arbeitskräften.«

»Des goht mi gar nix an. Des war dr Chef, dr Wüscht.«

»Und wie heißen Sie?«

Die plötzliche Frage verunsicherte den Kapo.

»Bernd Kohler. Worom wellet Sia des wissa?«

»Weil ich den Eindruck habe, dass Sie sich gerade in etwas hineinreiten.«

»I? Wieso denn?« Ganz so ruhig war Kohler schon nicht mehr.

»Weil Sie höchstwahrscheinlich im Moment die amtliche Tätigkeit eines Polizeibeamten stören und deshalb festgehalten werden dürfen, Strafprozessordnung Paragraph 164. Ganz genau hab ich das nicht zitiert, das müssen Sie entschuldigen. Stimmt aber trotzdem. Und das Strafgesetzbuch weiß dazu auch noch was. Da wird Ihre Haltung als Behinderung der Ermittlungsarbeiten bezeichnet, Paragraph 258. Ich sage Ihnen das fairerweise, damit Sie sich nicht straffällig machen.«

Kohler stand der Mund offen.

»Also, wo sind die vier Polen?«

»Des woiß i net. Ehrlich.«

»Wer weiß es dann? Wer hat dafür gesorgt, dass sie wegkommen?«

»Dr Chef, dr Wüscht.«

»Wüst ist also jetzt Ihr Chef?«

»Ja, seit dr Schdeiger omkomma isch. Oiner muaß ja noch ällem gugga.«

»Sie haben wahrscheinlich bemerkt, dass ich mir den Betrieb hier schon eine halbe Stunde angeschaut hab. Es ist doch absolut bewundernswert, wie hier eine Hand in die andere greift und der Baustahl genau im richtigen Moment vom Kran herangeschafft wird, ›just in time‹, wie man heute sagt. Das klappt alles wunderbar. Und trotzdem«, Kupfer wurde etwas lauter, »könnte man doch vier Arbeiter mehr brauchen. Dann ginge alles noch ein wenig schneller. Also, Herr Kohler, warum hat Ihr Chef die vier Leute so schnell verschwinden lassen?«

Kohler zündete sich eine Zigarette an und sagte nichts.

»Dann will ich es Ihnen sagen. Weil am Abend davor ein Journalist diese vier Leute interviewt hat. Sie erinnern sich doch noch an den Mann, den Sie vom Gelände gewiesen haben? Ich wiederhole also meine Fragen: Warum sind die vier Leute nicht mehr da? Wo sind sie jetzt?«

»I woiß ehrlich net, wo dia send.«

»Aber Sie wissen, warum Sie Ihrem Chef von dem Journalisten erzählt haben. Warum sollten denn die vier Polen mit niemandem reden?«

»Weil's dr Chef net will. Was woiß i?«

»Okay, das wissen Sie vielleicht wirklich nicht. Und vielleicht können Sie sich auch nicht an das erinnern, was ich jetzt gerne von Ihnen wissen möchte. Aber Sie haben doch sicher so etwas wie ein kleines Büro hier. Lassen Sie uns dort hingehen. Ich möchte schon gern Ihre Notizen sehen.«

»Was für Notizen?«

»Wie lange die verschiedenen Arbeiter hier auf dieser Baustelle beschäftigt waren.«

»Des woiß i wirklich nemme auswendich. Die send komma und ganga und manchmol wiederkomma.«

»Und wer hat die her- und weggeschickt?«

»Gschickt hot se dr Gutbrod oder dr Wüscht, ond weggschickt hot se emmer dr Schdeiger, ond jetzt, seit's den Schdeiger nemme gibt, dr Wüscht. Mir hot des nia basst, des kann i Ihne saga, weil i liabr emmer mit de gleiche Leit schaffa dät.«

»Das glaube ich Ihnen gern.«

208

Kohler ging drei Schritte voran zu seinem Bürocontainer. Er hatte begriffen, wie er seine Haut retten konnte. Auf seinem Tisch lag ein dickes, schwarzes Notizbuch.

»Des isch älles. Aber des brauch i.«

Trotzdem legte er es in Kupfers ausgestreckte Hand.

»Morgen kriegen Sie es wieder. Versprochen. Vielen Dank.«

Vor dem Bürocontainer drehte sich Kupfer noch einmal nach Kohler um.

»Eins noch, Herr Kohler. Wenn Sie jetzt bei Wüst oder Gutbrod anrufen würden, wäre das ein klarer Fall von Behinderung eines Ermittlungsverfahrens, Paragraph 258 Strafgesetzbuch. Darauf muss ich Sie fairerweise aufmerksam machen.«

Dann drehte er sich um und ging grußlos weg. Kohlers Gesichtsausdruck konnte er sich gut vorstellen und grinste vor sich hin.


»Bitte alles kopieren, jede Seite«, sagte Kupfer am nächsten Morgen und legte Paula Kußmaul das Notizbuch des Poliers auf den Tisch.

Sie fasste es mit spitzen Fingern an, schlug es auf und meinte: »Um Gottes willen! Wo ist denn der in die Schule gegangen? Wer soll denn das Gekritzel entziffern? Das kann doch kein Mensch lesen.«

»Doch, mein Freund OW, der war Lehrer.«

»Gut! Dann kann er Ihnen wenigstens diesmal helfen, ohne dass er eins auf die Nase kriegt.«

»Hat er schon«, sagte Kupfer und erzählte ihr von OWs Einsatz bei den polnischen Arbeitern, was sie sehr amüsierte.

Währenddessen kam Feinäugle ins Büro.

»Schau mal, was für ein Dokument da gerade kopiert wird«, forderte Kupfer ihn auf.

Feinäugle nahm eine Kopie aus dem Ausgabefach und versuchte herauszubringen, was da zu lesen war.

»Das kann keine Sau lesen. Aber es sieht aus, als seien das Namen von Arbeitern und Einsatzzeiten.«

»Ein Rapport heißt so was. Der Rapport von Steigers Polier.«

»Dann können wir den Wüst jetzt kommen lassen.«

»Den brauchen wir nicht mehr herzubestellen«, sagte Kupfer. »Wir gehen morgen zu ihm, mit vereinten Kräften. Ich hab eben mit dem Staatsanwalt telefoniert. Den Durchsuchungsbeschluss für alle drei Büros bekommen wir noch in Lauf des Tages, und morgen früh machen wir Razzia. Die Einsatzkräfte habe ich schon angefordert, und die Wirtschaftler vom LKA sind bereit. Wir schnappen uns den Wüst und den Gutbrod.«

»Und Steigers Büro?«

»Für Steigers Laden ist zur Zeit Wüst zuständig, sagte der Polier von der Baustelle auf dem Flugfeld. Wüst genießt eine Doppelposition.«

»Wüst wird immer interessanter für uns«, meinte Feinäugle.

»Und wie! Du brauchst ihm übrigens keine Tasse mehr in die Hand zu drücken. Wir haben seine Fingerabdrücke bereits. Er hat mir doch geholfen, das Foto von Steiger und seinem Jagdfreund zusammenzusuchen. Dabei hat er freundlicherweise auf allen Teilen, die er betatscht hat, prächtige Fingerabdrücke hinterlassen. Und die sind identisch mit …«

Er hielt inne, weil er Feinäugle wenigstens einen Moment auf die Folter spannen wollte, was ihm aber nicht gelang.

»Mit denen auf dem Balkongeländer! Wüst war bei den Killern!«, rief Feinäugle aus, als hätte er gerade beim Kollegenkick ein Tor geschossen, und haute mit der flachen Hand auf den Tisch.

»Psst! Sonst hört dich der Herr Kriminaloberrat und kommt herunter. Den kann ich jetzt nicht brauchen«, beruhigte ihn Kupfer. »Der Kollege von den Wirtschaftlern im LKA meint, sie könnten die Sache schnell erledigen. Das sieht alles gut aus.«

»Und Blass?«

»Kriegt dann die Ergebnisse auf seinen Schreibtisch und kann mit dem Herrn Polizeisprecher zusammen seine Pressekonferenz anbahnen.«

Kupfer nutzte die Mittagspause, um Kohler sein Notizbuch zurückzubringen. Um halb eins fand er ihn bei offener Tür in seinem Bürocontainer sitzen. Er hatte sein Vesper vor sich auf dem kleinen Tisch ausgebreitet und eine große Thermoflasche vor sich stehen.

»Sia brenget's sogar selber wieder«, sagte er erstaunt, als er Kupfer mit dem Notizbuch in der Hand zur Tür hereinkommen sah.

»Ich hab es ja auch selber geholt.«

Kupfer legte es auf den Tisch und schaute den Polier kritisch an.

»Was gugget Sia so?«

»Weil ich Sie mir gar nicht im Knast vorstellen kann.«

»Sia, i han neamert ebbes gsait. I ben doch net bled.«

»Blöd nicht, aber vielleicht abhängig.«

»I? Abhängich? Des glaubet bloß Sia. I kriag an Tschop, wo i will.«

»Und warum arbeiten Sie dann ausgerechnet hier?«

»Weil i en Beblenga wohn.«

»Dagegen kann man nichts sagen. Dann hoff ich, dass Sie hier weiterhin in Freiheit arbeiten können. Schönen Tag noch.«

Unter der Tür drehte er sich noch einmal um und schaute Kohler wortlos an.

»I han nix gsait. Ond i sag au nix, ehrlich.«

»Na, dann ist's gut.«


## 32

Kohler hatte tatsächlich dichtgehalten. Ursel Wurster, Steigers langjährige Sekretärin, war eben erst ins Büro gekommen, hatte ihre Jacke abgelegt und war dabei, die Kaffeemaschine in Betrieb zu nehmen. Da sah sie die drei Polizeifahrzeuge in das Betriebsgelände einbiegen. Ein schneller Blick auf die beiden Computer sagte ihr, dass nichts zu machen war. Sie waren noch nicht einmal hochgefahren. Sie stürzte aus dem Büro und stellte sich vor den Eingang.

Kupfer kam auf sie zu.

»Guten Morgen, mein Name ist Kupfer. Wir kommen von der Kriminalpolizei Böblingen mit einem Durchsuchungsbeschluss der Staatsanwaltschaft. Bitte, sehen Sie selbst.«

Damit reichte er ihr das Schreiben.

Sie schaute es nicht einmal an, sondern sagte sofort: »Herr Wüst ist nicht da. Sie müssen warten.«

»Sie irren sich. Das müssen wir nicht. Da Herr Wüst nicht Eigentümer der Firma ist und es den rechtlichen Eigentümer nicht mehr gibt, brauchen wir uns nur Ihnen gegenüber zu rechtfertigen. Vielleicht nicht einmal das. Jetzt lesen Sie doch bitte dieses Schreiben.«

Frau Wurster war zu aufgeregt, um das Schreiben konzentriert zu lesen. Sie überflog es nur und sagte: »Mir ist absolut nicht klar, was Sie eigentlich wollen.«

»Das hoffe ich auch für Sie. Unsere Wirtschaftler vom Landeskriminalamt werden das schon klarstellen. Treten Sie doch bitte zur Seite.«

Die Frau drehte sich wortlos um und ging ins Büro zurück. Mit versteinertem Gesicht saß sie da, während die Einsatzkräfte die Computer abbauten und die Aktenordner in große Kartons packten.

»Vielleicht sind Sie so nett und geben uns die Passwörter?«, forderte Kupfer sie auf.

Ohne etwas zu sagen, öffnete sie eine Schublade und reichte Kupfer eine Karte, auf der die Zugangsdaten verzeichnet waren.

»Wann kommt Herr Wüst?«

»Normalerweise schaut er zuerst auf der Baustelle vorbei und kommt dann gegen acht.«

»Das können wir abwarten«, sagte Kupfer zufrieden.

Der Abtransport der Akten und Computer war recht schnell gegangen, so dass nach einer starken halben Stunde das Büro fast geräumt war. Zwei Polizeiautos hatten das Gelände schon wieder verlassen.

Da kam Wüst. Er hatte nicht nur Steigers Position eingenommen, er fuhr jetzt auch seinen A 8.

Schwungvoll bog er in den Hof ein, bremste ab und schien sich für einen Moment für keine Parkposition entschließen zu können. Für einen Moment hatte es den Anschein, als wollte er umkehren. Dann aber stellte er sein Fahrzeug neben dem Polizeiauto ab und schritt äußerlich gelassen ins Büro.

»Darf man fragen, was hier los ist?«, fragte er forsch.

»Guten Morgen Herr Wüst. Eigentlich sind wir dran mit Fragen. Aber ich will Ihnen antworten. Berechtigt durch einen Durchsuchungsbeschluss der Staatsanwaltschaft, haben wir Ihre beziehungsweise Herrn Steigers Geschäftsunterlagen zur Überprüfung abtransportiert, und zwar nach Bad Cannstatt zum LKA, sprich Lan-des-kri-mi-nal-amt. Übrigens nicht nur Ihre. Meine Kollegen sind gerade auch in zwei weiteren Büros.«

»So? Und warum, wenn ich fragen darf?«

Als Antwort reichte ihm Kupfer den Durchsuchungsbeschluss und beobachtete ihn bei der Lektüre.

Wüst hatte sich in der Hand. Er verzog keine Miene und schien Zeile für Zeile konzentriert zu lesen. Dann legte er das Schreiben auf den Tisch und setzte sich.

»Da bin ich aber gespannt, was bei dieser Aktion herauskommen soll«, spottete er.

Kupfer überhörte das und gab sich freundlich.

»Wissen Sie, Herr Wüst, vielleicht hätten wir den Durchsuchungsbeschluss nicht einmal gekriegt, wenn der polnische Arbeiter nicht verunglückt wäre.«

»Welcher polnische Arbeiter? Davon weiß ich nichts.«

»Können Sie vielleicht auch nicht. Im Februar haben Sie ja ausschließlich für Frau Steiger gearbeitet, und vielleicht hatte Adam Kaczmarek noch nicht die ganze Runde gemacht, so dass er in Ihren Büchern noch gar nicht aufgetaucht war. Er war damals gerade bei Gutbrod, als er verunglückte. Nur hat ihn dort niemand gekannt. Und das ist doch seltsam, oder?«

213

Wüst zuckte mit den Achseln.

»Damit habe ich wirklich nichts zu tun.«

»Aber vielleicht mit vier polnischen Arbeitern, die mitsamt ihrem Container diese Woche von einem auf den anderen Tag von Ihrer Baustelle verschwunden sind. Wo die vier im Lauf der Zeit gearbeitet haben, das habe ich mir aufgeschrieben.«

Kupfer zog einen Zettel aus seinem Notizbuch und schob ihn über den Tisch.

»Jakub: Gutbrod – Wüst – Steiger, Wojciech: Steiger – Wüst – Steiger, Bartosz: Wüst – Gutbrod – Steiger, Mikolaj: Wüst – Steiger«, las Wüst halblaut. »Na ja, Sie verstehen halt nichts vom Geschäft, sonst wäre Ihnen klar, dass dieser Austausch arbeitsbedingt ist und manchmal einfach sein muss.«

»Danke, Herr Wüst. Das haben Sie uns schon einmal erklärt. Wir verstehen aber einfach nicht, warum keine drei Tage nachdem ein Arbeiter weggeschickt wurde, er durch einen anderen ersetzt wird, manchmal sogar am selben Tag, wie die vier Polen sagten. Arbeitsbedingt ist das wohl kaum.«

»Doch, ist es. Sie kennen diese Leute nicht. Das sind angelernte Hilfsarbeiter, die wenig können. Und doch hat jeder sein besonderes Geschick. Der eine ist gut beim Materialabladen, der andere ist besonders gut im Eisenflechten. Wir kennen unsere Leute sehr gut, und so können wir sie sehr effektiv einsetzen. Deswegen arbeiten unsere drei Firmen doch zusammen, einzig und allein deswegen. Das macht uns auf dem Markt konkurrenzfähig, weil wir auf diese Weise einen Auftrag schneller erledigen können als die Konkurrenz.«

»Gut, Herr Wüst. Wenn sonst alles stimmt, dann ist das ja wunderbar. Ich hätte Sie aber ohnehin sprechen müssen, wegen einer anderen Sache.«

Damit legte er das zusammengeklebte Foto vom Karpatenhirsch auf den Tisch.

Wüst warf einen Blick darauf und schüttelte den Kopf.

»Die Jagd auf den Superhirsch. Da war ich nicht dabei. Das war lange vor meiner Zeit.«

»Das weiß ich. Damals studierten Sie noch an der Technischen Hochschule oder machten vielleicht gerade das Abitur. Es geht mir auch nicht um das Bild, sondern um Ihre Fingerabdrücke, die Sie auf dem Foto hinterlassen haben.«

»Und? Ich habe Ihnen doch dabei geholfen, diese Fetzen zu finden.«

»Das weiß ich schon noch. Tatsache ist allerdings, dass wir mit den Spuren, die Sie darauf hinterlassen haben, endlich die Fingerabdrücke identifizieren konnten, die wir in einem Sindelfinger Hotel gefunden haben, auf einem Balkongeländer. Wir wissen noch nicht genau, wer die anderen beiden Männer sind, mit denen Sie dort gesprochen haben. Aber sicher ist, dass diese beiden Edgar Steiger ermordet haben. Das steht außer Zweifel.«

Wüst wurde bleich um die Nase und schluckte. Aber er zeigte Nerven.

»Frau Wurster, ich möchte jetzt mit Herrn Kupfer allein sein. Also bitte.«

Er deutete auf die Tür. Die Sekretärin verließ den Raum.

»Es geht jetzt wohl um mein Alibi«, begann er dann. »Es stimmt nicht, dass ich allein zu Hause war, wie ich Ihnen sagte. Ich war diese Nacht mit Svenja Steiger zusammen, in Steigers Haus. Ich bitte Sie um Verständnis für diese Falschaussage. Solange meine Scheidung nicht durch ist, wollen wir unsere Beziehung geheim halten. Wir wollen den Prozess dadurch nicht noch komplizierter machen, als er eh schon ist. Unter den jetzt gegebenen Umständen werden die beiden Damen Steiger mein Alibi bereitwillig bestätigen. Da bin ich sicher.«

»Das glaube ich Ihnen für's Erste. An Ihr Alibi haben wir beim Vergleich der Fingerabdrücke aber nicht gedacht. Uns beschäftigen andere Fragen, nämlich woher die beiden Herren im Hotel wussten, wo Edgar Steiger zu finden sein würde, und was Sie mit den beiden Herren zu schaffen hatten. Und sicher werden Sie mir auch sagen, wer die beiden Herren sind.«

Wüst schaute einen Moment nachdenklich vor sich hin. Dann sah er Kupfer unverfroren ins Gesicht und sagte: »Wenn das, was man so im Fernsehen geboten bekommt, stimmt, dann müssten Sie mir jetzt sagen, dass ich keine Aussage gegen mich selbst machen muss und einen Anwalt bemühen darf. Und das möchte ich jetzt tun.«

»Das steht Ihnen frei. Rufen Sie ihn an. Sagen Sie ihm, dass er Sie in der Polizeidirektion findet. Ich nehme Sie nämlich hiermit fest wegen Verdachts auf Beihilfe zum Mord.«

»Sie haben keinen Haftbefehl.«

»Im Moment brauche ich keinen. Vielleicht wissen Sie auch das vom Fernsehen.«

Kurz nach Mittag meldete sich Rechtsanwalt Dr. Meyer-Schlatt am Telefon: »Sie haben kein Recht, meinen Mandanten Heiner Wüst festzuhalten. Ich verlange von Ihnen, dass Sie ihn sofort uneingeschränkt seinen Geschäften nachgehen lassen. Wenn Herr Wüst nicht in der nächsten Viertelstunde die Polizeidirektion verlässt, hat das rechtliche Konsequenzen für Sie. Nach der Strafprozessordnung haben Sie keinerlei Veranlassung, ihn festzuhalten.«

»Das, Herr Dr. Meyer-Schlatt, sehen wir ganz anders. Wir wissen natürlich nicht, was Ihnen Ihr Mandant erzählt hat. Wir halten ihn fest, weil er in einem Verdacht steht, den er nicht entkräften kann. Unsere Indizien deuten auf Beihilfe zum Mord hin. Wenn es um dieses Delikt geht, kann ein Verdächtiger durchaus festgenommen werden. Sie kennen doch den Paragraphen 112 genauso gut wie ich. Der Fall liegt auch schon dem Haftrichter vor.«

»Wir sprechen uns in einer Stunde.« Der Anwalt beendete das Gespräch.

Es dauerte nicht einmal eine Stunde, bis er sich meldete. Kupfer hatte noch nie mit ihm zu tun gehabt und hatte sich wegen der tönenden Bassstimme am Telefon einen korpulenten Mann in seinem Alter vorgestellt. Aber er hatte sich getäuscht. Vor ihm stand ein ungefähr vierzigjähriger, drahtiger Mann, der ihn um gute zehn Zentimeter überragte und ein Auftreten hatte, dass man meinen konnte, er würde von einem Podest auf einen herunterschauen.

Er grüßte knapp und fragte: »Wo kann ich meinen Mandanten sprechen?«

Es dauerte. Kupfer saß in seinem Büro, las noch einmal die entsprechenden Seiten der Akte durch, um sich auf die Auseinandersetzung vorzubereiten. Er war schon damit durch, und der Anwalt redete immer noch mit seinem Mandanten.

»Dieser Anwalt ist mit der Materie offensichtlich noch nicht sehr vertraut«, sagte er vor sich hin.

Und dann wurde er in das Besprechungszimmer gerufen. Heiner Wüst stand, als wäre er schon im Weggehen, und lächelte ihm zynisch entgegen.

»Sie brauchen sich nicht erst zu setzen. Es dauert nicht lange«, sagte der Anwalt.

Kupfer setzte sich trotzdem. »Im Stehen mache ich mir keine Notizen.«

»Sie brauchen sich keine Notizen zu machen. Sie kriegen alles schriftlich. Sie brauchen es ja. Aber erst mal mündlich. Der Verdacht, den Sie gegen meinen Mandanten hegen, erweist sich als gegenstandslos. Von einer Beihilfe zum Mord kann nicht die Rede sein, weil Herr Kasparovicz, den Sie ja für den Drahtzieher hinter dem Mord halten, mit Herrn Steigers Jagdgewohnheiten und seinem Revier gut vertraut war. Wir können nachweisen, dass er bis vor drei Jahren immer wieder bei Steiger zu Gast war und sich damit in dem Revier gut genug auskannte, um den Tätern selbst die notwendigen Anweisungen geben zu können. Wir haben uns eben mit dem Hotel, in dem die mutmaßlichen Täter untergekommen waren, in Verbindung gesetzt und erfahren, dass die beiden Herren einen längeren Aufenthalt gebucht hatten. Warum? Um Herrn Steiger in aller Ruhe nachspionieren zu können. Die beiden Herren haben sich also selbständig orientiert. Es gab daher für sie keinerlei Anlass, jemand um Informationen oder Orientierungshilfe zu bitten. Sie werden jetzt fragen, warum mein Mandant sich dennoch in dem Hotel aufgehalten hat. Ganz einfach, um mit den beiden Herren geschäftliche Fragen zu klären. Es ging ihm einzig und allein um eine Belebung der Geschäftsbeziehungen zwischen Frau Anke Steigers Firma, deren Geschäftsführer er ja ist, und Herrn Kasparovicz. Letzterer pflegte vor allem Beziehungen zu Herrn Steiger, die in letzter Zeit allerdings nicht mehr so eng waren wie ehedem. Und genau in diese Lücke, die sich da auftat, wollte die Firma von Frau Anke Steiger, vertreten durch meinen Mandanten, nun einsteigen. Da gab es Konditionen auszuhandeln. Aus diesem Grund besuchte Herr Wüst Herrn Kasparoviczs Vertreter im Hotel.«

»Es ist mir neu, dass so wichtige geschäftliche Gespräche auf Hotelbalkons geführt werden«, bemerkte Kupfer trocken.

»Wir haben es hier mit starken Rauchern zu tun. Herr Wüst hat ihnen höflicherweise den Gefallen getan, das Gespräch an einem Ort zu führen, wo geraucht werden darf. Dagegen ist doch nichts einzuwenden, meinen Sie nicht?«

Kupfer war klar, dass er diese Runde verloren hatte.

»Nun, Herr Wüst, wenn das alles so ist, wie Ihr Anwalt es darstellt, dann will ich mich jetzt von Ihnen verabschieden. Aber wie sagt man so schön? Man sieht sich immer zweimal im Leben.«

Damit stand er auf und verließ den Raum, ohne die beiden noch einmal anzusehen.


»Verloren?«, fragte Feinäugle. Eine Antwort erwartete er nicht. Kupfers verärgertes Gesicht sprach Bände.

»So ein Kotzbrocken von einem Anwalt! Aber ich sollte mich nicht ärgern, sonst ärgere ich mich noch über meinen Ärger. Und dieser Sekundärärger, der geht einem wirklich an die Nieren.«

»Was hat denn der Herr Anwalt gesagt?«

»Verschone mich. Ich mag das nicht alles wiederholen. Lies es dann, wenn ich es in meinem Bericht habe. Interessanter ist, was er nicht gesagt hat.«

»Und? Was?«

»Er hat gegen die Durchsuchung des Büros mit keinem Wort protestiert, als wären wir gar nicht dort gewesen.«

»Aha!«

»Ich habe für alle Fälle zu Wüst gesagt, dass man sich im Leben immer zweimal sieht.«

## 33

Clemens Gutbrod sah schlecht aus. Sein bleiches Gesicht wirkte aufgeschwemmt. Tiefe Augenringe deuteten darauf hin, dass er sehr wenig geschlafen hatte. Er rieb seine Hände, als wären sie kalt, verschränkte die Finger ineinander, löste sie wieder, legte die Hände flach auf den Tisch und faltete sie, als wollte er beten.

»Ich möchte eine Aussage machen«, sagte er leise mit belegter Stimme.

Kupfer schaltete das Diktaphon ein und legte es auf den Tisch.

»Ich mache die Aussage ohne Wissen meiner Frau. Sie meint, ich sei geschäftlich unterwegs.«

»Wir sind sehr diskret«, sagte Kupfer und nickte Gutbrod aufmunternd zu.

»Ihr Kollege hat Recht«, begann Gutbrod. »Als der polnische Arbeiter verunglückt ist, damals im Februar, da hatte nicht alles seine Richtigkeit. Steiger hatte uns den Mann geschickt, wir hatten noch nicht einmal seine Papiere, als er verunglückte. Deswegen hat Steiger dann alles geregelt.«

»Was hat Steiger geregelt?«

»Er hat die Krankenhauskosten bezahlt, privat, nicht über die Firma. Wir hatten den Mann noch nicht versichert. Das hätten wir gemacht, aber wir hatten seine Papiere noch nicht.«

Gutbrod verschränkte wieder seine Finger ineinander und biss sich auf die Unterlippe. Offensichtlich suchte er nach den richtigen Worten.

»Was ist aus dem Mann geworden?«

»Er ist gestorben. Steiger ließ ihn überführen.« Gutbrods Stimme brach, seine Augen wurden feucht.

»Wenn Steiger alle Kosten übernommen hat, ist doch alles in Ordnung, oder nicht?«, forderte ihn Kupfer heraus.

»Eben nicht. Nichts ist in Ordnung. Das Ganze ist ein groß angelegter Betrug. Illegale Überlassung von Leiharbeitern durch einen polnischen Bauunternehmer, der seinen Profit zum großen Teil als Verleiher von Arbeitskräften macht, illegal.«

»Reden Sie von Franciszek Kasparovicz?«, unterbrach ihn Kupfer.

Gutbrod zuckte zusammen und sah Kupfer mit aufgerissenen Augen an.

»Wir haben Kenntnis von der Geschäftsbeziehung Steiger-Kasparovicz. Aber sagen Sie mir doch, was Sie davon wissen.«

»Es geht um Betrug mit Lohnzahlungen, Sozialversicherungs- und Krankenkassenbeiträgen, und das in großem Stil.«

»Das haben wir schon vermutet, und unsere Kollegen vom LKA werden das aus den Geschäftsunterlagen herausarbeiten. Darunter sind auch die Unterlagen Ihrer Firma.«

»Das weiß ich. Ich möchte nur ... ich möchte betonen, dass ich, also dass meine Firma sich dabei weitgehend herausgehalten hat.«

»Aber nicht ganz, wenn ich Sie richtig verstehe.«

»Es war so«, erklärte Gutbrod. »Wir haben vor drei Jahren nur einmal, als das damals losging, nur in einem Fall unsere Sozialleistungen zurückgehalten, und das nur vorübergehend. Wir haben alles nachbezahlt. Das kann ich beweisen. Sonst aber haben wir immer den vereinbarten Lohn bezahlt und die Versicherungsbeiträge ordnungsgemäß sofort abgeführt. Wir haben da nicht mitgemacht.«

»Herr Gutbrod, wir haben erfahren, dass polnische Arbeiter zwischen drei Firmen derselben Branche hin- und herwechselten. Ihre Firma ist eine davon. Also spielt Ihre Firma doch eine Rolle dabei.«

»Ich will Ihnen das ja erklären«, beteuerte Gutbrod. »Nur muss ich dazu etwas ausholen.«

»Nur zu. Wir haben Zeit.«

»Es läuft folgendermaßen: Seit der EU-Erweiterung, also seit ungefähr zehn Jahren, arbeitete Steiger mit Kasparovicz zusammen. Kasparovicz schleust Arbeiter ein, die auf den Baustellen eingesetzt werden. Sie werden so verteilt, dass nirgends mehr als vier Arbeiter aktiv sind. Dann fallen sie nicht so auf. Das zur Absicherung für den Fall, dass das Ganze auffliegt. Wenn es keine fünf Arbeiter sind, ist das Delikt auch nicht so schwerwiegend.«

»Das kann ich jetzt nicht nachvollziehen. Aber wenn Sie es sagen«, kommentierte Kupfer.

»Doch. Das sagt – das sagte Steiger wenigstens. Bei jedem Wechsel eines Arbeiters von einer Firma zur anderen wird Geld einbehalten. Man meldet den Arbeiter erst nach drei oder vier Tagen an, der Arbeiter arbeitet so lange schwarz, und schon hat man etwas in die eigene Tasche geschafft. Und dann noch der Betrug mit den Arbeitszeitkonten. Alle Arbeiter bekommen einen Vertrag über 35 Wochenstunden. Aber sie arbeiten mindestens 40 Stunden, in den Sommermonaten oft bis zu 50 Stunden. Sie bekommen nur den Lohn für 35 Stunden ausbezahlt. Was darüber ist, wird ihnen gutgeschrieben, offiziell für Urlaub und Krankheit. Wenn man sie von einer Firma zur anderen schickt, indem man sie vorübergehend ausleiht, wie man ihnen sagt, lässt sich der reale Lohnanspruch verschleiern. Es wird ja kein neuer Vertrag abgeschlossen. Man sagt einfach, bei der anderen Firma sei der Lohn etwas niedriger. Das sei aber nur vorübergehend. Das ist eine wirksame Verschleierungstaktik.«

»Und das geht schon seit zehn Jahren so?«

»Das weiß ich nicht. Wir haben es erst vor drei Jahren bemerkt, eben damals, als wir selbst in diesem einzigen Fall den Sozialversicherungsbeitrag vorübergehend zurückgehalten haben.«

»Und warum protestieren die Arbeiter nicht? Merken die nichts?«

»Ich weiß nicht. Wahrscheinlich wissen sie über ihre Guthaben nie genau Bescheid. Vor allem aber trauen sie sich nicht. Sie werden von den anderen Arbeitskräften so gut wie möglich isoliert. Außerdem bekommen sie immer nur Abschlagszahlungen. Sie warten also immer auf Geld, das ihnen zusteht. Oft werden sie darauf vertröstet, dass die Abrechnung erfolgt, sobald der Auftrag auf der gegenwärtigen Baustelle abgearbeitet ist. Aber kurz vorher versetzt man sie wieder.«

»Aber Sie haben doch immer Arbeiter von Steiger und Wüst übernommen. Dann sind Sie doch beteiligt.«

»Unfreiwillig, das kann ich Ihnen versichern. Wir wurden gezwungen, Arbeiter zeitweise zu übernehmen, haben sie aber vom ersten Tag an versichert und fair bezahlt, das heißt, sobald wir ihre Papiere hatten. Das lässt sich aus unseren Büchern beweisen.«

»Aber Sie hätten doch keine Arbeiter übernehmen müssen, wenn Sie wussten, was gespielt wird. Im Gegenteil: Sie hätten Steiger und Wüst anzeigen müssen.«

Gutbrod wand sich wie ein Regenwurm.

»Das verstehen Sie nicht. Ist von außen gesehen vielleicht auch nicht zu verstehen. Wir hätten dann aufhören müssen. Wir hätten keine Aufträge mehr bekommen. Sie machen sich keine Vorstellung davon, welches Beziehungsnetz Steiger gepflegt hat. Er mauschelte doch mit jedem Generalunternehmer. Er hat mich in seiner Gutsherrenart immer wieder wissen lassen, dass ich den einen oder anderen Auftrag nur seinem Einfluss zu verdanken hatte. Er hätte mich jederzeit ruinieren können.«

»Und trotzdem gingen Sie mit ihm auf die Jagd. Unglaublich«, sagte Kupfer und schüttelte fassungslos den Kopf.

»Sie werden sehen, meine Bücher sind sauber«, beteuerte Gutbrod verzweifelt, als er sah, mit welch angewidertem Gesicht Kupfer seine Erklärung aufnahm.

»Ihre Bücher sind also sauber. Na, wenigstens das. Wie das Gericht Sie als stillschweigenden Mitwisser einschätzt, das werden wir dann sehen. Aber noch eine Frage: Ein Geschäftsführer allein kann nicht so mauscheln. Wer ist da noch beteiligt?«

»Die Lohnbuchhaltung natürlich. Die handelt auf Anweisung vom Chef.«

»Und der Verleiher der Arbeiter, dieser Kasparovicz, weiß er von diesem Betrug?«

»Das weiß ich wirklich nicht. Ich bin ihm vor drei Jahren das letzte Mal begegnet, an einem Wochenende auf der Jagd. Was er und Steiger miteinander aushandelten, das weiß ich nicht.«

»Halten Sie es für möglich, dass es zwischen den beiden Differenzen gab?«

»Möglich. Aber ich weiß es nicht. Sie meinen doch nicht, dass Kasparovicz …«

»Ich meine nichts. Das war nur eine Routinefrage.«

Gutbrod saß in sich zusammengesunken da und sagte nichts mehr. Kupfer schwieg und wartete darauf, dass Gutbrod noch etwas hinzufügen würde. Aber der sah nur vor sich hin.

»Dann danke ich Ihnen für Ihre Aussage«, brach Kupfer das Schweigen. »Sie müssen sich für eine weitere Vernehmung zur Verfügung halten, das heißt, Sie müssen uns benachrichtigen, wenn Sie verreisen wollen.«

»Natürlich, selbstverständlich.«

Gutbrod verbeugte sich wie ein Lakai und verließ rückwärts das Besprechungszimmer.

»Komme mir vor wie ein Beichtvater«, sagte Kupfer, als er ins Büro zurückkam.

»Und hast ihm gnädig Absolution erteilt?«

»Von wegen! Ohne die Durchsuchung wäre der nie zu uns gekommen, und jetzt, nach den Durchsuchungen, ist seine Aussage keinen Pfifferling mehr wert. Was er mir gesagt hat, kriegen wir vom LKA in Reinschrift.«

»Was hat er denn rausgelassen?«

»Er hat mir das System Steiger erklärt: illegale Übernahme von ausländischen Leiharbeitern, Betrug mit einbehaltenen Löhnen und nicht abgeführten Sozialversicherungsbeiträgen – Beschiss auf der ganzen Linie.«

»Und die Arbeiter mussten ständig die Firma wechseln, damit sie den Schwindel nicht so schnell bemerken?«

»Genau, damit die Masche besser läuft. Und die Arbeiter wurden eben auch in Gutbrods Firma geschickt. Er will sie nicht betrogen haben, das machten nur Steiger und Wüst. Er selber nicht. Und er habe auch nur mitgemacht, weil er von Steiger dazu gezwungen wurde, sagte er.«

»Der Arme! Dann hätte er aber nach Steigers Tod sofort auspacken können.«

»Eben. Bei dem Unfall im Februar hat Steiger übrigens schnell alle Kosten übernommen, damit der Laden nicht auffliegt. Das hat Gutbrod alles gewusst. Und jetzt hätte er als stiller Mitwisser weiter zugeschaut, wie Wüst geradeso weitermacht. Auch das ist strafbar. Und deswegen hat er die Hosen gestrichen voll.«

## 34

»Ich habe mich inzwischen um das Update von Wüsts Alibi gekümmert. Die Damen des Hauses Steiger stützen es voll und ganz. Er habe die ganze Nacht bei Svenja verbracht und habe nach einem kleinen Frühstück kurz nach neun das Steiger'sche Haus verlassen, weil er Edgar Steiger nicht begegnen wollte. Er sei ihm im privaten Bereich so weit wie möglich aus dem Weg gegangen, sagen die beiden Damen«, berichtete Feinäugle. »Dass Wüst etwas anderes ausgesagt hatte, sei doch wegen seinem Scheidungsprozess sehr verständlich.«

»Interessant. Er macht damit seinen Scheidungsprozess zur Stütze seines Alibis. Das macht uns Arbeit. Noch eine

Überprüfung fällig. Aber das schaffen wir auch noch«, antwortete Kupfer und bat Paula Kußmaul, ausfindig zu machen, was über Heiner Wüsts Noch-Ehefrau amtsbekannt war.

Claudia Wüst war Sachbearbeiterin bei der Böblinger Stadtverwaltung und bewohnte mit ihrer achtjährigen Tochter eine Eigentumswohnung im Böblinger Süden gleich bei der Keltenburgstraße, die sie sieben Jahre zuvor mit ihrem Ehemann gekauft hatte.

»Am besten zwischen fünf und halb sechs«, meinte Kupfer. »Da sind die Leute von der Arbeit zurück. Aber ihr Abend hat noch nicht richtig angefangen.«

»Richtig«, bestätigte Paula Kußmaul.

»Und meiner auch nicht«, fügte er hinzu.

Als Claudia Wüst vor ihm stand, konnte Kupfer nicht anders als sie mit Svenja Steiger zu vergleichen. Sie war älter, ungefähr so alt wie Heiner Wüst, wirkte unsportlich, weil sie etwas zu dick war, und sah in ihren grauen Hosen und dem indigoblauen T-Shirt unscheinbar aus. Hausfrau und alleinerziehende Mutter, dachte Kupfer. Der sieht man an, dass sie es nicht leicht hat.

Mit traurigen Augen schaute sie zu Kupfer auf.

»Kriminalpolizei? Was wollen Sie von mir?«

»Es tut mir leid, dass ich Sie an Ihrem Feierabend stören muss. Ich muss, wie soll ich sagen, ein Alibi Ihres Mannes überprüfen.«

»Hier war er schon lang nicht mehr«, sagte sie verbittert.

»So einfach ist es nicht.«

»Dann kommen Sie doch bitte rein.«

»Ich hoffe, ich störe Sie nicht beim Essen.«

»Nein, keine Angst. Es gibt heute sowieso nicht viel. Ich habe nur gerade eine Tiefkühlpizza in den Backofen gesteckt.«

Kupfer sah im Vorbeigehen, dass in der kleinen Wohnküche der Tisch für zwei Personen gedeckt war.

Claudia Wüst bot ihm einen Platz in einem beigen Leder-sessel an und setzte sich ihm gegenüber. In dem eleganten Wohnzimmer wirkte sie deplatziert und farblos. Kupfer sah diesem teuren Mobiliar an, dass es in einer völlig anderen Le-benssituation angeschafft worden war. Die Frau legte die Hän-de in den Schoß und wartete ab, was Kupfer erklären würde.

Da ging die Tür auf und die Tochter schaute herein.

»Mama, wann gibt es was zu essen?«

»Jetzt nicht, Miri. Es dauert noch eine Weile. Mach doch erst noch deine Hausaufgaben fertig.«

»Hmm«, murrte Miriam und musterte Kupfer von oben bis unten, ehe sie wieder verschwand.

»Kann Ihre Tochter uns hören?«

»Ich glaube nicht. Aber ist es denn so schlimm?«

»Nicht unbedingt. Aber es wäre besser, wenn sie uns nicht hört.«

»Okay.«

Claudia Wüst griff zur Fernsteuerung, schaltete SWR4 ein und ließ eine Schnulze durchs Zimmer schallen.

»Geht's so?«

Kupfer hasste Schnulzen, aber er sagte nichts und nickte zustimmend.

»Wir müssen im Zusammenhang mit dem Fall Steiger, von dem Sie sicher gehört haben, leider auch gegen Ihren Ehe-mann ermitteln.«

Schreckgeweitete Augen.

»Nein, Sie brauchen nicht zu erschrecken. Es gehört halt zu unserer Routine. Es ist nur so: Zuerst gab Ihr Mann an, er habe zur Tatzeit in seiner Wohnung in der Nürtinger Straße geschlafen. Jetzt aber, wo ihm möglicherweise ein Kontakt zu den Tätern nachgewiesen werden könnte – ich sage könnte –, gibt er an, dass er die fragliche Zeit im Hause Steiger zuge-bracht habe. Die Damen Steiger bestätigen das. Ihr Mann und die beiden erklären, dass man wegen des noch anhängigen Scheidungsprozesses den wahren Sachverhalt nicht habe zu-geben wollen. Daher meine Frage an Sie: Hätte es tatsächlich einen Einfluss auf Ihren Scheidungsprozess, wenn klar ersichtlich wäre, dass Ihr Mann ein Verhältnis zu Svenja Steiger hat?«

»Nicht direkt, sagt mein Anwalt. Allerdings wäre die Situation für ihn recht peinlich Wissen Sie, es geht um Unterhaltszahlung. Und da wird mit harten Bandagen gefochten. Er ist ein Betrüger. Er hat mich schon immer betrogen. Aber was er jetzt macht, ist das Allerletzte. Er haust in einer ärmlichen Wohnung, vielleicht waren Sie schon dort, und tut, als könnte er sich nicht mehr leisten. Dabei hat er als Geschäftsführer sein eigenes Gehalt heruntergesetzt und schreibt sich das, was ihm jetzt fehlt, als Leistungsprämie gut, die er sich irgendwann später auszahlt. Und die ist von außen schwer zu kontrollieren. Vielleicht verdient er jetzt sogar noch mehr als vorher. Und wenn man ihm nachweisen kann, dass er praktisch bei den Steigers wohnt und in die Familie einheiraten will, dann wird seine Strategie durchsichtig.«

»Und Sie? Können Sie diese Wohnung halten?«, fragte Kupfer mit einem Rundblick durch das elegante Wohnzimmer.

»Gott sei Dank! Eine Hälfte habe ich bezahlen können, weil ich etwas geerbt hatte. Die andere Hälfte haben wir gemeinsam bezahlt. Und an die Hälfte will er jetzt auch noch ran. Er kann nicht genug kriegen. Und ich sag Ihnen, er hat sich von der jungen Steiger auch nur den Kopf verdrehen lassen, weil sie nach Geld riecht. Und jetzt, wo der Alte tot ist, möchte er unbedingt in die Familie einheiraten. Aber so einfach mach ich ihm das nicht. Ich verweigere die Scheidung, solange es geht.«

17.30 Uhr, SWR4 sendete Nachrichten. Endlich keine Schnulze mehr. Kupfer atmete innerlich auf und setzte zu einer weiteren Frage an.

Da ging die Tür wieder auf. »Mama, essen wir jetzt endlich?«

Claudia Wüst zog genervt die Augenbrauen hoch.

»Entschuldigen Sie mich einen Moment«, sagte sie und ging mit ihrer Tochter in die Küche.

Die Pizza war inzwischen gar, Miriam bekam ihren Teil und verschwand mit ihrem Teller in ihrem Zimmer.

»Wann ist Ihr Mann ausgezogen?«, nahm Kupfer das Gespräch wieder auf.

»Er ist nicht ausgezogen«, antwortete sie sarkastisch. »Ich habe ihn rausgeschmissen. Als er einmal die ganze Nacht und den halben Sonntag weg war, habe ich ihm die Koffer vor die Tür gestellt, und mein Bruder hat mir die Schließzylinder ausgewechselt. Da war er draußen.«

»Wann war das?«

»Vor ungefähr zwei Jahren. Da war er bereits ein Jahr bei Anke Steiger angestellt, weil ihn der alte Steiger rausgeschmissen hatte. Ich habe lange nicht begriffen, warum. Aber inzwischen ist es mir klar geworden. Der wollte nicht, dass sich so ein hochgekommener Karrierist an seine Tochter ranmacht.«

»Steiger hatte aber kein gutes Verhältnis zu seiner Stieftochter. Die mochten sich gar nicht.«

»Das weiß ich. Trotzdem hat es ihm nicht gepasst. Ich vermute ja noch was ganz anderes. Es kann gut sein, dass er am Anfang gar nicht hinter der Tochter, sondern hinter der Mutter her war. Die soll auch nicht ohne sein, und wie man hört, lief die Ehe gar nicht gut.«

»Das kann ich mir eigentlich nicht vorstellen«, versuchte Kupfer diese Vermutung abzuwiegeln.

»Aber ich, und sogar sehr gut. Der tut ja alles, damit er vorankommt. Und vorankommen will er, hat er immer gesagt. Und ich war so naiv und habe nicht begriffen, dass ich dabei auf der Strecke bleibe. Übrigens hat er auch diese idiotische Jägerei nur deshalb angefangen. Er ist damals dem Steiger hinten hineingekrochen. Und mich würde es nicht wundern, wenn er jetzt auch noch …«

Sie hielt inne, sah vor sich nieder und schüttelte den Kopf. Sie hatte sich offensichtlich zu sehr in Rage geredet.

»Das vielleicht doch nicht, nein, das nicht«, sagte sie dann leise.

»Noch eine Frage: Hatte Ihr Mann Kontakt zu polnischen Jagdfreunden oder Geschäftspartnern?«

»Ja«, sagte sie zögerlich und dachte nach. »Warten Sie mal.«

Sie stand auf, öffnete einen Schrank und nahm ein Fotoalbum heraus.

»Wir waren einmal mit zwei Polen essen. Das ist lange her. Damals hatte er gerade bei Steiger angefangen.«

Sie blätterte in dem Album.

»Hier. Das war hier im Brauhaus. Da waren wir eine fröhliche Runde, die Steigers, die Gutbrods, die beiden Polen und wir. Damals schien noch alles in Butter zu sein.«

Sie reichte Kupfer das Album und deutete auf das Bild. Das Foto war scharf, den einen Polen konnte Kupfer identifizieren. Es war Franciszek Kasparovicz.

»Sehr interessant. Würden Sie mir dieses Foto bitte überlassen?«

»Es ist eingeklebt. Warten Sie, ich hole eine Schere. Oder nein, ich reiße Ihnen die Seite raus.«

Ohne Vorsicht walten zu lassen, rupfte sie die Seite aus dem Album.

»Das tut mir direkt gut. Hier, nehmen Sie das ganze Blatt. Ich kann die Bilder nicht mehr sehen.«

Damit schlug sie das Album zu und legte es auf die Seite.

Kupfer bedankte sich bei Frau Wüst für ihre Offenheit.

»Denken Sie nicht das Schlimmste. Was Sie mir gesagt haben, hat das Alibi Ihres Mannes bekräftigt. Dass das alles für Sie so unerfreulich ist, tut mir leid.«

Sie verabschiedete Kupfer an der Wohnungstür und schaute ihm versonnen nach.

# 35

Obwohl es in der Nacht heftig geregnet hatte und am Morgen noch schwere, graue Wolken über dem Schönbuch hingen, waren bei Dettenhausen drei Mountainbiker unterwegs. Wenn man bei den Downhill-Meisterschaften oder beim Cross-Country vorne mitfahren wollte, durfte man sich schließlich am Wochenende von ein bisschen schlechtem Wetter nicht vom Training abhalten lassen. Denn Schön-Wetter-Fahrer hatten keine Chance, wenn am Tag des Wettbewerbs der Trail nach einer Regennacht nicht in idealem Zustand war. Da brauchten sie schon gar nicht teilzunehmen. Also hieß es trainieren, bei jedem Wetter, und wenn der Matsch noch so hoch spritzte. Polizeiobermeister Markus Gönner führte die Dreiergruppe an. Ihm folgten sein Kollege Alex Hönle und dessen Frau Kerstin. Alle drei trainierten für die nächsten Meisterschaften, die bald auf der Alb stattfinden sollten.

Sie fuhren den Betzenberg hinauf, an der keltischen Viereckschanze und dem Mammutbaum vorbei das Dettenhäuser Sträßle entlang, um dann bei der Feuerstelle rechts abzubiegen und zum Sülzleswasen zu fahren. Der schmale Weg, der dort über hundert Höhenmeter weg ins Schaichtal abfällt, schien ihnen für heute die richtige Trainingsstrecke zu sein, aufgeweicht und steil, so dass man zeigen konnte, wie geschickt man war, und außerdem Erfahrungen sammeln würde. Es ging darum, Fahrroutine bei widrigen Bedingungen zu bekommen.

»Fahrt ihr voraus«, sagte Gönner zu seinem Kollegen und dessen Frau, als sie auf den schmalen Weg einbogen.

»Nein, fahr ruhig du voraus. Wir kommen dann mit zehn Sekunden Abstand nach.«

»Okay.«

Gönner fuhr los, und das Ehepaar Hönle folgte zuerst langsam, ihm Vorsprung lassend, um dann im Sicherheitsabstand ebenso schnell hinterherzufahren. Nach ein paar hundert Metern, wo der eigentliche steile Trail begann, sah Kerstin Hönle im Vorbeifahren zwei Fahrräder stehen, die ein paar Schritte vom Weg an einen Baum gelehnt waren. Sie nahm sie kaum wahr, denn sie musste sich auf den aufgeweichten Boden konzentrieren. Und so hätte sie fast das Pärchen übersehen, das hundert Meter weiter unten hinter einer Gruppe junger Buchen hervorkam, als hätte es dort vergeblich ein Versteck gesucht. Kaum hatte sie die beiden passiert, hörte sie Markus Gönner schreien und sah auch schon ihren Mann, der abgebremst hatte, sie mit ausgestreckten Händen zum Anhalten aufforderte und ihr etwas zurief. Bis sie selbst zum Stehen gekommen war, hatte sie ihren Mann fast eingeholt. Jetzt erst verstand sie, was ihr zugerufen wurde: »Ein Drahtseil!«

Die Fahrräder! Das Pärchen, kombinierte sie sofort. Man musste die beiden stellen.

»Da waren welche, fahr ihnen nach. Die holst du ein!«, rief sie und winkte ihrem Mann zu, er solle so schnell wie möglich zurückfahren.

»Dort oben habe ich ihre Räder gesehen. Ich sag Markus Bescheid. Los, hinterher«, sagte sie, als er auf ihrer Höhe war.

Alex schaltete auf den kleinsten Gang herunter und fuhr den Trail hoch, wo es nur möglich war. Immer wieder musste er an aufgeweichten Stellen absteigen, schob ein paar Meter durch den Matsch und versuchte dann weiterzufahren. Das schien ihm doch schneller als zu schieben. Als er den breiten Weg erreichte, sah er eben noch zwei Radfahrer in der leichten Rechtskurve in Richtung Dettenhausen verschwinden.

»Sie sind nach links abgehauen«, schrie er zurück zu seiner Frau und raste los.

Auf dem fast ebenen Weg beschleunigte er, so sehr er konnte, schaltete in den größten Gang und raste den beiden verdächtigen Gestalten nach. Nach ungefähr einem halben Kilometer hatte er sie eingeholt.

»Anhalten, Polizei«, rief er, was aber wirkungslos blieb.

Der junge Mann, der vorausfuhr, trat noch mehr in die Pedale. Seiner Begleiterin fehlte aber dazu die Kraft. Hönle holte auf, und als er auf gleicher Höhe war, griff er hinüber, fasste sie am Arm und bremste gleichzeitig. Durch seinen Zugriff verlor die junge Frau die Balance und kam ins Schlingern, so dass ihr Rad mit Hönles Mountainbike zusammenstieß. Hönle ließ die Frau los. Als gewandtem Fahrer gelang es ihm, senkrecht zu bleiben, indem er beide Füße auf den Boden brachte und sein Rad zwischen den Beinen halten konnte. Die Frau aber fiel über ihr Rad und landete unsanft auf dem Schotter. Sie schrie auf.

Gönner kam angerast, bremste ab, fuhr um die beiden herum und nahm die Verfolgung des jungen Mannes auf. An der nächsten Kreuzung holte er ihn ein. Er war abgestiegen und stand unentschlossen da. Als Gönner näher kam, radelte er noch einmal los, gab die Flucht aber nach wenigen Metern auf, als er erkennen musste, dass er diesem sportlichen Fahrer nicht entkommen würde.

Gönner legte sein Bike ab und ging auf den jungen Mann zu.

»Polizeiobermeister Gönner. Vor fünf Minuten noch außer Dienst, jetzt nicht mehr«, sagte er ironisch, nahm dem verdutzten Mann sein Fahrrad aus der Hand und bockte es auf.

»Das geht Sie gar nichts an, was ich da drin habe«, protestierte der Mann, als Gönner die Satteltaschen öffnete, und wollte sein Fahrrad wegziehen. »Sie sind nicht berechtigt, mich zu durchsuchen.«

»Sie durchsuche ich auch nicht, nur Ihre Satteltaschen«, sagte Gönner verächtlich und zog das Fahrrad mit einem kräftigen Ruck an sich. »Sie dürfen gerne eine Dienstaufsichtsbeschwerde einreichen.«

Er zog eine kleine Handsäge aus der einen Tasche.

»Ein Fuchsschwanz. Wozu brauchen Sie den am Sonntagmorgen im Wald? Und bei dem schlechten Wetter, wo das Holz so nass ist?«

Die Antwort blieb aus. Er öffnete die andere Satteltasche.

»Ich dachte mir's doch: eine ganze Eisenwarenhandlung.«

Er nahm einen Gegenstand nach dem anderen heraus und warf alles auf den Boden: zwei Zangen verschiedener Größe, einen kleinen Bolzenschneider, eine kleine Rolle Draht und eine größere Rolle Drahtseil.

»Ich glaube, Sie suchen wir schon lange«, sagte Markus Gönner und schaute den jungen Mann das erste Mal richtig an. Er schätzte ihn auf Mitte zwanzig. Er trug Turnschuhe, Jeans und eine billige Regenjacke.

»Haben Sie einen Personalausweis dabei?«, fragte Gönner.

»Jetzt weisen Sie sich erst mal aus. Woher weiß ich denn, dass Sie wirklich Polizist sind?«, protestierte der junge Mann, der immer noch mit beiden Händen den Lenker umklammert hielt.

»Das werden Sie gleich sehen«, kündigte Gönner an und zog sein Handy aus der Tasche.

Er rief seine Kollegen in Dettenhausen an.

»Es tut mir leid, dass ich euch den Sonntagmorgen versauen muss. Aber hier gibt's Kundschaft.«

Er erklärte die Situation und beschrieb seinen Standort.

»Und bringt eine Kamera mit. Diese Ausrüstung ist ein paar Bildchen wert.«

»Gleich werden Sie meine netten Kollegen kennenlernen und dann dürfen Sie sich denen gegenüber ausweisen«, sagte er und steckte sein Handy ein.

Inzwischen waren seine Begleiter mit der jungen Frau herangekommen. Alex Hönle schob mit einer Hand sein Bike, mit der anderen hatte er die junge Frau am Handgelenk gefasst. Kerstin Hönle kam mit ihrem Bike und dem fremden Rad hinterher.

»Da, schaut euch an, was ich in seinen Satteltaschen gefunden hab. Ich glaube, diese beiden suchen wir doch schon lange«, sagte Gönner zu den Hönles.

»Lassen Sie mich los, Sie tun mir weh. Das ist Körperverletzung«, fauchte die junge Frau und versuchte, sich aus Hönles Griff zu lösen.

»Und versuchte schwere Körperverletzung ist es, wenn man Hochsitzleitern ansägt und Drahtseile über Wege

233

spannt. Einen Jäger haben Sie ins Krankenhaus geschickt. Wissen Sie das eigentlich?«

Statt einer Antwort wollte sie sich noch einmal losreißen, musste sich aber doch seinem festen Griff ergeben.

»Dieser Scheißbulle hat mich vom Rad geschmissen, mir tut alles weh«, sagte sie zu ihrem Begleiter.

»Das können Sie gleich unseren Kollegen erzählen«, fuhr Gönner ihr über den Mund.

»Oder vielleicht lieber der Kriminalpolizei«, fügte Hönle spöttisch hinzu.

»Wir haben nichts getan. Sie können uns gar nichts beweisen«, sagte der junge Mann.

»Lächerlich«, sagte Hönle.

Er ließ die Frau los. Sie stellte sich neben ihren Komplizen und schaute verbissen vor sich hin. Keine zehn Minuten später war der Streifenwagen da. Zwei Polizisten stiegen aus, stellten sich vor und legitimierten sich.

»Schließen Sie Ihre Räder an einen Baum, so dass man sie vom Weg aus nicht gleich sieht. Die können Sie später holen, wenn man Sie wieder laufen lässt. Wir haben mit der Polizeidirektion Böblingen telefoniert und sollen Sie dort hinbringen. Die Kripo erwartet Sie.«

Diese Ankündigung nahm dem jungen Mann, der ohnehin apathisch dagestanden hatte, die letzte Energie. Niedergeschlagen stieg er in das Polizeiauto. Die junge Frau setzte sich mit einem verbissenen Gesichtsausdruck daneben. Gönner übernahm von seinen Kollegen eine Kamera. Damit fuhren die drei Mountainbiker zum Trail zurück und nahmen das gespannte Drahtseil und alle vorhandenen Spuren auf. Dann beseitigten sie die Mountainbiker-Falle.

An einem Sonntagvormittag Delinquenten verhören zu müssen, wäre Kupfer normalerweise sehr lästig gewesen. Aber in einem Fall, den er hatte auf die lange Bank schieben müssen, weil er damit einfach nicht weitergekommen war, war es etwas anderes. Deswegen nahm er die Störung seiner Sonntagsruhe nicht nur gelassen hin, sondern empfand sie als eine Art sportlicher Herausforderung. Endlich konnte er sich im Fall der angesägten Hochsitzleitern ein Ergebnis erhoffen. Trotzdem ließ er sich Zeit, beendete sein Frühstück, rasierte sich und zog das an, was er seine Dienstklamotten nannte. Dabei summte er vergnügt vor sich hin.

»Das macht dir heute auf einmal Spaß?«, fragte Marie verwundert.

»Jagdlust. Ich fühle mich wie ein Sonntagsjäger, allerdings mit dem Unterschied, dass ich weiß, dass das Wild anzutreffen ist.«

»Und trotzdem lässt du dir so viel Zeit?«

»Ja. Ich habe mich ja mit niemand zur Jagd verabredet. Und heute muss zur Abwechslung mal das Wild auf den Jäger warten«, sagte er und grinste. »Vielleicht lässt es sich dann umso schneller erlegen. Außerdem ist Feinäugle wahrscheinlich bereits im Büro und kann schon losschießen.«

Und so war es auch. Als er in die Polizeidirektion kam, hatte Feinäugle den jungen Mann schon vernommen und reichte Kupfer einen Notizblock, dem so etwas wie ein Geständnis zu entnehmen war, sowie den Aufschrieb mit den Personalien, die die Kollegen in Dettenhausen aufgenommen hatten.

»Das ging aber schnell«, sagte Kupfer anerkennend.

»Ja, ratzfatz ging das, ruckizucki. Ich glaube, der Kerl hat Angst, dass er sich seinen Einstieg in den Beruf versaut hat. Der hat erkannt, dass er besser wegkommt, wenn er alles zugibt. Ein Sozialpädagoge mit Vorstrafe – das sieht gar nicht gut aus. Er gibt an, er sei nur heute dabei gewesen, der Frau zuliebe. Sie sei seine Freundin, aber noch nicht sehr lange, sagt er. Mal sehen, ob sie das bestätigt.«

Als Kupfer sich der jungen Frau gegenübersetzte, schaute sie ihm mit leicht heruntergezogenen Mundwinkeln trotzig entgegen. Sie war sehr schlank, fast mager, was ihrem Gesicht an sich schon eine gewisse Härte verlieh. Was Kupfer aber besonders auffiel, waren ihre langen, zarten Hände mit gepflegten Fingernägeln. Hände zum Klavierspielen, dachte Kupfer, aber nicht zum Sägen.

»Ihr Begleiter hat das Meiste schon gestanden«, sagte Feinäugle zu ihr.

»Dann brauch ich ja nix mehr sagen«, fauchte sie zurück. Der schwäbische Akzent war unüberhörbar.

»O doch, von Ihnen wollen wir auch noch etwas hören«, sagte Kupfer lächelnd, als wollte er eine schüchterne Gesprächspartnerin aufmuntern. »Aber erst überprüfen wir Ihre Personalien, ob auch alles stimmt. Sofie Fromm, geboren 28.07.1988 in Stuttgart, Studentin, wohnhaft in Tübingen, Mohlstraße 44. Was studieren Sie denn?«

»Isch des wichtich?«

»Sie tun besser daran, unsere Fragen zu beantworten. Wir würden es sowieso erfahren. Also: Was studieren Sie?«

»Sozialpädagogik, Maschderschdudium.«

»Und da nehmen Sie sich die Zeit, im Wald Anschläge gegen Leute zu machen, die Sie nicht einmal kennen? Ich dachte immer, Sozialpädagogen seien pazifistisch eingestellt und würden Gewalt verabscheuen. Aber da habe ich mich wohl geirrt.«

Mit hochgezogenen Augenbrauen schaute er die junge Frau an. Sie hielt seinem Blick stand und beugte sich sogar etwas vor.

»Es geht um Gewalt gegen Tiere. Es geht darum, dass irgendwelche Killer auf Hochsitzen sitzen und einfach so zum Spaß mit modernen Waffen Tiere umbringen, weil ihnen die Gewalt auf der Welt noch nicht langt. Und oft haben sie den armen Kreaturen auch noch Futter hingelegt. Des isch hinterlischtich, heimtückisch und gemein, einfach ein Frevel an der Natur. Des ganze Gschwätz über Hegen und Pflägen des Wildbeschdands isch eine einzige große Lüge. Es gibt nix Verlogeneres als diese Killer da.«

»Und deswegen halten Sie sich für berechtigt, heimtückisch Hochsitzleitern anzusägen und Drahtseile über Wege zu spannen, damit Radfahrer stürzen? Begreifen Sie nicht, was Sie gemacht haben? Vorsätzliche Körperverletzung nennt man das, von der Sachbeschädigung mal ganz abgesehen.«

»Und was die Jäger machen, isch vorsätzlicher Mord.« Sie bekräftigte das letzte Wort, indem sie mit der flachen Hand energisch auf den Tisch schlug.

Eine unverbesserliche Überzeugungstäterin, folgerte Kupfer im Stillen.

»Über Ihre Motive brauchen wir nicht zu diskutieren. Die können Sie vor Gericht erklären. Reden wir über etwas anderes. Heute sind Sie bei einer Straftat in flagranti erwischt worden, da können Sie sich nicht herausreden. Jeder Versuch ist zwecklos. Wenn Sie außerdem heute oder in den letzten Tagen auch noch Hochsitzleitern angesägt haben, wäre es gut für Sie, wenn Sie es zugeben würden und man die Jäger warnen könnte.«

Sie schnaubte nur spöttisch.

»Eine kleine Handsäge hat man bei Ihnen gefunden. Zum Brennholz sägen taugt die nicht. Also: Wollten Sie wieder Leitern ansägen? Sie haben das doch im Februar schon getan?«

»Finden Sie's doch selber raus«, sagte sie frech und lehnte sich zurück.

»Jetzt machen Sie die Situation doch bitte nicht so kompliziert. Sehen Sie, wir müssten sonst mit einem oder zwei meiner Kollegen zusammen in den Wald fahren und uns einen Hochsitz aussuchen. Und müssten uns von Ihnen was vorsägen lassen.«

Sofie Fromm wirkte plötzlich verunsichert. Sie verstand nicht, worauf Kupfer hinauswollte.

»Es ist nämlich so«, erklärte er in vertraulichem Ton, als wäre die junge Frau seine Kollegin, »an allen Hochsitzleitern, die im Februar beschädigt wurden, hat ganz offensichtlich dieselbe Person mit demselben Werkzeug herumgesägt, ziemlich ungeschickt übrigens. Da konnte man überall dieselbe Handschrift lesen. Stümperhaft könnte man das nennen, wenn man gemein sein wollte. Und Ihre kleine Säge passt wunderbar zu diesen Sägespuren. Und da müssen wir doch bloß eins und eins zusammenzählen. Allerdings müssten wir völlig umdenken, wenn Sie ein paar Mal mit Ihrer Säge einen richtig geraden Schnitt durch eine Sprosse schaffen würden. Aber nur dann. Und wenn ich mir Ihre schlanken Hände anschaue, kann ich mir das kaum vorstellen.«

Sie saß unbeweglich da. Ihre Erregung bemerkte man nur an ihrem beschleunigten Atem.

Kupfer griff nach dem Telefon. »Soll ich uns in den Wald hinausfahren lassen?«

Sie schüttelte den Kopf.

»Nicht? Auch gut. Da sparen wir Zeit und haben noch mehr vom Sonntag. Dann will ich Ihnen jetzt erzählen, was Sie mit Ihrer Sägerei angerichtet haben. Ein Jäger ist rückwärts abgestürzt, hat sich Rippen angeknackst, hat sich das Wadenbein gebrochen und musste vom Rettungsdienst geborgen werden. Es war relativ kalt an dem Morgen. Die Kälte und der Schock hätten ihn fast umgebracht. Sie hatten also großes Glück, nicht nur Ihr Opfer. Wie würden Sie sich denn heute fühlen, wenn wegen Ihrer Sägerei ein Mensch ums Leben gekommen wäre? Haben Sie mit der Möglichkeit überhaupt nicht gerechnet? Und Sie müssten auch jetzt mit der Möglichkeit rechnen, wenn Sie weitere Hochsitze beschädigt haben. Haben Sie?«

»Nein.«

»Das ist auch besser für Sie. Aber damals im Februar, das waren Sie?«

Sie schaute Kupfer zornig in die Augen und nickte.

»Und ich sage Ihnen auch, warum«, kam sie aus der Reserve. »Da sitzen irgendwelche neureichen Halbdackel auf dem Hochsitz und schießen Tiere ab, damit sie sich hinterher so eine widerliche Knochensammlung und ausgestopfte Tierköpfe in die Wohnung hängen können.«

Kupfer horchte auf. Dass jemand eine Geweihwand eine Knochensammlung nannte, das hatte er doch schon einmal gehört.

»Na ja«, sagte er mit gespieltem Verständnis. »Ein Wildschweinkopf im Wohnzimmer, das ist schon etwas Imposantes.«

»Widerlich isch des, absolut geschmacklos und wüscht.«

»Sind Sie denn sicher, dass es so ist? Haben Sie so etwas selbst gesehen, in einem Wohnzimmer, nicht in einem Jagdschloss?«

»Nein, aber man hat mir davon erzählt.«

»So, hat man.«

Kupfer unterbrach das Gespräch und öffnete einen Aktenordner. Er tat, als würde er Sofie Fromm völlig ignorieren, und blätterte darin herum, bis er merkte, dass sein Gegenüber unruhig wurde. Dann drehte er den Aktenordner um und schob ihn über den Tisch.

»Da, schauen Sie sich das mal an. Das ist eine Revierkarte, die wir von der Forstdirektion bekommen haben. Da haben wir alle Hochsitze eingezeichnet, die Sie angesägt haben. Eine beträchtliche Menge. Aber um die Anzahl geht es mir gar nicht.«

Sie warf einen kurzen Blick darauf und schob die Akte von sich weg. Kupfer reagierte nicht darauf. Er machte eine Pause, als wollte er ihr viel Zeit lassen, die Karte anzuschauen. Dann schaute er auf den Bogen mit den Personalien.

»Sie wohnen in Tübingen«, sagte er nachdenklich und machte wieder eine Pause.

»In Tübingen also.«

Misstrauisch konzentriert blickte sie ihn an, weil sie wieder nicht wusste, was sie zu erwarten hatte.

»Und da finde ich es sehr verwunderlich, dass in der Gegend um Tübingen überhaupt keine Hochsitze beschädigt wurden. Das sieht fast aus, als gäbe es dort keine. Aber da gibt es auch viele. Warum sind Sie dann mit Ihrem Fahrrad durch den halben Schönbuch gefahren, um Hochsitzleitern anzusägen?«

»Halt so.«

»Halt so? Weil das Wetter im Februar so schön war? Sehr kalt war es ja nicht, aber auch kein Wetter für Radtouren. Wollen Sie es mir sagen oder soll ich es Ihnen sagen?«

»Sagen Sie's halt, wenn Sie meinen, dass Sie's wissen«, sagte sie höhnisch und zuckte mit den Schultern.

»Weil Sie eine Kommilitonin dazu beauftragt hat. Vielleicht hat sie Sie sogar dafür bezahlt. Geld genug hat sie ja. Sie kennen Svenja Steiger vom Studium her, Masterstudium in Sozialpädagogik. Vielleicht sind Sie mit ihr sogar befreundet. Und wie wir wissen, liebte Ihre Studienkollegin ihren Stiefvater nicht sehr. Wenn er von der Hochsitzleiter gefallen wäre und sich das Genick gebrochen hätte, dann wäre sie ihn los gewesen und hätte noch eine ganze Menge obendrein geerbt, als Nebeneffekt sozusagen. Wenn das kein Motiv für einen Anschlag ist, dann kenne ich keines. Für den Auftrag hat Ihre Kommilitonin bestimmt einen ansehnlichen Betrag springen lassen. Und wer lang studiert, braucht immer Geld. Nur, liebe Frau Fromm, es hat den Falschen erwischt.«

Ihr Hals wurde rot, ihre Augen feucht, ihre schönen Hände zitterten.

»Lassen Sie Svenja Steiger raus aus dieser Sache«, brach es aus ihr heraus. »Ja, wir sind befreundet und treffen uns öfter, ja, sie hat immer wieder auf ihren Stiefvater geschimpft, ja, wir haben besonders viele Leitern in seinem Revier angesägt, aber sie hat absolut nichts damit zu tun. Sie hat nur einmal den Alten verflucht und gesagt, dass man ihm alle Hochsitzleitern ansägen sollte. Die Idee fand ich gut. Und ich hab das gemacht, weil ich sowieso etwas tun wollte. Ich hätte sowieso etwas für die Tiere getan, das sehen Sie doch. Ich schütze auch Ringelnattern, Blindschleichen, Kröten und all die kleinen Tiere, die diese Mountainbikefahrer plattwalzen. Noch mal: Svenja hat nichts damit zu tun. Es war nur ihre Idee. Gemacht hätte sie das nie, das können Sie mir glauben.«

Das klang fast akzentfrei und druckreif wie eine Kampfesrede auf einer Tagung Gleichgesinnter.

»Und Ihr Begleiter? War er immer dabei?«

»Nein. Den müssen Sie auch rauslassen. Wir kennen uns noch nicht lange. Er ist heute zum ersten Mal mitgekommen. Ich habe ihn dazu überredet.«

»Und warum waren Sie heute wieder in dieser Gegend? Edgar Steiger lebt nicht mehr. Das wissen Sie doch sicherlich.«

»Mein Freund kommt aus Waldenbuch. Er kennt sich hier aus. Das ist alles. Man muss in dem Teil vom Schönbuch auch was gegen die Mountainbiker tun. Sie glauben doch nicht, dass die nur auf Wegen rumrasen, die mehr als zwei Meter breit sind, wie sie eigentlich sollen. Das ist denen scheißegal. Die fahren ja sogar durch Naturschutzgebiete. Erst neulich haben wir welche gesehen, die im Eisenbachhain rumgefahren sind, im Eisenbachhain! Sagt Ihnen das was? Wahrscheinlich nicht. Das ist ein Naturschutzgebiet und einer der wenigen Bannwälder im Schönbuch. Sogar den muss man vor diesen Vandalen schützen!«

»Aber nicht mit Drahtseilfallen.«

»Wenn aber die Förster nichts tun, und Sie, die Polizei, auch nichts? Irgendjemand muss ja was machen, sonst passiert gar nichts.«

»Selbstjustiz ist strafbar.«

»Wegen mir! Aber lassen Sie meinen Freund da raus.«

»Wenn er aber nicht ganz unbeteiligt ist?«

»Er hat doch fast nichts gemacht.«

»Es ist sehr anständig von Ihnen, dass Sie ihn schützen wollen. Ich halte jetzt einfach fest, was Sie sagen, und reiche das weiter. Sie müssen jetzt noch eine halbe Stunde warten, bis Ihr Geständnis ins Reine geschrieben ist und Sie es unterschreiben können. Dann können Sie gehen.«

»Und dann?«, fragte sie überrascht.

»Müssen Sie auf die Vorladung des Gerichts warten. Sie sollten die Zwischenzeit nutzen und sich einen guten Anwalt suchen.«

# 36

Noch am selben Sonntagnachmittag verfasste Kupfer seinen Bericht, solange sein Eindruck von der Täterin noch frisch war. Damit ging er am Montagmorgen optimistisch gestimmt zum Dienst.

»Ein schönes Wochenende gehabt?«, fragte Paula Kußmaul wie immer montags.

»Arbeitsreich, aber … na ja, nicht schön, aber gut.«

Er erzählte ihr kurz, was sich am Sonntag ergeben hatte.

»Und das werde ich jetzt unserem KOR berichten.«

»Dann sollten Sie aber das hier vorher noch lesen. Das ist der Bericht vom LKA. Der kam am Freitag kurz vor Feierabend rein.«

»Super! Kann mir schon vorstellen, was drinsteht. Da will ich mich gleich bedanken.«

Kupfer rief seinen Kollegen Kleinschmidt an, der ihm schon mehrmals bei der Lösung von wirtschaftskriminellen Fällen behilflich gewesen war.

»Guten Morgen! Hier ist Siggi Kupfer. Ich möchte mich für eure blitzschnelle Zuarbeit herzlich bedanken.«

»Keine Ursache. Das war ein leichter Job. Wenn wir es immer so einfach hätten, dann … ich würde sagen, dann wären wir hier vielleicht übersetzt. Das war wieder einmal einer von den Fällen, wo es fast nichts weiter brauchte als den Durchsuchungsbeschluss des Staatsanwalts. Der Rest war so einfach wie Zeitunglesen. Richtgröße waren die Einnahmen aus Werksverträgen, und da wissen wir ja ungefähr, was da im Regelfall an Sozialversicherung anfällt. Fällige Sozialversicherungsleistungen minus tatsächlich abgeführter Sozialversicherung gleich unterschlagene Summe Nummer eins. Das ist natürlich sehr verkürzt ausgedrückt. Da kam schon noch einiges dazu. Aber es war sehr einfach zu ermitteln.«

»Wir haben ja auch schon ein Geständnis von Gutbrod. In groben Umrissen ist uns schon klar, was da gelaufen ist.

Bloß das Ausmaß und die Beteiligung der einzelnen Akteure ist uns noch nicht klar, und der stichhaltige Beweis fehlte noch.«

»Da gibt es eine klare Abstufung. Am meisten Dreck am Stecken hat dieser Steiger. Der hat das System entwickelt. Und dann folgt Wüst. Er hat genau dasselbe gemacht, nachdem er Geschäftsführer von Steigers Frau geworden war. Vorher ist in ihrer Firma alles einwandfrei zugegangen.«

»Ist es möglich, dass sie davon gar nichts weiß?«

»Das konnten wir nicht feststellen. Aber theoretisch wäre es möglich.«

»Sie behauptet nämlich, dass sie mit dem operativen Geschäft rein gar nichts zu tun hat und nur die Bilanzen überprüft. Und das würde bedeuten, dass sie an der Einstellung und Verschiebung von Arbeitern nicht beteiligt ist. Das geht auch aus Wüsts Aussagen hervor.«

»Vielleicht stimmt es sogar.«

»Was mich vor allem interessiert: Ist dieser Leiharbeitgeber, dieser Kasparovicz, eigentlich immer vertragsgetreu bezahlt worden?«

»Ja, es sieht ganz danach aus. Dem gegenüber hat Steiger sich nichts zu Schulden kommen lassen. Das steht fest.«

»Ach!«, sagte Kupfer nachdenklich. »Hier wäre mir jetzt eine andere Antwort lieber.«

»Ihr hattet Kasparovicz in Verdacht?«

»Natürlich. Und wenn der außer Verdacht steht, dann gibt es eigentlich nur noch einen Verdächtigen, diesen Wüst.«

»Den könnt ihr nach unseren Ergebnissen sofort verhaften. Dem hilft kein Anwalt mehr. Schaut zu, dass ihr so schnell wie möglich einen Haftbefehl gegen ihn kriegt, ehe er euch durch die Lappen geht.«

»Dafür sorge ich gleich. Ich trete nachher bei meinem Chef zum Rapport an.«

»Viel Spaß dabei! Jetzt hast du ja einen Trumpf in der Hand.«

»Nochmals vielen Dank!«

Obwohl Kupfer von der Auswertung des LKA keine grundsätzlich neuen Erkenntnisse erwartete, überflog er den Bericht. Er sparte es sich, die rechnerischen Details einzeln zu betrachten. Wichtig war für ihn, dass diese Verschiebung und Verleihung von Arbeitskräften innerhalb des Firmendreiecks erst vor vier Jahren eingesetzt hatte und – das überstieg seine Erwartungen – dass die Summe, die dabei insgesamt unterschlagen worden war, in die Hunderttausende ging.

»Absolut unglaublich!«, sagte er, als er die Akte kopfschüttelnd schloss. »Die Schweine machen Millionen, indem sie ihre Arbeiter betrügen, Millionen.«

Er griff zum Telefon und erkundigte sich bei Dr. Blass' Sekretärin, wann er bei ihm vorsprechen könnte. Erst am späten Nachmittag, hieß es.

»Auch gut«, sagte er und nahm sich den Bericht genauer vor.

Durch diesen Aufschub erreichte ihn eine weitere Information, die er seinem Chef präsentieren konnte. Es war ein Fax, das von der Pforzheimer Polizei kam. Das Phantomfoto, das Kupfer hatte erstellen lassen, war in allen Tageszeitungen im Land veröffentlicht worden, und es hatte im Bereich Pforzheim verschiedene Rückmeldungen gegeben.

Eine davon war besonders interessant. Ein junger Bauingenieur, der die Bauleitung der Autobahnbaustelle zwischen Pforzheim-West und Karlsbad innehatte, meldete das Verschwinden eines polnischen Poliers. Es handelte sich um den 28-jährigen Pawel Kowalczyk, der Mitte Juli für drei Wochen Urlaub genommen hatte, den er angeblich in seiner polnischen Heimat verbringen wollte, und nicht wieder zur Arbeit zurückgekommen war. Versuche, ihn unter der Heimatadresse, die er angegeben hatte, zu erreichen, schlugen fehl. Es gab diese Adresse gar nicht. Auch die Anfrage bei der polnischen Leiharbeitsfirma Kasparovicz war erfolglos geblieben. Man wisse auch dort nicht, wo Kowalczyk geblieben sei. Der Generalunternehmer habe die Kolonne, die Pawel Kowalczyk geführt habe, erst Anfang des Jahres unter Vertrag genommen, und man habe in der Zwischenzeit einen Ersatzmann geschickt.

Diesen Ersatzmann werde ich mir anschauen müssen, dachte Kupfer.

»Herr Dr. Blass erwartet Sie«, sagte die Sekretärin. »Gehen Sie nur hinein.«

»Nun, Herr Kupfer, ich hoffe, Sie bringen mir substantielle Ermittlungsergebnisse«, sagte Blass zur Begrüßung und rückte seine blau-rot gestreifte Seidenkrawatte zurecht.

»In der Tat, es gibt einiges zu berichten«, sagte Kupfer, der sich ebenfalls einen Gruß sparte, und setzte sich Blass unaufgefordert gegenüber.

»Zunächst wird es Sie sicher interessieren, dass der Fall Gutbrod/Hochsitzleiterunfall gestern gelöst werden konnte.«

Er schon die dünne Mappe mit seinem Bericht über den Tisch.

»Wir haben es mit einer Täterin zu tun, mit einer Frau von geradezu missionarischem Eifer.«

Blass öffnete sie und überflog die erste Seite.

»Na ja, Glück gehabt. Das war reiner Zufall. Einen Ermittlungserfolg kann man das eigentlich nicht nennen«, krittelte er.

»Aber doch das Ergebnis einer Vernehmung, das Ihnen zupass kommen müsste. Die Täterin ist ermittelt. Eine gewisse Konzentration der Anschläge auf Steigers Revier steht fest. Da es sich in allen Fällen um dieselbe Täterin handelt, müssen sich die Herren Minister, Staatssekretäre und der Landesjagdverband keine Sorgen mehr machen.«

»Eine Konzentration auf Steigers Revier? Wieso denn das?«

»Die Täterin ist mit Steigers Stieftochter befreundet. Sie sind Studienkolleginnen. Die Stieftochter soll aber die Täterin nicht beauftragt haben, sondern nur einmal gesagt haben, sie hätte geradezu Lust, ihrem Stiefvater die Hochsitzleiter anzusägen. Das brachte die Täterin auf die Idee, und sie tat es dann,

245

weil sie ohnehin etwas tun wollte, wie sie sagt. Sie kannte zwar die Gegend, aber nicht die Reviergrenzen. Da, schauen Sie sich die Karte an.«

Blass ignorierte die Revierkarte, die Kupfer ihm über den Tisch reichte.

»Überprüfen Sie diese Aussage«, ordnete er an.

»Bei Gelegenheit. Sie ist im Moment zweitrangig. Die Auswertung der Firmenakten, die das LKA durchgeführt hat, sollte uns mehr interessieren.«

Damit schob Kupfer die zweite Akte über den Tisch. Blass ließ sie ebenfalls liegen und warf Kupfer einen gereizten Blick zu.

»Sie haben ohne mein Wissen einen Durchsuchungsbeschluss beantragt«, sagte er scharf.

»Wozu ich meines Wissens berechtigt bin, wenn der Staatsanwalt mit dem Fall bereits vertraut ist. Und das ist der Fall gewesen. Staatsanwalt Dr. Klöppner kannte den Fall von der Untersuchung eines Unfalls her. Er war also mit der Materie bereits vertraut.«

»Trotzdem wären Sie verpflichtet gewesen …«, sagte Blass zornig.

»Das glaube ich nicht, und der Herr Staatsanwalt hat es auch nicht so gesehen. Er hat das Problem wohl erwogen. Und jetzt bitte ich Sie, einfach zur Kenntnis zu nehmen, was die Durchsuchung ergeben hat. Ich darf das kurz zusammenfassen, ehe Sie die Akte in Ruhe lesen. Denn nach Meinung der Kollegen vom LKA sollten wir aufgrund der Ermittlungsergebnisse unverzüglich einen Haftbefehl erwirken.«

Der wütende Gesichtsausdruck des KORs hatte sich geglättet und war einer interessierten Miene gewichen, sobald das Wort LKA gefallen war. Er ließ Kupfer weiterreden.

»Wir haben es mit einem Dreieck aus Firmen derselben Branche zu tun, die mit Leiharbeitern in der Baubranche operieren. Dabei wurde in großem Stil betrogen. Es wurden Löhne einbehalten und Sozialversicherungsbeiträge unterschlagen. Dabei geht es um sehr hohe Beträge. Zur Ausweitung und Verschleierung dieser Betrügereien wurden die Arbeiter zwischen den drei Firmen hin- und hergeschoben, entlassen und wieder eingestellt, damit sie den Überblick verlieren. Und in vielen Fällen wurden die Arbeiter wieder abgeschoben, ohne ihren vollen Lohn bekommen zu haben. Alle diese Leiharbeiter wurden durch dieselbe polnische Firma vermittelt, die einem gewissen Franciszek Kasparovicz gehört, der mit Steiger befreundet war. Sie hatten sich auf Jagdreisen in Osteuropa kennengelernt. Kasparovicz steht zunächst außer Verdacht, weil er immer sein Geld bekommen hat. Der Erfinder dieses Systems war eindeutig Edgar Steiger. Er hat auch am meisten davon profitiert. Und jetzt, nach seinem Tod, wird es vom kommissarischen Geschäftsführer Wüst weiter betrieben. Wüst ist außerdem seit drei Jahren Geschäftsführer von Steigers Frau und scheint dort auf dieselbe Weise Geld abgeschöpft zu haben, vielleicht sogar ohne Wissen seiner Chefin. Allem Anschein nach hat er in seine eigene Tasche gewirtschaftet. Wir brauchen sofort einen Haftbefehl gegen ihn. Wir hatten ihn nach der Durchsuchung bereits festgenommen, mussten ihn aber auf Drängen seines Anwalts laufen lassen. Steigers Ermordung, wenn ich mir die Bemerkung erlauben darf, hat also erwiesenermaßen mit der Jagd rein gar nichts zu tun.«

Bei Kupfers letztem Satz zuckten Blass' Augenbrauen und seine Kaumuskeln zeigten sich für einen kleinen Moment. Dann hatte er sich im Griff.

»Dann wenden Sie sich doch bitte sofort an Dr. Klöppner und beantragen den Haftbefehl.«

»Heute noch, darauf können Sie sich verlassen. Und es gibt noch eine Neuigkeit. Wir haben Rückmeldungen zu unserer Phantombildaktion bekommen. Der Mann, der unserem Phantombild entspricht, ist ein gewisser Pawel Kowalczyk, Polier einer Kolonne im Autobahnbau. Einsatzort zwischen Pforzheim-West und Karlsbad. Er gehörte zu einer Leiharbeiterkolonne, die Kasparovicz vermittelt hat, und ist Mitte Juli verschwunden. Entnehmen Sie die Details bitte diesem Schreiben hier. Ich werde mich morgen um die Angelegenheit kümmern.«

»Was haben Sie vor?«

»Ich möchte mit dem Ersatzmann sprechen, den die Firma geschickt hat.«

»Was versprechen Sie sich davon?«

»Einen Hinweis und ...« Was Kupfer außerdem vorhatte, wollte er lieber nicht erklären.

»Ich weiß nicht, aber ich habe das Gefühl, dass wir an diesem Punkt weitermachen müssen«, sagte er stattdessen.

»Wie Sie meinen. Ich hoffe nur, dass Ihre Reise auch die Spesen wert sein wird.«

»Ich bin höchstens einen halben Tag unterwegs, gleich morgen Vormittag.«

Damit war das Gespräch zu Ende. Blass öffnete die Ermittlungsakte und fing zu lesen an, ohne Kupfer zu verabschieden.

»Übrigens, wenn ich Sie noch einen Moment von der Lektüre abhalten darf: Jetzt, meine ich, wäre eine Pressekonferenz an der Zeit.«

Blass brummte nur und warf Kupfer einen letzten mürrischen Blick zu.

Kupfer kehrte in sein Büro zurück und versuchte, Staatsanwalt Dr. Klöppner zu sprechen, der sich aber gerade im Gericht aufhielt und damit unerreichbar war.

Sofort rief er Blass an.

»Kupfer. Ich bitte vielmals um Entschuldigung. Herr Dr. Klöppner ist nicht zu erreichen. Darf ich Sie angesichts der Dringlichkeit meiner Reise bitten, den Haftbefehl gegen Heiner Wüst zu beantragen?«

Er konnte sich das verärgerte Gesicht des KOR gut vorstellen.

»Wenn Sie meinen, unbedingt durch die Gegend fahren zu müssen.«

Abbruch des Gesprächs.

# 37

Kupfer war fest davon überzeugt, dass er unbedingt durch die Gegend fahren musste, und bereitete sich gut darauf vor. Noch am Frühstückstisch versuchte er mit Jens Sulzer, dem Bauleiter, der Kowalczyk erkannt und sein Verschwinden gemeldet hatte, Kontakt aufzunehmen. Der Teilnehmer war momentan aber leider nicht zu erreichen. Er musste ihm auf die Mailbox sprechen.

»Guten Morgen, Herr Sulzer! Hier spricht Hauptkommissar Kupfer von der Kripo Böblingen. Sie haben sich ja auf unsere Phantombildaktion hin gemeldet und uns einen wichtigen Tipp gegeben. Dem muss ich heute nachgehen. Ich komme zu Ihnen auf die Baustelle. Ich wäre Ihnen sehr dankbar, wenn Sie mich so bald wie möglich zurückrufen würden. Bitte behandeln Sie meinen Besuch diskret. Alles Weitere nachher.«

Dann zog er leichte Wanderstiefel an, ersetzte die Jacke seiner so genannten Dienstklamotten durch einen Anorak und fuhr zur Polizeidirektion, um sich eine Kamera zu holen. Auf dem Weg fiel ihm ein, dass er, wenn er auf der Baustelle nicht auffallen wollte, auch einen Helm brauchte. Also machte er einen Umweg über die Hulb und suchte sich im Baumarkt einen passenden gelben Schutzhelm aus, für den er mehr als zehn Euro bezahlte. Mit dem billigeren, der nur die Hälfte kostete, hätte er sich nur unzureichend getarnt gefühlt. Dann holte er sich eine Kamera von der Dienststelle.

»Mit der hier kannst du gar nichts falsch machen«, sagte der Kollege, der ihm die Kamera aushändigte. »Bei Empfindlichkeit 800 klappt bei dem Wetter alles. Vor allem verwackelst du auch Teleaufnahmen nicht.«

Auf der Treppe nach unten begegnete er KOR Dr. Blass und wünschte ihm freundlich einen guten Tag. Statt Kupfers Gruß zu erwidern, musterte der ihn von oben bis unten und sagte dann süffisant: »Sie sehen aus, als wollten Sie im Schönbuch Wildschweine fotografieren.«

»Wildschweine nicht, nur kapitale Platzhirsche«, entgegnete Kupfer schlagfertig. Solche wie Sie, dachte er sich dazu und ging grinsend seiner Wege.

Er sah auf die Uhr. Es war schon halb zehn. Hoffentlich ruft bald dieser Sulzer an, dachte Kupfer und fuhr los. Am Autobahndreieck Stuttgart der übliche Stau, Stop-and-go, Stop-and-go über mehr als zwei Kilometer. Aber dann lief es. Als er Leonberg bereits hinter sich gelassen hatte, erreichte ihn Sulzers Anruf.

»Ich konnte Sie leider nicht eher zurückrufen. Ich war in einer Besprechung. Worum handelt es sich?«

»Uns interessiert der Ersatzmann für Kowalczyk. Der ist doch noch bei Ihnen?«

»Ja, natürlich. Er arbeitet zur Zeit mit seiner Kolonne am Anschluss der Pfinztalbrücke. Da bin ich auch gerade. Soll ich ihm sagen, dass Sie ihn sprechen möchten?«

»Nein, nur das nicht. Ich will ihn und seine Kolonne fotografieren, und zwar unauffällig. Ich dachte, ich gebe mich als Beamter des Regierungspräsidiums Karlsruhe aus, der den Baufortschritt zu überprüfen hat. Da bin ich auf Ihre Hilfe angewiesen.«

»Geht es um Schwarzarbeit?«

»Nein, das nicht. Schlimmer. Ich gehöre zur Mordkommission.«

»Mein Gott«, sagte Sulzer, und für einen Moment blieb ihm die Sprache weg. »Mit was für Menschen habe ich es hier zu tun?«

»Keine Angst. Vielleicht sind sogar alle harmlos. Das will ich ja feststellen.«

»Und wie soll ich Ihnen dabei helfen?«

»Ganz einfach. Indem Sie mich mit einem Plan in der Hand herumführen, als würden Sie mir irgendwelche Probleme erklären oder den Baufortschritt zeigen. Und dabei mache ich meine Aufnahmen.«

»Verstehe.«

»Wo finde ich Sie denn?«

»Bei Remchingen.«

»Remchingen? Nie gehört.«

»Nehmen Sie die Ausfahrt Pforzheim-West und geben Sie es einfach in Ihr Navi ein. Das wird schon klappen. Sie fahren nicht nach Remchingen hinein, sondern nach Süden Richtung Nöttingen. Da fahren Sie genau auf die Baustelle zu. Wenn Sie dort sind, rufen Sie mich wieder an.«

So machte es Kupfer. Sein Navi leitete ihn von der Autobahn auf die B 10 Richtung Karlsruhe. Am Ortseingang Remchingen bog er links ab und gelangte geradewegs an die Baustelle. Er stellte sein Auto hinter einen Kleintransporter, damit sein Böblinger Kfz-Kennzeichen von der Baustelle aus nicht gesehen werden konnte. Dann rief er Sulzer an.

»Komme sofort. Hab mir schon gedacht, dass Sie jetzt bald anrufen.«

Fünf Minuten später sah Kupfer einen jungen Mann auf sich zukommen, der ähnlich wie er selbst gekleidet war. Er hatte einen gelben Helm auf und trug einen zweiten unterm Arm.

»Sulzer, angenehm«, stellte er sich vor und reichte Kupfer die Hand. »Gute Fahrt gehabt?«

»Es ging so. Halt der tägliche Wahnsinn.«

»Wollen Sie Ihren eigenen Helm aufsetzen oder nehmen Sie den hier?«

Er streckte Kupfer seinen zweiten Helm anbietend entgegen.

»Ach so! Ich dachte, ich brauchte …«

»Den haben Sie aber nicht extra gekauft?«

»Doch, ich dachte …«

Sulzer musste lachen.

»Es tut mir leid. Ich hätte Ihnen sagen müssen, dass ich einen für Sie habe. Wissen Sie, wir haben einige in Reserve für die Leute vom Amt und für Politiker. Bei einer Veranstaltung wie einem ersten Spatenstich nehmen die ohne diese Verkleidung keinen Spaten in die Hand. Kommen Sie.«

Kupfer legte den Helm unbenutzt in sein Auto zurück. Er würde ihn zurückgeben. Den Kassenzettel hatte er ja noch.

Auf der Behelfsfahrbahn für Baufahrzeuge näherten sie sich den Arbeitern, die mit verschiedenen Aufgaben beschäftigt waren.

»Welcher ist der Ersatzmann?«

»Der dort drüben, der den Kran gerade einweist.«

Kupfer zückte die Kamera, fuhr das Tele aus und schoss eine Profilaufnahme.

»Können Sie mir sagen, wie er heißt?«

»Ignacy oder so ähnlich rufen ihn die andern Polen. Den Familiennamen habe ich mir nicht gemerkt. Den kann ich aber herausfinden.«

»Sie haben mehrere Polen hier?«

»Ja. Die meisten hier sind Polen.«

»Ich dachte, in diesen Kolonnen arbeiten jetzt mehr Rumänen und Bulgaren.«

»Anderswo schon, aber hier nicht.«

»Haben Sie vielleicht beobachtet, dass in den letzten Tagen vier neue dazukamen?«

»Das kann ich Ihnen nicht sagen. Ich arbeite für den Bauträger, also den Staat, und wenn etwas nicht klappt, dann verhandle ich mit dem Generalunternehmer. Mit diesen Subunternehmern, die Werkverträge ausführen, habe ich so gut wie nichts zu schaffen. Ich habe nur gehört, dass die Arbeiter untereinander polnisch reden und mit dem Kapo natürlich auch.«

»Aha, interessant. Dann muss ich allerdings viel mehr Aufnahmen machen, als ich dachte. Dann falten Sie jetzt bitte Ihren Plan auseinander und erklären Sie mir was.«

»Okay.«

Über eine Stunde lang kletterte Kupfer unter Sulzers Führung auf der Baustelle herum, von einer Seite auf die andere und wieder zurück, von oben nach unten, von rechts nach links und von links nach rechts, was er sehr anstrengend fand. Überall musste er vorsichtig sein, damit er auf dem feuchten Boden nicht ausrutschte oder über irgendwelche Materialien stolperte. Trotzdem bemerkte er schon nach einer halben

Stunde, dass seine Hosenbeine fast bis zum Knie stark beschmutzt waren.

»Hier wird man zur Sau«, sagte Kupfer, wie er so an sich hinuntersah. »Geht das Ihnen jeden Tag so?«

Sulzer verneinte lachend. »Nur wenn ich solche Führungen mache wie heute.«

»Das ist das absolute Chaos hier, wenn man nicht durchblickt«, sagte Kupfer und ließ seinen Blick kopfschüttelnd über die Baustelle schweifen.

»Das kann ich mir vorstellen, dass Sie das so sehen.« Sulzer lachte verständnisvoll. »Mein Job ist, dafür zu sorgen, dass aus diesem Chaos was Stabiles entsteht.«

»Dabei will ich Sie auch nicht länger stören. Ich glaube, ich habe die ganze Kolonne jetzt im Kasten. Ich wäre Ihnen sehr dankbar, wenn Sie mir per Mail eine Namensliste zuschicken könnten, und hoffe, ich habe keinen Verzug verursacht.«

»Machen Sie sich deswegen keinen Kopf. So viel Zeit muss sein, wenn man in so einem Fall helfen muss. Gerne jedes Mal wieder – oder lieber doch nicht. Die Liste kriegen Sie spätestens morgen Vormittag.«

Kupfer nickte ihm freundlich zu und fuhr los.

Noch ehe er wieder auf der Autobahn war, rief er OW an. »Hast du heute noch Zeit, mir einen Gefallen zu tun?«

»Wenn mich Emma aus dem Haus lässt«, sagte OW und kicherte.

»Du musst nicht aus dem Haus gehen. Ich komme gerade von einem Außentermin bei Pforzheim. Ich war auf einer Baustelle und habe Arbeiter fotografiert. Ich möchte wissen, ob deine vier Polen darunter sind.«

»Meine Polen?«

»Deine. Von uns hat sie noch niemand gesehen. Kannst du dir die Bilder heute noch anschauen, wenn ich sie dir maile?«

»Klar. Wie viele sind es denn?«

»Über hundert.«

»Du meine Güte! Das sprengt meinen Mailaccount. Kannst du nicht einfach vorbeikommen?«

»Oder so. Wo ich schon mal unterwegs bin. Dann in ungefähr einer Stunde bei dir, wenn ich nicht im Stau stecken bleibe.«

Als OW seinen Freund begrüßte, zog der Duft frischen Kaffees durch das Haus. Kupfer sah an sich hinunter. »Meine Schuhe ziehe ich lieber aus und hoffe, dass der Dreck an meiner Hose kleben bleibt und euch nicht ins Zimmer fällt.«

»Wird nicht so schlimm sein. Komm rein und setz dich.«

Der Tisch war gedeckt. Emma hatte inzwischen Schneckennudeln, Quark- und Apfeltaschen gekauft.

»Oder hast du heute auf Spesen gespeist?«

»Ich bin weder Unternehmer noch Politiker.«

»Dann greif zu. Aber gib mir deine Speicherkarte. Solange wir Kaffee trinken, kann ich die Bilder runterladen.«

Kupfer erzählte von seiner Fotoaktion auf der Baustelle.

»Und du bist sicher, dass keiner etwas gemerkt hat?«

»Absolut. Ich hatte den Eindruck, dass sich alle Arbeiter ducken, wenn einer mit einem Plan in der Hand kommt. Sie werden ja nur angesprochen, wenn sie Mist gemacht haben. Also tun sie, als würden sie den Bauleiter gar nicht sehen. Deswegen habe ich die meisten auch nur von der Seite erwischt.«

Dann sahen sie die Bilder durch. Kupfer zeigte OW den neuen Kapo.

»Ich bin vor allem wegen ihm hingefahren. Und bei der Gelegenheit wollte ich sehen, ob dort nicht die vier Polen gelandet sind, mit denen du gesprochen hast.«

OW klickte auf Diashow und ließ die Bilder durchlaufen.

»Halt«, sagte er plötzlich. »Der ist am Grill gestanden. Das ist Jakub. Das war der Wortführer.«

Auch die anderen drei waren zu finden. Nur konnte OW ihnen die Vornamen nicht zuordnen.

»Das macht nichts. Es reicht schon, dass wir wissen, wohin die vier so plötzlich verschwunden sind. Wüst tritt also voll in Steigers Fußstapfen.«

Kupfer gab den wichtigsten Bildern einen Namen und schickte sie an seine dienstliche E-Mail-Adresse und an Blass.

»Dann habe ich sie morgen früh gleich parat.«

Bauleiter Sulzer hatte Wort gehalten. Als Kupfer schon vor dem Frühstück, noch im Schlafanzug und unrasiert, nach seiner E-Mail schaute, war die Namensliste schon da. Der Kapo führte sie an: Ignacy Sobkowiak. Das war der Mann, auf den es ihm ankam. Wenn die Empfangsdame des Sindelfinger Hotels Sobkowiak als diesen falschen Zielinski identifizieren würde, wäre der Fall gelöst und es fehlte nur noch der Zugriff. Die Namen der Arbeiter, die Wüst so schnell versetzt hatte, konnte Kupfer ohne weiteres durch die Vornamen identifizieren: Wojciech Lukasik, Bartosz Hendzel und Mikolaj Szafarz. Nur Jakub gab es zweimal. Welcher der richtige war, würde man den beschlagnahmten Akten entnehmen können, falls es überhaupt notwendig sein sollte.

Um sich unnötiges Hin- und Herfahren zu ersparen, rief Kupfer gleich von zu Hause aus in dem Hotel in Sindelfingen an. Er hatte Glück: Kim Stegmann war im Dienst.

»Was kann ich für Sie tun?«

»Ich möchte Sie um einen Gefallen bitten.«

»Aber gerne.«

»Ich würde Ihnen gerne die Fotos eines Mannes schicken und Sie fragen, ob Sie ihn schon einmal gesehen haben.«

»Hier bei uns im Hotel?«

»Natürlich.«

»Es handelt sich wohl um einen der beiden Gäste, die sich so seltsam verabschiedet haben?«

»Möglicherweise. Bitte geben Sie mir Ihre Mailadresse, ich schicke Ihnen dann sofort die Bilder und erwarte Ihren Anruf.«

Sie gab ihm die Adresse durch. »Bleiben Sie ruhig dran. Es geht heute Morgen ruhig zu. Ich kann mir die Fotos sofort ansehen.«

Schon beim ersten Foto sagte die Empfangsdame: »Ja, den kenne ich. Das ist einer der beiden Herren.«

»Sind Sie sicher?«

»Zweifellos, das ist das Gesicht. Und die Statur passt auch, obwohl ich ihn nur im feinen Anzug gesehen habe. Aber ich sagte Ihnen ja schon, die Hände …«

»Vielen Dank. Das hilft mir weiter. Darf ich Sie bitten, die Fotos auch Frau Lewczuka zu zeigen, falls sie schon zur Arbeit gekommen ist? Es ist mir sehr wichtig, dass zwei Personen bezeugen, dass dieser Bauarbeiter bei Ihnen im Hotel war.«

»Frau Lewczuka ist im Haus. Ich kann sie sofort rufen lassen.«

»Bitte tun Sie das. Ich mache mich jetzt auf den Weg zu Ihnen und möchte Sie bitten, mir schriftlich zu bestätigen, dass dieser Herr bei Ihnen im Hotel war und am fraglichen Tag abgereist ist, ohne auszuchecken. Vielleicht können Sie Frau Lewczuka inzwischen die Fotos zeigen.«

»Gerne. Dann bis später.«


Das Ausstellen der schriftlichen Bestätigung ging sehr schnell, nicht so die Fahrt ins Büro. Der morgendliche Zulieferverkehr verursachte lange Schlangen an jeder Ampel, sodass Kupfer, obwohl er die halbe Strecke auf der Autobahn fuhr, erst nach zwanzig Minuten im Büro ankam. Er war gefasst darauf, dass KOR Dr. Blass ihn ungeduldig erwarten würde. Und so war es auch.

»Man erwartet Sie sehnsüchtig«, frotzelte Paula Kußmaul.

»Erstaunlich, wo so wenig Liebe im Spiel ist. Dann will ich doch gleich seine Sehnsucht stillen.« Er zwinkerte Paula Kußmaul schelmisch zu und verließ das Büro.

»Guten Morgen, Herr Dr. Blass.« Kupfers Gruß klang nach unbeirrter Freundlichkeit.

»Morgen«, brummte Blass und sah dabei wie zufällig auf seine Armbanduhr.

»Was hat nun Ihre Reise gebracht?«

»Ein wichtiges Foto. Vielleicht haben Sie es schon in Ihrer Mail entdeckt. Es handelt sich um einen polnischen Polier namens Ignacy Sobkowiak, gegen den wir sofort einen Haftbefehl brauchen. Er ist nachgewiesenermaßen einer der beiden Männer, die Steiger auf dem Gewissen haben. Er wurde von zwei Angestellten des Hotels identifiziert, in dem die beiden abgestiegen waren. Im selben Vorgang sollten wir einen weiteren Haftbefehl gegen den anderen Herrn beantragen. Es handelt sich dabei um Pawel Kowalczyk, ebenfalls ein Polier dieser Arbeiterkolonnen, die ich mir gestern angeschaut habe. Er ist gleich nach der Ermordung Steigers verschwunden.«

»So, ist er? Warum haben Sie nicht schon längst nach ihm fahnden lassen?«

»Weil die Verbindung zwischen Kowalczyk und Sobkowiak jetzt erst eindeutig bewiesen ist. Das wird durch die Ermittlungsakte belegt. Bis gestern wussten wir ja nicht einmal, ob der Ersatzmann für Kowalczyk der Mann ist, den wir suchen. Das wurde mir inzwischen von zwei Zeuginnen bestätigt, vor einer halben Stunde übrigens. Wenn wir Kowalczyk zu früh zur Fahndung ausgeschrieben hätten, wäre Sobkowiak möglicherweise untergetaucht. Und das musste vermieden werden.«

Blass quittierte die letzten Worte mit einem gereizten Blick. »Dann schreiben Sie sofort die beiden Anträge und legen Sie sie mir zur Weiterleitung vor.«

»Und der Haftbefehl gegen Heiner Wüst? Haben wir den schon bekommen?«

»Seien Sie nicht so ungeduldig, Kupfer. Dr. Klöppner kann nicht hexen. Aber wir kriegen ihn im Lauf des Tages.«

»Und? Wie war das Date?«, fragte Paula Kußmaul, ohne von ihrer Arbeit aufzusehen.

»Kein Liebesgeflüster. Aber Sie wissen doch: Nicht gemeckert ist schon gelobt.«

Er machte sich daran, die beiden Haftbefehle zu beantragen.

# 38

Der Haftbefehl war da, Wüst war weg. Man hatte ihn zur Fahndung ausgeschrieben. Weder bei seiner Wohnung noch im Büro noch auf einer der Baustellen war er seit Tagen gesehen worden. Steigers A 8, den er übernommen hatte, stand auf dem Parkplatz in der Nürtinger Straße, und da das Kfz-Amt aussagte, dass er kein eigenes Auto besitze, ging Kupfer davon aus, dass man ihn in der Umgebung suchen müsse.

»Weit kann der nicht gekommen sein«, sagte er zu Feinäugle. »So schnell kann sich so ein Typ wie er keine falschen Papiere besorgen. Und wo soll er außerdem hin?«

»Kommt drauf an, wo er sein ergaunertes Geld gebunkert hat. Den klassischen Gaunersparstrumpf in der Schweiz gibt es nicht mehr. Wir sollten unsere Recherche vielleicht bei deutschen Banken ansetzen.«

»Oder bei den Frauen, Señora und Señorita Steiger. Auf deren Gesichter bin ich gespannt. Wenn du dich um die Banken kümmern würdest, dann würde ich mich an die beiden Damen wenden.«

»Aha! Mir lässt du die trockene Arbeit!«

»Nur weil ich deine Gewissenhaftigkeit zu schätzen weiß, kann ich dir diese Aufgabe anvertrauen.«

»Zu viel der Ehre. Aber geh du ruhig Süßholz raspeln, damit du auch wieder mal eine jüngere Frau siehst. Es sei dir gegönnt.«

Kupfer hüstelte gekünstelt, aber grinste dabei. Dann rief er Anke Steiger an. Er müsse sie dringend sprechen, und zwar im Beisein ihrer Tochter. Das sei erst am Abend möglich, erfuhr er, da Svenja zur Zeit ein Praktikum mache und erst gegen sechs nach Hause komme. Also meldete sich Kupfer zu einem abendlichen Besuch an.

Anke Steiger war anzumerken, dass sie von Kupfers Besuch nichts Gutes erwartete. Sie bat ihn herein und ging schweigend voraus, ohne sich einmal nach ihm umzusehen. Svenja erhob sich zwar aus ihrem Sessel und reichte Kupfer die Hand. Dass sie aber den Blickkontakt mit Kupfer nicht aushielt und wie Hilfe suchend ihre Mutter ansehen musste, zeigte, wie unwohl sie sich in seiner Gegenwart fühlte. Einen kurzen Moment saßen sie schweigend da.

»Ich will es kurz machen«, begann Kupfer. »Wir suchen Heiner Wüst. Gegen ihn liegt ein Haftbefehl vor. Vielleicht wissen Sie, wo er sich aufhält.«

Die beiden Frauen schüttelten den Kopf.

»Was wollen Sie denn von ihm? Er ist unschuldig. Ich sagte Ihnen doch schon, dass er zur Tatzeit hier im Haus war, bei mir. Meine Mutter kann es bezeugen.« Svenjas Stimme klang belegt.

»Ich weiß, Sie unterstützen sein Alibi, und wir zweifeln es auch nicht an. Nur sind die Umstände etwas komplizierter. Es gibt deutliche Indizien dafür, dass Herr Wüst mit den Mördern Ihres Stiefvaters in Kontakt stand.«

Beide Frauen richteten sich auf und sahen Kupfer mit aufgerissenen Augen an.

»Wieso? Wie können Sie so etwas behaupten?«, fragte die Mutter.

»Wir haben auf dem Balkongeländer des Hotelzimmers, in dem die beiden Täter bis zur Tatzeit wohnten, Fingerabdrücke gefunden, die wir zunächst niemandem zuordnen konnten, bis ich bei Ihnen das Foto mit dem Karpatenhirsch abgeholt hatte. Sie erinnern sich doch. Es war zerrissen, und Herr Wüst war so freundlich, mir bei der Suche nach den einzelnen Teilen zu helfen. Der Rest war Routine.«

»Das glaube ich Ihnen nicht.«

»Und wenn er mit denen Kontakt hatte, heißt das noch lange nicht, dass er etwas mit dem Mord zu tun hat«, sagte die Tochter.

Kupfer ignorierte diese Einwände und redete einfach weiter, ohne eine der beiden Frauen anzusehen.

»Wussten Sie denn, dass Kasparovicz zwei Leute hergeschickt hatte? Hat Herr Wüst Ihnen von einem solchen Kontakt etwas erzählt? Er müsste es Ihnen doch eigentlich erzählt haben, wenn es dabei um normale Geschäfte ging.«

Anke Steiger war fassungslos.

»Nein, kein Wort. Nein«, war alles, was sie herausbrachte.

»Herr Wüst steht nicht unter Mordverdacht, aber wir werfen ihm Beihilfe zum Mord vor. Aller Wahrscheinlichkeit nach war er derjenige, der die Täter an die richtige Stelle geschickt hat. Sie dürften kaum zufällig zum richtigen Zeitpunkt dort gewesen sein.«

»Warum? Warum sollte er das getan haben?« Svenjas Stimme zitterte.

»Er war lange bei Ihrem Stiefvater angestellt, bis ihm gekündigt wurde.«

»Er hat selbst gekündigt«, protestierte Svenja.

»Das müssen wir jetzt nicht klären. Jedenfalls hat er uns gesagt, dass er im Streit aus der Firma ausgeschieden ist. Dann wurde er Geschäftsführer Ihrer Frau Mutter, die ihm freie Hand gelassen hat, und jetzt hat er auch noch die Firma Ihres Stiefvaters in der Hand. So etwas nennt man beruflichen Erfolg, das ist eine steile Karriere.«

Svenja biss sich wütend auf die Lippen. Kupfer hätte gerne gewusst, gegen wen sich ihre Wut richtete.

Deswegen hielt er kurz inne und fügte dann hinzu: »Und wenn er seine Scheidung hinter sich hat, kann er sogar ins Geschäft einheiraten.«

Svenja wurden die Augen feucht. Sie vergrub ihr Gesicht in ihren Händen. Ihre Mutter hielt es nicht länger im Sessel. Sie stand auf und ging ein paar Schritte hin und her.

»Das ist leider noch nicht alles«, fügte Kupfer hinzu und fixierte Anke Steiger.

Sie blieb stehen. Eine steile Falte teilte ihre Stirn.

»Was denn noch?«

»Der Anfangsverdacht, der uns zur Beschlagnahmung Ihrer Bücher veranlasst hat, hat sich leider bestätigt. Betrug in großem Maßstab.«

Anke Steiger blieb der Mund offen stehen.

»Und ich kann für Sie nur hoffen, dass Sie davon tatsächlich nichts gewusst haben. Die Wirtschaftsprüfer vom LKA halten das nach Sichtung Ihrer Bücher für möglich. Nur ist diese Recherche noch nicht ganz abgeschlossen.«

»Was wollen Sie von mir? Ich bin eine anständige Geschäftsfrau.« Sie hatte sich gefasst und gab sich empört.

»Das nehme ich an. Wenn das so ist, muss man Ihnen allerdings vorwerfen, dass Sie zu vertrauensselig waren. Wüst sagt, Sie haben sich nur um die Bilanzen gekümmert und Geld angelegt.«

»Wenn es etwas anzulegen gab. Wen soll er denn betrogen haben?«

»Die Arbeiter, die Sozialversicherung und Sie. Ich will Ihnen das am Bespiel eines Arbeiters erklären, der für viele Arbeiter aus Ihren Firmen steht. Nennen wir ihn Jakub X. Jakub wird von Kasparovicz hergeschickt und arbeitet in einer Ihrer Kolonnen. Nach sechs Wochen sagt man ihm, dass man ihn ausleihen muss, weil es im Moment zu wenig Arbeit gibt. Also arbeitet Jakub ein paar Wochen in der Firma Ihres Mannes, bis er dann nach einer gewissen Zeit zu Gutbrod geschickt wird. Bei jedem Wechsel wird er nicht gleich angemeldet, und außerdem wird ihm nie das ganze Geld ausbezahlt, das er an einer Stelle verdient hat. Er wird immer vertröstet. Und weglaufen kann er nicht, weil er immer auf einen Teil seines Lohns warten muss. Vom üblichen Betrug mit gutgeschriebenen Arbeitsstunden, die irgendwann später vergütet werden sollen, einmal ganz abgesehen. Für diesen Jakub werden zwei Akten geführt. Nach der einen Akte, die man für den Generalunternehmer bereithält, hat Jakub, sagen wir mal, hundert Tage gearbeitet, in der Akte für die Sozialversicherung werden davon aber nur 75 Tage angegeben. Das ist natürlich vereinfacht ausgedrückt. Wie mit den Generalunternehmern und Kasparovicz abgerechnet wurde, ist kompliziert. Diese Untersuchung fällt nicht in meinen Aufgabenbereich. Für die Mordkommission ist nur wichtig, dass hier das Mordmotiv zu finden ist.«

»Das ist ja die Höhe! Ich habe davon wirklich nichts gewusst.«

»Das hoffe ich für Sie, wie gesagt. Wüst ist aber nicht der Erfinder dieses Systems.«

»Sondern?«

»Ihr Mann. Was Wüst bei Ihrem Mann gelernt hat, praktiziert er seit drei Jahren bei Ihnen und hat dabei in seine eigene Tasche gewirtschaftet. Gutbrod ist übrigens auch beteiligt, insofern als die Arbeiter auch zu ihm überwechseln. Allerdings beansprucht er für sich, nie Geld unterschlagen zu haben. Aber Mitwisserschaft ist auch ein Vergehen. Kasparoviczs Beteiligung an diesem Betrugssystem ist noch nicht erwiesen. Wir ermitteln noch in diese Richtung.«

Anke Steiger musste sich wieder setzen und sank kraftlos in sich zusammen. Sie war erschüttert. Man hörte sie schwer atmen.

Auf einmal schaute sie auf und sagte: »Die Aufteilung der Firma, jetzt verstehe ich erst, warum das sein musste. Er hat mich angelogen. Von wegen gegenseitiger Unterstützung in Krisenzeiten, alles verlogen. Das hat er mit Kasparovicz ausgetüftelt. Den mochte ich nie. Ich wusste, dass das ein falscher Fuffzger war.« Sie fing an zu zittern. »Entschuldigen Sie mich einen Moment.«

Sie stand auf und holte sich ein Glas Wasser und nahm einen großen Schluck. »Und was jetzt? Wie soll es weitergehen?«, fragte sie verzweifelt.

»Das kann ich Ihnen nicht sagen. Das entscheidet das Gericht.«

Svenja hatte sich Kupfers Erklärungen wortlos angehört und saß da wie versteinert. Kupfer wandte sich ihr zu.

»Sie verstehen, dass es mit ihm vorbei ist? Wo ist er? Sagen Sie es mir.«

Ihre Mutter legte den Arm um sie und strich ihr übers Haar. »Svenja, sag es, wenn du etwas weißt.«

Svenja schaute auf ihre Knie und schüttelte heftig den Kopf. »Nein, nein«, sagte sie immer wieder.

»Svenja, sieh doch, er hat uns alle betrogen.«

Sie schluchzte laut, hob den Kopf und starrte ins Leere.

»Er ist … er hat sich versteckt … nur für ein paar Tage, hat er gesagt, bis alles klar ist. Dann kann ihm nichts mehr passieren. Er hat gesagt, dass er falsch beschuldigt wird und sich für ein paar Tage verstecken muss. Wenn alles dann untersucht wäre, dann sei ganz klar, dass man ihm nichts anhängen kann.«

»Und wie will er erfahren, dass er nicht mehr beschuldigt wird?«

»Ich soll ihn anrufen.«

»Sie stehen also in Kontakt mit ihm?«

»Nein, eben nicht. Am Abend nach der Durchsuchung war er noch kurz bei mir. Dann wollte er in seine Wohnung, sagte er. Und seither habe ich keinen Kontakt mehr mit ihm. Er hat sein Handy ausgeschaltet.«

»Wie sollten Sie denn erfahren, dass er nicht mehr beschuldigt wird?«

»Von seinem Anwalt. Ich sollte ihn anrufen.«

»Sie wissen also, wo er ist?«

»Nein. Ich weiß es nicht. Wirklich!«

»Wir werden ihn finden«, sagte Kupfer ruhig. »Geben Sie mir seine Handynummer.«

»Er hat zwei, ein privates und eins fürs Geschäft.«

»Dann brauche ich beide.«


Feinäugle hatte Wüsts Girokonto sperren lassen. Trotzdem verfügte Wüst über Geld, denn er hatte in der letzten Woche, als die Lage brenzlig wurde, von Anke Steigers Geschäftskonten mehrmals fünfstellige Beträge abgehoben, wozu er als Geschäftsführer berechtigt gewesen war. Wo aber saß er mit dem Geld und wohin wollte er?

Kupfer veranlasste eine Ermittlung über die Handynummern. Die Anfrage beim Anbieter war erfolgreich. Sein Telefonverkehr konnte ohne weiteres nachverfolgt werden. Wüst war offensichtlich in Panik geraten. Schon am Tag der Durchsuchung seines Büros hatte er zweimal in Polen angerufen, wahrscheinlich bei Pawel Kowalczyk und Kasparovicz. Jedesmal waren es längere Gespräche, die über einen Mobilfunkmast bei Dettenhausen gegangen waren.

»Wüst sitzt in den Startlöchern, aber er weiß noch nicht, wohin er soll, nehme ich an«, kommentierte Feinäugle den Befund.

»Doch. Wohin er will, wird er schon wissen. Nur kann er nicht sicher sein, dass ihm dort auch geholfen wird. Er muss ziemlich verzweifelt sein. Die Welt wird eng und ungemütlich für ihn. Seine Versorgung ist schlecht und wird nicht besser. Er traut sich wahrscheinlich nicht einmal, Brötchen kaufen zu gehen, weil er weiß, dass nach ihm gefahndet wird.«

»Und Sobkowiak wird ihm nicht helfen wollen. Der würde zu viel riskieren. Es wundert mich, dass der überhaupt noch in der Gegend ist.«

Gespannt wartete man darauf, dass Wüst wieder telefonieren würde. Und er tat es. Es blieb ihm auch nichts anderes übrig. Denn ohne Hilfe konnte er sich nicht absetzen. Als er sich einen Mietwagen verschaffen wollte, wurde sein Anruf von zwei Kontrollstellen aufgefangen. Man konnte ihn orten. Seine Position lag im Wald, nicht einmal eineinhalb Kilometer südlich des Gewerbegebiets von Weil im Schönbuch.

»Ich sagte es doch: Weit kann der nicht gekommen sein.«

Kupfer rief sofort die Bereitschaftspolizei zu Hilfe und erkundigte sich bei der Forstdirektion, wer für dieses Revier zuständig sei, und wurde an den Revierförster von Altdorf verwiesen.

»Die Position, die Sie angeben, liegt mitten in einem Waldstück, das nicht bewirtschaftet wird. Es ist seit längerer Zeit Bannwald. Ziemlich in der Mitte steht noch eine alte Hütte. Da kann man sich gut verstecken, wenn man ein paar Tage untertauchen will. Wochenlang kommt da niemand hin«, meinte der Revierförster.

Kupfer alarmierte sofort die Bereitschaftspolizei zu einer groß angelegten Aktion.

Südlich des Schaichhofs, auf dem Parkplatz, wo der Golfplatz an den Wald grenzt, wies Kupfer die Bereitschaftspolizisten ein. Rund um den Bannwald bezogen sie Stellung, in einer Linie vom Ochsenweiher zur Schnapseiche hinüber, von dort bis zur Abzweigung des Alten Bannwaldsträßchens, und dann am Sträßchen entlang bis wieder zum Ochsenweiher. Wenn Wüst noch im Wald war, wie Kupfer annahm, dann würde er nicht unbemerkt fliehen können. Die Beamten wurden zu großer Vorsicht ermahnt, da damit gerechnet werden musste, dass Wüst eine Jagdwaffe bei sich hatte.

Von vier Seiten her bewegten sich jeweils zwei Beamte, die mit den GPS-Daten ausgestattet waren, auf die Hütte zu. Kupfer kam in Begleitung eines Bereitschaftspolizisten vom Ochsenweiher her. Es ging bergauf, stellenweise durch dichtes Unterholz, dann wieder durch lichtere Stellen, die aber immer wegen des vielen Altholzes schwierig zu durchqueren waren. Den vom Regen aufgeweichten Hang aufwärts zu gehen und dabei noch über umgestürzte Stämme steigen zu müssen, war sehr anstrengend, und das Schild mit der Aufschrift »Vorsicht! Lebensgefahr« wirkte nicht gerade aufmunternd. Kupfer schaute in die dürre Krone einer alten Rotbuche hinauf und war froh, dass der frühe Abend zum Glück windstill war, so dass wenigstens von oben keine Gefahr drohte.

Bis Kupfer die Hütte erblickte, hatte er sich höchstens fünfhundert Meter durch den Wald gearbeitet. Aber er hätte geschworen, dass es weit mehr als ein Kilometer gewesen war, so sehr war er außer Atem. Die kleine Blockhütte, ein wenig größer als ein Bauwagen, stand unter einer großen Eiche. Der Fensterladen war geschlossen. Kupfer näherte sich ihr, wobei er versuchte, jeden Laut zu vermeiden. Zwei Kollegen waren bereits da, die andern tauchten nach und nach auf. In zehn Metern Abstand bildeten sie einen Ring um die Hütte, jeder mit der Dienstwaffe in der Hand. Der Beamte neben Kupfer deutete auf eine frische Fußspur im Matsch und niedergetretenes Gras.

Kupfer ging an die Tür und klopfte. Keine Antwort.

»Herr Wüst, hier ist die Polizei. Machen Sie auf. Kommen Sie heraus.«

Kupfer hörte ein Geräusch. Es klang, wie wenn ein Stuhl über einen Holzboden geschoben wird.

»Wir hören Sie, Herr Wüst. Machen Sie keine dummen Sachen. Kommen Sie heraus.«

Stille.

»Kommen Sie heraus oder wir brechen die Tür auf. Sie sind umstellt. Sie kommen hier nicht mehr weg.«

»Ich habe euch kommen hören, schon lange. Ich mache nicht auf, ehe ihr euch nicht zurückzieht. Ganz. Raus aus dem Wald, oder es knallt!« Wüst sprach nicht, er schrie. Er klang verzweifelt, am Ende seiner Nerven.

»Was wollen Sie denn machen? Alle Wege sind versperrt. Geben Sie doch auf.«

»Raus aus dem Wald, sage ich, oder es knallt!«, schrie er.

»Herr Wüst, sehen Sie doch ein, dass Ihr Spiel aus ist. Fangen Sie keine Schießerei an. Es ist sinnlos. Sie schaffen es nicht nach Polen, nicht einmal bis Stuttgart. Und Sie wissen doch, dass Kasparovicz und Sobkowiak Ihnen nicht helfen können. Wo wollen Sie denn noch hin? Geben Sie auf.«

Kupfer hatte noch nicht ausgesprochen, da war ihm klar, dass er den falschen Ton angeschlagen hatte. In einer so kritischen Situation war alles, was nach Überlegenheit klang, falsch. Und er bekam die Quittung dafür.

»Ich gehe nicht ins Gefängnis!«, brüllte Wüst, so dass sich seine Stimme überschlug. »Vorher … vorher …« Der irre Ton klang bedrohlich.

Das war nicht die Stimme eines Mannes, mit dem man verhandeln konnte. Dieser Mann schien um seinen Verstand gekommen zu sein. Der wird sich nicht einfach ergeben, der wird von der Waffe Gebrauch machen, schoss es Kupfer durch den Kopf. Er trat von der Tür weg und winkte seinen Kollegen zu, sie sollten sich aus Wüsts möglichem Schussfeld zurückziehen.

Dann war absolute Stille. Kupfer überlegte, was er sagen sollte. Wie sollte er einen Mann zur Aufgabe bewegen, der in seinem Streben nach Erfolg absolut gewissenlos vorgegangen war, der sich überführt sah und nun in einer Falle saß, die er sich selbst gestellt hatte? Er war ratlos, aber er musste etwas sagen. Das konnte ihm niemand abnehmen.

»Herr Wüst, kommen Sie heraus und ergeben Sie sich. Denken Sie an Svenja, die Sie wiedersehen möchte.«

Kupfer hatte den ganzen Satz noch nicht zu Ende gesagt, da wusste er schon, dass er damit die Situation nicht entschärfen konnte. Er lauschte, aber hörte nur seinen eigenen Atem.

»Kommen Sie heraus, bitte. Machen Sie jetzt nur nichts Dummes.«

Er hörte ein leises Geräusch. Ein harter Gegenstand wurde auf dem Boden aufgesetzt. Eine Diele knarrte.

»Herr Wüst, kommen Sie …«

Es knallte, es rumpelte, ein dumpfer Aufschlag.

»Herr Wüst?«, schrie Kupfer.

Aber er erwartete keine Antwort mehr. Wüst hatte sich erschossen, und er hatte ihn davon nicht abhalten können. Niedergeschlagen und wortlos stand er da und wies seine Kollegen mit einer resignierten Handbewegung an, die Tür aufzubrechen.

Wüst hatte sich mit der Büchse in den Mund geschossen. Neben einem umgestürzten Stuhl lag er in seinem Blut.

Kupfer blieb apathisch vor der Hütte stehen und ließ seine Kollegen vorgehen.

»Das hätte anders laufen müssen«, sagte er immer wieder und schüttelte den Kopf.

»Was hätte ich sagen müssen? Was hättest du gesagt?«, fragte er Feinäugle, ohne ihn dabei anzusehen.

»Auch nichts anderes als du. Jetzt mach dir bloß keine Vorwürfe. Wüst war doch völlig durchgeknallt. Der wusste doch gar nicht mehr, was er tat. Sonst hätte man ihn doch gar nicht orten können.«

Kupfer starrte schweigend vor sich hin und schüttelte den Kopf.

»Du kannst nichts dafür. Geh jetzt einfach heim. Morgen siehst du das bestimmt anders. Ich bleibe hier, bis dieses ganze Desaster aufgenommen ist. Und ich entwerfe auch den Bericht. Den kannst du ja morgen mit mir durchgehen. Geh jetzt heim und erhol dich«, bot Feinäugle an und telefonierte anschließend mit der Polizeidirektion.

Kupfer ging nicht sofort nach Hause. Ein paar Schritte von der Hütte entfernt blieb er stehen und sah schweigend zu, wie Feinäugle die Anordnungen für alles Weitere traf. Schließlich sah er ein, dass seine Anwesenheit nicht mehr nötig war, und machte sich auf den Weg zum Parkplatz.

Wie ein Schlafwandler ging er quer durch den Wald. Anfangs, solange das Gelände noch nicht abschüssig war, ohne Probleme. Dann aber, als er einen aufgeweichten Hang hinuntersteigen musste, kam er ins Rutschen. Er griff nach Ästen und jungen Stämmen, um Halt zu bekommen. Je weiter er abstieg, umso steiler wurde das Gelände, bis er schließlich stolpernd nach einem Ast griff, der ihn nicht halten konnte und brach. Kupfer fiel der Länge nach auf den Rücken und rutschte seitlich eine Böschung hinab. Er spürte einen Schlag gegen sein Knie und lag still. Eine kleine Buche hatte ihn gestoppt. Mühsam richtete er sich auf, indem er sich an dem Stämmchen hochzog. Sein Knie schmerzte so, dass ihm der Schweiß auf die Stirn trat. Wenn ihm jetzt jemand helfen könnte! Er sah sich um und lauschte. Aber da war niemand, und um Hilfe wollte er doch nicht rufen. So hangelte er sich mühsam von Bäumchen zu Bäumchen vollends den Hang hinunter. Physisch wie psychisch angeschlagen humpelte er zum Ausgangspunkt der Aktion zurück, wo er verbunden wurde. Ehe er nach Hause fuhr, suchte er sicherheitshalber noch die Ambulanz des Krankenhauses auf.

# 39

Nicht einmal seine Frau ließ er wissen, dass er krankgeschrieben war. Er müsse ja mit niemandem um die Wette laufen, sagte er sich. Und wo er mit den Ermittlungen so weit gekommen war, dass die Verhaftung einer Schlüsselfigur unmittelbar bevorstand, wollte er sich einfach nicht schonen.

»Warum haben sie dich nicht krankgeschrieben?«, wunderte sich Marie, als Kupfer am Morgen wie immer in seine sogenannten Dienstklamotten schlüpfte.

»Weil es nicht so schlimm ist. Du siehst doch, ich kann aufstehen und gehen.«

»Ich verstehe es trotzdem nicht. Vielleicht solltest du dir heute eine Bescheinigung holen und dich schonen.«

»Hmm, nein, ich denke, ich bin voll dienstfähig«, murmelte er, frühstückte und stieg in sein Auto, um zur Polizeidirektion zu fahren.

Aber das war nicht so einfach, wie er gedacht hatte. Jedes Mal, wenn er die Kupplung trat, schmerzte sein verletztes Knie und meldete ihm, dass er seinen körperlichen Zustand nicht so einfach ignorieren konnte, wie er sich gedacht hatte. Er biss die Zähne zusammen. Wenn er jetzt umkehrte und krankmachte und Sobkowiaks Verhaftung auch noch schiefging, könnte er sich das nie und nimmer verzeihen, dachte er. Die Schmerzen wären bald vergessen, und dann könnte ihn die bloße Erinnerung an diese Verletzung nicht von seinen Vorwürfen befreien, falls diese Aktion auch noch entgleiste. Der Pforzheimer Polizei wollte er die Verhaftung nicht überlassen. Er musste da durch.

»Du kommst ja doch«, sagte Feinäugle überrascht. »Geht's denn?«

»Danke der Nachfrage. Es geht schon.«

»Ich wollte gerade eine Vertretung für dich anfordern.«

»Brauchst du nicht. Bin ja da.«

»Ich hab schon die Pforzheimer verständigt. Auf geht's, wir fahren los.«

Was weder die Pforzheimer Kollegen noch Kupfer und Feinäugle bedacht hatten, war die Tatsache, dass die Baustelle an
der Pfinztalbrücke nur von wenigen Pkws angefahren wurde.
Lastwagen kamen immer wieder, auch der eine oder andere
Lieferwagen. Und die wenigen Pkws, die von Remchingen
her auf die Baustelle fuhren, waren bekannt, und sie kamen
immer einzeln.

Daher wusste Sobkowiak sofort, was die Uhr geschlagen
hatte, als er zwei größere Mittelklassewagen, einer direkt hinter dem andern, auf die Baustelle zufahren sah.

Eben war Beton in eine Verschalung gegossen worden, und
er stand am Rand und war mit dem Rüttler beschäftigt. Er
winkte einen Kollegen heran, drückte ihm den dicken
Schlauch in die Hand und sagte, er komme gleich wieder, er
müsse nur dringend auf die Toilette.

Er setzte darauf, dass man ihn vom Weitem nicht gleich erkennen würde, und vermied jede hastige Bewegung. Es gelang
ihm, ohne aufzufallen, kurz seinen Container aufzusuchen
und wieder zur Arbeitsstelle zurückzukehren, wo die neue
Brücke mit der Autobahn verbunden wurde. Er kannte sich
aus. Er wusste, dass man ihn vom Parkplatz aus nicht sehen
konnte, wenn er auf der abgewandten Seite loslief. Da brauchte er sich nicht einmal zu ducken, um von unten nicht gesehen
zu werden. Vielleicht würde er die ganzen fünf- oder sechs-
hundert Meter bis zum Wald auf der Ostseite der Brücke
schaffen, ehe die Polizisten auch nur zur Baustelle hinaufgestiegen wären und ihn sehen konnten.

Aber das schaffte er nicht ganz. Feinäugle war als Erster die
Böschung zur Baustelle hinaufgestiegen und erkannte die Situation auf den ersten Blick. Ein paar Arbeiter standen da wie
Denkmäler. Eben hatten sie von ihrer Arbeit aufgeschaut,
hielten noch ihre Werkzeuge in der Hand und verfolgten mit
offenem Mund und zusammengekniffenen Augen den Mann,
der schon fast die ganze Brücke überquert hatte und sich im
Laufschritt weiter entfernte.

»Sobkowiak?«, fragte Feinäugle.

»Da, ja, dort Sobkowiak.«

Feinäugle machte kehrt.

»Das war's hier. Der ist gleich im Wald. Also Plan B.«

»Und der wäre?«, fragte der Pforzheimer Kollege, der inzwischen Feinäugle eingeholt hatte.

»Haben Sie eine Karte dabei?«

Die Lagebesprechung der sechs Beamten war kurz. Denn es gab nicht viele Möglichkeiten, nicht für Sobkowiak, folglich auch nicht für die Kripo. Der Wald war mit seiner Fläche von ungefähr sechs Quadratkilometern sehr klein. Sobkowiak konnte ihn in kürzester Zeit durchqueren.

»Wo kann er hin? Was würden Sie an seiner Stelle tun?«, fragte Kupfer seinen Pforzheimer Kollegen Hanselmann mit einem Blick auf die Landkarte.

»Wenn er sich gar nicht auskennt, haben wir etwas Zeit, weil er dann nachdenken muss und wahrscheinlich länger im Wald bleibt. Wenn er aber die Umgebung kennt, was wir annehmen müssen, und sich ein Auto verschaffen will, dann kann er das genau hier tun, zwei Kilometer vom nächsten Dorf und zehn bis zur Autobahnauffahrt.«

Er deutete mit dem Finger auf eine Art Weiler, der direkt an der B 10 lag,

»Das ist ein Kinderheim, eine heilpädagogische Einrichtung mit einer ganzen Reihe von Mitarbeitern. Dort gibt es Autos, dort gibt es Kinder ... gerade mal zweihundert Meter vom Waldrand entfernt.«

»Mein Gott, wenn der sich ein Kind als Geisel nimmt! Wir müssen den Ort sofort abschirmen. Alles andere ist jetzt Nebensache.«

»Und wir fordern sofort den Hubschrauber an«, sagte Feinäugle und rief das Polizeipräsidium Karlsruhe an.

»Klar, wir können ja nicht ewig auf der Wiese stehen, falls er im Wald bleibt, da muss der Heli mit der Wärmebildkamera ran«, meinte einer der Pforzheimer Kollegen.

Auf dem Weg zum Kinderheim forderte Hanselmann Verstärkung durch die Pforzheimer Polizei an. Vor allem sollte schnell verhindert werden, dass Sobkowiak auf die Baustelle zurückkehren könnte, um sich dort eines Fahrzeugs zu bemächtigen. Und weitere Kräfte wurden zum Kinderheim bestellt.

Auf dem Parkplatz entlang der B 10, wo sie die Polizeifahrzeuge abstellten, standen einige Pkws, die den Mitarbeitern gehörten.

»Das könnten die Köder sein, mit denen wir den Fisch fangen«, meinte Hanselmann.

»Wir riegeln in unmittelbarer Umgebung den Waldrand ab, und du bleibst am besten hier«, sagte Feinäugle mit einem Blick auf Kupfers Knie.

Kupfer nickte. Ihm war es recht, dass er sich nicht bewegen musste.

Seine Kollegen bezogen zum Waldrand hin Stellung, indem sie in jeweils ungefähr fünfzig Metern Abstand eine Kette bildeten. Jeder suchte Deckung hinter einem Busch oder Baum, um vom Waldrand aus nicht gleich gesehen werden zu können.

Als sie weggegangen waren, war es sehr still. Nur hin und wieder fuhr ein Auto vorbei. Kupfer saß quer auf dem Fahrersitz und streckte sein verletztes Bein zur Tür hinaus. Eine ganze Weile verharrte er so. Dann wurde er unruhig, denn er hatte keine gute Sicht. Zum Wald hin versperrten ihm die Gebäude die Sicht, und von der Straße konnte er nur wenig überschauen. Die Äste der Bäume, zwischen denen die Autos geparkt waren, hingen zum Teil recht niedrig. Also stieg er aus und humpelte an die Ecke vor, wo man von der Straße in den Parkplatz einbog. Dort lehnte er sich an einen Stamm und wartete. Er sah immer wieder auf die Uhr und hatte das Gefühl, dass die Zeit nicht verging.

»Auf wen wartest du?«, sagte eine Kinderstimme hinter ihm.

Er drehte sich um. Da stand ein sommersprossiger blonder Junge von vielleicht zehn Jahren, beide Hände in den Hosentaschen, und schaute ihn neugierig an.

»Gehörst du zu denen, die da rübergegangen sind?«, fragte er und machte eine Kopfbewegung Richtung Wald.

»Ja«, sagte Kupfer, obwohl er nicht wusste, ob das im Moment richtig war.

»Und was macht ihr? Fangt ihr einen Verbrecher?«

»Nein.« Kupfer zögerte mit der Antwort. »Wir suchen halt einen.«

»Ihr seid von der Polizei, oder?«

»Ja.«

»Und was hat der gemacht?«

»Das kann ich dir jetzt nicht sagen. Es wäre besser, wenn du weggehen würdest. Bitte geh jetzt weg. Du hast doch sicher was zu tun.«

»Nein. Erst wieder in einer halben Stunde.«

»Dann spiel doch so lang mit deinen Freunden.«

»Das ist langweilig.«

»Hier passiert aber auch nichts, das siehst du doch«, sagte Kupfer und tat so, als wollte er zu seinem Auto zurückgehen.

Der Junge trollte sich. Als er hinter der nächsten Ecke verschwunden war, bezog Kupfer seinen Beobachtungsposten wieder. Ein Radfahrer näherte sich. Kupfer sah, dass er wild in die Pedale trat. Er wollte auf alles gefasst sein. Wo war der Junge? Kupfer schaute sich um. Keine zehn Meter entfernt stand er da und hatte zu allem Überfluss Gesellschaft bekommen. Er war gerade dabei, seinem Begleiter etwas zuzuflüstern, und zeigte mit dem Finger auf Kupfer.

»Jetzt geht doch um Gottes willen weg. Haut ab!«, rief Kupfer ihnen zu und machte eine energische Handbewegung.

Ob sie nun weggingen oder nicht, sah er nicht mehr. Er drehte sich zur Straße zurück. Und nun sah er, wer da auf dem Rad herangeschossen kam. Sobkowiak. Er erkannte ihn erst so spät, weil dieser jetzt keinen Helm mehr aufhatte und über seiner Arbeitskleidung eine dunkle Jacke trug. Wenn Sobkowiak vorbeifuhr, musste er ihn mit dem Auto verfolgen und aufhalten. Wenn nicht, was dann?

Während Sobkowiak die letzten dreißig Meter heranfuhr, versuchte Kupfer sein Auto zu erreichen, ohne ihn aus den Augen zu lassen. Mit Sobkowiak im Blick ging er rückwärts, so schnell er konnte. Von dem Ball, den der Junge hatte liegen lassen, wusste er nichts. Er trat mit dem rechten Fuß darauf, kam ins Straucheln und machte mit seinem linken Bein eine ungeschickte Ausgleichsbewegung, die ihm gar nicht gut tat. Vor Schmerz schrie er auf und stürzte. Noch im Fallen sah er, wie Sobkowiak auf den Parkplatz hereingefahren kam, scharf abbremste und das Rad wegschmiss. Im selben Moment erblickte er Kupfer, der zwar auf dem Boden lag, aber in bedrohlicher Weise in Brusthöhe unter seine Jacke griff.

Sobkowiak war durch den Wald zur Straße gehetzt, hatte einen Radfahrer gestoppt und ihm mit vorgehaltener Pistole das Fahrrad weggenommen, war fast einen Kilometer atemlos herangehetzt und sollte sich nun genau dort, wo er sich ein Auto verschaffen konnte, von einem am Boden liegenden Mann aufhalten lassen?

»Stehen bleiben, Hände hoch, Polizei«, wollte Kupfer sagen.

Aber dazu kam es nicht. Kupfer, der in mehr als fünfunddreißig Dienstjahren nie von seiner Waffe Gebrauch gemacht hatte, dem schon die regelmäßigen Schießübungen unangenehm waren, der wusste, dass er ein schlechter Schütze war und an seiner eigenen Zielkunst zweifeln musste, konnte nicht lange nachdenken. Sobkowiak hatte instinktiv erkannt, dass der Mann am Boden ihn mit aller Gewalt aufhalten wollte. Es ging um alles.

Sobkowiak zog eine Pistole aus der Tasche – und Kupfer schoss.

Um auf den Mann schießen zu können, hatte Kupfer sich aufrichten müssen. Er stützte sich auf die linke Hand. Irgendwie lastete ein Teil seines Gewichts auf dem lädierten Knie, und so verband sich für ihn der Knall seiner Pistole mit einem schneidenden Schmerz. Er japste nach Luft. Dabei stierte er mit aufgerissenen Augen seinem Schuss nach, als verstünde er nicht, was da vor sich ging. Sobkowiaks rechte Schulter wurde zurückgerissen, sein Arm erschlaffte, seine Hand öffnete sich, die Pistole fiel auf den Asphalt, und mit einer Abwärtsdrehung nach rechts ging er zu Boden. Kupfer hörte ihn stöhnen. Er sah, wie Sobkowiak sich gleich wieder aufrichten wollte, wie er seine Gliedmaßen ordnete, wie er sich auf dem Boden um die eigene Achse drehte und mit der linken Hand nach der Pistole greifen wollte. Kupfer hatte Hemmungen, ein zweites Mal zu schießen. Wohin sollte er schießen, wo er ihn doch nicht töten wollte? Nur Kopf und Oberkörper waren ihm zugewandt und verdeckten die Beine völlig. Trotzdem richtete er in seiner Verzweiflung die Pistole auf seinen Gegner, den Finger am Abzug.

Da schoben sich die beiden Jungen dazwischen. Der blonde mit den Sommersprossen vorneweg. Er sprang heran, kickte die Pistole ein paar Meter weg, lief ihr nach und hob sie auf. Mit drei, vier Sprüngen war er bei Kupfer und streckte sie ihm entgegen.

»Also doch ein Verbrecher. Ich hab's doch gewusst«, sagte er und lächelte voller Stolz.

Kupfer hatte für diese zweite Waffe keine Hand frei. Sein Problem war, dass er mit dem verletzten Bein nicht allein aufstehen konnte. Sobkowiak schon eher.

»Leg die Pistole vorsichtig auf den Boden und lauf weg. Holt Hilfe.«

Mit vor Anstrengung und Schmerzen zitternder Hand hielt er die Pistole auf Sobkowiak gerichtet und hatte Angst, ein zweites Mal schießen zu müssen. Sein Schuss war aber zum Glück laut genug gewesen, um ein paar Mitarbeiter des Kinderheims zu alarmieren. Sie stürmten herbei, begriffen schnell, was los war, und stürzten sich auf Sobkowiak. Der war kaum auf den Beinen, da wurde er von zwei jungen Männern festgehalten.

Er leistete keinen Widerstand. An seiner rechten Schulter trat Blut durch die Jacke. Er wurde schlagartig bleich und die Knie sackten ihm weg. Sie setzten ihn auf den Boden, und einer der beiden jungen Männer drückte etwas gegen seine verletzte Schulter, um die Blutung zu stoppen.

Kupfer versuchte aufzustehen. Es ging nicht. Ohne fremde Hilfe kam er nicht mehr hoch.

»Der ist von der Polizei, und er hat was am Fuß«, verkündete der Junge und zeigte auf ihn.

Zwei Mitarbeiterinnen des Kinderheims griffen Kupfer unter die Achseln und halfen ihm auf.

»Können Sie stehen?«, fragte eine der beiden.

»Sitzen wäre besser, dort, in dem Auto.«

Feinäugle betrat den Schauplatz und löste eine der beiden Frauen ab.

»Mein lieber Mann! Das hätte wieder schiefgehen können«, sagte Kupfer zu ihm, als Feinäugle ihm auf den Beifahrersitz half.

»Ja«, stimmte der ihm zu. »Zwei Mann wären besser gewesen als ...«

»Als ein halber, meinst du?«

»Das habe ich nicht gesagt. Aber als ein verletzter, das könnte man schon sagen. Wie ist das gelaufen?«

Kupfer schilderte kurz die Szene. »Das ging halt alles rasend schnell«, war sein abschließender Kommentar.

Aus Richtung Karlsruhe hörte man den Hubschrauber kommen.

»Den brauchen wir jetzt nicht mehr«, sagte Feinäugle und griff nach seinem Handy.

Im selben Moment hörte man die Signale zweier Polizeiautos, die aus Pforzheim kamen.

»Und die auch nicht. Gott sei Dank«, sagte Kupfer, der sich nun etwas entspannen konnte, obwohl sein Knie höllisch wehtat.

## 40

Kupfer lag im Liegestuhl auf der Terrasse. Sein verletztes Bein mit dem bandagierten Knie hatte er ausgestreckt. Er wartete auf Feinäugle, der seinen Besuch telefonisch angekündigt hatte.

»Ich habe deine Jacke saubermachen wollen. Das ging aber nicht. Ich muss sie wegbringen. Du hast sie bei diesem Einsatz gestern ziemlich versaut«, sagte Marie.

Kupfer sah nicht einmal von seiner Zeitung auf.

»Hmm, besser die Jacke als den Einsatz.«

»Und was ist das da? Das habe ich in der Brusttasche gefunden.«

Jetzt schaute er doch hin. Marie hielt ihm mit spitzen Fingern eine kurze Bescheinigung vor die Nase, die Krankschreibung.

»Die gilt nicht mehr. Die kannst du wegwerfen«, sagte er, als sei das nicht Besonderes. »Ich habe eine neue.«

»Heißt das, dass du gestern schon krankgeschrieben warst?«

Er zuckte verächtlich mit den Schultern.

»Weiß doch niemand. Man kann ja nicht wegen jeder Kleinigkeit krankmachen.«

»Aber mich anschwindeln. Mein lieber Mann, jetzt reicht's mir aber. Ich hätte gute Lust, zwei Wochen wegzufahren und dich mit deinem blöden Knie allein zu lassen!«

»Sei doch nicht sauer, bitte! Jetzt versteh doch die Situation. Da ist man hinter jemand her und weiß, dass man ihn endlich packen kann, da will man doch ...«

In diesem Moment klingelte es. Marie ging und öffnete.

»Der Held liegt auf der Terrasse«, hörte er sie sagen.

Und dann stand OW vor ihm.

»Der Held? Was hör ich da?« OW war so neugierig, dass er nicht einmal grüßte.

»Ach, du bist's. Ich dachte, es wäre mein Kollege Feinäugle, der sich angemeldet hat. Da, setz dich her – oder geh lieber zuerst hinein und lass dir von Marie einen Heldentrunk geben.«

OW warf Kupfer einen verwunderten Blick zu und ging ins Haus. Als er gleich darauf mit zwei Flaschen Bier zurückkam, fragte er: »Held? Heldentrunk? Hängt bei euch der Haussegen schief? Marie scheint mir heute recht kurz angebunden.«

»Pffff«, machte Kupfer. »Ich bin halt meiner Arbeit nachgegangen, obwohl ich krankgeschrieben war.«

»Deiner Arbeit nachgegangen. Das klingt nach Schreibstubenstaub. Du willst sagen, dass du krank im Einsatz warst?«

»Krank nicht, nur mit einem halb kaputten Knie.«

»Und jetzt ist es ganz kaputt?«

»Kreuzbandriss. Und Marie meint, ich wär selbst schuld daran. Eine höchst tragische Verwicklung, sage ich dir. Sie hätte nämlich gar nichts gemerkt, wenn bei diesem Einsatz meine Jacke nicht dreckig geworden wäre. Und beim Saubermachen hat sie halt die Krankmeldung gefunden, nach der sie gefragt hatte.«

»Aha! Sie fragte – und du? Du sahst dich, rein juristisch ausgedrückt, zu einer Falschaussage gezwungen.«

»Ausnahmsweise.«

Dann erzählte Kupfer den ganzen Hergang, vom Einsatz im Bannwald bis zur Ergreifung Sobkowiaks.

»Wir hatten uns einfach in der Zeit verschätzt. Das ging alles viel schneller, als wir gedacht hatten. Wir wollten unbedingt das Kinderheim abschirmen. Wenn er direkt dorthin gegangen wäre, hätte er fast drei Kilometer durch den Wald gehen müssen. Aber er sah zu, dass er möglichst schnell wieder aus dem Wald herauskam, und durchquerte ihn an der schmalsten Stelle, rein zufällig, nehme ich an. Dann verschaffte er sich ein Fahrrad. Mit so viel Frechheit hatte keiner von uns gerechnet. Er riskierte schließlich, dass ihm auf der Straße ein Polizeifahrzeug begegnete oder er zumindest von jemandem gesehen wurde.«

»Vielleicht war er einfach in Panik und hat gar nicht so weit gedacht.«

»Das kann auch sein. Jedenfalls war er viel zu schnell bei mir. Und dann noch die beiden Buben! So was möchte ich nicht noch einmal erleben.«

»Aber die beiden Buben hatten ja auch ihr Gutes.«

»Das muss man laut sagen. Sobald ich mich ein bisschen rühren kann, lass ich mich da hinfahren und bedanke mich. Und zwar angemessen. Das lass ich mich was kosten.«

Es klingelte wieder.

»Jetzt kommt er, der Feinäugle«, sagte Kupfer erwartungsvoll. »Bin gespannt, was er Neues weiß. Geh doch und hol für ihn ein Bier.«

OW begegnete Feinäugle unter der Terrassentür und stellte sich ihm vor.

»Ah, das ist also unser freischaffender Kollege mit der feinen Spürnase«, scherzte Feinäugle. »Es freut mich wirklich, Sie endlich einmal kennenzulernen. Ich habe schon viel von Ihnen gehört. Und das ist jetzt nicht nur eine höfliche Phrase.«

»Ganz meinerseits«, murmelte OW, dem diese Lorbeeren schon zu viel waren. Er beeilte sich, um von Feinäugles Bericht kein Wort zu versäumen.

»Sobkowiak hat gestanden, wenigstens das meiste. Geschossen hat er natürlich nicht, sagt er, das soll Kowalczyk gewesen sein, der mit Jagdwaffen Routine hat. Das Wichtigste aber ist für mich, dass Wüst tatsächlich beteiligt war. Er hat die beiden eingewiesen. Er hat ihnen gesagt, wo Steiger am liebsten ansitzt und ihnen sogar eine Karte aufgezeichnet mit Fluchtweg und allem, was sie haben wollten. Bis hin zu dem Parkhaus in der Kronenstraße beim Stuttgarter Hauptbahnhof.«

»Das hatte ich eigentlich auch nicht anders erwartet. Der musste wirklich viel Dreck am Stecken gehabt haben, sonst hätte er sich keine Kugel in den Kopf geschossen«, kommentierte Kupfer.

»Er lieferte auch die Tatwaffe. Eigentlich sollten sie einen Jagdunfall vortäuschen. Deshalb gab ihnen Wüst seinen Drilling, den er immer noch hatte.«

»Was ist denn das?«, fragte OW.

»Eine Doppelflinte, die auch noch einen Büchsenlauf hat«, erklärte Kupfer.

»Und jetzt zu den Personalien«, fuhr Feinäugle fort, wobei er mit erhobenem Zeigefinger signalisierte, dass er jetzt zum Kern der Sache vordringen würde.

»Kowalczyk ist Kasparoviczs Neffe und Sobkowiak der Vetter von Kaczmarek, der im Februar auf Gutbrods Baustelle verunglückt ist. Und da hatten sich zwei zusammengetan, die dasselbe wollten, aber aus verschiedenen Gründen. Sobkowiak hatte in einer der ersten polnischen Kolonnen gearbeitet, die Steiger ausgebeutet hat. Er muss ihn von seiner übelsten Seite kennengelernt haben und hat es nie verwunden, dass Steiger ihn immer wieder einen Saukopf geschimpft hat, nicht nur ihn, auch seine Kollegen. Nur deswegen hätte er ihn natürlich nicht umgebracht. Aber im Februar, als Kaczmarek ums Leben kam, war das Maß voll. Sobkowiak war schon lange wieder in Polen und arbeitete für Kasparovicz und wohnte im selben Dorf wie Kaczmareks Mutter. So bekam er aus nächster Nähe mit, wie rüde Steiger mit Kaczmareks Leiche umgegangen war. Steiger hatte es sich gespart, mit Kaczmareks Mutter Kontakt aufzunehmen. Das wäre ihm wohl zu aufwändig und teuer gewesen. Deswegen hatte er sich falsche Papiere besorgt, hatte Kaczmarek einfach kremieren lassen und die Urne per Paket an Kaczmareks Mutter geschickt, an eine tiefgläubige Katholikin, die nie an eine Feuerbestattung gedacht hätte. Die arme Frau bekam am Tag der Kremierung eine Nachricht, die sie sich erst einmal übersetzen lassen musste. Ihr Sohn sei bedauerlicherweise verunglückt, und die Urne gehe ihr in den nächsten Tagen per Post zu, herzliches Beileid, hieß es da kurz und knapp. Sie bekam einen Nervenzusammenbruch. Für Sobkowiak war klar, was er seiner Tante schuldig war, obwohl sie natürlich nichts von seinen Plänen erfuhr.«

»Gratuliere, Feinäugle, dann hast du also Recht gehabt«, lobte Kupfer seinen Kollegen und fügte, OW zugewandt, hinzu: »Er sagte nämlich gleich, dass diese makabre Anordnung auf eine Art ritueller Hinrichtung deutet, so abartig, wie das aussah.«

»Und wer hat sich das ausgedacht?«, fragte OW.

»Niemand. Es hat sich tatsächlich aus den Umständen ergeben. Wenn sie Steiger nicht beim Aufbrechen einer Sau erwischt hätten, wäre alles zweifellos anders gelaufen. Aber so kam eins zum anderen«, erklärte Feinäugle. »Mit toten Tieren hatten übrigens beide Routine. Kowalczyk von der Jagd mit seinem Onkel her, und Sobkowiak hat in seinem Dorf oft beim Schlachten geholfen.«

»Hat er das großzügige Trinkgeld springen lassen?«, fragte Kupfer.

»Das haben wir natürlich nicht gefragt, aber es ist anzunehmen. Dem muss es mindestens bei seinem ersten Job hier ziemlich dreckig gegangen sein. Deswegen ging er auch bald zurück und hat sich bei Kasparovicz mühsam zum Polier hochgearbeitet.«

»Wie hat dieses Killerpaar zusammengefunden?«

»Sie kennen einander seit ihrer Kindheit. Sie sind im selben Dorf aufgewachsen, Sandkastenfreunde sozusagen. Kowalczyk wurde halt schneller etwas, weil er seinen reichen Onkel hat. Und nun kommt die andere Seite der Geschichte. Was Kasparovicz und Steiger ursprünglich vereinbart hatten, weiß Sobkowiak nicht. So hoch ist er ja nicht gestiegen. Was er aber weiß, ist, dass immer wieder Arbeiter von Steigers Kolonnen nach Hause zurückkamen und sich bitter beklagten. Und so wurden üble Beschuldigungen gegen Kasparovicz laut, weil er die Leute an Steiger vermittelt hatte. Kasparoviczs Ruf wurde mehr und mehr ruiniert, so dass er sogar Schwierigkeiten mit der Einstellung neuer Leute für seinen eigenen Betrieb bekam. Und da muss es Verhandlungen mit Steiger gegeben haben, die aber nichts veränderten. Deswegen arbeiteten Steiger und Wüst kaum mehr mit Polen. Kaczmarek war anscheinend einer der letzten Arbeiter, die Kasparovicz an Steiger vermittelte. Wüst hat offensichtlich versucht, die Beziehung zu Kasparovicz aufrecht zu erhalten. Er muss immer wieder mit ihm verhandelt haben, hinter Anke Steigers Rücken, versteht sich. Wüst wollte mit Kasparovicz über eine Wiederbelebung des Geschäfts verhandeln. Kasparovicz kam diesmal nicht selbst, sondern wollte sich von Angestellten vertreten lassen, schon um zu signalisieren, dass ihm die Sache nicht so wichtig war. Und Sobkowiak bemühte sich dann darum, zu Wüst geschickt zu werden. Kowalczyk arbeitete seit längerer Zeit mit einer Kolonne an verschiedenen Autobahnbaustellen und muss mehrmals mit Wüst Kontakt gehabt haben. Was die beiden Polen mit Wüst geredet haben, wissen wir noch nicht. Feststeht aber, dass Wüst dabei den Mord in Auftrag gegeben hat oder mindestens Beihilfe geleistet hat. Möglicherweise stammte das Geld, das die beiden zur Verfügung hatten, zum großen Teil von Wüst.

»Das ist gut möglich. Ob er Steiger schon lange hatte beseitigen wollen oder erst bei diesem Treffen auf diesen Gedanken kann, werden wir leider nie erfahren.«

»Halt! Da haben wir etwas vergessen: Die beiden haben im Hotel gefälschte Pässe vorgelegt. Also hatten sie schon den Auftrag, als sie herkamen. Und das viele Geld, das sie zur Verfügung hatten, spricht auch dafür. Kasparovicz war sicher nicht so großzügig.«

»Das leuchtet ein. Trotzdem bleibt die Frage offen, welche Rolle Kasparovicz dabei spielt.«

»Nach Sobkowiaks Aussage gar keine. Aber das ist nicht ganz glaubhaft. Natürlich hat er mit dem Mord direkt nichts zu tun. Aber wohin sollte Kowalczyk verschwunden sein, ohne dass ihn jemand deckt? Und wieso wird er auf der Baustelle sofort durch Sobkowiak ersetzt? Diese Anzeichen deuten darauf hin, dass seine Weste nicht ganz rein sein könnte. Aber das wird wohl ein Fall für das Bundeskriminalamt oder die Interpol. Wir haben unseren Teil erledigt und dürfen uns erst einmal zurücklehnen.«

»Und das Knie abschwellen lassen«, warf Marie ein, die unter der Terrassentür stand und Feinäugles Bericht gespannt verfolgt hatte.

»So ist's. Prost!«

# Ein Baden-Württemberg-Krimi

**In Ihrer Buchhandlung**

### Dietrich Weichold
## Börsenfeuer
**Ein Baden-Württemberg-Krimi**

Als ein Finanzberater bei Tempo 100 von der Schwarzwaldhochstraße abgedrängt wird, versucht er den Unfall auf einen Fahrfehler zu schieben. Hauptkommissar Kupfer kommt jedoch schnell dahinter, dass dieser Fall mit zwei Morden in Baden-Baden und im Herrenberger Hallenbad zusammenhängt: Alle Opfer waren in derselben Anlageberatung tätig. Unterstützt vom LKA und einem Jugendfreund kommt Kupfer einem gigantischen Betrugssystem und dem Motiv für die Verbrechen auf die Spur.

*300 Seiten.*
*ISBN 978-3-87407-880-1*

www.silberburg.de

## Böblingen/Sindelfingen

**In Ihrer Buchhandlung**

### Dietrich Weichold
## Falschmalerei
**Ein Baden-Württemberg-Krimi**

Kommissar Kupfer wird ins Schönaicher Gewerbegebiet gerufen. Ein Möbel- und Antiquitätenhändler ist in seinem Büro niedergeschlagen worden. Am Tatort ein verdächtiges Pärchen: der Mann, ein Maler namens Fritz »Diego« Tauscher, verwickelt sich schnell in Widersprüche. Aber vieles ist nicht so, wie es auf den ersten Blick scheint, klar ist nur, dass es bei diesem Mordfall – das Opfer stirbt kurze Zeit später – um richtig viel Geld geht. Seine Ermittlungen führen Kommissar Kupfer in Fälscherwerkstätten und Künstlerateliers. Dabei fällt Licht in die Dunkelkammern eines spekulativen Kunstbetriebs mit windigen Akteuren und geltungssüchtigen Möchtegern-Mäzenen …

*272 Seiten.*
*ISBN 978-3-8425-1218-4*

www.silberburg.de

# Ein Stuttgart-Krimi

In Ihrer Buchhandlung

### Dietrich Weichold

## So zerronnen

**Ein Stuttgart-Krimi**

Das Stuttgarter Paar Dr. Blomberg und Cornelia Baumgartner wird im Bregenzer Wald brutal überfallen. Doch die beiden Opfer sind selbst kein unbeschriebenes Blatt. Das Stuttgarter LKA fordert Hauptkommissar Kupfer zur Unterstützung an, für den Frau Baumgartner keine Unbekannte ist. Doch dieses Mal macht er im Laufe der Ermittlungen einen schweren Fehler und gerät in die Hände eines skrupellosen Täters.

*256 Seiten.*
*ISBN 978-3-8425-1115-6*

www.silberburg.de

# Schönbuch

**In Ihrer Buchhandlung**

### Dietrich Weichold

## Schönbuchrauschen

### Ein Baden-Württemberg-Krimi

Der Böblinger Kriminalkommissar Kupfer muss in einem bizarren Mordfall im Schönbuch ermitteln. Das Opfer, der Rettungssanitäter Theo Krumm, wurde mit mehreren ungewöhnlichen Methoden zugleich getötet – als hätte der Täter mehr als sicher gehen wollen. Grund genug gab es wohl, denn Kupfer stößt auf immer mehr Indizien, die auf wechselnde Liebschaften und ein kriminelles Doppelleben von Theo Krumm hinweisen. Mit Hilfe von Facebook und Daten über Geldtransfers per Internet zieht er die Schlinge um den Täter immer enger ...

*256 Seiten.*
*ISBN 9978-3-8425-1279-5*

**Silberburg-Verlag**

www.silberburg.de

# Tübingen

In Ihrer Buchhandlung

**Michael Wanner**

## Letzte Stunde

### Ein Baden-Württemberg-Krimi

In Tübingen herrscht blankes Entsetzen: Eine vermummte Gestalt stürmt in eine Schulfeier und schießt um sich. Sie tötet einen ehemaligen Lehrer, verletzt zwei weitere Personen schwer und entkommt unerkannt. Auf den ersten Blick ein Amoklauf. Kommissar Friedrich Holzwarth und seine neue Kollegin Annette Winter ermitteln fieberhaft, die Zahl der Verdächtigen steigt ständig. Doch erst als auch der Sohn der Schulleiterin erschossen aufgefunden wird, gelingt es Holzwarth hinter die mühsam aufrechterhaltenen Fassaden vorzudringen und der unfassbaren Wahrheit auf die Spur zu kommen ...
*224 Seiten.*
*ISBN 978-3-8425-1398-3*

www.silberburg.de